Le rêve d'une mère

Le dilemme d'un patron

MICHELLE CELMER

Le rêve d'une mère

Traduction française de
AURE BOUCHARD

PASSIONS

HARLEQUIN

Collection : PASSIONS

Titre original :
THE NANNY BOMBSHELL

Ce roman a déjà été publié en 2012

HARPERCOLLINS FRANCE
83-85, boulevard Vincent-Auriol, 75646 PARIS CEDEX 13
Service Lectrices — Tél. : 01 45 82 47 47 - www.harlequin.fr
ISBN 978-2-2804-5978-5 — ISSN 1950-2761

Composé et édité par HarperCollins France. Achevé d'imprimer en juin 2021.
par CPI Black Print - Barcelone - Espagne
Dépôt légal : juillet 2021.

FSC www.fsc.org MIXTE Papier issu de sources responsables FSC® C159065

Pour limiter l'empreinte environnementale de ses livres, HarperCollins France s'engage à n'utiliser que du papier fabriqué à partir de bois provenant de forêts gérées durablement et de manière responsable.

- 1 -

Si cela continuait ainsi, il allait perdre patience.

Ancien défenseur central et capitaine des New York Scorpions, Cooper Landon était l'un des sportifs les plus populaires de la ville. Jamais il n'aurait imaginé que sa carrière de hockeyeur à succès lui porterait un jour préjudice.

Jusqu'à aujourd'hui.

Son regard se perdit dans la vue qu'offrait la baie vitrée du bureau de son avocat. Voilà près d'une heure et demie qu'il se trouvait dans ce bureau, à regarder les embouteillages de fin d'après-midi sur Park Avenue, l'une des artères les plus chics de Manhattan. Le soleil éblouissant de début juin se reflétait sur les vitres de l'immeuble d'en face, et les trottoirs étaient bondés de citadins pressés, de mères de famille avec poussette et d'hommes d'affaires en quête de taxis.

Dire qu'il y avait seulement trois semaines, Cooper était de ces passants insouciants, arpentant la ville sans se douter une seule seconde que son monde était sur le point de s'effondrer.

Un accident stupide l'avait privé brutalement de la quasi-totalité de sa famille. Son frère, Ash, et son épouse étaient décédés, et il ne lui restait plus que ses nièces. Les jumelles. Orphelines.

Le seul fait de penser à elles et à leur visage rebondi, il sentit la rage le gagner de nouveau. Il serra les poings pour chasser ce sentiment qui ne le quittait plus désormais.

Les petites. C'était d'abord à elles qu'il devait penser. Certes, Ash et Susan les avaient adoptées, mais ils ne les auraient pas aimées davantage si elles avaient été leurs filles biologiques. Désormais, Cooper était leur tuteur légal et il était bien déterminé à se montrer digne de cette tâche, à leur offrir le genre de vie qu'Ash et Susan auraient voulu pour elles. Quel autre moyen avait-il d'honorer la mémoire de son frère ?

— Alors, Cooper, qu'en avez-vous pensé ? demanda Ben Hearst, son avocat, d'une voix lointaine.

Assis face à lui à l'autre bout de la longue table de réunion de bois massif, l'homme de loi annotait le dossier de candidature de la postulante qu'ils venaient de recevoir en entretien.

Cooper se tourna vers lui, incapable de dissimuler sa frustration.

— Je ne lui confierais même pas un hamster !

Tout comme les trois candidates précédentes, la jeune femme avait posé plus de questions sur la carrière de hockeyeur de Cooper que sur les jumelles dont elle aurait la charge. Cooper connaissait par cœur ce genre de femme qui gravitait dans son entourage : celle-ci, avec sa minijupe et son chemisier moulant, ne faisait pas exception à la règle et était surtout en quête d'un mari riche et célèbre. Certes, il avait pu lui arriver, par le passé, de profiter de ce type de situation, mais aujourd'hui tout avait changé. Il était le tuteur de deux adorables petites filles qui venaient de perdre leurs parents, pas un beau parti à épingler. Il venait de perdre son frère à peine deux semaines auparavant, et aucune candidate n'avait même songé à lui présenter ses condoléances.

Après deux jours d'entretiens improductifs, il commençait à désespérer de trouver une nourrice convenable. Sa gouvernante, qui avait l'âge d'être grand-mère, lui avait clairement fait comprendre qu'elle ne souhaitait pas continuer à s'occuper des petites et lui avait laissé entendre en termes à peines voilés qu'elle démissionnerait s'il n'engageait pas rapidement une nourrice compétente.

— Je suis vraiment navré, reprit Ben. Nous aurions dû prévoir qu'il serait difficile de dénicher la perle rare.

Cooper aurait peut-être dû suivre le conseil de Ben et faire appel à une agence spécialisée. Cependant, il ne pouvait se résoudre à confier à des inconnus le soin de sélectionner la personne qui aurait en charge le bien-être des jumelles.

— Quelque chose me dit que vous apprécierez sûrement notre prochaine candidate, déclara Ben après un silence prolongé.

— Quelles sont ses qualifications ?

— Pour tout dire, je dirais qu'elle est surqualifiée, expliqua-t-il en tendant son dossier à Cooper. Disons que j'ai fait en sorte de garder le meilleur pour la fin.

« Sierra Evans. Vingt-six ans. Puéricultrice diplômée. Actuellement en poste à l'hôpital. »

Perplexe, Cooper leva les yeux vers Ben.

— Elle est infirmière ?

Son avocat sourit, puis acquiesça.

— Moi aussi, cela m'a surpris.

Célibataire, sans enfants, elle n'avait pas de casier. Sur le papier, sa candidature semblait parfaite. Presque trop pour être vraie.

— Vous ne pensez pas que cela cache quelque chose ?

— Nous verrons bien, répondit Ben en haussant les épaules. Elle nous attend dans le couloir. Vous êtes prêt à la recevoir ?

— Oui, faites-la entrer ! s'exclama Cooper avec un sursaut d'espoir.

Avec un peu de chance, le calvaire de ce recrutement serait terminé dans quelques minutes. Ben appela sa secrétaire par l'Interphone.

— Voulez-vous faire entrer Mlle Evans, je vous prie ?

Un instant plus tard, la porte du bureau s'ouvrit, et une jeune femme pénétra dans la pièce. Immédiatement, Cooper sut que cette candidate était différente. Tout d'abord, parce qu'elle portait encore sa tenue de travail, un pantalon bleu foncé et une chemise blanche ornée de personnages de dessins animés. Ce choix vestimentaire était certes un peu inhabituel, mais au moins tranchait-il avec les tenues aguichantes des candidates précédentes.

En outre, la jeune femme qui se tenait maintenant devant lui avait un visage... hors du commun. Ses yeux étaient d'un brun si foncé qu'ils paraissaient noirs. Légèrement bridés, ils lui donnaient un air asiatique. Charnue et sensuelle, sa bouche présentait un éclat carmin et gourmand malgré son absence totale de maquillage. Ses cheveux noirs et soyeux étaient attachés en une queue-de-cheval désordonnée.

La femme qui se tenait devant lui n'avait rien d'une groupie.

— Mademoiselle Evans, je suis Ben Hearst, et voici Cooper Landon.

Sans quitter son poste près de la fenêtre, Cooper la salua d'un hochement de tête alors qu'elle serrait la main de Ben.

— Veuillez excuser ma tenue, déclara-t-elle d'une voix légèrement enrouée, mais je suis venue directement après le travail.

— Aucun problème, assura Ben en lui désignant un fauteuil. Je vous en prie, mademoiselle, installez-vous.

Elle s'assit et posa son sac à main — un modèle quelconque et bon marché — sur la table près d'elle. Cooper observait en silence alors que Ben se lançait déjà dans l'avalanche de questions-types qu'il posait à toutes les candidates. Elle répondit consciencieusement à chacune d'elles, cherchant de temps en temps le regard de Cooper, tout en restant concentrée sur Ben. Les autres avaient toutes essayé d'engager la conversation avec Cooper, de lui poser des questions plus ou moins indiscrètes. Mais Mlle Evans ne lui adressa ni œillade ni sourire aguichant. A vrai dire, elle semblait même éviter son regard, comme si sa présence la rendait nerveuse.

— Vous avez bien noté que vous seriez logée et nourrie ? Vous serez responsable des jumelles vingt-quatre heures sur vingt-quatre, sept jours sur sept. Vous disposerez d'un congé le dimanche entre 11 heures et 16 heures, ainsi qu'un week-end par mois, du samedi 8 heures au dimanche 20 heures, précisa Ben.

— J'ai bien compris, acquiesça-t-elle.

— Avez-vous quelque chose à ajouter ? demanda Ben à Cooper.

Cooper se tourna alors vers la jeune femme.

— Pourquoi renoncer à votre emploi d'infirmière pour devenir jeune fille au pair ?

— J'adore travailler auprès d'enfants… évidemment, dit-elle avec un sourire timide. Mais œuvrer dans un service de néonatalogie est un travail extrêmement stressant et émotionnellement épuisant. J'ai besoin d'un changement de rythme. Et j'avoue que le fait d'être logée et nourrie constitue un avantage non négligeable.

— C'est-à-dire ? demanda Cooper, un brin suspicieux.

— Mon père est malade ; il a perdu son autonomie. Avec le salaire que vous proposez et le fait que je n'aurais plus de loyer à payer, je pourrais le placer dans une institution adaptée à son état de santé. En fait, je l'ai inscrit dans une résidence médicalisée du New Jersey dont une place se libère cette semaine : la coïncidence est idéale.

Cooper était ébahi. Cette jeune femme était prête à

sacrifier la plus grande part de ses revenus pour le bien-être d'un parent ? Ben lui-même ne masquait pas son étonnement et interrogea Cooper du regard.

En cet instant, il était prêt à engager la jeune femme et à lui signer un contrat sur-le-champ. Or, il préférait ne pas se précipiter. Il s'agissait là avant tout du bien-être des jumelles.

— J'aimerais que vous passiez à la maison pour rencontrer mes nièces demain, déclara-t-il.

Elle leva un visage radieux vers lui.

— Dois-je comprendre que vous m'embauchez ?

— J'aimerais vous voir auprès des filles avant de prendre une décision définitive. Mais, pour être franc, vous êtes de loin la candidate la plus qualifiée que nous ayons reçue.

— Je ne travaille pas demain : je peux vous rendre visite à l'heure qui vous conviendra.

— Dans ce cas, disons vers 13 heures, après le repas des jumelles. Je suis encore novice en la matière, et il me faut en général toute une matinée pour arriver à leur faire prendre un bain, les habiller et leur donner à manger…

Elle sourit.

— 13 heures, c'est parfait !

— J'habite l'Upper East Side. Ben, voulez-vous lui noter l'adresse exacte ?

Elle prit le morceau de papier, le rangea dans son sac et se leva.

— Oh ! une dernière question, mademoiselle Evans, ajouta Cooper alors que Ben se levait à son tour. Aimez-vous le hockey ?

Elle sembla hésiter avant de répondre :

— Euh, est-ce une condition requise pour obtenir le poste ?

— Bien sûr que non, fit-il en souriant.

— En toute franchise, pas vraiment. Je ne suis pas très

sportive. Mais mon père suivait jusqu'à récemment tous les championnats de hockey.

— Vous savez donc qui je suis ?

— Y a-t-il quelqu'un à New York qui l'ignore ?

Elle n'avait pas tort, songea Cooper. Mais, depuis peu, sa notoriété lui était devenue pesante.

— Ça ne vous pose donc pas de problème ?

— Je ne suis pas sûre de comprendre votre question...

La confusion se lisait sur le visage de la jeune femme, et il se sentit lui-même un peu bête. Il était tellement habitué à ce que les femmes se jettent sur lui qu'il avait probablement pensé qu'elle agirait de même. Peut-être n'était-il tout simplement pas son genre d'homme. A moins qu'elle n'ait un petit ami ?

— Ce n'est pas important, ne vous en faites pas.

Elle avança vers la porte, mais se retourna vers lui.

— Permettez-moi de vous présenter mes condoléances pour votre frère et son épouse. Je sais à quel point il est douloureux de perdre un être cher.

La compassion dans sa voix le mit mal à l'aise. Avec son regard noir et pénétrant, elle semblait tellement sincère...

— Merci, répondit-il, la gorge nouée.

Il avait eu beau être confronté très tôt à la mort, il ne s'y habituait décidément pas. Tout avait commencé par ses parents — il n'avait alors que douze ans. Et maintenant, Ash et Susan. Peut-être était-ce là le prix à payer pour tous ses succès, sa célébrité... Pourtant, il aurait été prêt à renoncer à tout, voire à vendre son âme au diable, si cela avait pu lui ramener son frère.

Dès qu'elle eut quitté la pièce, Ben s'approcha de lui.

— Vous pensez avoir trouvé la nourrice de vos rêves ?

— Ses compétences ne font pas l'ombre d'un doute, et il est clair qu'elle veut ce travail. Si elle plaît aux jumelles, je lui donne le poste.

— D'autant qu'elle n'est pas désagréable à regarder…

Cooper lui adressa un regard réprobateur.

— Si je réussis enfin à trouver une nourrice digne de ce nom, ne croyez pas que je m'amuserais à tout compromettre pour une aventure !

Ben eut un sourire en coin qu'il ne chercha pas à cacher.

— Franchement, Cooper…

Franchement ? Il y avait un mois, peut-être… Mais depuis, tout avait basculé.

— Je préfère les blondes, lança-t-il à Ben. Le genre de femme qui n'attend aucune promesse.

De toute façon, sa priorité désormais dans la vie était de prendre soin des jumelles et de les élever de la façon dont Ash et Susan l'auraient fait. Il le devait bien à son frère.

A la mort de leurs parents, Ash avait à peine dix-huit ans ; il avait mis sa vie entre parenthèses pour élever Cooper. Or, ce dernier ne lui avait pas rendu la tâche facile. La disparition brutale de ses parents l'avait profondément traumatisé, le laissant sans repères. En quelques mois, il avait plongé dans la délinquance, et la psychologue scolaire avait affirmé à Ash que Cooper avait besoin d'un cadre fort et constructif pour canaliser sa douleur et sa colère. Elle avait ainsi suggéré un sport violent, et Ash l'avait inscrit au club de hockey.

Jusqu'alors, Cooper n'avait rien d'un grand sportif, mais il avait éprouvé comme un coup de foudre pour le hockey. Très vite, il avait surpassé tous ses camarades de jeu. Au bout de deux ans d'entraînements intensifs, il était devenu un des meilleurs joueurs du championnat inter-lycées. A dix-neuf ans, il était engagé par les New York Scorpions.

Une blessure au genou, deux ans plus tôt, avait écourté sa carrière, mais grâce aux investissements judicieux que lui avait conseillés son frère — encore lui — il n'avait pas à se faire de soucis pour l'avenir. Sans Ash, et tous les sacrifices auxquels il avait consentis pour lui, rien de cela n'aurait été possible.

Aujourd'hui, Cooper avait enfin la possibilité de lui rendre la pareille. Mais il allait avoir besoin d'aide. Il n'avait pas une grande habitude des enfants. Deux semaines auparavant, il n'avait encore jamais changé une couche de sa vie. Sans l'aide de sa gouvernante, les jumelles seraient probablement déjà mortes de faim…

Si Mlle Evans s'avérait être la bonne personne — au fond de lui, il n'en doutait pas un instant —, il ne prendrait jamais le risque de tout gâcher en couchant avec elle.

Cette femme n'était pas faite pour lui.

Sierra Evans pénétra dans l'ascenseur et appuya sur le bouton pour rejoindre le rez-de-chaussée. Adossée à la paroi, elle poussa un soupir de soulagement. L'entretien s'était déroulé au mieux, et elle était à peu près certaine que le poste proposé par Cooper Landon était au moins aussi bien rémunéré que celui qu'elle occupait actuellement. Tant mieux. Car la situation se révélait bien pire qu'elle ne l'avait imaginée.

Manifestement, Cooper Landon avait autre chose à faire que s'occuper de ses petites nièces. Sans doute était-il trop absorbé à jouer les play-boys dans le Tout-New York. Sierra lisait assez peu la presse people, mais la réputation de fêtard et de séducteur invétéré de Cooper n'était plus à faire. Elle ne pouvait tolérer que les fillettes soient élevées dans une telle atmosphère.

Avec la disparition d'Ash et Susan, elle ne pouvait laisser les jumelles ballottées entre les mains d'un homme comme Cooper. Elle se devait de les extirper de ce milieu malsain. Elle allait prendre soin des filles, *ses filles*, et les aimer comme elles le méritaient.

Abandonner les jumelles avait été l'acte le plus douloureux de toute sa vie... Mais elle avait agi pour le mieux, pour leur bien. Entre ses prêts d'étudiante, son loyer exorbitant et les factures médicales exponentielles de son père, Sierra n'était pas, au moment de leur naissance, capable d'assurer l'avenir matériel de deux bébés. Elle ne s'en sentait pas non plus la maturité affective. Elle avait préféré les confier à l'adoption, et leurs parents adoptifs, Ash et Susan, leur avaient procuré tout ce qu'elle n'avait pas pu leur offrir.

Or, en quelques secondes, tout avait basculé. Sierra avait appris le crash du petit avion de tourisme devant sa télévision. Au moment où elle avait compris que les victimes étaient Ash et Susan, elle avait été saisie de vertige. Une fois qu'elle eut recouvré ses esprits, elle avait zappé de chaîne en chaîne pour apprendre les détails de l'accident, horrifiée à l'idée que les jumelles aient pu se trouver elles aussi à bord de l'appareil.

Dans un état second, elle avait passé la nuit à chercher frénétiquement des informations sur internet, alternant entre les derniers flashes télévisés et les dépêches en ligne.

A 7 heures le lendemain matin, les médias confirmaient que les jumelles ne comptaient pas parmi les victimes, car elles étaient restées auprès des parents de Susan. Sierra en avait éprouvé un véritable soulagement ; elle n'avait pu retenir ses larmes.

Pourtant, la réalité n'avait pas tardé à la rattraper. Qu'allaient devenir les filles, à présent qu'elles étaient orphelines ? Seraient-elles confiées à leurs grands-parents adoptifs ou bien placées auprès de l'Assistance publique ?

Sans tarder, Sierra avait contacté son avocat qui, après avoir passé quelques appels, lui avait annoncé l'impensable : Cooper Landon avait été désigné comme tuteur légal. Pourquoi diable Susan et Ash l'avaient choisi, lui ?

Comment un séducteur patenté, ex-star de hockey, pouvait-il prendre à cœur l'avenir et l'éducation de deux bébés ?

Elle avait alors demandé à son avocat de prendre contact en son nom, sans préciser son état civil, avec celui de Cooper, persuadée que ce dernier serait ravi de rendre les filles à leur mère naturelle. Or, il avait refusé tout net.

Son avocat lui avait expliqué qu'elle pouvait certes lancer une procédure judiciaire pour obtenir la garde des fillettes, mais que la situation ne plaidait pas en sa faveur. En effet, elle avait renoncé à ses droits parentaux en confiant les jumelles à l'adoption : la récupération de ces droits préfigurait une bataille juridique longue, coûteuse, à l'issue incertaine.

C'est alors qu'elle avait appris que Cooper recrutait une nourrice. Elle s'était dit qu'il serait sans doute impressionné par ses qualifications et son expérience et avait réussi à décrocher un entretien d'embauche.

Les portes de l'ascenseur s'ouvrirent sur le hall luxueux de l'immeuble abritant le cabinet de Ben Hearst. Elle le traversa d'un pas léger, regagnant Park Avenue en direction de la station de métro. Pour la première fois depuis deux semaines, elle ressentait enfin une lueur d'espoir.

Elle prit le métro à la station Lexington, puis regagna le Queens. En règle générale, elle passait chez son père le mercredi mais, à présent qu'elle avait rendez-vous chez Cooper pour voir les jumelles, elle allait devoir réorganiser son emploi du temps. Avec un peu de chance, Cooper lui proposerait de commencer sur-le-champ, et elle n'aurait plus qu'à rentrer chez elle pour faire ses valises.

Elle rejoignit en taxi la maison de retraite de seconde zone où son père vivait depuis quatorze mois. A l'accueil, elle salua l'infirmière, mais ne reçut en retour qu'un grognement agacé.

Sierra était malade de savoir son père entre les mains

d'un personnel sans compassion, et dans un endroit où les soins étaient réduits à leur plus simple expression. Mais un maintien à domicile à ce stade de sa maladie était malheureusement trop onéreux. Son corps s'engourdissait peu à peu, il pouvait à peine parler désormais et réagissait de moins en moins aux stimulations. Son état s'était tellement dégradé qu'il était à présent nourri par intubation. Pourtant, son cœur battait encore, et ses poumons continuaient à traiter l'air qu'il inspirait. Il pouvait vivre encore des semaines, des mois, peut-être même une année. Aucun médecin ne se risquait au moindre pronostic. Si seulement elle pouvait le transférer dans cet établissement du New Jersey… Elle aurait certes plus de trajet pour aller le voir mais, au moins, elle aurait le réconfort de le savoir entre des mains compétentes.

— Bonjour, Lenny, dit-elle au vieillard de quatre-vingt-dix ans qui partageait la chambre de son père.

Lenny avait perdu un bras et une jambe lors de la bataille de Normandie.

— Bonjour, Sierra, répondit-il d'un air guilleret depuis son fauteuil roulant.

Ses vêtements fanés semblaient aussi usés que lui.

— Comment va papa aujourd'hui ? demanda-t-elle en posant son sac sur le siège près du lit.

Le fait de le voir aussi amorphe, presque sans vie, lui brisait le cœur. Le père aimant qui les avait élevées, elle et sa sœur Joy, sombrait lentement.

— La journée a été bonne, fit Lenny.

— Bonjour, papa, murmura-t-elle en embrassant sa joue creusée.

Il était éveillé, mais ne la reconnut pas. Lors des bons jours, il restait allongé, soit assoupi, soit à fixer les quelques rayons de soleil qui filtraient à travers les stores poussiéreux. Les mauvais jours, il gémissait. Une plainte morne, tortueuse et presque inhumaine. Impossible de savoir s'il exprimait là une douleur, ou s'il s'agissait plutôt des errances de son esprit. De toute façon, ces jours-là, on le mettait sous sédatifs.

— Comment va votre petit garçon ? s'enquit Lenny. Il doit avoir bientôt l'âge d'entrer à l'école, non ?

Sierra eut un pincement au cœur. La mémoire de Lenny était vacillante. Il se souvenait bien l'avoir vue enceinte, mais oubliait régulièrement qu'elle avait confié les jumelles à l'adoption. Il devait aussi la confondre avec d'autres personnes de son entourage, puisqu'il demandait tour à tour des nouvelles de son grand garçon ou de sa petite fille.

Elle renonça à rectifier ses propos.

— Il grandit aussi vite que les mauvaises herbes !

Lenny allait répondre quand une voix annonça da l'Interphone le début de la partie de bingo dans la sa commune.

— Je dois vous laisser, déclara Lenny en dirigeant sa chaise vers la porte. Je vous rapporte un cookie ?

— Non, merci Lenny.

Elle s'assit sur le rebord du lit et prit la main de son père. Elle était froide. Son père serra mécaniquement le poing.

— Je suis allée à mon entretien d'embauche aujourd'hui, fit-elle, même si elle était à peu près sûre qu'il ne pouvait comprendre ce qu'elle disait. Ça s'est très bien passé, et je vois les filles demain. Si les autres candidates étaient du même genre que la bimbo que j'ai vue sortir avant moi, alors je suis sûre d'avoir le poste !

Elle caressa les mèches de cheveux argentés qui retombaient en désordre sur le front de son père.

— Je sais que tu te dis sans doute que je commets une erreur, reprit-elle à voix basse. Et que je devrais faire confiance à Ash et Susan. Mais c'est plus fort que moi. Ce Cooper n'est pas un homme de confiance. Je dois m'assurer que les filles sont entre de bonnes mains. Si on me refuse d'être leur mère, alors je serai leur nourrice.

Et, si elle devait pour ce faire sacrifier sa liberté et travailler pour Cooper Landon jusqu'à ce que les jumelles soient grandes, elle était tout à fait prête à faire ce choix.

- 2 -

Le lendemain, à 13 h 06 précises, Sierra frappa d'une main nerveuse à la porte de chez Cooper. La gorge nouée, elle se demandait à quoi pouvait bien ressembler son appartement, au dernier étage d'un luxueux immeuble. Et, bien sûr, à quoi ressemblaient les jumelles. Elle avait eu beau renoncer à ses droits parentaux, elle avait toujours conservé un secret espoir de les revoir un jour. Ce jour était arrivé, et elle n'en avait pas dormi de la nuit.

A vrai dire, elle s'était plutôt imaginé les revoir bien plus tard, à l'adolescence, par exemple, ou encore lorsqu'elles auraient été en âge de faire la démarche de connaître leur mère biologique. Or, cinq mois à peine après les avoir confiées à l'adoption, elle était à quelques secondes de ces retrouvailles secrètement espérées.

Une femme en tenue de gouvernante vint lui ouvrir. Grande et sèche, elle affichait un air pincé, et ses cheveux gris étaient noués en un chignon sévère. Elle devait avoir près de soixante-dix ans.

— Que puis-je pour vous ? s'enquit la gouvernante d'un ton solennel.

— J'ai rendez-vous avec M. Landon.

— Vous êtes mademoiselle Evans ?

La question lui parut superflue, puisque le portier de l'immeuble l'avait déjà annoncée via l'Interphone avant de l'autoriser à monter.

— En effet.

La gouvernante la toisa de la tête aux pieds.

— Je suis Mlle Densmore, la gouvernante de M. Landon. Vous êtes en retard, dit-elle en desserrant à peine les lèvres.

— J'en suis navrée. J'ai eu du mal à trouver un taxi.

— Je me dois de vous avertir que, si vous obtenez le poste, aucun retard ne saurait être toléré.

Sierra ne voyait pas comment elle pourrait être en retard pour un travail qui l'occuperait vingt-quatre heures sur vingt-quatre, sept jours sur sept, mais elle n'insista pas.

— Cela ne se reproduira pas.

— Veuillez me suivre, reprit Mlle Densmore, plissant le nez d'un air désapprobateur.

En dépit de cet accueil glacial, Sierra ne pouvait s'empêcher d'éprouver une profonde impatience. Elle emboîta le pas à la gouvernante, le cœur battant à tout rompre, et traversa le vestibule qui débouchait sur une vaste pièce à vivre. Les jumelles se trouvaient près des fenêtres hautes offrant une vue panoramique sur Central Park. Assises côte à côte sur des transats, elles babillaient, jouant avec des hochets de couleur.

Comme elles étaient grandes désormais ! Comme elles avaient changé ! Si Sierra les avait croisées dans la rue, elle ne les aurait probablement pas reconnues… Cette seule idée la plongea dans un désarroi tel qu'elle dut se mordre les lèvres pour refouler ses larmes. Elle s'efforça de se tenir bien droite sur le parquet en acajou massif, malgré sa viscérale envie de se précipiter vers les filles pour les prendre dans ses bras.

— Celle de gauche se prénomme Fern, déclara Mlle Densmore d'un ton glacial. C'est elle qui a le plus de caractère ; elle est très exigeante. Ivy, quant à elle, est plus calme, plus sournoise.

Sournoise ? A cinq mois ? Mlle Densmore semblait n'avoir aucune affection pour les enfants. Sans doute était-elle restée vieille fille. En tout cas, elle en avait tous les attributs.

Non seulement Sierra allait devoir composer avec un sportif adulé égoïste et fêtard, mais aussi avec une domestique froide et autoritaire… Le seul fait d'imaginer cette duègne partageant le quotidien de ses filles lui donnait la chair de poule.

— Je vais chercher M. Landon, annonça la gouvernante avant de disparaître dans un couloir qui devait mener aux chambres.

Pour la première fois depuis leur naissance, Sierra se retrouva seule avec ses petites filles. D'un pas tremblant, elle traversa la pièce et vint s'agenouiller près d'elles.

— Comme vous êtes grandes… et belles ! chuchota-t-elle.

Les fillettes posèrent sur elle leurs petits yeux bleus. Toutes deux avaient hérité d'elle son épaisse chevelure brune — et raide — ainsi que ses pommettes hautes. Hormis cela, personne n'aurait pu deviner que leur arrière arrière-grand-mère maternelle était chinoise. En revanche, elles avaient les yeux de leur père. Et les mêmes doigts, fins et allongés.

Fern poussa un cri aigu et lui tendit les bras. Evidemment, Sierra brûlait d'envie de la prendre, mais elle ignorait si elle devait attendre Cooper. Les larmes aux yeux, elle se contenta de prendre la main de la fillette et de la serrer dans la sienne. Comme elles lui avaient manqué… Comme elle s'en voulait de les avoir mises dans une telle situation… Mais elles étaient réunies désormais. Plus jamais Sierra ne les abandonnerait à leur sort. Elle veillerait à leur éducation.

— Elle a envie que vous la preniez.

Sierra sursauta et aperçut Cooper à quelques mètres d'elle. Toujours aussi grand et imposant, il était pieds nus et portait un jean délavé ainsi qu'une chemise un peu froissée qu'il n'avait pas pris la peine de rentrer dans son pantalon. Ses cheveux blond foncé étaient humides, en désordre, comme s'il sortait tout juste de sa douche. Personne n'aurait pu nier qu'il était très attirant, avec ses yeux bleu clair et cette fossette qui se creusait dès qu'il souriait. Même son nez légèrement recourbé avait quelque chose de charmant. En fait, son charisme découlait sans doute de sa totale décontraction. Quoi qu'il en soit, elle n'avait jamais été attirée par les athlètes. Elle préférait les intellectuels. Ceux qui gagnaient leur vie autrement qu'en se contentant de pousser devant eux un palet avec une crosse, après avoir renversé au passage le maximum d'adversaires.

— Ça ne vous embête pas ? demanda-t-elle.

— Au contraire. Vous êtes venue pour ça aujourd'hui.

Retenant son souffle, Sierra souleva Fern de son transat et l'installa sur ses genoux. Elle sentait bon le shampoing pour bébé et le talc. Son regard fut capté par le pendentif en or de Sierra, qu'elle tenta de saisir dans sa petite main.

— Elle est vraiment très grande, déclara Sierra en rangeant le bijou sous son col de chemise.

— Elle doit peser sept kilos et demi. Ma belle-sœur disait souvent qu'elles étaient toutes les deux de corpulence moyenne pour leur âge. Je n'ai pas encore retrouvé leur carnet de santé dans le fouillis de leurs cartons, mais leur poids de naissance doit y être consigné.

Evidemment, Sierra ne pouvait pas lui répondre qu'elles pesaient chacune trois kilos à la naissance, et qu'elle avait elle-même rempli les premières pages de leur carnet de santé. Elle l'avait ensuite offert à Ash et à Susan quand ils étaient venus chercher les bébés pour les ramener chez eux. Elle avait pris soin de documenter toute la période de sa grossesse (le jour où elle les avait senties bouger pour la première fois dans son ventre, le compte rendu de sa première échographie), de sorte que leurs parents adoptifs puissent leur raconter toute leur histoire si jamais elles le souhaitaient. Elle avait même inclus quelques photos de son ventre à différents stades de la grossesse, en prenant soin de ne jamais montrer son visage.

Ivy commença à s'agiter, probablement jalouse de voir sa sœur capter toute l'attention. Sierra était en train de se demander comment la sortir de son siège sans lâcher Fern quand Cooper vint détacher Ivy. Il la souleva, la fit virevolter au-dessus de sa tête, et elle éclata de rire.

— Ne vous laissez pas berner par ses airs calmes : Ivy est une véritable petite diablesse !

Il vint s'asseoir par terre face à elle, puis installa la petite sur ses genoux. Sierra huma au passage les senteurs masculines de son shampoing. Fern tendit les bras vers Cooper, tentant de s'extirper de ceux de Sierra. A vrai dire, Sierra ne s'était pas attendue à voir les petites aussi à l'aise avec Cooper. Aussi attachées à lui. En si peu de temps. Surtout, elle n'avait pas imaginé qu'il puisse montrer un quelconque intérêt envers deux bébés.

— Comme ça, vous avez l'habitude de travailler avec les bébés ? demanda-t-il.

— Dans mon service, je m'occupe surtout de nouveau-nés. Mais j'ai aussi travaillé dans l'aile pédiatrique.

— Monsieur Landon, je pars faire les courses ! lança Mlle Densmore depuis la cuisine.

Sierra avait été tellement absorbée par les jumelles qu'elle n'avait pas encore remarqué que la cuisine donnait sur le séjour. Avec ses meubles de bois massif et les plans de travail en granit verni soigneusement lustrés, elle semblait spacieuse, moderne et fonctionnelle.

Mlle Densmore avait revêtu un pardessus saugrenu, puisqu'il faisait déjà près de vingt-cinq degrés dehors.

— Avez-vous besoin de quelque chose, monsieur Landon ? demanda-t-elle en s'emparant d'un sac démodé.

— Des couches et du lait en poudre… Et aussi ces petits pots aux fruits dont les filles raffolent, répondit-il avant de réfléchir un instant. Ah oui ! Des flocons d'avoine. Vous savez, ces petits paquets bleus. Il n'y en a bientôt plus.

Mlle Densmore parut contrariée et disparut par ce qui devait être une porte de service. Sierra était stupéfaite de voir Cooper sembler aussi à l'aise avec la logistique qu'imposaient deux bébés. Jamais elle n'aurait pensé que Monsieur-je-me-laisse-vivre daigne s'occuper personnellement de l'intendance.

— Les filles mangent déjà des compotes ?

— Oui, avec un peu de céréales. Mais leur aliment principal reste le lait. C'est incroyable le nombre de biberons que je prépare chaque jour !

Il préparait *lui-même* les biberons ? Cette fois, elle avait vraiment du mal à l'imaginer à l'œuvre.

— Commencent-elles à faire leurs nuits ? s'enquit-elle.

— Pas vraiment. Mais elles se réveillent de moins en moins. Au début, elles avaient le sommeil très léger, expliqua-t-il en caressant affectueusement les cheveux d'Ivy. Je crois qu'elles cherchaient leurs parents. Mais, la nuit dernière, je ne me suis levé que deux fois et je n'ai pas eu à les prendre dans mon lit. J'avoue que je suis impatient de pouvoir de nouveau dormir d'une seule traite. Et tout seul.

— Vous voulez dire que c'est *vous* qui vous levez la nuit pour elles ? s'exclama Sierra d'une voix incrédule.

Il n'en parut guère offensé et lui décocha un sourire.

— En effet. Mais je vous préviens, elles ont une fâcheuse tendance à prendre toute la place : je me demande comment des êtres aussi petits peuvent occuper tout un lit !

Il se tut quelques instants.

— Simple curiosité, reprit-il : à qui pensiez-vous que je confiais les filles, la nuit ?

— Je croyais que… Ce n'est pas Mlle Densmore qui s'occupe d'elles pour l'instant ?

— Il lui arrive de les surveiller quand j'ai du travail, mais c'est uniquement parce que je n'ai pas d'autre solution. Après avoir élevé ses six enfants et deux petits-enfants, elle estime qu'elle mérite sa retraite dans ce domaine.

Sierra s'était trompée : Mlle Densmore n'était pas une vieille fille comme elle l'avait d'abord suspecté.

— Est-elle toujours aussi…

— Maniaque ? Psychorigide ? lâcha-t-il en souriant à demi comme pour mettre Sierra à l'aise.

Pourquoi diable ce sourire faisait-il battre son cœur plus fort, plus vite ? Elle ne put s'empêcher de répondre à son sourire.

— La plupart des gouvernantes font des efforts pour être aimables mais, au moins, Mlle Densmore sait tenir une maison, et sa cuisine est à tomber par terre, reprit-il. Je reconnais qu'à première vue elle a tout l'air d'une emmer… d'une enquiquineuse. Je fais en sorte de surveiller mon vocabulaire, à cause des jumelles.

Sans doute n'imaginait-il pas à quel point ses efforts seraient récompensés dans quelques mois, quand les filles commenceraient à répéter tout ce qu'elles entendraient autour d'elles.

— Même s'il m'arrive de dire des gros mots rien que pour faire enrager Mlle Densmore, ajouta-t-il en riant de bon cœur.

— J'ai l'impression que je ne lui plais pas, dit Sierra.

— Aucune importance. Ce n'est pas elle, mais moi qui embauche. Et il se trouve que vous êtes la candidate idéale. Etes-vous toujours intéressée par le poste ?

Elle sentit son cœur bondir dans sa poitrine.

— Bien sûr ! Dois-je comprendre que vous m'engagez ?

— A une condition : promettez-moi que vous n'allez

pas démissionner au bout de quelques semaines. Vous n'imaginez pas combien les jumelles ont été perturbées, après… l'accident, soupira-t-il en fermant les yeux. Les choses commencent tout juste à s'organiser pour elles, et j'arrive enfin à leur procurer un semblant de routine. Elles ont un grand besoin de stabilité. Le pire pour elles serait de voir les nourrices défiler les unes après les autres.

De ce côté-là, il pouvait évidemment compter sur elle.

— Je ne les laisserai par tomber, assura-t-elle.

— Vous en êtes sûre ? Vous savez, des jumelles, c'est vraiment beaucoup de travail. Plus que je ne l'aurais cru. Sportif de haut niveau, à côté de ça, c'est une sinécure, croyez-moi. J'ai besoin de vous savoir très impliquée.

— Je quitte mon appartement et je place mon père dans une maison de retraite que je n'aurais pas les moyens de lui financer sans votre emploi. Croyez-moi, je serai très investie.

Il parut soulagé de sa réponse.

— Dans ce cas, le poste est à vous. Plus tôt vous commencerez, mieux ce sera.

Elle éprouvait elle-même un tel soulagement qu'elle eut de nouveau envie de pleurer. Elle serra Fern très fort contre elle. Elle allait pouvoir retrouver ses filles, s'occuper d'elles, les voir grandir… Peut-être même leur apprendrait-elle un jour, quand elles seraient en âge de comprendre, qui elle était vraiment, et pourquoi elle avait d'abord dû renoncer à elles. Peut-être finirait-elle par être une véritable mère pour elles ?

— Mademoiselle Evans ? s'enquit Cooper avec insistance.

— Appelez-moi Sierra. Je peux commencer dès demain si cela vous convient. Le temps de faire mes valises.

Cette fois, il sembla surpris.

— Mais… et votre appartement, vos meubles ? Ne vous faut-il pas plus de temps pour organiser un déménagement ?

— Je sous-louerai le temps de mon préavis. Je connais une collègue qui cherche un logement et qui sera ravie de profiter de mes meubles.

Il s'agissait d'ailleurs des meubles de son père. Car, à l'époque où elle avait enfin pu gagner sa vie, il était déjà trop malade pour vivre seul, et elle avait emménagé avec lui, dans le deux pièces miteux qu'il louait. Tant qu'elle avait pu s'occuper de lui, elle dormait sur le canapé du salon, lui laissant la chambre. Elle n'avait jamais eu de véritable logement à elle. Manifestement, ce n'était pas près d'arriver. Mais, pour le bien-être et le bonheur de ses filles, elle était prête à tous les sacrifices.

— Et votre emploi actuel ? Vous n'avez pas un préavis à respecter ? s'étonna-t-il.

Elle secoua la tête. Certes, elle prenait un risque à rompre son contrat de cette façon avec l'hôpital, mais le fait de pouvoir rejoindre ses filles constituait un cas de force majeure. Elles avaient besoin d'elle. Et inversement.

— Je vais faire rédiger votre contrat dès cet après-midi par Ben, mon avocat, reprit Cooper. Vous devez savoir que ma notoriété impose un respect total de la vie privée.

— Naturellement.

— N'hésitez pas à soumettre le contrat à votre propre avocat avant de le signer.

— Je prendrai contact avec lui dès aujourd'hui.

— Parfait. Voulez-vous voir la chambre des jumelles ainsi que celle où vous résiderez ?

— Avec plaisir.

Ils se levèrent, et Cooper l'escorta vers le long couloir. Il avait gardé Ivy dans ses bras, et Fern se plaisait manifestement avec Sierra, qui ne devait pourtant être qu'une étrangère à ses yeux. Pouvait-elle pressentir qu'elle était en réalité sa véritable mère ? Ou bien était-elle simplement un bébé accueillant et avenant ?

— Voici la nurserie, déclara Cooper en montrant une porte sur la gauche.

Sierra fit un pas à l'intérieur et eut aussitôt le souffle coupé. C'était la chambre de fille la plus coquette qu'elle ait jamais vue ! Décorée en des tons de rose et de vert pastel, la chambre était chaleureuse, douillette et rassurante. Deux berceaux blancs étaient placés côte à côte, et un rocking-chair assorti était installé dans le coin, près de la fenêtre. Sierra s'imaginait déjà en train de câliner ses filles, de les endormir avec des berceuses…

Cette chambre était exactement ce qu'elle aurait aimé leur offrir si elle en avait eu les moyens. Or, si elle les avait gardées, elle n'aurait eu pour elles qu'un modeste recoin de sa minuscule chambre.

— Monsieur Landon, c'est… magnifique !

— Appelez-moi Cooper, dit-il en souriant. A vrai dire, je n'ai aucun mérite : cette chambre n'est que l'exacte reproduction de celle que les filles avaient chez Ash et Susan. J'ai pensé qu'elles se sentiraient plus à l'aise dans un environnement qui leur serait déjà familier.

Une fois encore, Sierra s'étonna du soin avec lequel Cooper avait accueilli ses nièces. Peut-être n'était-il pas aussi égoïste qu'elle l'avait imaginé de prime abord. A moins qu'il ne joue le rôle de l'oncle attentionné que dans le seul but d'amadouer une nouvelle employée, avant de reprendre au plus vite ses habitudes de fêtard invétéré…

Seul le temps le dirait.

— Les filles ont leur propre salle de bains ainsi qu'un dressing, poursuivit-il en désignant une porte coulissante à l'autre bout de la pièce.

Sierra s'avança et l'ouvrit. Le placard était immense. A ses pieds, le sol était jonché de jouets dont certains étaient encore dans leur emballage d'origine. Fern sembla les reconnaître, car elle commença à s'agiter dans ses bras, comme pour lui faire comprendre qu'elle avait envie de jouer.

La penderie contenait à elle seule suffisamment de vêtements pour habiller une dizaine de bébés. Toutes les robes, les barboteuses et tous les bodys étaient en double, griffés des plus grands créateurs. Même dans ses rêves les plus fous, Sierra n'aurait jamais pu offrir une garde-robe aussi fournie et d'une telle qualité à ses filles. Tout était parfaitement rangé en fonction du style, de la taille et de la couleur.

— Ouah ! C'est vous qui avez rangé tout ça ? s'exclama Sierra, admirative.

— Pas du tout, répondit-il en rougissant. C'est Mlle Densmore : c'est une fanatique du rangement.

Il ne restait qu'à espérer que la gouvernante ne fourre jamais son nez dans sa garde-robe ! Jamais Sierra n'aurait pu ranger ses vêtements avec une telle rigueur…

— Vous voyez, leur salle de bains est là, reprit Cooper en passant devant elle pour ouvrir l'autre porte.

De nouveau, un parfum musqué et viril vint lui chatouiller les narines. Etait-ce une idée, ou bien était-il encore plus séduisant à présent qu'il tenait Ivy dans ses bras ?

De par son métier, Sierra avait toujours eu un petit faible pour les pères qui savaient y faire avec leurs enfants ; malheureusement, elle en croisait une majorité qui ne savaient s'y prendre. Certains n'osaient même pas rendre visite à leur enfant hospitalisé. Sans parler des pères violents qui étaient la cause même de la présence de l'enfant à l'hôpital… Ces cas-là étaient les plus douloureux à traiter, et c'était en partie à cause d'eux qu'elle avait demandé à quitter la pédiatrie pour la néonatalogie.

Quoi qu'il en soit, elle était bien placée pour savoir qu'un homme à l'aise avec les enfants ne faisait pas forcément un bon père. Pas plus que le fait de couvrir un enfant de vêtements de marques, de jouets et de meubles dernier cri. Les jumelles avaient avant tout besoin d'affection ; elles avaient besoin de sentir qu'en dépit de la disparition de leurs parents elles étaient choyées et aimées.

Elle serra Fern un peu plus fort contre elle, et la petite cala sa tête contre son épaule, tétant son pouce.

— Je vais vous montrer votre chambre, déclara Cooper.

Située juste en face, cette chambre était encore plus spacieuse que celle des jumelles et disposait même d'un petit coin salon près des fenêtres. Equipée elle aussi d'un vaste dressing et d'une salle de bains privative, elle était à elle seule aussi grande que l'appartement de Sierra.

En revanche, l'ameublement et la décoration n'étaient pas très chaleureux. Les teintes de gris, noir et blanc dominaient, ainsi que les meubles de verre contemporains, un peu trop masculins à son goût. Mais, une fois qu'elle y aurait ajouté ses effets personnels, la pièce gagnerait sans doute en chaleur et en luminosité.

— Ça ne vous plaît pas, hein ?

Surprise, elle leva les yeux vers Cooper. Il fronçait les sourcils.

— Je n'ai rien dit de tel.

— Pas besoin de dire quoi que ce soit. C'est écrit sur votre visage. Vous détestez cette pièce.

— Non, je ne la *déteste* pas !

— Vous mentez à présent ? fit-il en haussant un sourcil.

— Ce n'est pas ce que j'aurais choisi, mais cette pièce a beaucoup de style.

Cette fois il éclata d'un rire franc.

— Vous mentez ! insista-t-il. Vous la trouvez affreuse.

Elle se mordit la lèvre.

— Je m'y habituerai, assura-t-elle de plus en plus gênée.

— Je vais appeler mon architecte d'intérieur. Vous

pourrez remodeler la pièce à votre goût : les murs, les meubles, la décoration…

Elle s'apprêtait à protester, mais il posa un doigt sur ses lèvres.

— Vous croyez vraiment que je vais vous laisser dans une chambre qui ne vous plaît pas ? Cet appartement va devenir votre lieu de vie, Sierra. Je tiens à ce que vous vous y sentiez à l'aise.

Troublée, elle se demanda si Cooper était toujours aussi avenant ou bien s'il faisait de son mieux pour s'assurer la sympathie d'une nourrice qui se montrerait fiable envers les jumelles. Si tel était le cas, peut-être pourrait-elle négocier un salaire plus élevé ? Non, sa seule préoccupation était d'être auprès des filles. L'argent était secondaire.

— Si vous êtes certain que ça ne vous pose pas de problème, je ne serais pas contre le fait d'ajouter une touche un peu féminine à la décoration, concéda-t-elle enfin.

— Vous pourrez dormir dans la nurserie le temps des travaux. Ou, si vous préférez avoir plus d'intimité, il y a aussi le canapé-lit dans mon bureau.

— La nurserie me conviendra à merveille.

Son intimité était le cadet de ses soucis. Et puis l'idée de dormir près de ses filles lui plaisait.

D'un geste de la tête, Cooper montra Fern.

— C'est l'heure de leur sieste, déclara-t-il à voix basse. Nous ferions bien de les coucher.

Sierra s'aperçut alors que Fern s'était assoupie contre son épaule, son pouce toujours à la bouche. Ivy, qui était, elle, lovée contre l'épaule incroyablement large de Cooper, semblait sur le point de s'endormir.

Ils rejoignirent ainsi la nurserie à pas de velours, où ils déposèrent délicatement les petites dans leur berceau — Fern dans celui de droite, Ivy dans celui de gauche. Ils sortirent ensuite sur la pointe des pieds, et Cooper referma délicatement la porte derrière eux.

— Combien de temps vont-elles dormir ?

— Les bons jours, au moins deux heures. Mais elles ne se sont réveillées qu'à 8 heures ce matin, donc la sieste risque d'être plus courte, expliqua-t-il avant de s'arrêter dans le vestibule. Avant d'appeler mon avocat, voulez-vous boire quelque chose ? Nous avons du jus de fruits, des sodas… Et même du lait en poudre !

Elle ne put réprimer un sourire.

— Non, merci, je n'ai pas soif.

— Bon, dans ce cas… Si jamais vous avez encore des hésitations, c'est le moment ou jamais de me le dire.

Des hésitations ? A retrouver ses petites filles, à les voir grandir chaque jour, à les choyer et les aimer comme elles le méritaient ? Jamais de la vie !

— Aucune hésitation, affirma-t-elle d'une voix forte.

— Parfait ! Passons à mon bureau, d'où nous pourrons téléphoner à Ben, dit Cooper avec un sourire. Il est temps de nous organiser comme il se doit, à présent !

- 3 -

Arrivé devant la porte de la chambre de Sierra, Cooper espéra qu'elle ne s'était pas déjà endormie. Il n'était que 21 h 30, mais au terme de sa première journée de travail auprès des jumelles elle devait être épuisée — il était bien placé pour savoir combien les journées auprès des filles pouvaient avoir des allures de marathon.

Elle avait signé son contrat dès l'après-midi de leur deuxième entretien et emménagé chez lui dès le lendemain. Il lui avait proposé les services de déménageurs professionnels, mais elle avait refusé, lui assurant qu'elle avait déjà tout organisé. En début d'après-midi, elle était ainsi arrivée avec quelques valises et cartons que deux de ses collègues de l'hôpital — lesquels n'avaient d'ailleurs pas caché leur excitation à l'idée de rencontrer le célèbre joueur de hockey — l'avaient aidée à transporter.

Cooper leur avait offert une bière sous son patio ombragé pendant que Sierra déballait ses affaires et que les jumelles faisaient leur sieste. Les deux jeunes hommes avaient posé de nombreuses questions au sujet de sa carrière, lui demandant ses pronostics pour la saison en cours. Ils étaient repartis ravis, près de deux heures plus tard, emportant avec eux des palets dédicacés.

Cooper avait espéré pouvoir passer cette première journée avec Sierra et les filles afin de faciliter la transition, mais il avait dû assister toute la matinée à une réunion prévue de longue date avec l'équipe chargée du marketing de sa future ligne de vêtements de sport. Il n'avait pu reporter non plus dans l'après-midi son rendez-vous avec le président de son ancienne équipe de hockey. Si tout se déroulait comme prévu, Cooper serait le prochain propriétaire du club d'ici au début de la prochaine saison, en octobre. Un rêve qu'il nourrissait depuis la première saison où il avait joué sous le maillot des New York Scorpions. Pendant vingt-deux ans, jusqu'à ce que sa blessure au genou l'éloigne des terrains, le hockey avait été toute sa vie. Devenir président de club était une suite logique à son parcours. Qui plus est, il avait l'aval de tous les joueurs, dont il restait très apprécié.

Après ces longues réunions, Cooper avait rejoint des amis pour ce qui avait été son premier dîner en ville depuis des semaines. Pourtant, il n'avait pas apprécié à sa juste valeur ce moment de détente. Pendant tout le repas, il n'avait cessé de penser à Fern et à Ivy, se demandant si elles s'étaient bien entendues avec Sierra. N'aurait-il pas dû annuler toutes ses réunions pour passer cette première journée avec elles ? N'avait-il pas eu tort de les avoir laissées seules aussi longtemps avec une quasi-inconnue ? Elles avaient déjà perdu leurs parents, et il ne voulait surtout pas qu'elles croient qu'il les abandonnait à son tour.

Ainsi, lorsqu'en fin de dîner ses amis décidèrent de poursuivre la soirée dans un bar réputé pour sa piste de danse et ses rencontres explosives, Cooper, à la surprise générale, déclina l'offre. D'ordinaire, il ne refusait pas ces secondes parties de soirées, dont il ne rentrait presque jamais seul… Ses amis se moquèrent un peu de lui, mais il n'en avait cure. Après tout, il était en deuil, la mort de son frère remontant à moins d'un mois. Il avait besoin de temps. Pour l'instant, les jumelles avaient besoin de lui. Il s'efforcerait de travailler depuis la maison le reste de la semaine. Après plus de quinze jours passés auprès d'elles nuit et jour, il s'était singulièrement habitué à leur présence.

Il frappa doucement à la porte de Sierra. Elle ouvrit au bout de quelques secondes, vêtue d'une nuisette courte et rose, qui dévoilait la grâce de ses longues jambes dénudées. Il fut saisi d'une soudaine envie de laisser courir sa main le long de ses jambes à la peau laiteuse, de remonter entre ses cuisses et… Bon sang, mais où avait-il donc la tête ?

Il s'efforça de maintenir son regard au niveau des yeux sombres de la jeune femme. Ses cheveux, qu'il n'avait jusque-là jamais vus autrement qu'attachés en queue-de-cheval, tombaient en cascade le long de ses épaules, et il éprouva une brusque envie de plonger ses doigts dans leur matière soyeuse. Le souffle court, il ramena ses mains dans les poches de son pantalon.

Tu regardes, mais tu ne touches pas, se rappela-t-il. Ce n'était pas la première fois que Cooper éprouvait un trouble en sa présence. Pourtant, elle n'était pas du tout son genre. Etrange. Quoi qu'il en soit, sa fonction auprès des jumelles était trop cruciale pour qu'il prenne le risque de la faire échouer à cause d'une aventure.

Peut-être avait-il eu tort d'engager une femme aussi séduisante, et ce en dépit de ses compétences évidentes. Peut-être aurait-il mieux fait de sélectionner des candidates plus âgées ou des candidats ?

— Je peux vous aider ? demanda Sierra.

En cet instant, face à elle, les bras ballants, il se sentit un peu penaud.

Si tu voulais avoir l'air d'un idiot, c'est réussi mon vieux ! D'ordinaire, il était plutôt très à l'aise avec les femmes. Que lui arrivait-il ?

— J'espère que… je ne vous ai pas réveillée, bredouilla-t-il.

— Non, je n'étais pas encore couchée.

— Je venais seulement aux nouvelles, pour savoir comment s'était déroulée cette première journée.

— Tout s'est très bien passé. Il faudra un peu de temps avant que les jumelles ne s'habituent mais, pour le moment, je m'adapte à leur rythme.

— Je suis navré de n'avoir pu être présent pour vous aider.

Elle ne put cacher son étonnement.

— Je ne m'attendais pas à ce que vous m'aidiez.

Il avait le plus grand mal à s'empêcher de lorgner l'échancrure de sa nuisette. Ses seins étaient plutôt menus, mais se dressaient fièrement sous le tissu satiné.

Sierra remarqua son regard, mais ne fit rien pour se couvrir. S'il continuait à se ridiculiser de la sorte, elle allait vraiment finir par le prendre pour un pauvre type.

— Il y a autre chose ? s'enquit-elle à voix basse.

Il s'efforça de relever les yeux vers son visage.

— Je pensais que nous pourrions discuter un peu. Nous n'avons pas encore évoqué l'emploi du temps des jumelles. Je me dis que vous avez peut-être des questions à ce sujet.

Comme elle hésitait, il comprit qu'elle avait envie de décliner l'offre. Pas étonnant, vu qu'il se comportait comme un pervers de première catégorie.

— D'accord, répondit-elle enfin. Laissez-moi une minute et je vous rejoins.

Elle referma la porte, tandis qu'il gagnait la cuisine d'un pas agacé. Bon sang, mais que lui arrivait-il donc ? Il réagissait comme un adolescent en proie à ses premiers émois… S'il ne cessait pas sur-le-champ de lorgner les courbes de la nourrice de ses nièces, elle allait vraiment le prendre pour un pervers. Or, la dernière des choses qu'il souhaitait, c'était la mettre mal à l'aise.

Il ouvrit la cave réfrigérée et en sortit une bouteille de pinot. Contrairement à ses anciens équipiers de terrain,

Cooper préférait les grands vins à la bière. Il n'était pas non plus porté sur les beuveries. Du moins, pas depuis qu'il avait quitté le monde de la compétition — à l'époque, l'alcool l'aidait à supporter la pression constante qui pesait sur ses épaules.

Après avoir débouché la bouteille, il en remplit deux verres sur le comptoir. Sierra arriva alors, vêtue d'un caleçon noir et d'un T-shirt jaune trop large. De nouveau, il ne put s'empêcher de jeter un coup d'œil à ses jambes fuselées. D'habitude, il sortait avec des femmes à la silhouette filiforme de top models, même si ce n'était pas ce qu'il préférait. Il se trouvait juste que ce genre de femme gravitait en permanence autour des sportifs de haut niveau. Sierra, elle, était plutôt bien en chair. Avec de vraies courbes féminines.

Mais à quoi bon la regarder puisqu'elle ne ferait jamais partie de son tableau de chasse ?

— Asseyez-vous, dit-il en lui indiquant un tabouret de bar devant lequel il posa un des deux verres. J'espère que vous aimez le vin blanc.

— Oh ! euh…, bafouilla-t-elle avec une moue qui révéla une adorable petite fossette. Je ne devrais pas boire…

Il rangea la bouteille au réfrigérateur. Craignait-elle qu'il ne cherche à la soûler pour abuser d'elle ?

— Ce n'est qu'un verre, répondit-il en souriant. A moins que votre hygiène de vie ne vous l'interdise…

— C'est juste que… je ne suis pas sûre que ce soit une bonne idée.

— Vous êtes bien majeure ?

Elle lui adressa le plus gracieux des sourires.

— Vous savez bien que oui. Mais il est fort probable que les jumelles se réveillent cette nuit, et je me dois de garder les idées claires en cas de besoin.

— Vous pensez qu'un seul verre de vin risquerait de

vous soûler ? répliqua-t-il en croisant les bras. Vous ne tenez pas l'alcool ?

Cette fois, elle releva légèrement le menton.

— Ce n'est pas ça... Disons plutôt que je ne voudrais pas vous faire mauvaise impression.

— Si vous videz ma bouteille, je ne vous cache pas que je m'inquiéterai... Mais un seul petit verre ? Croyez-vous vraiment que je vous le proposerais si je craignais que cela nuise à votre travail ?

— Sans doute pas, en effet.

— Imaginez que les jumelles soient vos enfants : vous empêcheriez-vous de vous accorder un petit verre pour vous détendre après une dure journée de travail ?

— Non.

Il lui glissa le verre entre les mains.

— Ne vous souciez pas de ce que je pense. Et trinquons plutôt à votre première journée ! murmura-t-il en entrechoquant son verre au sien.

Elle dégusta sa première gorgée avec une moue approbatrice.

— Exquis... Mais je ne vous savais pas amateur de vin.

— Je suis sûr que je peux vous surprendre à bien des égards, murmura-t-il en s'adossant au comptoir. Mais si vous me parliez plutôt de vous ?

— Je croyais que nous devions parler des jumelles ?

— En effet. Mais j'aimerais aussi en savoir plus sur vous.

Elle but une nouvelle gorgée, puis reposa son verre.

— Vous avez lu mon dossier de candidature.

— Certes, mais il ne s'agissait que du minimum syndical. Je préfère vous écouter me parler de vous, de votre vie, de ce qui vous a motivée à devenir infirmière...

— Ma mère, répondit-elle du tac au tac.

— Votre mère était infirmière ?

— Non, elle était femme au foyer. Mais elle a eu un

cancer du sein quand j'étais petite. Les infirmières ont été tellement formidables avec elle, mais aussi avec moi, mon père et ma sœur, que cela m'a donné très tôt envie d'exercer ce métier.

— Elle est décédée ?

— Quand j'avais quatorze ans.

— C'est un âge difficile pour perdre sa mère. Surtout quand on est une fille.

— Ce fut encore plus dur pour ma sœur. Elle n'avait que dix ans à l'époque.

L'estomac noué, il contourna le comptoir et vint s'asseoir sur le tabouret à côté d'elle.

— Cela dit, ajouta-t-il à voix basse, existe-t-il un âge idéal pour perdre ses parents ? J'avais douze ans à la mort des miens. Ça a été un vrai cauchemar.

— Ma sœur était une petite fille pleine de vie mais, après la mort de notre mère, elle est devenue instable et d'humeur très sombre.

— Moi, j'en voulais à la terre entière. D'élève modèle, je me suis mis à terroriser mes camarades de classe.

— Ce n'est pas rare pour un garçon d'exprimer son agressivité sur les plus faibles. Cela vous donnait un sentiment de pouvoir qui compensait l'immense impuissance que vous éprouviez devant la mort de vos parents.

— Sauf que je m'en prenais aux plus grands. Il faut dire que j'étais très costaud pour mon âge. Je me suis bien pris quelques raclées, mais en général j'avais plutôt le dessus. Et vous avez raison, ça me donnait une impression de maîtrise.

— Ma sœur n'était pas du genre bagarreur, mais elle s'est droguée à une période. Par chance, elle s'en est sortie mais, quand mon père est tombé malade, elle ne l'a pas supporté. Le jour de ses dix-huit ans, elle est partie pour Los Angeles. Elle rêve de devenir actrice. Elle a tourné dans quelques spots publicitaires et fait aussi un peu de figuration. Le reste du temps, elle est serveuse pour payer son loyer.

— De quoi souffre votre père ? demanda-t-il en espérant ne pas être trop indiscret.

— Il est en phase terminale de la maladie d'Alzheimer.

— Quel âge a-t-il ?

— Cinquante ans.

— C'est très jeune pour cette maladie, non ?

Elle acquiesça d'un signe de tête.

— C'est rare, mais cela arrive. Il avait quarante-six ans quand les premiers symptômes sont apparus, et la maladie a progressé bien plus rapidement que chez les personnes âgées. Les médecins ont essayé tous les traitements disponibles pour ralentir l'évolution, mais aucun n'a fonctionné. Mon père ne passera sans doute pas la fin de l'année.

— Je suis vraiment navré, Sierra.

Haussant les épaules, elle baissa les yeux, effleurant du doigt le rebord de son verre.

— C'est terrible à dire, mais c'est comme s'il était déjà mort… Il n'est plus que l'ombre de lui-même. Un corps rongé dont les fonctions vitales se maintiennent malgré tout. Dans ses rares moments de lucidité, il est très malheureux.

Elle semblait soudain si triste que Cooper eut envie de la serrer dans ses bras. Ou au moins de poser une main sur son épaule. Avoir un geste de réconfort. Mais il ne pouvait se permettre un geste trop équivoque. Sans doute valait-il mieux lui montrer qu'il comprenait son désarroi en évoquant à son tour sa part de tragédie…

— Vous savez, quand mes parents ont eu leur accident, mon père est mort sur le coup. Ma mère, en revanche, était dans un coma dépassé. Mon frère, Ash, avait alors dix-huit ans, et c'est lui qui a dû prendre la décision de débrancher les machines qui la maintenaient artificiellement en vie.

— Quelle épreuve atroce ! Personne ne devrait avoir à subir ce genre de chose, quel que soit son âge…

— J'étais trop jeune pour comprendre. J'ai cru qu'il l'avait fait parce qu'il lui en voulait de quelque chose ou parce qu'il ne l'aimait pas. Ce n'est qu'en grandissant que j'ai compris qu'il n'y avait plus aucun espoir pour elle.

— Pour ma part, j'ai signé une décharge limitant l'acharnement thérapeutique pour mon père. Ce fut très dur, mais je sais que c'est ce qu'il souhaiterait. A l'hôpital, j'ai vu des familles confrontées à des choix impossibles. En tant que soignant, on se doit de garder la face, mais je ne vous cache pas qu'il m'est souvent arrivé de m'effondrer en larmes en rentrant du travail. Les parents d'enfants en bonne santé ne mesurent pas la chance qu'ils ont.

— Je comprends mieux pourquoi vous souhaitiez quitter l'hôpital.

— Ne vous méprenez pas : j'adore le métier d'infirmière. Mais certains services sont particulièrement éprouvants.

— L'hôpital ne va-t-il pas vous manquer ?

Aussitôt, son visage s'illumina.

— Avec les jumelles, aucune chance que je m'ennuie !

Pourvu qu'elle tienne le coup… Soudain, il se dit qu'il ne lui avait peut-être pas accordé suffisamment de temps libre sur son contrat. Il savait à présent à quel point s'occuper jour et nuit de deux bébés pouvait être prenant. Et quelques heures le dimanche assorties d'un week-end par mois, cela faisait en réalité bien peu pour se reposer vraiment. Peut-être aurait-il dû engager une nourrice pour la semaine et une pour le week-end ?

— Vous n'avez pas peur de renoncer à toute forme de vie sociale avec ce nouveau travail ? demanda-t-il sans détour.

— Vous savez, j'y ai déjà renoncé depuis que mon père a perdu son autonomie. A la maison, j'avais engagé un auxiliaire de vie, mais je prenais le relais dès mon retour du travail.

— Tous les jours ? Ça devait coûter très cher.

Elle hocha doucement la tête.

— En effet. Nous avons épuisé toutes ses économies en quelques mois. Mais je ne voulais pas le placer en maison de retraite. Alors je l'ai gardé avec moi le plus longtemps possible. Jusqu'à ce que je comprenne que je n'étais plus assez qualifiée pour m'occuper correctement de lui.

— Vous ne sortiez jamais ? Vous n'aviez aucun loisir ?

— J'ai toujours été d'un tempérament casanier.

— Pas même un petit ami de temps en temps ?

Son visage se rembrunit, et il comprit que sa vie amoureuse était un sujet délicat. De toute façon, cela ne le regardait en aucune façon.

— Je sens que je deviens indiscret, fit-il à voix basse.

— Ce n'est pas ça. Ma vie est un peu compliquée en ce moment. Disons que je ne suis pas à une période idéale pour m'investir dans une relation sentimentale, répondit-elle avant de le regarder droit dans les yeux. Ce doit être difficile pour un homme comme vous de me comprendre.

— Vous voulez dire, un homme comme moi menant une vie aussi dissolue ?

Elle écarquilla les yeux.

— Non, ce n'est pas ce que j'ai voulu dire…

— Ne vous en faites pas, reprit-il en riant. Il est vrai qu'il y a quelques semaines encore, j'aurais sans doute eu du mal à saisir votre point de vue.

Cooper était tellement sollicité par les femmes qu'il aurait eu du mal à comprendre, seulement quelques semaines auparavant, que l'on puisse aspirer à une vie simple et calme. Or, depuis l'accident qui lui avait enlevé son frère, sa vision des priorités s'était singulièrement modifiée. A commencer par cette soirée, par exemple. A quoi bon écumer les bars de la ville pour ramener dans son lit une femme superficielle, alors que les jumelles avaient besoin de lui à la maison ?

— La vie m'a contraint à réévaluer certains de mes choix, précisa-t-il.

— Evidemment, dit-elle avec un hochement de tête compréhensif.

Sans doute avait-elle connu ce changement de perspective, elle aussi, avec la maladie de son père.

— Vous tenez vraiment à elles, n'est-ce pas ?

— Vous parlez des jumelles ? murmura-t-il en souriant. Bien sûr que je les adore. Il est vrai qu'elles ne faisaient pas partie de mes projets de vie, mais à présent qu'elles sont là je compte bien être à la hauteur. Je dois bien cela à Ash. Il a fait tant de sacrifices pour m'élever. Certains pensaient que le fait qu'elles ne soient que les enfants adoptives de mon frère devait m'absoudre de toute responsabilité à leur égard. Leur mère biologique, par exemple.

— Que voulez-vous dire ?

— J'ai été contacté par son avocat peu après l'accident. Apparemment, elle voulait récupérer la garde des filles. Sans doute s'imaginait-elle que je ne ferais pas un bon père.

— Et vous n'y avez pas réfléchi ?

— A aucun moment je n'ai envisagé de les laisser tomber ! Même si au début je n'y connaissais rien en puériculture, je ne vois pas au nom de quoi j'aurais remis les filles à une personne qui n'avait pas voulu d'elles au départ.

De nouveau, elle se rembrunit.

— Peut-être leur mère n'avait-elle tout simplement pas les moyens de les élever ? Peut-être ne les a-t-elle abandonnées que dans l'espoir de leur garantir un avenir meilleur…

— Tout cela pour changer d'avis au bout de cinq mois ? s'emporta Cooper. Elle croit sans doute avoir mieux à offrir que moi ? Avec moi, les filles ne manqueront de rien. Je leur offrirai tout ce qu'il y a de mieux : vêtements, jouets, voyages, études… Vous croyez vraiment que leur mère biologique pourrait faire mieux ?

— Vous insinuez que, parce qu'elle n'est probablement pas riche, elle ne peut être un bon parent ? fit Sierra d'un ton devenu cassant.

Pourquoi semblait-elle soudain sur la défensive ?

— A vrai dire, j'ignore pour quelle raison elle les a abandonnées, mais peu importe. Mon frère a adopté ces enfants, il les a choyées comme si elles étaient sa chair et son sang. Il m'a désigné comme tuteur légal, et j'honorerai sa volonté du mieux que je peux.

Elle se radoucit peu à peu.

— Excusez-moi si je vous ai paru hargneuse. Dans le milieu médical, j'ai souvent vu des jeunes mères mal jugées, culpabilisées. Je prends leur défense de manière instinctive…

— D'autant que vous connaissez sans doute ma réputation et que vous doutez vous-même de mes capacités à élever correctement Fern et Ivy.

Elle secoua vigoureusement la tête.

— Je n'ai jamais…

— Vous n'avez même pas eu besoin de le dire.

Pourquoi la plupart de ses amis le pensaient-ils incapable de s'acquitter de sa nouvelle fonction de père ? Plus que jamais, il avait à cœur de leur prouver qu'ils se trompaient.

— Comme je vous l'ai dit, articula-t-il d'un ton ferme, la vie m'a contraint à réévaluer certaines priorités. Pour moi, désormais, les filles passent avant tout. Et ce n'est pas près de changer.

- 4 -

Sierra n'arrivait toujours pas à croire combien elle avait été arrogante auprès de Cooper hier soir. Tout en préparant les jumelles pour leur sieste de l'après-midi, elle repensait à la conversation qu'ils avaient eue avant de se coucher. Elle posa Ivy à plat ventre sur le tapis de jeu pour changer Fern, qui s'agitait un peu.

Comment avait-elle pu se montrer aussi têtue face à son nouveau patron ? Elle aurait cherché à se faire licencier qu'elle ne s'y serait pas prise autrement. En tout cas, elle ne croyait pas une seconde à tout son baratin concernant son supposé « changement de priorités ». Pas tant qu'il continuerait à la dévorer du regard comme il ne s'était pas privé de le faire lorsqu'elle lui avait ouvert sa porte en nuisette... S'il pensait une seule seconde qu'elle s'intéresserait à un homme comme lui, il rêvait.

Même si, pour être tout à fait honnête, elle ne pouvait nier avoir trouvé cela vaguement excitant. A sa décharge, Cooper lui-même semblait gêné par les regards insistants qu'il lui avait adressés : c'était comme s'il avait agi sous l'emprise d'une force qui le dépassait. Or, voilà exactement le genre d'homme qu'il était : esclave de ses pulsions et de ses hormones. Même à supposer qu'il essaie vraiment de jouer le père idéal pour les jumelles, ses penchants évidents pour les plaisirs de la chair finiraient inéluctablement par l'éloigner d'elles.

Cela faisait des siècles qu'un homme n'avait pas posé ses

yeux sur elle avec un regard… d'homme. Quelle femme normalement constituée n'aurait pas apprécié d'être ainsi remarquée par un homme aussi séduisant, athlétique et richissime, connu pour ne fréquenter que des actrices ou des mannequins ? Certes, à ses yeux, elle n'était sans doute qu'une femme parmi tant d'autres, mais tout de même…

Elle déposa Fern dans son berceau, puis se tourna vers Ivy, qui avait réussi à rouler hors du tapis jusque devant la porte du dressing.

— Reviens ici, petite coquine ! s'esclaffa-t-elle en la rattrapant et lui chatouillant la nuque.

Ivy gloussa doucement en se tortillant contre elle mais, quand Sierra la posa sur la table à langer, elle ne broncha pas. Ivy se révélait bien plus calme que sa sœur, mais elle était de nature très curieuse. Sierra se doutait qu'au moindre défaut de surveillance elle pourrait se mettre en danger. Ivy lui ressemblait beaucoup, tandis que Fern semblait plutôt avoir hérité du caractère de leur père biologique. Sierra n'en revenait toujours pas de constater combien, si jeunes, elles avaient déjà chacune une personnalité bien affirmée. A vrai dire, elle n'arrivait toujours pas à croire qu'elle avait pu avoir cette opportunité de se rapprocher de ses filles, de les connaître, d'être là pour elles… Et, si vivre auprès de ses filles signifiait qu'elle devrait s'accommoder de quelques œillades de son patron, ce n'était pas trop cher payé.

Le timbre de voix profond de Cooper s'éleva alors de son bureau, au bout du couloir. Il était de nouveau au téléphone. Il disait travailler à domicile, mais Sierra n'avait pas la moindre idée de ce à quoi il occupait ses journées. Faire briller ses trophées ? Donner des interviews ? Car, à part récolter les — nombreux — fruits de l'époque où il était l'athlète le plus adulé de New York, elle ne savait rien de la façon dont il remplissait ses journées.

Elle coucha Ivy dans son berceau, puis l'embrassa avant de souhaiter une bonne sieste à sa sœur. Elle tira le rideau, puis sortit à pas de velours de la chambre… pour se cogner à Cooper, qui s'apprêtait à entrer dans la pièce.

— Oups ! s'exclama-t-il avec surprise.

Sans savoir comment, elle posa les mains contre son torse incroyablement musclé, tandis que les effluves de son après-rasage musqué lui montaient aux narines. D'où lui venait cette brusque envie de nouer ses mains autour de son cou et de plaquer son corps contre le sien ?

Avait-elle perdu l'esprit ?

Elle recula si brutalement qu'elle se cogna la tête contre l'encadrement de la porte.

— Vous vous êtes fait mal ? s'enquit aussitôt Cooper.

— Ça va aller, grommela-t-elle en se frottant la tête.

— Vous êtes certaine ? Vous vous êtes cognée très fort…

Il glissa sa main tiède et enveloppante sous sa queue-de-cheval, et ses doigts se faufilèrent entre ses cheveux, cherchant une blessure éventuelle.

— Je ne sens pas de bosse. Vous n'avez pas d'hématome.

Ah oui ? Pourtant, elle avait soudain l'impression de voir des petites étoiles.

Des petites étoiles ? Et puis quoi encore ? Alors qu'elle savait quel genre d'homme il était, ce contact rapproché aurait plutôt dû la repousser.

— Je vais bien, je vous assure, dit-elle en s'écartant de lui. C'est juste que je ne m'attendais pas à tomber sur vous.

Fronçant les sourcils, il glissa ses mains dans ses poches, comme s'il prenait soudain conscience qu'elles n'auraient pas dû se promener ainsi sur elle. A moins qu'il n'éprouve lui aussi un trouble similaire au sien ?

— Désolé de vous avoir effrayée. Où sont les filles ?

— Je viens de les coucher pour leur sieste.

— Pourquoi ne pas m'avoir prévenu ? Je serais venu leur souhaiter un bon dodo.

Franchement, Sierra avait pensé que c'était là le cadet de ses soucis.

— Je vous croyais au téléphone. Je n'ai pas voulu vous déranger.

— Eh bien, la prochaine fois, dérangez-moi, déclara-t-il d'un ton irrité. Quand je suis ici, les filles passent en premier.

— Entendu. Veuillez m'excuser. Elles ne dorment pas encore si vous tenez à les voir.

L'expression de Cooper se radoucit.

— Juste une seconde.

Il disparut dans la chambre, et Sierra gagna la cuisine pour débarrasser le repas des jumelles. Manifestement, Cooper ne bluffait pas quand il affirmait que les jumelles étaient sa priorité. Oui, mais pour combien de temps encore ? Pour le moment, il semblait adorer jouer les oncles aimants. Mais jusqu'à quand ? Combien de temps mettraient ses vieux penchants avant de reprendre le dessus ?

— Qu'est-ce que c'est que ça ? s'écria sèchement Mlle Densmore en agitant les deux biberons vides qui avaient servi de repas aux filles.

Etait-ce encore une de ses questions pièges ?

— Euh… des biberons ?

— Et que font-ils sur l'évier ? Ils auraient dû être rangés dans le lave-vaisselle, poursuivit-elle en foudroyant Sierra du regard.

— Je n'ai pas encore eu le temps de les y mettre.

— Tout ce que vous toucherez dans cette cuisine devra être lavé au lave-vaisselle ou à la main par *vos* soins. Il *vous* revient de nettoyer tout ce que vous ou les bébés salirez.

C'était déjà la troisième fois que la gouvernante lui adressait ce genre de remarque.

— J'en suis consciente, rétorqua Sierra. J'avais prévu de nettoyer la table après avoir couché les filles. Je m'occupe d'elles *d'abord* et je nettoie *ensuite*.

— J'ai aussi remarqué votre panière de linge sale dans la buanderie. Permettez-moi de vous rappeler qu'il vous revient de vous occuper de votre linge. Je travaille pour M. Landon, non pour vous ou qui que ce soit d'autre.

Sierra serra les dents. La gouvernante devait être ulcérée à l'idée de devoir faire la cuisine pour elle — sur ce point-là, Cooper avait raison : c'était une excellente cuisinière.

— Une lessive était en cours quand je suis venue déposer mon linge, expliqua-t-elle le plus sincèrement du monde.

Surtout, elle ne comprenait pas pourquoi Mlle Densmore se montrait aussi désagréable avec elle, car elle n'avait a priori rien fait qui ait pu l'offenser.

— Comme je l'ai dit à maintes reprises à M. Landon, ajouta la gouvernante, j'avais accepté ce poste parce qu'il n'y avait pas d'enfants. Je ne suis en aucun cas baby-sitter : les jumelles demeurent *votre entière responsabilité* !

Aucun risque qu'elle laisse traîner les filles à proximité de cette vieille sorcière…

— Il n'y a aucune ambiguïté, soyez-en sûre.

Mlle Densmore lui jeta presque les biberons à la figure, avant de disparaître dans la buanderie contiguë à la cuisine. Excédée, Sierra lui adressa dans son dos un geste puéril et insultant.

— Eh bien, voilà qui n'est pas digne d'une lady…

Elle se retourna brusquement et se trouva nez à nez avec Cooper, qui l'observait avec un sourire espiègle.

— Heureusement que les jumelles ne vous ont pas vue, poursuivit-il en croisant les bras.

— Euh…, bafouilla-t-elle en se mordant les lèvres.

Cooper éclata de rire.

— Je plaisante ! A votre place, j'aurais fait la même

chose. Et je suis d'accord avec vous : les filles restent votre priorité, le lave-vaisselle peut bien attendre.

— Je ne comprends pas pourquoi elle me déteste autant.

— Ne le prenez pas personnellement. Elle me déteste tout autant. Pourtant, c'est la meilleure gouvernante qui soit.

— Elle devrait plutôt être soulagée de m'avoir à présent : elle n'a plus à vous seconder avec les jumelles.

— Je vais avoir une petite conversation avec elle.

Aïe. C'était peut-être la pire chose à faire.

— Est-ce indispensable ? Je ne voudrais pas qu'elle s'imagine que je me suis plainte auprès de vous.

— Ne vous en faites pas, je me charge de régler tout cela.

Il disparut à son tour dans la buanderie, mais le bruit du lave-linge empêcha Sierra d'entendre sa conversation avec Mlle Densmore. Tentée d'écouter à la porte, elle préféra ranger la vaisselle sale dans le lave-vaisselle. Deux minutes plus tard, Cooper réapparut avec un sourire amusé.

— Mlle Densmore ne vous importunera plus, assura-t-il. Si vous avez besoin de moi, je suis dans le bureau.

Sierra ignorait ce qu'il avait pu dire à la gouvernante, mais leur entretien fut suivi d'effet. La vieille dame sortit de la buanderie quelques minutes plus tard, le visage rougi, et n'adressa pas le moindre regard, ni la moindre parole à Sierra. Elle garda le silence jusqu'au dîner, où elle servit un plat mexicain si fameux que Sierra se resservit deux fois.

Lorsque Cooper l'avait invitée à partager son repas dans le séjour, elle avait éprouvé une grande surprise. Elle avait plutôt pensé qu'en tant qu'employée de maison elle prendrait ses repas dans la cuisine, en même temps que les jumelles, persuadée que Cooper ne voudrait pas voir ses repas perturbés par des cris et des babillements de bébés. Pourtant, il avait insisté. Ce soir, Sierra était assise à un bout de la table, à côté d'Ivy sur sa chaise haute, et Cooper à l'autre bout, à côté de Fern, à qui il donnait quelques cuillerées de compote. Mais, lorsque Fern commença à s'agiter et que Sierra proposa de prendre le relais, il refusa fermement. Il essuya la compote de pommes sur le visage de la petite et la prit sur ses genoux, le temps de finir sa propre assiette. Il évita habilement ses petites mains potelées qui tentaient régulièrement de lui subtiliser sa fourchette. Après leur conversation d'hier soir, peut-être essayait-il de lui montrer ses qualités paternelles ?

Après le dîner, il alluma l'immense écran plat accroché au mur et choisit une chaîne documentaire. Puis il s'installa par terre avec les jumelles et se mit à jouer avec elles. Assise sur le canapé, Sierra les observa, avec l'étrange impression d'être une étrangère.

Les filles étaient à l'évidence très attachées à lui, et cela effrayait Sierra. Non qu'elle soit jalouse. Mais, au fond d'elle, elle restait persuadée que Cooper finirait par se lasser de jouer les pères modèles et qu'il retrouverait ses vieilles habitudes d'homme à femmes. Pour l'instant, ce rôle était encore tout nouveau pour lui, mais il ne tarderait pas à se languir des fêtes arrosées qui avaient fait sa réputation. En tout cas, quand cela se produirait, Sierra serait là, elle, pour garantir un minimum de stabilité aux filles. Les petites pourraient compter sur elle à tout moment, en toute circonstance.

Lorsque l'heure du coucher arriva, Cooper aida Sierra à mettre les jumelles en pyjama, puis à les coucher dans leur berceau. Avant de quitter la chambre, elle prit leurs petits vêtements sales et éteignit la lumière.

— Je vais mettre le linge à laver, dit-elle à voix basse.

— Vous n'avez pas à vous occuper du linge des filles, rétorqua Cooper en lui emboîtant le pas dans le couloir. Laissez plutôt Mlle Densmore s'en charger.

— Ne vous en faites pas, j'avais l'intention d'en profiter

pour laver aussi mon linge. A moins que vous ne préfériez laver le linge des petites séparément ?

Il parut confus à ces mots.

— Que voulez-vous dire ?

— Certains parents sont très scrupuleux et préfèrent laver le linge de leurs bébés à part de leurs propres vêtements.

— Ah bon ? Eh bien, pas moi ! dit-il d'un air amusé.

Evidemment. Un homme comme lui ne se souciait guère de ce genre de détails. Ni pour lui ni pour ses enfants.

En arrivant dans la buanderie, elle constata qu'un ordre impeccable régnait dans la pièce. Mlle Densmore était manifestement une véritable maniaque du rangement et de la propreté. Elle plaça le linge dans la machine, puis ouvrit un tiroir dans lequel étaient parfaitement alignés lessives, adoucissants et autres détachants avant lavage.

Après avoir versé une dose de lessive dans le bac du lave-linge, elle vissa le bouchon, le sourire aux lèvres. Inutile de s'embêter à essuyer les quelques gouttes qui s'écoulaient du goulot… Elle fit de même avec le flacon d'adoucissant puis, juste pour le plaisir, s'amusa à donner un petit coup dans la rangée de détachants avant d'enclencher le programme.

De retour dans la cuisine, elle trouva Cooper assis au bar devant deux verres de vin rouge.

— Venez donc vous accorder une pause, déclara-t-il en désignant le tabouret à côté du sien. J'étais d'humeur à ouvrir un rouge ce soir. J'espère que cela vous conviendra, il s'agit d'un château Malbec.

— Rien ne vous oblige à me servir du vin tous les soirs, répondit-elle, un peu décontenancée.

— Je sais, Sierra, je sais.

Elle n'était pas sûre d'avoir très envie que ces moments en tête à tête deviennent une habitude. Oh ! elle n'avait rien contre l'idée de se relaxer en fin de journée avec un verre de bon vin… mais le tête-à-tête avec lui la rendait nerveuse. Ce soir, leurs tabourets étaient *très* rapprochés. Certes, il s'était jusqu'à présent conduit en parfait gentleman avec elle, et pourtant… Il y avait quelque chose chez lui qui la rendait fébrile.

— On pourrait peut-être s'installer dans le salon ? suggéra-t-elle timidement dans l'espoir de contourner le problème.

Le salon était spacieux, et elle pourrait ainsi s'installer loin, très loin de lui…

— Bien sûr, répondit-il en haussant les épaules.

Personnellement, elle aurait préféré emporter le verre dans sa chambre et se pelotonner au lit avec ce roman policier qu'elle ne lâchait plus depuis quelques jours, mais elle se devait de faire preuve de courtoisie envers son nouveau patron.

Cooper s'affala paresseusement dans le fauteuil près de la fenêtre et étendit ses longues jambes musclées devant lui. Elle prit place à l'autre bout du canapé. Ils étaient séparés à présent de plusieurs mètres, alors pourquoi la tension semblait-elle persister entre eux ? se demanda-t-elle. Surtout, pourquoi ne pouvait-elle s'empêcher de le regarder ? Il était certes bel homme, mais elle n'éprouvait pour lui qu'un vaste mépris…

Cooper sirota son vin, puis posa son verre sur ses abdominaux — lesquels devaient être aussi musclés et parfaits que le reste de son corps. Il laissa courir son doigt sur le bord de son verre.

— Comment trouvez-vous ce vin ? demanda-t-il.

Sierra en goûta une première gorgée qu'elle laissa longuement se dissoudre entre sa langue et son palais. Elle n'y connaissait rien en œnologie, mais ce vin avait une texture et un arôme merveilleux. Il était à la fois corsé et fruité. Rien à voir avec les bouteilles bon marché qu'elle s'offrait de temps à autre.

— J'aime beaucoup. Il a tous les atouts d'un grand cru.

— C'en est un. Il faut bien que tout cet argent me serve à quelque chose, n'est-ce pas ? Ce qui me fait penser que j'ai appelé mon décorateur aujourd'hui. Il est pris par un autre projet en ce moment et ne pourra vous rencontrer avant au moins trois semaines. Si cela vous paraît trop long, je peux essayer de contacter un autre décorateur.

— Trois semaines, ce n'est pas trop long, je peux patienter.

— Vous en êtes sûre ?

— Absolument ! J'apprécie l'attention que vous portez à mon confort.

De toute façon, elle ne passait que peu de temps dans sa chambre : les jumelles l'accaparaient la majeure partie de son temps et, lorsqu'elle regagnait ses murs, c'était seulement pour y dormir.

— Je voulais vous demander : où en êtes-vous exactement avec votre père ? Vous parliez de le changer de résidence ?

— Une ambulance le transférera dans son nouvel établissement de soin samedi matin.

— Votre présence est-elle souhaitable ?

Même si c'était le cas, elle devait s'occuper des filles.

— Il sera entre de bonnes mains. Je lui rendrai visite dimanche, pendant mes heures de congé.

— Vous savez, vous n'êtes pas obligée d'attendre dimanche pour aller le voir. Vous pourrez lui rendre visite quand bon vous semblera. Vous pouvez même emmener les jumelles avec vous, je n'y vois pas d'inconvénient.

— Sa nouvelle résidence se situe dans le New Jersey. Je n'ai pas de voiture, et les emmener en car ou en train alors qu'elles sont si petites aurait tout du cauchemar logistique.

— Dans ce cas, prenez ma voiture, proposa-t-il avec désinvolture.

— C'est impossible.

— Allons, je vous la prête volontiers.

— C'est impossible, répéta-t-elle. Je ne sais pas conduire.

Il fronça les sourcils.

— Comment, vous n'avez pas votre permis ?

— J'ai toujours vécu en centre-ville. Et, vu le prix du carburant, je n'en ai jamais trouvé l'utilité.

— Soit ! Je vous y conduirai. Nous irons dès samedi, pour qu'il ne soit pas trop perdu le jour de son transfert.

Avait-elle bien entendu ? Cooper Landon lui proposait de prendre sur son temps personnel pour la conduire chez son père dans le New Jersey ?

— Cooper, vous n'êtes vraiment pas obligé…

— J'insiste.

Qu'était-elle censée répondre ? Pourquoi montrait-il autant de sollicitude à son égard ? Cooper était son employeur, pas un ami…

— Vous savez que vous êtes en train de me dévisager bizarrement ? reprit-il à voix basse. Soit vous n'avez pas l'habitude que les gens vous proposent leur aide, soit vous doutez profondément de mes motivations.

Il n'avait pas tort, il y avait un peu des deux. Mais comment s'y prenait-il au juste pour deviner ainsi ses pensées ?

— Je suis sûre que vous devez avoir des tas d'autres choses à…

— Je n'ai absolument rien de prévu ce week-end, l'interrompit-il avant de faire une petite pause. Et sachez par ailleurs que je n'ai aucune motivation cachée.

Elle avait un peu de mal à le croire sur parole.

— Vous êtes certain que ça ne vous dérange pas ?

— Absolument ! Et puis ça fera une balade pour les filles.

Sierra s'apprêtait à lui rappeler qu'elle les avait emmenées au square ce matin, mais elle se ravisa. Il avait manifestement décidé de l'accompagner, et rien ne le ferait changer d'avis. Par ailleurs, elle avait terriblement envie d'être là le jour du transfert de son père, non seulement pour s'assurer qu'il serait traité dignement, mais aussi pour vérifier qu'aucune de ses affaires personnelles ne serait oubliée. Les photos et les souvenirs. Non pas que cela soit d'une quelconque utilité désormais à son pauvre père. D'ailleurs, il serait peut-être temps pour elle de les récupérer…

— J'appellerai sa résidence demain pour savoir à quelle heure le transfert est prévu. Nous pourrions arriver une demi-heure à l'avance, puis suivre l'ambulance jusqu'à la nouvelle maison de retraite.

— Vous n'aurez qu'à me dire l'heure, et je me tiendrai prêt, affirma Cooper.

— Merci, Cooper.

Son regard se fit pénétrant.

— Je vois que vous vous demandez encore pourquoi je fais cela. Vous semblez avoir un certain nombre d'idées préconçues à mon sujet.

Impossible de le nier. De plus, il serait surpris de ce qu'elle savait de lui. Non pas ce qu'on lisait dans les journaux, mais ce qu'elle avait pu observer jusque-là.

— Croyez-le ou non, mais je suis un type bien.

Cette fois, elle était à court d'arguments.

— J'ai peut-être un peu de mal à accorder ma confiance, admit-elle du bout des lèvres.

— J'ai l'impression qu'il va vous falloir un peu de temps pour comprendre que je ne suis pas le mauvais garçon que vous croyez, ajouta-t-il à voix basse.

Mais pourquoi se préoccupait-il à ce point de ce qu'elle pouvait penser ? Se montrait-il aussi bienveillant envers tous ses employés ? Certes, elle ne travaillait pour lui que depuis deux jours, mais elle ne se souvenait pas l'avoir entendu proposer un verre de vin à Mlle Densmore ou de l'accompagner quelque part en voiture.

Quelque chose lui disait que l'attitude de Cooper s'expliquait plutôt par le fait qu'elle était jeune et attirante, d'après ce qu'en disaient les hommes. Elle n'avait rien d'un top model, mais elle n'était pas mal faite du tout. Rien à voir, cependant, avec les reines du glamour aux côtés de Cooper dans les magazines.

En lui proposant ainsi son aide, peut-être cherchait-il à renouer avec ses origines modestes qu'il n'avait jamais cherché à cacher ?

Quoi qu'il en soit, s'il s'imaginait que ce service lui permettrait de l'attirer dans son lit, il s'exposait à une cruelle désillusion.

- 5 -

Sur le seuil de la nouvelle chambre de son père, Sierra résistait au réflexe d'aider les infirmiers à le transférer du chariot jusqu'au lit dans lequel il finirait vraisemblablement ses jours. Au moins, dans cette nouvelle résidence, le personnel était chaleureux et attentif. Enfin, elle pourrait s'endormir le soir en sachant son père correctement soigné. Malheureusement, l'ambulance était venue le chercher avec une heure de retard, et les formalités administratives avaient duré une éternité.

Cooper avait fait preuve d'une immense patience et avait pris le relais pour s'occuper des jumelles. Or, sa patience était mise à rude épreuve. Il était avec les filles dans la salle de jeux, et bien que Sierra leur ait donné leur déjeuner dans la voiture, pendant le trajet, elles avaient près d'une heure de retard sur leur heure de sieste habituelle, et la dernière fois qu'elle était passée les voir elles commençaient à s'agiter. Elle avait beau être reconnaissante envers Cooper de lui avoir permis d'assister au transfert de son père, elle s'en voulait de devoir le faire attendre aussi longtemps. Après tout, il était son employeur. Et non l'inverse.

Elle allait devoir abréger son tête-à-tête avec son père. Une fois qu'il fut bien installé dans son lit, les infirmiers quittèrent la pièce et les laissèrent seuls.

— Ne vous en faites pas, ma jolie, on va bien s'occuper de lui, lui avait glissé une infirmière en sortant.

Sierra s'approcha du lit. Le rideau entre son père et son

camarade de chambre était tiré, mais les infirmiers lui avaient expliqué que le malheureux se trouvait lui aussi dans un état semi-comateux.

— Je ne peux pas rester plus longtemps aujourd'hui, papa. Mais je te promets que je reviendrai demain.

Elle déposa un baiser sur sa joue, puis pivota sur ses talons pour rejoindre la salle de jeux. A voir Cooper dans cet environnement, personne n'aurait pu deviner qu'il était un joueur de hockey ultra-célèbre et richissime. Avec son jean, son T-shirt et ses baskets à demi usées, il arpentait la pièce avec un bébé dans chaque bras, tentant de calmer leur impatience. Il avait l'air d'un papa tout à fait banal.

Son physique d'apollon mis à part. Et, pour être tout à fait honnête, elle éprouvait une certaine émotion à le voir bercer les filles aussi patiemment. Pour quelqu'un qui n'avait absolument pas prévu de devenir père, et dont la responsabilité était tombée aussi subitement sur lui, il ne s'en sortait pas si mal. Depuis cinq jours qu'elle travaillait pour lui, il ne s'était comporté à aucun moment comme le séducteur invétéré qu'il était censé être.

Mais pourquoi ne pouvait-elle s'empêcher de penser qu'il finirait par se désintéresser des jumelles ?

— Je suis navrée… que cela ait pris autant de temps, bredouilla-t-elle en prenant Ivy, qui couinait de plus en plus fort, dans ses bras.

— Ce n'est pas grave, répondit-il d'un air vraiment sincère. Est-ce qu'il est bien installé à présent ?

— Oui, enfin, dit-elle alors qu'Ivy s'agitait un peu plus dans ses bras. Il est temps de partir à présent. Les petites sont très en retard sur leur sieste.

— Vous ne voulez pas rester un peu plus avec votre père ?

A vrai dire, elle s'était imaginé que Cooper serait excédé par la fatigue des jumelles et qu'il s'empresserait de regagner sa voiture pour rentrer. Même si, il fallait bien le reconnaître, il ne s'était pas plaint une seule fois. Ni pendant la longue attente de l'ambulance dans l'enceinte de l'ancienne résidence, ni dans les embouteillages. Mais, même si elle mourait d'envie de rester un peu plus pour s'assurer que son père n'aurait pas d'effets indésirables suite à ce long trajet, elle ne pouvait décemment pas continuer à abuser ainsi du temps de Cooper.

— Je reviendrai demain, pendant mon congé, répéta-t-elle en saisissant le sac à langer plein à craquer.

Cooper déplia alors la double poussette — très haut de gamme évidemment : Ash et Susan avaient prévu pour les jumelles tout ce qui se faisait de plus beau et de plus cher —, et ils quittèrent tous les quatre le bâtiment pour rejoindre le parking. Ce matin, elle avait eu la surprise de découvrir que, contrairement à la voiture de sport aux couleurs tapageuses qu'elle avait imaginée, Cooper roulait dans un simple 4x4 gris métallisé… Preuve supplémentaire que l'homme qu'elle croyait connaître en acceptant ce poste était très éloigné du véritable Cooper.

Ils attachèrent les filles sur leur siège auto et, au bout de cinq minutes de trajet à peine, elles dormaient déjà toutes les deux à poings fermés.

— Alors, où allons-nous à présent ? demanda Cooper.

— Euh, je suppose que nous rentrons ?

— Rentrer ? Sous un soleil aussi généreux ? Nous devrions en profiter. Je ne sais pas vous, mais moi je meurs de faim. On devrait s'arrêter quelque part pour manger.

— Les filles viennent à peine de s'endormir. Si nous les réveillons pour les traîner dans un restaurant, je ne crois pas qu'elles apprécieront.

— Vous n'avez pas tort.

— Et puis ne devriez-vous pas rentrer ? Nous sommes samedi, vous devez avoir quelque chose de prévu ce soir ?

— Non, absolument rien, répondit-il tranquillement.

Il n'était pas non plus sorti la veille. Ils avaient dîné tous les quatre, puis Cooper avait longuement joué avec les jumelles jusqu'à l'heure du coucher. Sierra était persuadée qu'il avait une soirée de prévue mais, lorsqu'elle était sortie de la buanderie après y avoir lavé les vêtements des filles, elle l'avait trouvé assis dans le salon avec deux verres de vin. Et, malgré son envie d'aller se coucher, elle n'avait pas osé décliner l'offre de son patron, lequel s'était déjà donné la peine de verser le vin dans les verres.

Un seul verre, s'était-elle dit en se promettant de ne pas se coucher après 21 h 30. Mais Cooper s'était mis à lui raconter les meilleurs souvenirs de sa carrière de hockeyeur — sujet qu'elle avait finalement trouvé passionnant — et, sans même qu'elle s'en rende compte, les douze coups de minuit avaient fini par sonner. Même s'il la rendait encore fébrile et que l'idée de développer une amitié avec lui la mettait mal à l'aise, il se montrait si simple et si charmant qu'elle ne pouvait s'empêcher de le trouver de plus en plus sympathique.

— En venant tout à l'heure, j'ai repéré un petit traiteur près d'un parc, reprit Cooper. On pourrait prendre des sandwichs, les manger dans la voiture et faire un tour en voiture pendant que les filles dorment.

Ce n'était pas une mauvaise idée. S'ils rentraient tout de suite à la maison, ils étaient pratiquement sûrs que les jumelles se réveilleraient à l'instant même où ils les extirperaient de leur siège auto, écourtant ainsi leur sieste d'une bonne heure, ce qui les rendrait grognon pour le reste de la journée. Pourtant, l'idée de passer encore du temps en compagnie de Cooper la rendait nerveuse. Non qu'elle s'inquiète de ses intentions à son égard — s'il avait voulu tenter quoi que ce soit avec elle, il l'aurait fait depuis longtemps. A part la façon dont il l'avait regardée le premier soir — tout cela parce qu'elle n'avait pas eu la présence d'esprit de passer une robe de chambre par-dessus sa nuisette —, il s'était comporté en parfait gentleman. Elle ne s'expliquait pas le sentiment de malaise qu'elle éprouvait en sa compagnie.

Enfin… pas tout à fait. Car, aussi illogique et irrationnel que cela puisse paraître, elle éprouvait une certaine attirance pour cet homme. Et il ne faisait aucun doute que cette attirance était réciproque. Dès qu'il se trouvait près d'elle, l'air autour d'eux se chargeait d'électricité. Bien qu'elle n'ait aucunement l'intention de laisser prendre à leur relation une dimension intime, elle ne pouvait s'empêcher d'avoir le sentiment de se comporter de façon quelque peu immorale.

Allons, il ne s'agissait là que d'un sandwich ! Et puis, pour l'heure, n'était-ce pas ce qu'il y avait de mieux à faire pour les filles ?

— J'avoue avoir moi aussi un petit creux, murmura-t-elle.

— Génial ! lança-t-il en lui adressant un de ses sourires qui avaient le don de la faire craquer.

Seigneur, elle devenait pitoyable…

Elle proposa à Cooper de se charger de la commande pendant qu'il l'attendrait avec les filles, mais il insista pour y aller lui-même et refusa l'argent qu'elle lui tendit pour payer sa part.

— Rien ne vous oblige à m'offrir mon déjeuner, déclara-t-elle d'une voix embarrassée.

— Si nous étions à la maison, vous mangeriez de la nourriture que j'ai moi-même achetée : il n'y a aucune différence.

Une fois encore, elle se trouva à court d'arguments. De toute façon, Cooper était déjà descendu de voiture avant qu'elle ait terminé sa phrase.

Cinq minutes plus tard, il revint avec deux sandwichs,

une salade de crudités, un sachet de chips et une bouteille d'eau ainsi qu'une autre de soda. Ils n'eurent aucune peine à trouver une place de stationnement face au terrain de jeux du parc. Contrairement à ce qu'elle avait redouté, les filles ne se réveillèrent pas lorsqu'il coupa le moteur. Ils étalèrent joyeusement leur pique-nique sur le tableau de bord et commencèrent à manger.

— Je peux vous poser une question ? lâcha-t-elle, hésitante.

— Allez-y.

— Votre célébrité mise à part, que faites-vous dans la vie désormais ? Je veux dire... Est-ce que vous travaillez ?

Sa question parut l'amuser.

— Figurez-vous que je travaille dur ! Je suis sur le point de sortir ma ligne d'équipements de hockey et j'ai lancé il y a quelques années une chaîne de salles de sport. Nous ouvrirons six nouveaux centres d'ici au mois de janvier.

— Quel genre de salles de sport ?

— Principalement des patinoires et des salles de gym. En outre, je possède une dizaine de propriétés dans le monde, que je loue durant les périodes où je ne les occupe pas. C'est un marché très lucratif.

Une fois encore, les suppositions de Sierra s'avéraient totalement erronées. Cooper n'avait en réalité rien d'un rentier vivant sur les lauriers de sa célébrité.

— Je ne vous imaginais pas en agent immobilier, dit-elle entre deux poignées de chips.

— Peu de gens ont les moyens de s'offrir une résidence secondaire dans laquelle ils ne passeront que quelques semaines par an. Ils préfèrent les locations saisonnières : non seulement c'est moins cher, mais ils peuvent changer de destination chaque année !

Elle prit une troisième poignée de chips.

— Je constate que vous étiez affamée !

Elle lui lança un regard agacé.
— Vous chercher à me complexer ?
— Vous plaisantez ? Pour une fois que je vois une femme se nourrir normalement ! Vous savez, j'ai emmené des femmes dîner dans les restaurants les plus chics de la ville, tout cela pour les voir commander une salade verte et de l'eau pétillante… Les pires, ce sont celles qui demandent un plat cher et raffiné pour n'en déguster que trois bouchées.
— Dans ce cas, je vais vous poser une question idiote : qu'est-ce qui vous oblige à ne sortir qu'avec des femmes plus ou moins anorexiques ?
— Rien. C'est seulement par commodité.
Elle manqua de s'étouffer.
— Par *commodité* ? répéta-t-elle, interloquée.
— Disons que ces femmes et moi évoluons dans les mêmes cercles, et que je n'ai pas forcément fait la démarche de regarder ailleurs…
— Si je comprends bien, elles se jettent toutes sur vous.
Il haussa les épaules, avant d'acquiescer.
— Plus ou moins.
— Vous est-il seulement arrivé d'avoir à faire la cour à une femme qui vous plaisait ?
Cooper réfléchit un instant, puis secoua la tête.
— Non, pas vraiment. En fait, ça n'est même jamais arrivé.
— Jamais ? Pas même au lycée ?
— Depuis que j'ai l'âge de plaire, j'ai toujours été la star de l'équipe. Les filles ont toujours fait le premier pas.
Difficile d'imaginer un homme aussi sûr de lui attendre qu'une femme lui fasse des avances.
— Ouah ! s'exclama-t-elle, perplexe.
— Que voulez-vous : je suis riche, beau et célèbre.

Qui ne voudrait pas de moi ? Franchement, qui pourrait me résister ?

Etait-il sérieux, ou disait-il cela seulement pour la faire marcher ? Se pouvait-il qu'il soit à ce point *arrogant* ?

— Moi, déclara-t-elle d'un ton flegmatique.

Cette réplique parut l'amuser.

— C'est vrai, vous me résistez beaucoup. Vous faites l'indifférente, mais je vois bien que vous ne l'êtes pas…

— Je crois que vous avez dû recevoir trop de coups de crosse sur la tête au cours de votre carrière : je ne me sens pas du tout attirée par vous. Vous n'êtes même pas mon genre d'homme.

— C'est bien cela qui rend les choses excitantes : vous savez que le fait de travailler pour moi vous interdit d'éprouver une quelconque attirance à mon égard, mais vous ne pouvez pas vous en empêcher.

Comment s'y prenait-il pour lire à ce point dans son esprit ? Tout cela devenait à la fois dérangeant et… étrangement fascinant.

— Si je vous suis bien, vous êtes en train de reconnaître que tous les efforts que vous avez faits jusque-là pour vous montrer sous un jour sympathique n'étaient que de la poudre aux yeux, destinée uniquement à m'attirer dans votre lit ?

— Non, je suis un gentleman. Et croyez-moi, si j'avais voulu vous mettre dans mon lit, vous y seriez déjà passée…

Cette fois, elle n'en croyait pas ses oreilles.

— Ah oui ? Vraiment ?

— Contrairement à ce que vous croyez, vous n'êtes pas de marbre, Sierra. Si je décidais de vous embrasser, là, tout de suite, vous n'essaieriez même pas de m'en empêcher.

Cette seule évocation suffit à lui nouer l'estomac. Cependant, elle se redressa dans son fauteuil et le regarda droit dans les yeux.

— Si vraiment vous tentiez de le faire, vous vous

exposeriez à un coup de pied bien placé qui vous ferait immédiatement passer l'envie de jouer à ce petit jeu.

Il éclata d'un rire franc.

— Vous croyez que ce sont des paroles en l'air ? ajouta-t-elle d'un ton de plus en plus agacé.

— Oh ! non. Ne serait-ce que pour me prouver combien vous êtes forte. Mais vous finiriez par céder et me laisser faire.

— Votre arrogance est sans limites.

— C'est là l'un de mes traits de caractère les plus irrésistibles, rétorqua-t-il avec un sourire provocateur.

Cette confiance en lui n'était peut-être qu'un écran de fumée. A moins qu'il ne cherche vraiment à tâter le terrain. Peut-être lui plaisait-elle vraiment après tout… Mais, lui qui avait l'habitude que les femmes se jettent sur lui, redoutait-il qu'elle décline ses avances ?

Curieusement, l'idée que sous cette apparence forte et athlétique se cachait peut-être un homme sensible et fragile le rendait plus attirant encore.

Bon sang, elle perdait l'esprit !

— Même à supposer que vous m'attiriez — ce qui, malgré ce que vous semblez croire, n'est pas du tout le cas —, je ne prendrais jamais un tel risque. Je ne veux même pas imaginer l'éventualité de ramener mon père dans ce maudit mouroir bon marché. Sans ce travail, je n'aurais jamais les moyens de financer sa nouvelle résidence. Ainsi, j'ai toutes les bonnes raisons de ne *pas* être attirée par vous.

Cooper s'apprêtait à répondre, mais Ivy commença à s'agiter dans son siège auto.

— Oh ! oh, dit-il en se retournant vers les jumelles. Nous ferions bien de redémarrer, sinon elles vont se réveiller !

Il mit les restes de son sandwich dans son emballage et démarra la voiture. Puis il alluma la radio. Sierra se sentit soulagée. Elle espérait avoir été suffisamment claire avec lui, et que la tension sensuelle qui existait entre eux depuis leur rencontre finirait par se dissiper d'elle-même. Ainsi, ils pourraient enfin entretenir une relation normale d'employeur à employée.

En réalité cependant, elle craignait fort que Cooper n'ait vu juste : si jamais il l'embrassait, elle serait incapable de le repousser. Et elle avait l'impression tenace que cette conversation, aussi troublante et dérangeante soit-elle, était loin, très loin d'être terminée.

- 6 -

Sierra pouvait rester des mois sans nouvelles de sa sœur. Souvent, elle lui laissait des messages téléphoniques auxquels Joy ne répondait pas ou encore lui adressait des courriers qui revenaient avec la mention « Inconnu à cette adresse ». Puis, sans crier gare, Joy refaisait surface — toujours avec les mêmes excuses : elle était débordée de travail, venait de déménager ou sa ligne téléphonique était coupée à la suite de factures impayées. La vérité, c'était que Joy était d'un tempérament instable. Assister à l'évolution de la maladie de leur mère l'avait profondément marquée. La perspective de voir leur père se dégrader de la pire des façons l'avait poussée à partir vivre à des milliers de kilomètres : c'était plus qu'elle ne pouvait en supporter.

De fait, Joy avait pratiquement coupé les ponts avec sa sœur. Sierra n'avait même pas réussi à la contacter lorsqu'elle avait appris la mort d'Ash et Susan — pourtant, elle aurait bien eu besoin d'un soutien moral à ce moment de sa vie.

Ce soir-là, quand le nom de sa sœur s'afficha sur l'écran de son téléphone, elle en fut donc extrêmement surprise. Elle venait de coucher les jumelles et sortait tout juste de leur chambre.

Elle envisagea de ne pas décrocher, histoire de rendre à Joy la monnaie de sa pièce. Oui, parfois, elle en avait assez du rôle de la grande sœur raisonnable. Mais, après trois sonneries, elle se sentit un peu coupable. Et si c'était grave ? Si Joy ne la rappelait pas avant plusieurs mois ?

En outre, cet appel constituait l'alibi idéal pour échapper au traditionnel verre de vin de fin de journée partagé avec Cooper. Après ce qu'ils s'étaient dit cet après-midi, elle préférait garder ses distances.

— C'est ma sœur, je dois répondre, expliqua-t-elle en pressant le pas en direction de sa chambre.

Cooper parut déçu, mais elle referma sa porte à la hâte.

— Devine qui c'est ! s'exclama Joy à l'autre bout du fil.

— Salut sœurette, dit-elle en s'asseyant sur son lit. Voilà au moins trois mois que je n'ai pas entendu le son de ta voix.

Sa sœur poussa un long soupir.

— Je sais, je sais, je devrais t'appeler plus souvent. Mais je suis sûre que tu me pardonneras en entendant ce que j'ai à te dire.

— Ah oui ? fit-elle d'un ton dubitatif.

— Je rentre à la maison !

— Tu veux dire que tu reviens vivre à New York ? s'exclama Sierra, le cœur léger.

— Seigneur, non ! Tu veux rire ? Los Angeles est une ville trop excitante ! Je loge en ce moment chez un ami, dans une villa de Malibu qui donne sur la plage, et c'est vraiment le rêve. D'ailleurs, en ce moment même, je suis sur la plage et je regarde les vagues tout en te parlant.

Sierra imagina sa sœur dans une de ses robes un peu hippie, ses longues jambes bronzées étendues dans le sable, ses longs cheveux noirs ondulant dans le vent marin. Sans doute avait-elle une canette de bière à portée de main, ainsi qu'une de ces cigarettes de forme très allongée qu'elle fumait régulièrement. Joy avait toujours été plus délurée que Sierra ; elle avait toujours fait preuve d'une grande confiance en elle. Pourtant, c'était une grande tourmentée. D'ailleurs, Sierra était prête à parier que sa sœur devait aussi partager le lit de cet « ami » de Malibu.

— Dans ce cas, pourquoi dis-tu que tu rentres ?

— Je viens en touriste !

— Quand ?

— Mercredi prochain. Je fais un casting pour un film indépendant dont le tournage est prévu pour le mois d'août. Mon agent pense que le rôle principal est fait pour moi. Je resterai sur place au moins une semaine, au cas où la production me rappellerait tout de suite après le casting.

Curieusement, l'agent de Joy disait la même chose chaque fois. Mais, jusqu'à présent, elle n'avait décroché que de tout petits rôles, voire de simples figurations.

— Ça m'a l'air très prometteur, déclara cependant Sierra.

— Oh ! Je sais ce que tu penses, reprit Joy.

— Quoi ? Je n'ai rien dit !

— Pas la peine. Je sens ton scepticisme à travers le téléphone. Mais cette fois c'est différent. Mon nouvel agent a un carnet d'adresses incroyable !

— Tu as changé d'agent ? Qu'est devenu le précédent ?

— Je ne t'avais pas dit ? Nous nous sommes séparés il y a deux mois.

Elles ne s'étaient pas parlé depuis trois mois.

— Ah bon ? Je croyais pourtant que c'était le meilleur de tous...

— Disons que sa femme nous a un peu surpris dans son bureau, si tu vois ce que je veux dire...

— Est-ce que je dois comprendre que tu as *couché* avec ton agent, qui est un homme *marié* ?

Malheureusement, Sierra n'était qu'à moitié surprise.

— Il faut ce qu'il faut... Et puis, franchement, il était plutôt bel homme. En tout cas, tu n'es pas la mieux placée pour me donner des leçons en la matière.

Certes, le père des jumelles était lui aussi un homme marié. Mais la situation était totalement différente.

— Je te rappelle qu'il était séparé de sa femme, siffla Sierra. Et ce n'est arrivé qu'une fois.

Le temps qu'elle découvre sa grossesse, lui et sa femme s'étaient réconciliés. Elle n'aurait rien eu contre le fait de l'épouser le cas échéant. Mais, très vite, ils étaient convenus que cette aventure d'un soir avait été une erreur.

— Donc, tu seras bientôt à New York, reprit Sierra pour changer de sujet.

— Oui, et inutile de dire que je compte rester chez ma sœur préférée !

— Oh !

Ça, Sierra ne l'avait pas prévu.

— Comment ça, *oh* ? Tu n'es pas contente de me voir ?

— Si, bien sûr. Sauf que je ne vais pas pouvoir t'héberger.

— Pourquoi ? Ne me dis pas que tu vis avec quelqu'un ! Allons, il peut bien te laisser accueillir ta petite sœur adorée pour quelques nuits, non ?

— Ecoute, je vis effectivement avec quelqu'un, mais ce n'est pas ce que tu crois. Nous ne sommes pas un couple : je travaille pour lui.

— En tant qu'infirmière ?

— En tant que nourrice.

— Nourrice ? Tu as abandonné les jumelles il y a quelques mois à peine… Et voilà que tu t'occupes d'un bébé, ça ne doit pas être facile.

— Joy, attends un instant, je dois vérifier quelque chose, murmura-t-elle en se dirigeant vers la porte de la chambre.

Elle l'ouvrit d'un coup et entendit le son de la télévision en provenance du salon. Sans doute Cooper était-il affalé dans son fauteuil préféré, à regarder sa chaîne sportive favorite.

Si elle voulait raconter toute l'histoire à Joy, elle devait s'assurer qu'il n'entende rien de sa conversation. Elle referma la porte doucement, puis s'installa de nouveau sur son lit.

— As-tu seulement reçu mes messages au sujet des parents adoptifs des jumelles ? chuchota-t-elle.

— Euh oui, je… Je voulais t'appeler, d'ailleurs, mais je… Enfin, tu sais ce que c'est.

— Eh bien, la garde des filles est revenue au frère d'Ash.

— Ce n'est pas un sportif célèbre ou quelque chose dans ce goût-là ?

— Un ancien joueur de hockey. Un homme à femmes et un fêtard invétéré. Pas exactement le genre d'homme dont une femme rêve pour élever ses enfants.

— Oh ! Sierra, je suis désolée… En as-tu parlé à ton avocat ? Tu dois bien avoir des recours. Il doit suffire de prouver qu'il n'est pas apte, et tu récupéreras leur garde.

Sierra tripotait nerveusement sa taie d'oreiller. Le plus dur restait encore à dire.

— Mon avocat a effectivement contacté son avocat, mais il a refusé de renoncer à la garde des petites. Je n'avais aucun recours. J'ai donc décidé de me débrouiller à ma façon.

Cette fois, Joy poussa un cri à l'autre bout de la ligne.

— Tu ne les as pas *kidnappées*, tout de même ?

— Bien sûr que non ! dit-elle en riant. Je ne ferais jamais une telle chose. Mais j'avais tellement besoin d'être auprès d'elles et de veiller à ce qu'elles ne manquent pas d'affection que, quand j'ai appris qu'il recrutait une nourrice, je…

Un nouveau cri strident résonna dans le combiné.

— Ma parole, tu es en train de me dire que tu es devenue la *nourrice* des jumelles ?

— Oh ! Joy, si tu les voyais, elles sont tellement mignonnes et tellement gentilles. En plus, je suis auprès d'elles vingt-quatre heures sur vingt-quatre.

— Et ce type, est-ce qu'il sait que tu es leur mère ?

— Bien sûr que non ! Il ne doit jamais l'apprendre !

— Sierra, c'est de la folie ! Tu comptes vraiment t'occuper des petites jusqu'à leur majorité sans jamais leur révéler qui tu es vraiment ?

— Je resterai auprès d'elles aussi longtemps qu'elles auront besoin de moi. Peut-être qu'un jour je finirai par leur dire la vérité.

— Mais as-tu songé à ta propre vie ? Tu n'as pas envie de te marier, de fonder une vraie famille ? N'es-tu pas en train de renoncer à tout ça ?

— Pour le moment seulement. Je suppose qu'une fois que les filles seront scolarisées elles cesseront d'accaparer tout mon temps et n'auront besoin de moi que pour les préparer le matin et venir les chercher à l'école. Je resterai leur « nourrice », mais à temps partiel.

— J'ai l'impression que tu as déjà tout prévu.

— C'est vrai.

— Et ce type, là… Leur oncle ?

— Cooper. Cooper Landon.

— Il est vraiment aussi peu recommandable que tu le dis ?

D'une certaine façon, Sierra l'avait espéré. Cela lui aurait simplifié les choses.

— A vrai dire, il n'est pas si détestable. Jusqu'à présent du moins. En fait, j'imaginais un tout autre genre d'homme, mais il s'implique beaucoup avec les jumelles. Du moins pour l'instant. Mais cela ne signifie pas qu'il ne reviendra pas à ses vieux démons. Voilà pourquoi je dois rester proche des filles. Ainsi, je suis assurée de leur bonne éducation.

— Mais que se passera-t-il s'il découvre ta véritable identité, Sierra ?

— Ça n'arrivera pas. La justice a mis sous scellé le certificat de naissance.

— N'es-tu pas un peu trop sûre de toi ?

Agacée par les questions de sa sœur, elle prit son ton le plus rassurant.

— Ecoute, Joy, je te demande juste d'être heureuse pour moi. La vie m'a offert une seconde chance.

— Oh ! ma chérie, si tu es heureuse, alors je le suis aussi pour toi. Mais je ne voudrais pas te voir souffrir, tu comprends ?

— Aucun risque, mentit-elle en repensant à cette attirance incontrôlable qui la poussait vers Cooper. En tout cas, je ne pourrais malheureusement pas t'héberger : je loge désormais dans l'appartement de Cooper, dans l'Upper East Side.

— Ouah, j'imagine un duplex immense…

Pas si immense à vrai dire.

— Joy… je t'assure, il n'y a pas de place pour toi.

— Pourquoi pas ? Tu disais toi-même que ce Cooper est plutôt sympathique. Je suis sûre qu'il serait d'accord.

— Joy…

— Tu pourrais au moins lui poser la question. Parce que, franchement, je n'ai pas d'autre pied-à-terre. Mes cartes de crédit sont bloquées, et je n'ai plus que trois dollars sur mon compte. Mon agent a dû m'avancer l'argent du billet d'avion. Si tu ne peux pas me loger, je vais devoir dormir sous les ponts.

Si elle en avait eu les moyens, Sierra aurait payé l'hôtel à sa sœur, mais elle avait dépensé tout son argent du mois dans le déménagement de leur père et, tout comme Joy, ses cartes de crédit étaient bloquées. Il lui faudrait plusieurs mois avant d'assainir complètement ses finances. L'idée d'abuser de l'hospitalité de Cooper lui déplaisait fortement, mais c'était peut-être là l'occasion d'exiger en contrepartie quelque chose de Joy.

— Je veux bien lui demander, mais à une condition.

— Tout ce que tu voudras.

— Tu dois me promettre de profiter de ton séjour à New York pour rendre visite à papa.

Joy poussa un lourd soupir.

— Sierra, tu sais combien ce genre d'endroit sinistre me donne la chair de poule…

— Je viens de le faire admettre dans une nouvelle résidence qui n'a rien de sinistre.

— C'est juste que… tous ces gens, vieux et malades…

Sierra eut du mal à contenir sa colère.

— Je te signale que nous parlons là de notre père ! De l'homme qui t'a élevée, Joy.

— D'après ce que tu m'as dit la dernière fois, il risque de ne même pas me reconnaître. A quoi bon ?

— Nous n'en sommes pas tout à fait sûrs. Et il ne lui reste probablement plus beaucoup de temps. Ce sera peut-être la dernière fois que tu le verras vivant.

— Tu crois vraiment que c'est l'image que je veux garder de lui ?

Sa sœur mesurait-elle seulement à quel point elle assumait seule la maladie de leur père ? Sur le plan émotionnel mais aussi financier.

— Désolée, Joy, ce n'est pas négociable. Soit tu m'en fais la promesse, soit tu dormiras sous les ponts.

Joy garda le silence, puis poussa un long soupir.

— Bon d'accord, j'irai le voir avec toi.

— De mon côté, je demande à Cooper s'il peut te loger.

Bien sûr, elle était embarrassée à l'idée de lui demander ce nouveau service. Il s'était déjà montré largement accommodant. Pourtant, elle était à peu près certaine qu'il accepterait, puisqu'il semblait enclin à lui démontrer à quel point il était un chic type. En tout cas, Joy n'arrivait que dans quelques jours, ce qui laissait à Sierra plusieurs jours pour travailler d'arrache-pied et mériter cette faveur. Car, à ses yeux, rien ne serait pire que de se sentir redevable envers un homme comme lui.

Elle demandait cette faveur pour sa sœur et elle veillerait bien à l'avenir à ne plus jamais avoir quoi que ce soit à demander à Cooper.

— Ecoute, vieux, elles être top models russes, répéta Vlad avec son accent prononcé. Ces nanas sont *super-canon*. Toi pas dire non !

Pourtant, pas plus tard que la veille au soir, Cooper avait expliqué à son ex-coéquipier, Niko, que, pour lui, l'époque des fêtes jusqu'à plus d'heure et des conquêtes féminines — aussi *canon* soient-elles — était révolue. Le seul fait que Vlad le rappelle pour insister semblait suggérer que Niko n'avait pas pris ses paroles au sérieux.

— Désolé, mon vieux, mais il ne faudra pas compter sur moi. Comme je l'ai dit à Niko, j'ai une famille maintenant.

— Mais tu as trouvé nourrice, hein ?

— Oui, mais ça ne me dédouane pas de mes responsabilités envers les jumelles. Elles ont besoin de moi.

Vlad se mit alors à grommeler toutes sortes de reproches, insistant sur le fait que Cooper était en train de se couper de tous ses anciens amis. Mais Cooper n'en avait cure. Il prit congé de Vlad, puis ramassa le hochet qu'Ivy venait de jeter sur le trottoir depuis son siège de poussette. Une brise tiède et matinale vint soulever les pages du journal posé sur la table à côté d'eux dans le patio du café, et Cooper aperçut Sierra, devant le comptoir, qui était dans la file d'attente pour commander leurs cappuccinos. Soudain, il éprouva un profond sentiment de satisfaction.

En plus, si tout se déroulait comme prévu et qu'il devenait propriétaire du club, ses relations avec ses ex-coéquipiers s'en trouveraient modifiées. Il deviendrait peu ou prou une sorte de patron pour eux. Mais cela ne lui faisait pas peur.

Il rangea son téléphone dans la poche de son bermuda et installa la poussette à l'ombre. A l'approche du mois de juillet, cette journée s'annonçait de nouveau estivale, même si la matinée était douce et agréable. Avant les jumelles, il ne se serait jamais aventuré dehors de si bonne heure. Plus jeune, il sortait tous les soirs, se couchait au petit matin et dormait quelques heures pour arriver juste à temps à l'entraînement. Avec le temps, il mettait plus de temps à se remettre de ses escapades nocturnes et ne se levait jamais le lendemain avant midi.

Or, depuis quelques semaines, il se couchait rarement après minuit — souvent plus tôt, même — et se levait très tôt. Ancien oiseau de nuit, il avait pris goût à ce nouveau rythme. Ce matin, il s'était même réveillé à l'aube et s'était préparé un café qu'il était allé déguster sur la terrasse du toit, regardant le soleil se lever. Quand il était redescendu, il avait trouvé Sierra, en nuisette, en train de préparer les biberons des filles.

Elle avait sursauté en l'apercevant, visiblement surprise de le découvrir si matinal. Malgré sa détermination à se conduire en gentleman, il n'avait pu s'empêcher de lorgner son décolleté. Et ses jambes. Mais une femme aussi attirante que Sierra ne pouvait décemment pas déambuler dans une tenue pareille en s'imaginant que les hommes autour resteraient indifférents. Qui plus est, le fait même qu'elle n'ait pas pris la peine de se couvrir semblait suggérer qu'elle appréciait d'être regardée de la sorte.

Pour l'heure, elle était encore dans la file d'attente au comptoir. C'était lui qui avait suggéré cette pause-café, après s'être invité à se joindre à Sierra et aux jumelles pour leur promenade quotidienne. Il revenait juste de son jogging dans le parc quand il les avait croisées à la porte de l'immeuble. Visiblement, Sierra avait été troublée par son intrusion dans leurs petites habitudes. A vrai dire, cela faisait près d'une semaine qu'elle l'évitait, et il était à peu près certain que cette distance avait pour cause la conversation qu'ils avaient eue le jour du déménagement de son père. Sierra avait beau faire semblant, il savait qu'elle avait envie de lui au moins autant qu'il avait envie d'elle.

Soudain, une femme en tenue de jogging vint se planter devant sa table.

— Monsieur Landon, articula-t-elle d'une voix essoufflée. Bonjour. Je voulais juste vous dire… que je suis une *immense* fan !

Ses cheveux blonds étaient relevés en queue-de-cheval, et une goutte de sueur perlait à l'angle de son front. Il n'était vraiment pas d'humeur à signer des autographes, mais s'efforça de se montrer poli.

— Merci, mademoiselle… ?

— Je m'appelle Amber. Amber Radcliff.

— Enchanté, Amber.

Elle était petite, et son visage gardait un je-ne-sais-quoi de la rondeur de l'enfance, même si elle devait avoir près de vingt-cinq ans. Elle était assez jolie, musclée et bien proportionnée. En fait, elle était exactement le genre de femme censée l'attirer. Or, son sourire avenant le laissa totalement de marbre. En fait, elle semblait à peine avoir remarqué la poussette avec les jumelles à côté de lui.

— Je suis fan de hockey depuis que je suis née, reprit-elle en s'asseyant à sa table sans y avoir été invitée. Avec mon père, on allait au stade à chaque match à domicile de l'équipe. J'imagine qu'on vous dit ça tout le temps, mais je suis vraiment votre plus grande fan…

En effet, il avait entendu ça des centaines de fois.

— Merci pour le compliment.

— Depuis que vous avez pris votre retraite, l'équipe

n'est plus tout à fait la même. Franchement, les gars sont complètement passés à côté de leur saison cette année.

— Je suis sûr que les choses vont s'améliorer la saison prochaine, répondit-il sobrement.

Forcément. Il serait président du club. Les négociations étaient au point mort, mais Cooper était confiant : le propriétaire actuel allait finir par accepter son offre, plus que raisonnable.

Sierra réapparut soudain avec deux tasses de cappuccino. En découvrant la jeune femme qui avait pris sa place, elle eut un mouvement d'humeur.

— Excusez-moi, jeune fille !

Amber leva les yeux vers elle et toisa longuement Sierra, avant de rétorquer d'un ton belliqueux :

— Excusez-*moi*, mais je l'ai vu avant vous !

- 7 -

Visiblement interloquée, Sierra fronça les sourcils. Cooper réprima un sourire. Les fans de hockey étaient parfois hystériques… Elles s'imaginaient que le fait de payer un ticket pour les voir courir après un palet sur la glace leur donnait le droit de s'immiscer dans leur vie privée…

— Sierra, intervint-il, je vous présente Amber. Figurez-vous que c'est ma plus grande fan.

Sierra déposa bruyamment les cafés sur la table.

— Ravie de vous rencontrer, Amber, mais vous êtes assise sur ma chaise.

— Oh ! excusez-moi, bafouilla Amber en rougissant. Je n'avais pas compris que…

Elle se leva.

— Aucun problème, déclara Cooper en lui souriant. Passez le bonjour à votre père de ma part et remerciez-le de sa loyauté de supporter. Et, surtout, continuez à soutenir l'équipe. Les gars vont revenir en force la saison prochaine. Je vous le garantis !

Pétrifiée, elle marmonna de nouvelles excuses, puis tourna les talons à la hâte, manquant de trébucher sur la poussette.

— Voilà qui est intéressant, lança Sierra en prenant place sur la chaise désormais vacante.

— J'imagine que c'est le prix de la célébrité…

— Est-ce que tous vos fans sont aussi mal élevés qu'Amber ?

— Certains peuvent se montrer plus pressants que d'autres, mais ce n'est jamais méchant. Et puis, sans mes fans, je n'aurais pu faire carrière. Je ne pourrais pas non plus racheter le club, expliqua-t-il entre deux gorgées de cappuccino. Ce café est délicieux, merci beaucoup.

— Les jumelles ont l'air de s'amuser, déclara-t-elle.

— Oui. Sauf qu'Ivy passe son temps à jeter son hochet à terre !

— C'est parce qu'elle sait que vous le ramasserez.

— Je crois que ces petites font de moi ce qu'elles veulent, admit-il en leur souriant d'un air béat.

Et rien ne l'empêcherait de les gâter tant qu'il serait responsable d'elles et de leur bien-être.

Les yeux perdus dans sa tasse, Sierra garda le silence. Depuis ce matin, elle semblait soucieuse, et Cooper se demandait s'il avait fait quelque chose qui aurait pu la contrarier.

— A quoi pensez-vous ? demanda-t-il.

— A mon avis, vous préféreriez ne pas le savoir, dit-elle en levant les yeux vers lui.

Son visage trahissait une profonde préoccupation, et il redouta soudain qu'elle ne lui annonce sa démission.

— Sierra, il y a un problème ?

— Pas exactement.

— Dans ce cas, de quoi s'agit-il ?

— A vrai dire, j'ai besoin d'un service… Un grand service. Mais sachez que rien ne vous oblige à accepter. Seulement, j'avais promis d'au moins essayer…

— Essayer quoi ? Demandez-moi ce que vous voulez.

Ivy se mit à s'agiter dans tous les sens, et Sierra fouilla dans le sac à langer pour lui donner un biberon de jus de fruits. Dès que Fern l'aperçut, elle se manifesta à son tour, et Sierra dut lui en donner un aussi.

— Eh bien, il se trouve que ma sœur doit passer un casting à New York, et elle prévoit de rester quelques jours.

— Vous avez besoin de jours de congé ?

— Non, répondit-elle en secouant la tête. J'avais prévu d'emmener les jumelles avec moi quand je verrais Joy. A vrai dire, j'avais pour habitude d'héberger ma sœur jusqu'à présent, et elle ignorait que je venais d'emménager chez vous pour ce nouveau travail. Elle comptait sur moi pour la loger. Comme elle a dû emprunter l'argent du billet d'avion à son agent, elle n'a absolument pas les moyens de se payer l'hôtel…

— Vous voulez savoir si elle peut loger avec nous ?

— Je ne vous l'aurais jamais demandé, mais Joy est une véritable experte lorsqu'il s'agit de me faire culpabiliser. Elle m'a assuré être prête à dormir sous les ponts.

— Quand doit-elle venir ? Et pour combien de temps ?

— Son vol arrive demain à midi, et elle doit rester une semaine. Je suis consciente que c'est un assez long séjour.

— Aucun problème, déclara-t-il en haussant les épaules.

— Vous êtes sûr que ça ne vous dérange pas ? Je me rends bien compte que cela signifie faire entrer une totale inconnue dans votre foyer, dans votre intimité.

— Ce n'est pas une inconnue, c'est votre sœur. Et puis franchement, ce n'est pas un si grand service : je m'attendais à ce que vous me demandiez un rein ou un poumon !

— Mais vous ne l'avez jamais rencontrée ! Et je suis vraiment gênée à l'idée de vous l'imposer ainsi…

Il poussa un soupir las. Finirait-elle un jour par se rendre compte qu'il n'était pas cet ogre qu'elle semblait s'être imaginé ?

— Evidemment. Le fait que j'accepte de vous rendre service vous étonne donc à ce point ? Vous me prenez vraiment pour un monstre d'égoïsme…

Elle le fusilla du regard.

— Vous savez très bien que je n'ai rien insinué de tel !

Pourquoi diable persistait-elle à avoir une opinion aussi négative de lui ? Pourtant, depuis deux semaines qu'elle travaillait pour lui, il s'était montré plus que courtois, accommodant, et n'avait jamais eu la moindre parole désobligeante à son égard. Pourquoi rechignait-elle autant à lui accorder sa confiance ?

— Votre sœur sera la bienvenue. Et je ne dis pas cela parce que je m'y sens obligé, ni pour essayer de vous mettre dans mon lit.

Sierra se mordit la lèvre et baissa les yeux.

— Ce n'est pas ce que je pensais.

Ce n'était pourtant pas l'envie de le faire qui lui manquait. Mais il ne pouvait pas risquer de perdre cette nourrice à laquelle les filles semblaient déjà tellement attachées. Pire, il ne voulait pas que Sierra se sente obligée de répondre à ses avances pour garder son travail.

Soudain, Ivy lança son biberon, qui rebondit contre le pied de la table d'à côté, à laquelle était installée une vieille dame. Celle-ci ramassa l'objet, l'essuya avec sa serviette, puis le rendit à la petite qui sourit gaiement.

— Quelles adorables petites filles ! dit la vieille dame avec un sourire attendri. Elles ressemblent à s'y méprendre à leur maman, même si elles ont hérité du regard de leur papa...

A quoi bon lui expliquer qu'elle se trompait ? Cooper se contenta d'un sourire et la remercia pour le compliment. Lorsqu'il se retourna vers Sierra, elle lui parut étrangement crispée. L'idée que l'on puisse les prendre pour les parents naturels des jumelles pouvait-elle la troubler à ce point ? Il connaissait pourtant un certain nombre de femmes qui auraient été ravies de ce genre de méprise. Manifestement, Sierra n'avait pas du tout envie d'être prise pour son épouse.

Elle se pencha soudain vers lui.

— Ne me dites pas que vous trouvez aussi qu'elles me ressemblent ? murmura-t-elle.

— Je comprends que l'idée puisse effleurer les passants.

— Que voulez-vous dire ?

— Vous avez le même teint et la même chevelure brune. Quant à savoir si elles vous ressemblent vraiment… Je ne suis pas très doué à ce genre d'exercice, marmonna-t-il en observant les filles de plus près. Mais de là à dire qu'elles ont mes yeux… Là, c'est vraiment tiré par les cheveux ! Cela dit, c'est vrai qu'en vous voyant avec les jumelles on pourrait vraiment penser que vous êtes leur mère. Vous les traitez comme si elles étaient vos propres filles.

Elle pencha la tête, gênée.

— Je ne suis pas sûre de comprendre. N'est-ce pas précisément ce pour quoi vous m'avez engagée ?

— Je me souviens d'un jour où Susan m'avait raconté qu'avant d'adopter les filles il lui arrivait d'aller au parc à l'heure du déjeuner et d'observer les enfants, en espérant un jour y emmener ses propres enfants. Elle me disait qu'elle arrivait toujours à deviner si les adultes qui les accompagnaient étaient leurs parents ou leurs baby-sitters. Elle disait que les parents se montraient très présents, jouaient avec leurs enfants, alors que les nourrices passaient généralement leur temps à discuter entre elles sans vraiment se soucier des enfants, se contentant de leur adresser quelques réprimandes de temps à autre. Elle m'avait expliqué que c'était pour cette raison que, le jour où elle deviendrait mère, elle quitterait son travail pour se consacrer pleinement à ses enfants. C'est d'ailleurs ce qu'elle a fait pour Ivy et Fern.

— Je suis sûre qu'elle a été une mère exemplaire, déclara Sierra à voix basse.

— Elle a été parfaite. Je vous laisse imaginer ce que

j'ai pu ressentir à l'idée d'engager une nourrice, alors que je savais combien Susan était opposée à cette idée. Mais j'ai tout de suite compris que je ne pourrais pas être à la fois un père et une mère pour les filles. Et puis vous avez postulé… J'avoue qu'en deux semaines vous êtes allée au-delà de mes attentes. Avec vous, c'est un soulagement de savoir que quand je serai indisponible les jumelles seront choyées, entre de bonnes mains. Même si elles n'ont plus de maman, elles vous ont, vous. Et vous savez leur apporter tous les soins et l'affection d'une vraie maman.

Les yeux de Sierra s'emplirent de larmes. Il n'avait pas voulu la mettre mal à l'aise, mais seulement lui signifier combien sa présence chez lui, auprès des jumelles, lui était devenue précieuse, indispensable. Et cela n'avait rien à voir avec l'attirance qu'il éprouvait par ailleurs pour elle.

Le cœur serré, il lui prit la main.

— Sierra, sachez que quand je vous rends un service c'est seulement pour vous montrer combien j'apprécie ce que vous faites pour nous. Je tiens à ce que vous soyez aussi heureuse avec nous que nous avec vous. Je tiens à ce que vous fassiez partie de la famille. Même si c'est peu banal, j'en conviens.

Elle s'essuya les yeux de sa main libre.

— Merci, Cooper.

Ivy poussa alors un cri perçant et jeta de nouveau son biberon à terre, imitée par Fern une seconde plus tard. Cooper finit par lâcher la main de Sierra pour les ramasser.

— Je crois que nos chères têtes blondes ont besoin d'un peu de mouvement !

Sierra renifla et s'essuya les yeux.

— Nous ferions bien de reprendre notre promenade.

Sans terminer leurs cappuccinos, ils rassemblèrent leurs affaires et quittèrent le café. Cooper était saisi d'une furieuse envie de reprendre la main de Sierra, mais il devait conduire la poussette.

Ce besoin irrationnel de se rapprocher de cette femme défiait toute logique. Pour passer du temps avec elle et les jumelles, il était prêt à annuler des réunions, à négliger ses amis. Et dire qu'il devait repousser chaque jour les avances de femmes prêtes à tout pour se jeter dans ses bras… Mais il avait fallu qu'il choisisse précisément celle-là même qui restait indifférente à toutes ses tentatives de séduction.

Sierra profita de la sieste des jumelles pour laver le linge. Depuis leur sortie de ce matin, au café, elle était dans tous ses états.

Pourquoi Cooper n'était-il pas un peu méchant de temps en temps ? En parlant de sa relation avec les jumelles, il lui avait adressé le plus beau et le plus gratifiant des compliments. Il faisait de gros efforts pour se montrer aimable. En fait, lorsqu'il lui avait pris la main… Oh ! Seigneur ! Sa paume lui avait paru si large, si musclée… S'ils ne s'étaient pas trouvés dans un lieu public, elle n'aurait sans doute pas pu se contrôler. Peut-être se serait-elle jetée à son cou pour l'embrasser à en perdre haleine. Voire plus… Car l'apercevoir en sueur et décoiffé après son jogging matinal ne l'avait rendu que plus désirable encore. Elle avait ressenti une envie irrésistible de se coller à sa peau perlant de sueur, de se frotter à sa barbe matinale, de goûter le sel de ses lèvres… Tout ça alors qu'elle n'avait jamais aimé les sportifs en sueur et mal rasés. C'était comme si une tempête hormonale s'était brusquement emparée d'elle.

Mais pourquoi ne cessait-elle d'y repenser ?

Car, même dans l'hypothèse où elle s'abandonnerait à cet instant de folie, elle savait que ce serait une erreur. D'abord, elle ne comprenait pas ce qu'un homme comme Cooper pouvait lui trouver. Etait-il attiré par elle simplement parce qu'elle vivait sous son toit — n'avait-il pas lui-même avoué choisir ses conquêtes féminines par *commodité* ? Ou bien était-ce parce qu'il sentait qu'elle lui résistait et que cela attisait son envie de la voir céder ? Et, à supposer qu'elle succombe à ses charmes, combien de temps s'écoulerait-il avant qu'il se lasse d'elle ?

Probablement peu de temps. La fin du scénario était déjà écrit : Sierra aurait le cœur brisé, se retrouverait sans emploi, sans toit et, pire que tout, loin de ses filles. En résumé, elle avait trop à perdre. Elle devait songer avant tout au bien-être des jumelles.

Le cycle de lavage se termina, aussi transféra-t-elle le linge humide dans le sèche-linge, puis elle plaça le linge sale des jumelles dans le lave-linge. Elle s'aperçut alors qu'elle portait encore la chemise sur laquelle Fern avait régurgité de la purée de carottes au déjeuner. Mlle Densmore était sortie faire les courses, et Cooper assistait à une réunion qui devait l'occuper au moins jusqu'en début de soirée… Elle pouvait traverser l'appartement jusqu'à sa chambre en soutien-gorge sans gêner personne. Elle retira sa chemise, versa un peu de détachant sur la tache et lança une nouvelle lessive.

En quittant la buanderie, elle s'aperçut avec effroi que Cooper était dans la cuisine. Décidément, elle jouait de malchance… Accoudé au comptoir, il passait en revue le courrier qu'il venait probablement de ramasser en rentrant. D'un instant à l'autre, il finirait par lever les yeux et la verrait, en simple soutien-gorge…

Certes, elle pouvait prendre ses jambes à son cou et courir jusqu'à sa chambre, mais il y avait quelque chose d'assez humiliant à cela… Elle pouvait aussi tenter de regagner la buanderie. Malheureusement, Cooper avait dû sentir sa présence dans son dos, car il se tourna brusquement vers elle.

Ecarquillant les yeux, il scruta longuement sa poitrine.

— Vous… vous ne portez pas de chemise, balbutia-t-il.

Elle aurait au moins pu couvrir son buste de ses mains ou prendre le torchon accroché à la poignée du four, mais quelque chose l'en empêcha. Quelque chose qui semblait indiquer qu'inconsciemment elle *avait envie* qu'il la voie ainsi, à demi dénudée.

— Mlle Densmore est sortie faire les courses…, et je pensais que vous ne rentreriez pas avant ce soir, bredouilla-t-elle.

— Mon avocat a écourté la réunion, expliqua-t-il en gardant les yeux rivés sur son buste. Ce dont je devrai le remercier *ardemment* la prochaine fois que je le verrai.

Son regard était si brûlant que Sierra crut un instant que son soutien-gorge allait s'embraser.

— Simple curiosité, reprit-il d'une voix rauque. Vous vous baladez toujours en soutien-gorge quand il n'y a personne à la maison ?

— Mon chemisier était taché de purée de carottes, et j'ai dû le mettre avec le linge à laver… Vous pourriez vous comporter en gentleman et regarder ailleurs, par exemple.

D'une main fébrile, il jeta la pile de courrier sur le comptoir, mais celle-ci atterrit trop près du bord et tomba.

— C'est vrai, murmura-t-il. Et c'est sans doute ce que j'aurais fait si je n'étais pas sûr que vous éprouvez un certain plaisir à ce que je vous regarde.

Une fois encore, il lisait dans ses pensées. Cela devenait de plus en plus gênant. Compromettant même.

— Qu'est-ce qui vous fait penser cela ?

— Vous auriez pu vous couvrir de vos mains ou quitter la pièce. Et votre cœur ne battrait pas aussi fort au niveau de votre gorge…

De nouveau, il lisait en elle comme dans un livre ouvert.

— Sans parler du fait que vous émettez à cet instant suffisamment de phéromones pour mettre K.-O. une équipe entière de hockeyeurs. Et vous savez exactement ce que cela signifie, Sierra.

Elle n'était pas sûre de comprendre, mais elle eut soudain le sentiment que ses jambes ne la portaient plus.

— Et qu'est-ce que cela signifie ? chuchota-t-elle.

— Ça signifie que je *dois* vous embrasser sans attendre.

- 8 -

— Cooper, c'est une très mauvaise idée, murmura Sierra d'une voix qui tremblait légèrement.

Sans doute. Mais, pour l'heure, il n'en avait cure. Il fit un pas vers elle et la vit retenir son souffle.

— Il vous suffit de me dire non, Sierra…

— C'est ce que je viens de faire.

Il n'était plus qu'à quelques centimètres d'elle et distinguait les battements affolés de son cœur à travers son soutien-gorge.

— Vous avez dit que c'était une mauvaise idée. Ce qui ne constitue pas un refus à proprement parler.

— C'en était pourtant un.

— Dans ce cas, dites-le clairement. Franchement.

Elle entrouvrit les lèvres, mais se ravisa.

Elle en avait autant envie que lui ! Il s'avança encore en remontant sa main le long de son bras dénudé, jusqu'à son épaule. Sierra frémit à son contact.

— Dites-moi d'arrêter, chuchota-t-il en soutenant son regard voilé par le désir.

Ses joues empourprées trahissaient le trouble qui l'habitait en cet instant. Elle ne pouvait plus le nier.

Prenant son visage entre ses mains, il la sentit vaciller.

— C'est votre dernière chance, ajouta-t-il dans un souffle.

Elle poussa un lourd soupir.

— Taisez-vous. Et embrassez-moi, une fois pour toutes…

Ivre de désir, il s'empara de ses lèvres, et elle le laissa

faire avec une étonnante docilité. Mieux encore, elle ne tarda pas à chercher langoureusement sa langue avec la sienne.

Jamais il n'avait vécu un moment aussi érotique.

Bon sang ! Depuis quand un *simple baiser* le mettait-il dans une telle transe ? Certes, cette femme ne ressemblait à aucune autre qu'il avait connue. Et il comprit immédiatement qu'il ne saurait se contenter de ce seul baiser. Il en voulait plus. Plus que ce qu'il avait jamais désiré jusque-là.

Elle noua ses bras autour de son cou, mais s'arrêta brusquement.

— Oh ! Cooper, on ne devrait vraiment pas… C'est mal.

Il laissa courir ses mains dans le creux de ses reins et lui arracha un délicieux soupir.

— Mal ? Comment une chose aussi douce, aussi exquise pourrait-elle être « mal » ?

Elle devait être d'accord avec son constat puisqu'elle l'enlaça tendrement avant de l'embrasser. Comme il avait envie d'elle, là, tout de suite, dans la cuisine… Mais elle méritait mieux que cela. Ce n'était pas une de ces filles faciles qu'il ramenait au terme d'une soirée de débauche. Elle était différente. Elle n'avait que faire de sa notoriété, de son argent. Elle méritait de la tendresse, de l'attention, un minimum de romantisme. Il allait faire l'amour avec elle, il n'avait plus aucun doute à ce sujet, mais il allait prendre tout son temps. Il ne voulait pas avoir à s'inquiéter du réveil prochain des jumelles — l'heure de la sieste touchait à sa fin. Et puis Mlle Densmore risquait de rentrer des courses à tout moment. Il se moquait bien de ce que pouvait penser sa gouvernante, mais il ne souhaitait surtout pas mettre Sierra dans l'embarras. Bon sang, il *tenait vraiment* à cette femme, ce qui le surprenait au plus haut point…

Serait-il en train de tomber amoureux d'elle ?

Amoureux ? Lui ? Lui qui ne gardait jamais ses

conquêtes plus d'une semaine ? Lui pour qui les femmes n'étaient qu'un passe-temps parmi d'autres… Non en raison d'une forme de traumatisme psychologique qui l'aurait rendu allergique à toute forme d'engagement. Simplement parce que sa carrière de sportif de haut niveau ne lui avait jamais laissé le temps de se lancer dans une relation sentimentale sérieuse et suivie. Sans doute aussi parce qu'il n'avait jamais rencontré *la* femme susceptible de lui donner envie de s'engager sur le long terme. Pourtant, cette perspective n'était en rien exclue. Et si Sierra était justement cette femme-là ?

Il consentit un effort surhumain pour s'écarter d'elle et rompre leur baiser. Surtout, il ne devait pas la brusquer. Si les choses devaient aller plus loin, Sierra devait avoir le temps d'y réfléchir, quitte à changer d'avis. Il était prêt à courir ce risque.

Le souffle court, il lui prit les mains et les posa tout contre son torse.

— Sierra, on ferait bien d'arrêter avant d'aller trop loin.

Elle parut à la fois surprise, déçue, et peut-être aussi un peu soulagée.

— Les filles vont bientôt… se réveiller, balbutia-t-elle.

— Exact. Et, à moins que tu ne souhaites que Mlle Densmore te surprenne à demi nue, il est temps pour toi d'enfiler un chemisier.

Les joues rosies, elle baissa les yeux comme si elle constatait pour la première fois sa demi-nudité.

— Je paierais cher pour voir sa tête en pareille circonstance ! ajouta-t-elle en riant.

Au même moment, ils entendirent la porte de service s'ouvrir dans l'arrière-cuisine. Sierra tourna les talons et quitta la pièce au pas de course. Cooper ne put s'empêcher de sourire.

Mlle Densmore apparut, les bras chargés de deux gros

sacs pleins à ras bord. Combien de fois Cooper lui avait-il suggéré de se faire livrer les courses ? Mais Mlle Densmore semblait tenir à se rendre elle-même au marché, à pied, et à rapporter elle-même les courses.

— Je ne m'attendais pas à vous voir rentrer si tôt, déclara-t-elle en le découvrant dans la cuisine.

Elle paraissait fatiguée, et il lui prit les sacs pour les déposer sur le comptoir.

— Ma réunion s'est terminée plus tôt que prévu.

Tandis qu'elle rangeait son sac à main, il farfouilla dans les sacs. Des légumes frais, quelques purées et compotes en petits pots pour les filles, ainsi qu'une barquette contenant des escalopes de volaille.

— Vous nous faites du poulet, ce soir ?

— Poulet au parmesan, précisa-t-elle en ramassant d'un air soupçonneux le courrier à terre. Monsieur Landon, il faut que nous parlions.

Il comprit à ses traits crispés qu'il y avait un problème.

— Je vous écoute.

Elle rangea la viande au réfrigérateur, ferma la porte, puis se retourna vers lui.

— Je crains de ne plus pouvoir travailler pour vous.

Certes, il savait qu'elle n'était guère ravie de l'arrivée des jumelles dans son foyer, mais à ce point… En tout cas, si Mlle Densmore n'était pas la personne la plus chaleureuse qui soit, c'était malgré tout une excellente gouvernante, et l'idée de la perdre ne lui plaisait guère.

— Y a-t-il un problème particulier ? s'enquit-il. Si c'est le cas, je peux peut-être y remédier ?

— J'ai accepté ce poste parce qu'il remplissait un certain nombre de critères. D'abord, il n'y avait pas d'enfants, et puis vous n'étiez que rarement à domicile. J'aime être seule pour vaquer à mes différentes occupations. Mais, depuis que vous avez ramené les jumelles, tout a changé.

Je dois cuisiner trois fois par jour et je déteste cuisiner, expliqua-t-elle avant de faire une pause comme pour réfléchir. Sans parler de votre nourrice, qui passe son temps à me *harceler.*

Il eut un petit rire.

— Sierra ? Vous voulez rire. Elle n'a pas vraiment le profil d'une harceleuse professionnelle !

Mlle Densmore le fusilla du regard.

— Elle n'a de cesse de me jouer des tours.

— Des tours ? Quel genre ?

— Elle change les objets de place rien que pour me mettre hors de moi. Dans le frigo, elle s'amuse à sortir la bouteille de lait de la porte pour la placer sur les rayons. Même chose dans la buanderie. Cette femme est puérile et méchante.

— Je lui parlerai de tout cela.

— C'est trop tard, monsieur Landon. De toute façon, tant que les jumelles seront là, je préfère ne plus travailler ici.

Abasourdi, Cooper n'en était pas moins conscient qu'il ne pouvait forcer son employée à apprécier la présence d'enfants sous son toit.

— Si je comprends bien, votre préavis de deux semaines débute dès aujourd'hui ?

— J'ai trouvé un nouvel emploi, et mes employeurs ont besoin de moi immédiatement. Il s'agit donc de mon dernier jour chez vous, monsieur Landon.

— Aujourd'hui ? répéta-t-il, incrédule.

— Vous et moi savons bien que vous auriez de toute façon fini par me licencier. *Elle* a tout fait pour cela.

— Vous parlez encore de Sierra ? Ce n'est pas son genre.

— Une fois qu'elle sera devenue maîtresse de maison, ça le sera. Vous savez aussi bien que moi que les choses en arriveront là.

Cooper ne s'était pas douté que ses sentiments pour

Sierra étaient évidents à ce point. Mais Mlle Densmore avait raison. Si un jour il épousait Sierra, celle-ci le pousserait à licencier sa gouvernante. Et, bien sûr, il accéderait à sa requête puisqu'il était prêt à tout pour lui faire plaisir.

— Ne vous en faites pas, reprit Mlle Densmore. En passant par une agence spécialisée, vous m'aurez remplacée avant la fin de la semaine.

Elle avait raison sur ce point. Simplement, il n'aimait pas l'idée de devoir former une nouvelle employée.

— Puis-je vous demander pour qui vous allez travailler ?

— Un diplomate et sa femme. Leurs enfants sont grands, et mon nouvel employeur sera en déplacement avec son épouse trois semaines par mois. Je serai donc seule la plupart du temps.

— Cela ressemble en effet à ce à quoi vous aspiriez.

— A l'exception du mois qui vient de s'écouler, ce fut un plaisir de travailler pour vous, monsieur Landon. Mais je suis désormais trop vieille pour m'adapter aux changements que vous m'avez imposés.

— Je comprends.

— Je suis sûre que Sierra pourra prendre le relais en attendant ma remplaçante.

Au vu du désordre relatif qui régnait dans la chambre de Sierra, il en doutait. Et puis, avec les jumelles, elle n'aurait certainement pas le temps de cuisiner, encore moins d'assurer le ménage. En résumé, il se devait d'embaucher quelqu'un au plus vite.

— Le dîner sera prêt à 18 h 30, reprit Mlle Densmore. Je vais doubler les portions de sorte que vous puissiez profiter des restes demain.

— Merci, mademoiselle Densmore.

Tandis que sa future ex-gouvernante commençait à s'activer en cuisine, il alla chercher Sierra pour lui annoncer la nouvelle de son départ — qui ne manquerait pas de la réjouir. La porte de la nurserie était fermée, ce qui signifiait que les petites dormaient encore. Il frappa donc à celle de la chambre de Sierra. Lorsqu'elle lui ouvrit, il constata avec amertume qu'elle avait enfilé un chemisier.

— Tu as une minute ? demanda-t-il à voix basse.

— Bien sûr, dit-elle en le laissant entrer.

Le lit n'était pas fait, une serviette de bain traînait dans un fauteuil, le bureau était encombré de papiers en tout genre et le sol au pied du lit était jonché de piles de livres et de magazines.

— Désolée pour le bazar, reprit-elle, mais avec les jumelles qui me prennent autant de temps et d'énergie je n'ai pas souvent le courage de ranger.

Autrement dit, inutile d'envisager Sierra comme remplaçante temporaire de Mlle Densmore.

— C'est ta chambre. Tu t'organises comme bon te semble.

— Je sais que Mlle Densmore ferait une attaque si elle voyait ça… Heureusement, elle n'a pas accès à ma chambre.

— Je venais justement te parler d'elle…

Sierra plissa le front d'un air nerveux.

— Ne me dis pas qu'elle m'a aperçue tout à l'heure, quand j'étais en soutien-gorge ?

— Non. Mais, à en croire ce qu'elle m'a raconté, tu t'es montrée blessante envers elle.

Sierra fit de son mieux pour garder une expression innocente.

— Blessante ? Que veux-tu dire par là ?

Les bras croisés, Cooper la fixa d'un air faussement fâché.

— Tu sais très bien de quoi je veux parler. Figure-toi que je devine toujours quand tu mens.

Une fois encore, il lisait dans ses pensées.

— Blessante, répéta-t-elle d'une voix contrite, il ne faut pas exagérer. Il ne s'agissait que de petites blagues, çà et là. Et ne me dis pas qu'elle ne le méritait pas : cette femme est tout simplement *odieuse* !

— Mlle Densmore vient de me donner sa démission.

Sierra manqua de s'étrangler.

— Mon Dieu ! souffla-t-elle en portant une main à son cœur.

— Aujourd'hui est son dernier jour à mon service.

— Cooper, je suis désolée. Je voulais juste me venger de ses réflexions désobligeantes… En aucun cas je n'ai souhaité sa démission. Tout est ma faute. Veux-tu que j'aille lui parler et m'excuser ? Je lui promettrai d'arrêter ces mauvaises blagues idiotes.

Le sourire aux lèvres, il secoua la tête.

— Inutile. Tu as peut-être accéléré sa décision, mais elle prévoyait de partir de toute façon. Elle m'a expliqué ne pas supporter la présence des jumelles. Quand je l'ai engagée il y a cinq ans, je jouais encore au hockey et je n'étais jamais à la maison. Elle tenait beaucoup à cette solitude.

— Peut-être. Mais je me sens responsable de ce qui arrive.

— Tu n'y es pour rien, affirma-t-il avant de désigner une photo encadrée sur sa commode. Est-ce ta mère, là ?

Sierra sourit puis acquiesça. Cette photo était sa préférée. Elle avait été prise dans le parc, par un après-midi ensoleillé. Sa mère était assise sur l'herbe, sur la vieille couverture à carreaux écossais que ses parents sortaient à chaque pique-nique ou pour aller à la plage. Elle fixait l'objectif avec un sourire franc.

— Elle était belle, n'est-ce pas ?

Il s'avança et prit le cadre entre ses mains.

— Très belle.

— Ma mère souriait toujours, elle était toujours radieuse. Son bonheur était contagieux. Elle était aussi très affectueuse. Avec elle, je me lovais sur la balancelle du jardin chaque dimanche, et on passait la journée à lire des livres ou à faire des mots croisés. Elle avait aussi un grand sens de l'humour et beaucoup d'imagination. Mon père était fou d'elle. D'ailleurs, il ne s'est jamais remarié. Je ne lui ai connu aucune petite amie après ma mère. En fait, je crois qu'il ne s'est jamais vraiment remis de son décès. Jamais je ne les ai entendus se disputer. Tous les deux, ils formaient le couple parfait.

— Ta mère était d'origine asiatique ?

— Sa grand-mère était chinoise, expliqua Sierra. Je regrette de ne pas lui ressembler plus.

— Mais tu lui ressembles.

— J'ai plutôt hérité des expressions de mon père. Joy, elle, ressemble plus à ma mère.

— On dirait qu'elle te manque beaucoup.

Elle acquiesça.

— Je pense à elle tous les jours…

Cooper s'approcha d'elle et lui prit la main. Comme elle ne résistait pas, il l'attira doucement contre lui. Seigneur, comme il était bon de pouvoir se lover contre son torse large et musclé… Comme il était bon d'écouter les battements de son cœur… Cet homme était si fort, si rassurant. Et son parfum, viril, entêtant, lui faisait perdre la tête.

Dire qu'à présent il n'y aurait qu'eux deux et les jumelles dans l'appartement. Cette perspective était aussi excitante qu'effrayante. Ce baiser qu'ils avaient échangé n'était-il pas une grave erreur ? En tout cas, il était hors de question d'aller plus loin avec Cooper. Pourtant, était-il vraiment insensé d'imaginer, ne serait-ce qu'une seconde, que tous les deux avaient peut-être une chance ? Qu'avoir une aventure avec lui ne gâcherait pas forcément tous ses projets à l'égard des jumelles ?

Car, même si cela lui paraissait incroyable, Cooper

éprouvait une réelle attirance pour elle. Et, s'il n'avait été intéressé que par la seule idée de la mettre dans son lit, elle y serait déjà. De plus, si elle avait pu croire que cette attirance n'était qu'une passade, elle-même n'aurait sans doute pas hésité à se jeter sur lui. Malheureusement, Cooper et elle venaient de deux mondes tellement différents… Les choses entre eux étaient vouées à l'échec, voilà tout.

Elle s'écarta de lui et fit un pas en arrière.

— Cooper, il faut que l'on se parle.

— J'ai l'impression que ça risque de ne pas me plaire.

— Ce qui s'est passé, tout à l'heure, dans la cuisine, était très, *très* agréable.

— Mais ?

— Mais toi et moi savons que ça ne nous mènera nulle part.

— Ça, c'est toi qui le dis.

— Je ne veux pas d'une simple aventure.

— Moi non plus. Je sais que tu auras du mal à me croire, mais j'aspire à bien plus que cela. Pour la première fois de ma vie, je m'y sens prêt.

Comme elle avait envie de le croire…

— Comment peux-tu affirmer une telle chose, Cooper ? Tu me connais depuis deux semaines à peine !

— Je sais, Sierra. Et je ne me l'explique pas moi-même. Tout ce que je sais, c'est que je n'ai jamais désiré une femme aussi fort que je te désire. Avec toi, je me sens… bien.

Il la fixait d'un regard pénétrant et sincère, et Sierra avait envie de le croire de toute son âme. Pourtant, il y avait tellement de choses en jeu. Beaucoup plus qu'il ne pouvait l'imaginer.

— Je te désire aussi, Cooper, admit-elle. Et je ne doute pas qu'ensemble on pourrait faire des étincelles. Du moins les premiers temps. Car, sur la durée, tu finirais par être malheureux. Et moi de même. Et puis, au final, tu devras te résoudre à me licencier, car ce sera la seule solution pour que nous ne souffrions plus.

— C'est faux, je ne ferais jamais une telle chose.

— Mais si ! Tout simplement parce que tu n'auras pas le choix. Crois-tu vraiment qu'après avoir eu une aventure avec moi il te sera facile d'amener des femmes chez toi, alors que je vis sous ton toit ?

— Ça, c'est dans l'hypothèse où les choses entre nous ne marcheraient pas. Mais imagine plutôt que tout fonctionne. Toi et moi, on pourrait être heureux.

— Je ne suis pas prête à prendre un tel risque.

Cette fois, elle était à court d'arguments. Impossible de révéler la vérité à Cooper. Pas comme ça. Pas maintenant.

— Tu veux dire que ton travail compte plus que tes sentiments pour moi ? demanda-t-il alors.

— Les filles ont plus besoin de moi que toi de moi. Et, si je perds ce travail, mon père devra finir ses jours dans cet abominable mouroir. Je me refuse à lui infliger un tel sort.

Il se mordit la lèvre. Il savait qu'elle avait raison, mais il avait encore du mal à l'admettre.

— Je pourrais te licencier tout de suite, dit-il à voix basse. Ainsi, tu serais libre de sortir avec moi.

Elle haussa un sourcil.

— Es-tu en train de me dire que, si je ne deviens pas ta maîtresse, tu me vires ?

Embarrassé, il fronça les sourcils.

— Présentée ainsi, la situation paraît très scabreuse.

— Mais c'est parce qu'elle l'est ! De plus, les avocats la qualifieraient plutôt de harcèlement sexuel, insista Sierra, même si elle savait que la menace de Cooper n'avait rien de sérieux.

En tout cas, Cooper n'avait sans doute pas l'habitude

de se voir refuser ce qu'il convoitait. Pourtant, il allait *devoir* s'y faire.

Son téléphone se mit à vibrer dans la poche de son jean. Lorsqu'elle découvrit le numéro de la résidence médicalisée de son père, elle eut un coup au cœur. Elle ne put s'empêcher de penser au pire.

— Je dois… répondre, bafouilla-t-elle en fuyant le regard de Cooper. C'est la maison de retraite.

Le cœur battant à tout rompre, elle ouvrit le clapet du combiné.

— Mademoiselle Evans, ici Meg Douglas, l'administratrice de la résidence Heartland.

— Bonjour, madame, je vous écoute, articula-t-elle piteusement.

Elle pria de tout son être pour que l'infirmière lui annonce qu'il ne s'agissait que d'un problème administratif, un formulaire à signer, ou encore d'une autorisation à donner pour l'administration d'un médicament.

— Mademoiselle Evans, je suis navrée de devoir vous annoncer que votre père vient de s'éteindre.

- 9 -

Après avoir langé les jumelles, Cooper les mit en pyjama, puis s'installa avec elles dans le rocking-chair. Aucune ne termina son biberon : elles sombrèrent toutes les deux dans un sommeil profond après une fin d'après-midi quelque peu mouvementée. D'abord, ils avaient dû se rendre à la maison de retraite pour permettre à Sierra de voir son père une dernière fois. Puis, ils étaient allés au funérarium afin d'effectuer toutes les démarches nécessaires consécutives au décès. Le temps de rentrer à la maison, l'heure du coucher des petites était largement dépassée.

Mlle Densmore avait laissé le dîner au chaud dans le four. Dans un élan de compassion qui avait surpris autant Sierra que Cooper, elle avait collé un Post-it sur le réfrigérateur exprimant ses sincères condoléances à l'égard de Sierra. Dommage qu'elle n'ait pas eu l'idée de rester encore quelques jours à son service, au vu de la situation.

Il se leva et plaça Ivy et Fern dans leurs petits berceaux. Il déposa un baiser sur leur front, puis les contempla longuement, dans leur sommeil. Elles semblaient si paisibles. Et dire qu'au début il pensait que, une fois qu'il aurait engagé une nourrice, il pourrait reprendre sa vie d'avant qu'il devienne le tuteur des jumelles… Il y avait seulement deux mois, il aurait ri au nez de la première personne qui lui aurait suggéré qu'un jour il prendrait plaisir au quotidien à s'occuper de deux bébés. Et dire qu'il avait d'abord imaginé jouer le rôle de l'oncle drôle et affable, en les couvrant de cadeaux et en veillant à leur confort matériel tout en déléguant à une nourrice les problèmes de couches et de biberons… Aujourd'hui, pourtant, il se rendait compte que les jumelles méritaient plus que sa seule attention. Elles méritaient une vraie famille. Au sens traditionnel du terme.

Refermant doucement la porte de la nurserie derrière lui, il rejoignit la cuisine et rangea les biberons encore à demi pleins dans le réfrigérateur. Si les filles se réveillaient cette nuit, elles seraient peut-être contentes de pouvoir finir leur repas. Les couverts de son dîner avec Sierra étaient toujours dans l'évier, et il les plaça dans le lave-vaisselle avant de lancer un programme de lavage. Soudain, il se souvint de l'époque où, avec son frère, ils n'avaient même pas les moyens de s'offrir un lave-vaisselle. Cooper se chargeait alors de la plonge. Il devait aussi laver son linge et cuisiner trois repas par semaine. Aujourd'hui, il n'avait aucune envie de revenir à ce genre de corvées, même temporairement. Pourtant, entre ses heures de garde auprès des jumelles, l'arrivée prochaine de sa sœur et les préparatifs de l'enterrement de son père, Sierra n'aurait aucunement le temps de remplacer, ne serait-ce que partiellement, Mlle Densmore.

Il n'avait pas le choix : demain à la première heure, il appellerait une agence spécialisée et lancerait de toute urgence le recrutement d'une nouvelle gouvernante.

D'un pas décidé, il sortit deux bières du réfrigérateur, accrocha l'Interphone relié à la chambre des filles à sa ceinture et monta jusqu'à la terrasse où il avait envoyé Sierra prendre l'air pendant qu'il couchait les jumelles. Bien sûr, comme à son habitude, elle avait d'abord refusé en arguant du fait qu'il en avait déjà assez fait pour elle mais, à force de persévérance, il avait fini par la convaincre. Peu à peu, il considérait Sierra comme une véritable partenaire dans cette grande aventure qu'était l'éducation des jumelles. Peu à peu, elle devenait bien plus qu'une simple employée. Et il s'en trouvait pleinement satisfait.

La nuit était tombée, et il enclencha l'éclairage automatique de la terrasse. Sierra leva les yeux de la chaise longue sur laquelle elle était assise, les genoux ramenés sous son menton. Lorsqu'ils étaient rentrés, elle s'était changée et portait maintenant un short et un débardeur. Elle était restée pieds nus. Il s'était attendu à la trouver en larmes, mais ses yeux semblaient secs. La seule fois où il l'avait vue pleurer aujourd'hui, c'était au moment où elle était allée dire adieu à son père, dans sa chambre de la résidence.

— Les filles sont endormies ? demanda-t-elle.

— Elles n'ont même pas eu la force de finir leur biberon, expliqua-t-il en lui tendant une canette. J'ai pensé qu'un rafraîchissement ne te ferait pas de mal.

— C'est très gentil, merci.

Il décapsula la bière et la lui tendit, avant de s'installer sur la chaise longue à côté de la sienne.

Elle but une longue gorgée, puis poussa un soupir de contentement.

— Ça fait du bien… Merci d'avoir pris le relais avec les jumelles et de m'avoir emmenée jusqu'à la maison de retraite. Je ne sais pas comment j'aurais tenu le coup sans toi.

— Sierra, je suis heureux d'avoir pu t'aider, répéta-t-il pour la trentième fois de la journée. Comment te sens-tu ce soir ?

— Ecoute, je crois que ça peut aller. J'avoue être moins bouleversée que je ne le craignais. Bien sûr, je suis très triste, et mon père va me manquer. Mais, en vérité, il n'était plus lui-même depuis tellement longtemps que je suis déjà plus ou moins habituée à son absence. Personne ne devrait connaître une telle déchéance. Je pense à ce qu'il a subi ces derniers mois et je suis soulagée que ce cauchemar soit enfin terminé. Je sais qu'il est en paix à présent, murmura-t-elle avant de lever les yeux vers Cooper. Est-ce que le fait de ressentir cela fait de moi une fille indigne ?

— Pas du tout, voyons…

— Je m'inquiète pour Joy.

— Elle a mal réagi à l'annonce du décès ?

— Je dirais plutôt qu'elle a trop bien réagi. Elle n'avait pas revu notre père depuis près de quatre ans. C'est pour cela que j'ai tant insisté pour qu'elle vienne le voir lors de son prochain séjour. Je voulais qu'elle lui parle une dernière fois. Mais maintenant, c'est trop tard. Je crains qu'elle ne le regrette jusqu'à la fin de ses jours. Je lui ai demandé si elle préférait reporter la crémation de sorte qu'elle puisse le voir, mais elle a refusé. Elle dit qu'elle ne veut pas garder cette image-là de lui.

— C'est sa décision. Elle n'appartient qu'à elle.

— Je sais, dit-elle en buvant une nouvelle gorgée avant de poser sa canette à terre.

— Est-ce que je peux faire quelque chose pour toi ? As-tu besoin de quoi que ce soit pour l'enterrement ? Je sais que l'argent est un souci pour toi et ta sœur.

— Il est hors de question que je te laisse payer les funérailles de mon père.

— Comment comptes-tu faire ?

Elle haussa les épaules.

— Je n'y ai pas encore réfléchi.

— Avait-il une assurance prévoyance, si cela n'est pas trop indiscret de ma part ?

— Il avait une petite police d'assurance. Mais, après avoir payé toutes les factures médicales et les frais administratifs, il ne restera pas grand-chose. Le temps d'effectuer toutes les formalités, je ne recevrai pas de chèque avant au moins deux semaines.

— Je peux te donner une avance sur ton salaire de la semaine prochaine, Sierra. Ou même plus, s'il le faut.

Elle se mordit la lèvre et parut hésiter.

— Sierra, insista-t-il, ça ne me pose aucun problème. Et je te fais entièrement confiance.

Les yeux baissés, elle se mit à tripoter nerveusement sa canette. Pourquoi semblait-elle aussi méfiante, aussi réticente à accepter son aide ? N'était-ce pas à cela que servaient les amis ? Car c'était bien ainsi qu'il la considérait : comme une amie. A défaut de devenir beaucoup plus que cela, si seulement elle le lui permettait…

— Tu es bien sûr que cela ne te dérange pas ? reprit-elle à voix basse.

— Si c'était le cas, je ne te l'aurais pas proposé.

— Dans ce cas… j'accepte ton offre. Avec plaisir.

— Je ferai virer l'argent sur ton compte demain à la première heure.

— Merci, Cooper.

Un silence s'installa entre eux.

— A quoi penses-tu ? s'enquit-il après de longues minutes.

— Je pensais aux jumelles. Elles n'auront aucun souvenir de leurs parents, et je trouve ça triste. Moi au moins, j'ai pu profiter de ma mère pendant quatorze ans. J'ai de merveilleux souvenirs d'elle, qui m'accompagneront toute ma vie. Cela dit, c'est peut-être mieux pour les filles de les avoir perdus si jeunes, plutôt que dans cinq ou dix ans. En fait, elles ne sauront jamais ce qu'elles ont manqué. Elles n'ont eu que peu de temps pour s'attacher à ton frère et à sa femme. Enfin, je n'en sais rien… Peut-être que je me trompe.

— Le fait d'avoir perdu Ash et Susan ne signifie pas qu'elles n'auront pas un jour deux parents aimants.

— Que veux-tu dire ? fit-elle d'un air déconcerté.

— Les filles ne devraient pas être élevées seulement par leur oncle. Elles méritent une vraie famille.

Elle blêmit.

— Tu veux dire que tu envisages de les faire adopter ?

— Jamais de la vie ! Je les aime trop pour cela. Ce que je veux dire, c'est que je suis prêt à leur offrir la famille qu'elles méritent. J'ai décidé de les adopter.

Sierra se mordit la lèvre et ravala péniblement les larmes qui lui montaient aux yeux. Certes, elle avait voulu croire que Cooper avait changé et qu'il possédait toutes les qualités pour faire un bon père, mais elle n'avait jamais pu se défaire d'un doute. Or, à l'écouter parler ainsi, elle se sentit soulagée d'un poids énorme. Un poids qui n'avait cessé de l'opprimer depuis cette nuit affreuse où elle avait appris l'accident d'avion et la mort d'Ash et de Susan. Désormais, elle avait enfin la certitude que, quoi qu'il advienne entre Cooper et elle, les jumelles seraient choyées et aimées. Il tenait à elles. Il voulait devenir leur père. Officiellement.

Elle leva les yeux vers lui et s'aperçut qu'il la dévisageait d'un air inquiet.

— J'espère que ce sont des larmes de bonheur, murmura-t-il, et non des larmes de compassion pour les filles si tu penses que je ferai un très mauvais père.

Si seulement il savait…

— En fait, je me disais… qu'elles avaient une chance immense de t'avoir, bredouilla-t-elle en lui prenant la main. Je sais qu'Ash et Susan te seraient très reconnaissants de ce que tu fais pour les filles. Ils seraient aussi très fiers de toi.

— Merci, Sierra, souffla-t-il en l'attirant par la main jusque sur ses genoux avant de la serrer fort contre lui. Tu n'as pas idée du bien que me font ces paroles, venant de toi.

Elle ne put s'empêcher d'enfouir son visage au creux de son cou et d'inspirer à pleins poumons cette odeur tellement virile, tellement… Cooper. Pourquoi diable lui paraissait-il soudain si parfait ?

— Tu sais que les filles auront besoin d'une mère, chuchota-t-il en lui caressant les cheveux. Nous pourrions former une belle famille.

— Mais… tu me connais à peine, balbutia-t-elle, le cœur battant à tout rompre.

— Ce que je connais, c'est le bonheur que tu as apporté dans cette maison depuis le jour où tu y es entrée. Je sais combien les filles se sont attachées à toi, Sierra, murmura-t-il en lui caressant la nuque. Je sais aussi que tu me fais perdre la tête et que je te désire, comme jamais je n'avais désiré…

La désirait-il sincèrement ? Ou bien seulement par commodité ? Seulement parce qu'elle semblait convenir à sa nouvelle lubie de former une famille traditionnelle ? Certes, ils formeraient une jolie famille. Ne serait-ce pas là une merveilleuse façon d'assurer le bien-être de Fern et d'Ivy ?

— Et si ça ne marche pas ? demanda-t-elle à voix basse.

Il lui releva le menton et planta son regard dans le sien.

— Ça vaut la peine d'essayer, non ?

Sans doute avait-il raison. Ils agiraient ainsi pour le bien des filles.

Le cœur battant la chamade, elle prit son visage entre ses mains et l'embrassa. A cet instant, elle comprit que, depuis le début, Cooper avait raison : comment une chose aussi douce, aussi exquise pourrait-elle être « mal » ?

Nouant ses bras autour de son cou, elle enfouit ses

doigts dans son épaisse chevelure. Peu à peu, elle sentait le stress de cette douloureuse journée évacuer ses muscles, à mesure qu'un vide semblait se combler au fond de son cœur. Malgré les circonstances difficiles, Cooper avait réussi à lui apporter du bonheur. A vrai dire, elle ne se souvenait pas avoir éprouvé autant de joie que depuis qu'elle partageait sa vie et celle des jumelles. Cela signifiait forcément quelque chose. Elle qui avait lutté de toutes ses forces pour ne pas craquer pour cet homme, elle se disait soudain qu'il était peut-être inutile de résister. Peut-être était-il temps de laisser faire la nature ? Et puis comment ne pas succomber à un homme qui embrassait aussi bien ? En un rien de temps, ses lèvres charnues et la pointe impatiente de sa langue la plongèrent dans un état fébrile et langoureux.

Quelque chose en elle s'était embrasé, mais Cooper semblait se contenter de lui effleurer les cheveux et les joues. Poussée par une audace inhabituelle, elle accentua ses caresses, mais il saisit ses mains et les posa contre son torse.

Avait-il subitement changé d'avis ? Préférait-il ne pas aller plus loin avec elle ? Pourtant, son désir physique ne faisait pas de doute. Mais alors, pourquoi ralentir ainsi les choses ?

— Cooper, quel est le problème ? murmura-t-elle d'une voix chevrotante en s'écartant de lui.

— Un… problème ? bredouilla-t-il d'un air hébété.

— Tu ne fais rien.

— Je ne sais pas. Je… je t'embrassais, voilà tout, dit-il en haussant un sourcil avec un petit sourire en coin. Je ne vois pas ce qu'il y a de mal à prendre son temps. Et puis je veux être certain que tu en as bien envie.

Comment lui en vouloir d'être aussi prévenant ?

— J'en ai envie, Cooper, chuchota-t-elle. Je suis prête.

— J'ai beau être un sportif de haut niveau, j'ai besoin d'une séance d'échauffement avant de passer à l'action…

Elle ne put s'empêcher de sourire.

— Dans ce cas, échauffons-nous encore un peu, susurra-t-elle.

Il sourit à son tour.

— Dans ce cas, passons dans ma chambre…

- 10 -

Regarder Cooper se dévêtir, avant de se déshabiller à son tour devant lui, avait été l'expérience la plus effrayante et la plus érotique de toute sa vie. Il avait insisté pour garder la lampe de chevet allumée, mais Sierra était terrifiée à l'idée qu'il puisse ne pas aimer ce qu'il allait voir. En tout cas, s'il avait remarqué les quelques vergetures sur ses hanches ou le fait que son ventre n'était plus aussi ferme qu'avant sa grossesse, il n'en laissa rien paraître. Cet homme avait forcément connu des femmes plus minces, plus jolies, à la poitrine siliconée, et pourtant il la dévorait des yeux comme si elle était la plus belle femme du monde.

Cooper, lui, semblait parfaitement à l'aise avec son corps. Normal. Il était tout simplement *parfait*. Depuis les mèches de son épaisse chevelure jusqu'au bout de ses orteils. Une toison claire parsemait ses pectoraux avant de descendre le long de ses abdominaux en tablettes de chocolat. Ouah…

— Je n'ai jamais vu un homme aussi bien fait, murmura-t-elle sans cacher son admiration.

Il haussa un sourcil et baissa les yeux vers son entrejambe.

— Je me suis pourtant toujours cru dans la moyenne…

Elle éclata de rire.

— Je parlais de tes muscles ! gloussa-t-elle.

— Ah, *ça* ! dit-il en riant de bon cœur.

Pourtant, rien en lui ne pouvait être qualifié de *moyen*. Il était une incarnation de la perfection.

— Mes mains ont faim de toi, chuchota-t-elle, mutine.

— Je crois que l'on peut arranger cela, répondit-il en ouvrant les draps du lit et en lui faisant signe de l'y rejoindre.

A la fois nerveuse et émoustillée, elle vint se glisser contre lui. Il la prit dans ses bras et recommença à l'embrasser mais, malgré son envie et l'excitation qui montait en elle, elle s'aperçut qu'elle n'arrivait pas à se détendre. Pourtant, Cooper était très doux, très sensuel. Mais il avait eu de nombreuses maîtresses, et elle était certaine qu'à côté d'elles elle faisait figure de novice. Ses expériences avec son petit ami du lycée avaient été plus maladroites que satisfaisantes, et les quelques amants qu'elle avait eus au cours de ses études d'infirmière ne lui avaient pas laissé un grand souvenir. Quant à sa dernière expérience sexuelle, il y avait quinze mois, avec le père des jumelles, il ne s'agissait que d'un moment d'égarement alors qu'ils se trouvaient l'un et l'autre en état d'ébriété. Chacun l'avait immédiatement regretté.

Depuis longtemps, elle rêvait pourtant de vivre cette étincelle, cette communion des chairs vantées dans tous les magazines féminins, sans jamais avoir réussi à déterminer si une telle chose existait vraiment. En attendant, elle avait toujours simulé son plaisir, presque par politesse, persuadée qu'elle ne savait peut-être pas s'y prendre.

Et si cela se reproduisait avec Cooper ? Si elle ne parvenait pas à le satisfaire ? Si elle n'était pas à la hauteur ?

Elle était soudain si mal à l'aise que, lorsqu'il referma sa main autour de son sein, elle se raidit. Il s'écarta aussitôt et la fixa d'un œil interrogateur.

— Sierra, quelque chose ne va pas ?

Elle sentit ses joues s'embraser. A présent qu'elle se retrouvait nue, au lit avec l'homme le plus sexy de l'univers, voilà qu'elle était sur le point de tout gâcher.

— Je suis désolée.

— On devrait peut-être arrêter.

— Non, je ne veux pas arrêter, dit-elle en secouant la tête.

— Ne me dis pas que c'est ta première fois, murmura-t-il avec un sourire taquin.

S'il n'avait pas été aussi adorable, elle l'aurait sans doute giflé. Elle ne put réprimer un sourire.

— Bien sûr que non… Mais je pense que tu es nettement plus expert que moi en la matière…

Il lui caressa le visage, sourcils froncés.

— Et cela te gêne ?

— Non, bien sûr que non. Je crains juste de ne pas être à la hauteur. Je ne voudrais pas te décevoir.

— Sierra, tu ne me décevras pas. Crois-moi.

— Ça, tu n'en sais rien.

— Pas plus que tu ne sais si moi je vais te décevoir. Y as-tu seulement songé ? Si je collectionne les conquêtes féminines, c'est peut-être bien parce que je suis un piètre amant avec qui personne ne veut coucher une seconde fois.

Cette fois, elle rit à gorge déployée.

— C'est la chose la plus idiote que j'ai jamais entendue !

— Sache en tout cas que je n'ai pas eu tant de maîtresses que cela. Je suis certes très sollicité, mais je sais aussi faire preuve de sélection.

« Pas tant de maîtresses que cela ? » Sans doute les comptait-il par centaines mais, curieusement, elle ne s'en offusquait pas. Elle savait qu'il était différent avec elle. Ce qui se passait entre eux avait un sens pour lui.

— Que puis-je faire pour te mettre à l'aise ? demanda-t-il à voix basse. Pour t'assurer que je n'envisage pas une seule seconde que tu puisses me décevoir ?

— Peut-être pourrais-tu me donner quelques indices… Me montrer ce que tu aimes, par exemple.

— Tu peux commencer par m'embrasser. J'adore tes

baisers. Et puis tu disais que tes mains étaient affamées… J'aimerais voir ça, dit-il en lui prenant la main, qu'il posa sur son torse bombé. Nous allons prendre tout notre temps, Sierra, d'accord ?

Elle soupira, soulagée, et acquiesça. Cooper avait un don pour la mettre à l'aise. Et, maintenant qu'il lui avait clairement exprimé ses désirs, elle ne se privait plus de promener ses mains — et ses lèvres — partout où il le lui indiquait. Peu à peu, elle prit confiance en elle et commença même à prendre quelques initiatives, ce qu'il sembla particulièrement apprécier. Lui se mit à son tour à explorer minutieusement les courbes de son corps, avec un don inné pour lui donner l'impression d'être à la fois belle et désirable.

Lorsqu'il ouvrit le tiroir de la table de chevet pour prendre un préservatif, elle avait tellement envie de lui qu'elle en suffoquait presque. Il se glissa doucement entre ses cuisses, et elle retint son souffle.

— Tu es si belle, chuchota-t-il.

— Cooper, je t'en prie, implora-t-elle.

— Qu'y a-t-il, Sierra ? Que veux-tu ?

Lui. Elle le voulait lui.

Mais ça, il le savait déjà en s'introduisant en elle, les yeux mi-clos, un demi-sourire extatique aux lèvres. Il poussa un petit grognement, et, pour la première fois, elle ressentit enfin cette fameuse communion charnelle dont elle avait toujours rêvé. C'était encore plus intense, plus extraordinaire qu'elle ne l'aurait imaginé. C'était cela, *faire l'amour*. Quoi qu'il advienne entre eux à présent, elle savait qu'elle n'oublierait jamais cet instant où ils n'avaient fait qu'un.

Tout ce qui suivit ce moment magique, cet instant de rencontre, se mélangea dans son esprit : leur corps-à-corps, leurs souffles mêlés, leurs voluptueux soupirs, et ce plaisir, brut et intense, qui montait peu à peu entre eux. Elle n'était même plus sûre de se souvenir qui avait joui en premier, mais une chose était certaine : si le paradis existait, il devait forcément ressembler à *cela*. Ils restèrent un long moment blottis l'un contre l'autre, jambes entremêlées, à reprendre leur souffle. Plus que jamais, elle avait envie de se fondre en lui, de ne faire plus qu'un avec lui.

Puis la réalité de la situation s'imposa soudain à elle, comme un coup de poing à l'estomac. Elle n'avait pas prévu que cela se produise, elle ne s'y était pas attendue, à aucun moment, et pourtant elle ne pouvait plus le nier à présent : elle était amoureuse de Cooper.

Cooper n'en revenait toujours pas. Pour la première fois de sa vie, il n'avait pas su maîtriser son plaisir et s'était laissé submerger par un orgasme extraordinaire. Avant sa partenaire. Mais le seul fait de voir Sierra se tortiller entre ses bras, de l'entendre gémir de plaisir l'avait propulsé au point de non-retour. Rien, pas même une catastrophe nucléaire, n'aurait pu l'en empêcher.

Avec elle, la nuit précédente, il avait éprouvé des émotions qu'il n'avait jamais ressenties auparavant. Pour la première fois de sa vie, l'acte sexuel revêtait à ses yeux une signification toute particulière.

Avec elle, il avait atteint un niveau de complicité et d'intimité qu'il n'aurait jamais cru possible. Ce qui aurait dû le terrifier. Or, il se sentait plus heureux, plus épanoui que jamais.

— Joy récupère ses bagages dans le hall des arrivées, expliqua Sierra depuis le siège passager tout en raccrochant. Elle nous attendra à l'extérieur du terminal C.

Le vol de sa sœur avait atterri avec quelques minutes de retard, et plutôt que chercher une improbable place de parking, ils tournaient en rond aux abords de l'aérogare depuis quelques minutes.

— J'ai bien fait de faire manger les filles plus tôt ce midi, déclara-t-elle en se tournant vers les jumelles installées dans leur siège auto. Et merci encore d'être venu chercher Joy. Elle aurait très bien pu prendre le bus.

— Aucun problème, dit-il en mêlant ses doigts aux siens. Et il faut bien que je me rachète à cause d'hier soir…

Elle soupira, exaspérée, et leva les yeux au ciel.

— Je ne comprends pas pourquoi tu en fais toute une histoire. Tout cela pour quelques secondes d'avance…

Quelques secondes de trop à ses yeux, en tout cas. Aucun amant digne de ce nom n'attendait pas sa partenaire avant de jouir.

— D'habitude, je sais me maîtriser.

— Cooper, je ne m'en suis même pas *aperçue* ! Si tu ne m'en avais pas parlé, je ne l'aurais même pas remarqué !

— En tout cas, ça n'arrivera plus, promit-il.

En effet, cela ne s'était pas reproduit pendant leurs ébats du reste de la nuit. Pas plus que ce matin, au réveil, puis sous la douche. Pourtant, Sierra possédait l'incroyable — et exquis — pouvoir de le faire s'embraser au moindre contact.

Elle secoua la tête d'un air blasé.

— Ah, les hommes et leur ego surdimensionné ! Figure-toi que l'idée de te faire perdre ton self-control me plaît !

— Ce qui me fait penser que nous allons devoir nous arrêter dans une pharmacie en rentrant à la maison. Nous avons épuisé tout mon stock de préservatifs…

— Si cela te gêne, on peut s'en passer, tu sais…

Intrigué, il se tourna vers elle.

— Tu veux dire que tu prends la pilule ?

— Je porte un stérilet.

Il devait bien admettre que faire l'amour sans préservatif était une perspective… intéressante.

Dès lors qu'il était devenu pubère, Ash avait insisté sur la nécessité qu'il ait des rapports protégés. Il lui avait offert sa première boîte de préservatifs, lui intimant d'en garder toujours au moins un dans son portefeuille. Au cas où… Et, depuis cette soirée de terminale au cours de laquelle Missy Noble lui avait littéralement sauté dessus, il n'avait jamais fait l'amour autrement qu'avec un préservatif. La notoriété aidant, il s'était toujours méfié des aventures sans lendemain et de la possibilité de se faire piéger par une grossesse *accidentelle*. Ainsi, l'idée de faire pour la première fois l'amour sans préservatif lui parut soudain extrêmement séduisante.

— J'ai entendu dire que l'homme avait de meilleures sensations sans préservatif, reprit Sierra à voix basse.

— Qui te l'a dit ?

— Ceux qui ont tenté de me persuader de coucher avec eux sans protection. Ce qui paraît logique, somme toute.

Les mains agrippées au volant, il se tourna vers elle et sourit.

— Dans ce cas, je te propose de mettre cette théorie en pratique, juste pour voir. Sache que, pour ma part, j'effectue un dépistage régulier concernant tous les virus possibles.

— En tant qu'infirmière, moi aussi.

— Rendez-vous est pris pour ce soir, lui glissa-t-il à l'oreille.

— Ce soir ? Avec ma sœur sous ton toit ?

— Ce que nous faisons dans l'intimité de notre chambre ne regarde que nous.

— *Notre* chambre ?

— Elle va dormir dans ta chambre, donc il me paraît logique que tu dormes dans la mienne. D'ailleurs, tu continueras d'y dormir après son départ.

— Cooper… Tu ne crois pas que tu précipites un peu les choses ? On devrait ralentir, je pense.

— Hier soir, je crois me souvenir que tu voulais plutôt que j'aille « plus vite » et « plus fort »…

— Devenir ta maîtresse et emménager dans ta chambre sont deux choses très différentes.

— Sierra, nous vivons déjà ensemble. A ce stade, l'endroit où tu dors n'est qu'une question de logistique, murmura-t-il avant de lui prendre de nouveau la main.

Elle sembla hésiter un instant, puis hocha la tête.

— Comme tu voudras.

Cooper s'engagea une nouvelle fois sur la rampe d'accès au terminal C, et Sierra repéra Joy aussitôt. Sa cadette était plus grande, plus longiligne qu'elle. Elle avait les mêmes cheveux bruns, mais plus ondulés, qui lui arrivaient à la taille. Sa longue jupe colorée et son débardeur délavé, associés à ses sandales de paille et son long collier de perles, lui donnaient une allure très décontractée, un peu délurée. Contraste total avec Sierra, qui à côté d'elle semblait plus banale et même un peu coincée.

— La voilà ! s'écria Sierra d'une voix impatiente.

Cooper se gara devant Joy et, avant même qu'il coupe le moteur, Sierra se précipita dehors. Elle se tourna brièvement vers les jumelles.

— Je reviens dans une minute, mes chéries !

L'instant d'après, elle déchargeait Joy de son sac de voyage. Le temps que Cooper sorte et contourne le véhicule, les deux sœurs étaient tombées dans les bras l'une de l'autre, émues aux larmes.

Sierra se tourna vers lui.

— Cooper, je te présente ma sœur, Joy. Joy, voici Cooper, mon… patron.

— Je ne vous remercierai jamais assez d'accepter de m'héberger chez vous, Cooper. Et d'être venu me chercher.

— J'espère que ça ne vous dérange pas de vous installer entre les deux sièges auto, dit-il en lui serrant la main.

— Ce sera mille fois mieux que de prendre le bus !

Il ouvrit la portière arrière à Joy, puis rangea son sac dans le coffre. Lorsqu'il reprit place au volant, Sierra était en train de présenter les jumelles à sa sœur.

— Et voici Fern, à droite, et Ivy, à gauche.

Joy serra les doigts minuscules de l'une, puis de l'autre, ce que les jumelles semblèrent adorer.

— Ravie de vous rencontrer, les filles. Tout comme je suis ravie de rencontrer enfin l'homme dont ma sœur ne cesse de parler. Vous deux êtes ensemble ou je me trompe ?

— Joy ! s'écria Sierra en lui lançant un regard assassin, avant de se retourner vers Cooper. Il va falloir que tu excuses le franc-parler parfois déconcertant de ma sœur…

Joy pouffa, puis grommela :

— Moi aussi, je t'aime, sœurette.

En deux minutes à peine, Cooper comprit que la sœur de Sierra allait beaucoup lui plaire. Il était prêt à parier que son séjour chez lui s'avérerait on ne peut plus intéressant…

— Cooper et toi êtes amants, déclara Joy alors qu'elle déballait ses affaires dans la chambre de Sierra, qui venait de coucher les jumelles pour une petite sieste.

— C'est vrai, admit-elle. Mais seulement depuis hier soir.

— Je m'en doutais ! Il y a comme une vibration entre vous, dit Joy en vidant son sac sur le lit. Je savais qu'il en pinçait forcément pour toi pour t'autoriser à héberger ta petite sœur chez lui.

— Eh bien, on ne peut pas dire que tu voyages léger !

— L'ami qui m'héberge à Malibu profite de mon absence pour faire désinfecter par fumigation sa maison. Il valait mieux que j'emporte tout. Tu n'aurais pas quelques cintres ?

Sierra lui désigna la porte du dressing.

— Par ici.

Joy traversa la chambre et ouvrit la porte.

— Ma parole ! Ce placard est *immense* !

— Je sais. Il est au moins vingt fois plus spacieux que celui que j'avais dans mon ancien appartement.

— J'ignorais que les hockeyeurs étaient aussi riches, dit Joy en sortant du dressing avec une dizaine de cintres.

— Cooper est un homme d'affaires talentueux. Il consacre aussi beaucoup de temps à des œuvres de charité. Il sponsorise des équipes de jeunes dans les quartiers défavorisés, expliqua-t-elle en découvrant les vêtements colorés au style très hippie de sa sœur. Dis-moi, Joy, as-tu pensé à apporter une tenue pour la cérémonie à la mémoire de papa ?

Joy fit la moue.

— Tu sais bien que je ne porte jamais de noir.

Tout en regardant sa sœur ranger ses vêtements sur des cintres, Sierra poussa un soupir désabusé.

— Tu n'es pas obligée d'être en noir. Tout comme tu n'es pas obligée de t'habiller de façon aussi… criarde. Je regarderai dans mes affaires et, si je n'ai rien à te prêter, nous irons faire un peu de shopping demain, après ton audition.

— Tu sais bien que je n'ai pas d'argent, sœurette.

— Cooper m'a fait une avance de salaire pour que je puisse payer tous les frais liés aux funérailles.

— Ça c'est très gentil de sa part, lâcha Joy avant de lui décocher un sourire complice.

Choquée par les sous-entendus de sa sœur, Sierra la foudroya du regard.

— Pour ta gouverne, il me l'a proposée *avant* que nous ne devenions amants. Et encore, parce que je venais de refuser qu'il ne paie lui-même les obsèques. Cooper est quelqu'un de très prévenant et conciliant avec moi.

— Comme je te plains ! Personnellement, je détesterais qu'un homme beau, riche et sexy essaie de prendre soin de moi. Comment fais-tu pour le supporter ?

Sierra se pencha vers sa sœur pour lui pincer les fesses.

— J'avais presque oublié à quel point tu pouvais être une vraie tête à claques à tes heures !

— On m'a déjà dit que cela faisait de moi une personne particulièrement charmante, répliqua Joy avec un sourire.

Peut-être. En cet instant pourtant, Sierra la trouvait particulièrement énervante.

— Tu sais bien que je suis du genre à préférer me débrouiller toute seule, reprit Sierra.

Maintenant qu'elle n'aurait plus à payer les factures médicales de son père, sa situation financière allait devenir autrement plus confortable.

Cela dit, elle n'était pas sûre de la façon dont les choses risquaient d'évoluer. Si elle formait un véritable couple avec Cooper, allait-il continuer à la payer ? Ou bien s'attendrait-il à ce qu'elle s'occupe des jumelles gratuitement ?

Elle veillerait à clarifier tout cela rapidement avec lui. Comment envisageait-il leur relation désormais ? Allait-il la considérer comme sa petite amie, sa concubine ? Ou était-il ouvert à l'éventualité d'un mariage ? Désirait-il d'autres enfants ? Ou bien se contenterait-il d'élever les jumelles ?

En tout cas, Sierra n'était toujours pas convaincue que s'installer si tôt dans la chambre de Cooper était une bonne idée. Certes, d'un point de vue technique, ils vivaient ensemble, mais partager la même chambre alors qu'ils n'étaient amants que depuis vingt-quatre heures était peut-être précipité.

— Sierra, tu es consciente que tu vas devoir lui dire la vérité, déclara soudain Joy à voix basse.

Sa sœur n'avait pas tort. Elle tenait à Cooper. Elle ne pourrait pas continuer à lui cacher éternellement la vérité au sujet des jumelles. Mais le plus dur serait sans doute de lui révéler son histoire avec leur père biologique.

— Je lui expliquerai tout le moment venu, chuchota-t-elle.

— Franchement, sœurette, je m'étonne qu'il n'ait pas encore deviné tout seul. Les filles te ressemblent comme deux gouttes d'eau.

— Hier, nous étions dans un café, et une femme a cru que nous étions les parents des jumelles. Elle trouvait qu'elles étaient mon portrait craché, mais avec les yeux de leur père.

— Comment Cooper a-t-il réagi ?

— Je pense qu'il n'a pas fait le rapprochement.

— Sierra, si tu tiens vraiment à ta relation avec cet homme, tu vas devoir être honnête avec lui.

— Je suis amoureuse de lui, tu sais…

Joy passa un bras affectueux autour de son épaule.

— Crois-moi, ma belle, tu ne construiras aucune relation solide sur la base d'un mensonge. Et je sais de quoi je parle.

Ravalant ses larmes, Sierra se cala contre l'épaule de Joy.

— Comment ai-je pu me mettre dans un tel pétrin ?

— Cooper saura se montrer compréhensif.

— Tu crois ?

— S'il t'aime, il comprendra.

Mais Sierra n'était pas sûre de ce qu'il ressentait pour elle. Ils ne s'étaient fait aucune déclaration enflammée jusque-là. L'idée de lui parler à cœur ouvert, au risque d'être rejetée, la terrifiait. D'autant qu'elle craignait que les sentiments de Cooper à son égard soient uniquement motivés par son désir d'offrir une vraie famille aux jumelles. Tenait-il vraiment à elle ? Ou plutôt à son désir de famille idéale ?

Si jamais elle lui disait la vérité — elle n'avait pas le choix, elle allait devoir s'y plier à un moment ou à un autre —, allait-il supporter le choc ? Car cette vérité risquait fort d'influer sur l'affection qu'il portait aux jumelles. Et si elle gardait son secret ? Serait-ce aussi terrible qu'elle le craignait ? Car, après tout, Cooper n'avait aucun moyen de découvrir la vérité.

Comme si elle avait lu dans ses pensées, Joy lui prit la main et la serra fermement dans la sienne.

— Sierra, il *faut* lui dire.

— Oui, Joy. Je le ferai.

Un jour. Peut-être.

— Quand ?

— Quand je sentirai que le moment est venu.

A supposer que ce moment vienne un jour.

- 11 -

Sierra venait de coucher les filles pour la nuit et Cooper de s'éclipser dans son bureau pour répondre au téléphone quand Joy déboula dans le hall d'entrée.

— Ça y est, je l'ai enfin !

Après s'être présentée au casting le matin, elle avait attendu un appel tout le reste de la journée, faisant les cent pas dans l'appartement comme un lion en cage. Pendant le dîner, elle avait répété que si le producteur ne l'avait pas rappelée à cette heure elle ne ferait jamais carrière dans le cinéma, et qu'elle ferait aussi bien de renoncer à son rêve. Comme Sierra ne supportait plus de l'entendre se plaindre, elle lui avait donné un peu d'argent en lui suggérant d'aller acheter une robe pour les obsèques de leur père. Apparemment, elle avait dû trouver la tenue adéquate.

— Tu as fait vite, dit Sierra en posant les biberons vides des jumelles sur l'évier. Montre-la-moi !

— Te montrer… quoi ? bredouilla Joy.

— La robe, précisa Sierra en remarquant soudain que sa sœur n'avait rapporté aucun sac de shopping.

— Je ne parle pas de la robe, mais du *rôle* !

Sierra était ébahie.

— Je croyais que, s'ils étaient intéressés, ils te feraient passer une seconde audition…

— C'est ce qui était prévu. Mais je les ai tellement

impressionnés par ma performance qu'ils m'ont offert le rôle !

— Ma parole ! Joy, mais c'est génial !

Sa sœur allait enfin jouer un rôle principal dans un film ! Folle de joie, elle la prit dans ses bras et la serra très fort.

— J'ai entendu crier ? demanda soudain Cooper en apparaissant dans le séjour.

— Joy a eu le rôle ! expliqua Sierra.

— Félicitations ! s'exclama Cooper. J'espère que vous vous souviendrez de nous autres, simples mortels, quand vous serez devenue la coqueluche d'Hollywood…

Joy éclata de rire.

— Je n'en suis pas encore là. Mais ce rôle va sans doute m'ouvrir les portes des plus grandes sociétés de production ! En plus, je suis franchement soulagée d'avoir décroché un vrai travail. J'ai dû démissionner de mon poste de serveuse pour venir ici. Si mon ami Jerry ne m'hébergeait pas chez lui, je serais à la rue jusqu'au début du tournage.

— Quand doit-il débuter ? s'enquit Sierra.

— Début août. A Vancouver. Jusqu'à fin septembre.

— J'ai souvent joué à Vancouver, dit Cooper. Une ville fantastique.

— Mon Dieu, j'ai encore du mal à y croire ! s'écria Joy d'une voix chevrotante d'excitation et d'impatience.

Généralement, sa sœur était tellement pessimiste et déprimée que Sierra éprouvait un grand bonheur à la voir aussi joviale. Elle allait suggérer de fêter l'événement quand on sonna à la porte de l'appartement.

— Ce sont mes anciens coéquipiers, Vlad et Niko, expliqua Cooper en s'avançant vers l'entrée. Ils viennent de me téléphoner pour me dire qu'ils étaient dans le coin.

Il ouvrit la porte, devant laquelle se trouvaient deux hommes tirés à quatre épingles et à la carrure athlétique. L'un d'eux semblait plus jeune que Cooper. Une puissante odeur d'après-rasage les accompagna lorsqu'ils pénétrèrent dans l'appartement.

— Miam, miam ! chuchota Joy avec un clin d'œil à sa sœur.

— Mesdemoiselles, je vous présente mes amis Vlad et Niko, déclara Cooper d'une voix franche. Messieurs, voici Sierra, ma petite amie, et sa sœur, Joy.

Les deux hommes ne cherchèrent pas à dissimuler leur surprise. Apparemment, Cooper ne devait pas leur avoir souvent présenté de *petites amies*.

— Ravi de rencontrer vous, dit Vlad avec un fort accent russe en serrant la main de Sierra.

Niko, lui, garda les yeux rivés sur Joy, qui elle-même l'examinait comme s'il était un bon steak juteux. Même si elle était végétarienne…

— Tu viens avec nous, reprit Vlad à l'intention de Cooper. C'est une soirée très sélecte chez Web. Tu emmènes petite amie et sœur aussi.

— Qui est ce Web ? demanda Sierra.

— Jimmy Webster, expliqua Cooper. Le gardien de but des Scorpions. Ses soirées sont mémorables. Et merci pour l'invitation, les gars, mais je vais devoir décliner.

— Tu viens, insista Vlad. Moi refuse que tu dises non.

Cooper haussa les épaules.

— Je ne peux pas laisser les jumelles.

— Mais tu as nourrice pour les bébés, objecta Vlad.

— En fait, c'est moi leur nourrice, déclara Sierra.

Les deux hommes la dévisagèrent d'un drôle d'air. Oh ! elle se doutait bien de ce qu'ils pensaient : la petite nourrice qui craque pour son beau et célèbre patron… Un cliché vieux comme le monde.

Le cœur battant la chamade, elle se tourna vers Cooper.

— Vas-y. Je reste pour surveiller les filles.

— Tu vois, reprit Vlad. Elle dit d'accord. Tu viens.

Mais Cooper passa un bras autour de Sierra.

— Désolé, les gars. Mais ce soir je reste à la maison.

Si elle n'était pas particulièrement enthousiaste à l'idée de savoir Cooper dans une soirée où de nombreuses femmes, toutes plus désirables qu'elle, rivaliseraient pour devenir sa nouvelle conquête, elle ne pouvait tout de même pas le contraindre à renoncer à toute forme de vie sociale.

— Cooper, je t'assure : tu ferais bien de sortir un peu et de passer du temps avec tes amis.

— Les soirées de Web sont mémorables à deux titres : pour se soûler et se trouver une maîtresse d'un soir. Il se trouve que j'ai passé l'âge de ce genre de fêtes, et que la seule femme que je désire se tient justement à mon côté.

Difficile de deviner si ses propos étaient uniquement destinés à ne pas la vexer. En tout cas, il semblait sincère, et elle en avait presque le tournis.

— Et vous ? intervint alors Niko sans quitter Joy du regard. Vous voulez faire fête avec nous ?

Il s'agissait moins d'une question que d'une injonction mais, à la surprise de Sierra, Joy — qui n'était pourtant pas du genre à se laisser dicter son comportement — répondit avec un sourire docile :

— Laissez-moi le temps d'attraper mon sac à main.

Abasourdie, Sierra regarda sa sœur sortir crânement au bras du plus jeune athlète.

— Tu es sûr qu'elle ne risque rien ? demanda-t-elle à Cooper.

Après tout, elle ne savait rien de ces deux hommes, et Joy demeurait sa petite sœur. D'une certaine façon, Sierra se sentait toujours responsable d'elle.

— Vlad et Niko sont tout à fait dignes de confiance,

assura-t-il. Mais j'ai l'impression que Niko a déjà jeté son dévolu sur ta sœur.

— Peu d'hommes résistent à la beauté de Joy.

Sierra se garda d'ajouter que peu résistaient à son caractère excessif et lunatique. Pour l'heure, aucun n'avait supporté ses excès, du moins sur le long terme.

— Et si l'on s'asseyait un instant ? suggéra Cooper en l'entraînant doucement vers le canapé.

— Laisse-moi juste finir de ranger la cuisine.

Depuis le départ de Mlle Densmore, Sierra faisait de son mieux pour ne pas trop laisser de désordre dans l'appartement. Mais toutes les démarches relatives aux obsèques de son père l'avaient tellement accaparée qu'il ne lui était guère resté de temps pour s'occuper des tâches ménagères.

— Tu finiras demain, chuchota-t-il en l'attirant par le bras.

Elle résista. Demain, elle serait encore plus débordée.

— Je n'en ai que pour cinq minutes, dit-elle en se dirigeant vers la cuisine.

Cooper s'étira sur son fauteuil et alluma la télévision, choisissant une chaîne sportive. Sierra remplit le lave-vaisselle et nettoya les plans de travail, dont la surface n'avait plus rien à voir avec la brillance savamment entretenue par Mlle Densmore. Après avoir fouillé dans les placards de produits d'entretien, elle trouva des lingettes. Cooper leva soudain le nez.

— Mais qu'est-ce que tu fais ? Viens plutôt t'asseoir un instant et te détendre.

— Cet appartement devient un vrai taudis.

— Dans quelques jours, nous aurons une nouvelle gouvernante, soupira Cooper en la rejoignant.

Il lui prit la lingette des mains, puis la jeta à terre, comme pour ajouter du désordre au désordre existant. Avec un sourire enjôleur, il se pencha vers elle et captura ses lèvres.

— Profitons plutôt de ce tête-à-tête.

A vrai dire, elle était gênée qu'il se soit senti obligé de rester auprès d'elle ce soir.

— Tu es sûr de ne pas regretter de ne pas avoir suivi tes amis à cette soirée ? Tu peux encore y aller, tu sais.

— Je n'avais pas envie d'y aller. S'il s'était agi d'une soirée calme entre couples, j'y aurais peut-être réfléchi. A condition d'avoir une baby-sitter pour les filles, et que tu m'y accompagnes évidemment.

— Tu sais, je suis plutôt d'un naturel casanier…

— Comment ? Tu veux dire que tu t'ennuierais dans une soirée où tous les couples ne parlent que de nourrices et de crèches et se concertent sur la marque de couches les plus absorbantes ?

— Tu exagères.

— Pas du tout. J'ai assisté à ce genre de soirées et je peux t'assurer que c'est exactement ce qui s'y passe. Je n'ai jamais rien vécu de plus ennuyeux ! En tout cas, crois-moi, ceux de mes anciens coéquipiers qui sont mariés sont des maris et des pères modèles. Je suis sûr que tu t'entendrais bien avec leurs épouses. Ce sont des femmes très chaleureuses et accessibles. Elles organisent souvent des barbecues en été. On devrait y aller un de ces jours.

Présenté ainsi, cela avait plutôt l'air alléchant. A un détail près.

— Tu me parles de tes amis et de leurs épouses. Mais, moi, je ne suis pas ta femme.

— Pas encore. Mais les petites amies sont les bienvenues.

A cet instant, Sierra ne respirait plus. Avait-il bien dit « pas encore » ? Laissait-il entendre qu'il comptait officialiser leur relation ?

— Enfin, je ne t'obligerai pas à y aller, si cela ne te tente pas, reprit-il à voix basse.

— Non, ça me ferait plaisir, assura-t-elle.

— Tu en es sûre ? Car tu fais une drôle de tête.

— C'est juste que… je ne savais pas que… Enfin, je n'avais pas compris ce que tu pensais de tout cela. Ce que tu pensais de nous.

Perplexe, il plissa le front.

— Là, c'est moi qui ne suis plus sûr de comprendre.

— Je t'ai fait remarquer que je n'étais pas ta femme, et tu as répondu « pas encore ».

Cooper se rembrunit.

— Essaies-tu de me dire que tu ne voudrais pas m'épouser ?

— Non, bien sûr que non ! Seulement que je n'imaginais pas que tu puisses avoir ce désir… Pour moi, tu représentes une sorte de célibataire épanoui assumant pleinement son statut.

— Disons que je n'ai rien contre le mariage. Pour être honnête, j'étais jaloux d'Ash. Il avait vraiment trouvé l'âme sœur. Susan et lui étaient faits l'un pour l'autre et ont partagé un bonheur sans faille. Moi, je n'avais jamais imaginé que cela puisse m'arriver. Je ne suis peut-être pas prêt dans l'immédiat à me laisser passer la bague au doigt mais, sur le long terme, je me dis « pourquoi pas » ? N'est-ce pas ce à quoi tout le monde aspire ?

Envisageait-il de franchir le pas avec elle ? Etait-ce ce qu'il était en train de lui suggérer ? Et, puisqu'il n'était pas prêt dans l'immédiat, quand le serait-il ? Dans quelques mois ? Dans un an ? Dans dix ans ? Sierra, elle, n'avait jamais connu de relation assez sérieuse avec un homme pour en arriver à se poser la question. Au bout de combien de temps était-il légitime d'y réfléchir ? Et, dans l'hypothèse où l'homme faisait sa demande en mariage, au bout de combien de temps était-il raisonnable d'y répondre ?

— Tu sais, dit-il en lui caressant langoureusement la nuque, tu t'es couchée si tard hier soir que nous n'avons pas encore eu l'occasion de tester cette fameuse théorie des préservatifs…

Hier soir, Sierra était restée jusqu'à 3 heures du matin dans sa chambre pour discuter avec Joy et, lorsqu'elle l'avait rejoint dans son lit, il dormait à poings fermés.

— Et ce soir nous avons l'appartement pour nous tout seuls, murmura-t-elle en s'installant à califourchon sur lui.

Sans l'ombre d'une hésitation, elle lui ôta son T-shirt. Il était tellement beau qu'elle avait encore peine à croire qu'un homme comme lui puisse désirer une femme comme elle. Pourtant, le renflement de son pantalon ne laissait planer aucun doute à ce sujet.

A son tour elle retira son chemisier, qu'elle jeta à terre. Cooper poussa un grognement d'approbation, puis posa ses mains larges et brûlantes sur ses hanches.

— Tu es la femme la plus sexy de la planète, lui dit-il à l'oreille en refermant ses mains autour de son soutien-gorge.

Entre ses bras, elle était prête à croire à ses paroles. Mais pourquoi ne pouvait-elle se défaire de cette désagréable impression qu'une fois l'effet de nouveauté passé Cooper allait se lasser d'elle ? Qu'il finirait par se languir des soirées de débauche entre copains et des femmes faciles ?

Quoi qu'il en soit, il était déjà trop tard pour elle. Elle était prise au piège. Elle aimait Cooper. Peut-être apprendrait-il lui aussi à l'aimer ? Après tout, elle ne ferait pas une si mauvaise épouse. Peut-être même arriverait-elle à le rendre assez heureux pour qu'il lui soit fidèle ?

Pour le bien des filles, elle se devait au moins d'essayer.

Allongé sur le dos, les couvertures entremêlées à ses jambes, Cooper essuya une perle de sueur au coin de son sourcil. Il tremblotait encore des derniers soubresauts de ce qui s'était révélé être l'orgasme le plus époustouflant de toute sa vie. Faire l'amour à Sierra sans la barrière du latex lui avait permis de goûter à elle de la façon la plus exquise. Avec des sensations qu'il n'aurait jamais osé imaginer, même en rêve.

— C'est donc vrai, fit soudain Sierra avec un sourire lascif, les joues encore rosies de plaisir. C'est mieux sans préservatif. Au moins pour la femme.

Jamais il ne s'était senti aussi bien. Aussi comblé.

— Tu es époustouflante, répondit-il seulement.

Le sourire de Sierra s'élargit. Non contente de lui avoir offert l'expérience la plus érotique de sa vie, elle avait insisté pour rester à califourchon sur lui. Et mener la danse. D'abord surpris, il s'était finalement laissé faire. Et Sierra avait fait preuve d'une inventivité et d'une assurance qu'il n'aurait jamais soupçonnées chez elle.

Pour l'heure, elle semblait ravie de son petit effet.

— Allons, Cooper, tu m'as devancée de combien… cinq secondes à peine ?

Pas étonnant, vu le mal qu'elle s'était donné à le torturer comme elle l'avait fait. Et, lorsqu'elle avait eu l'idée de lui pincer les mamelons, il n'avait plus répondu de rien.

Pour une femme qui prétendait n'avoir que peu d'expérience avec les hommes, elle savait exactement sur quels boutons appuyer pour lui faire perdre la tête…

— Normalement, tout le monde s'accorde à dire qu'un bon amant doit toujours attendre sa partenaire avant de jouir.

— Ça, ce sont des balivernes.

— Ah oui ? Attends un peu que je reprenne mon souffle et tu vas voir ! murmura-t-il en l'enlaçant.

Il l'embrassa, et elle se pelotonna tout contre lui. C'était comme si leurs corps avaient été façonnés par la nature pour s'accorder l'un à l'autre. Jamais il n'avait éprouvé une telle sensation de complicité avec une femme. Jamais il ne s'était ouvert à ce point à quelqu'un. Il n'y avait plus aucun doute à présent : Sierra ferait une épouse modèle. Une bonne mère. Et une maîtresse exceptionnelle. Dès l'instant où elle rencontrerait ses amis, elle oublierait sa timidité et s'entendrait à merveille avec eux.

Certes, elle n'était peut-être pas une fée du logis, mais il avait les moyens de payer une gouvernante pour ce qui relevait de l'entretien courant de la maison. Pour le reste, Sierra possédait toutes les qualités dont un homme pouvait rêver. Elle savait ce qu'elle voulait, mais sa franchise évitait tout malentendu. Avec elle, pas d'histoires, pas de mauvaises surprises. En plus, elle était particulièrement attachée aux jumelles, au moins autant que lui, et s'occupait très bien d'elles. En d'autres termes, jamais au cours de sa vie, il n'aurait imaginé rencontrer une femme aussi parfaite. Il commençait même à se demander si, malgré les circonstances tragiques qui avaient fait entrer Sierra dans sa vie, le destin n'avait pas tout fait pour les réunir. Comme lui, elle avait eu à affronter au cours de sa vie des drames successifs. Sous de nombreux aspects, ils se ressemblaient beaucoup, tous les deux.

Pourtant, il ne parvenait pas à chasser l'impression tenace que Sierra lui cachait quelque chose. Comme si elle ne lui faisait pas entièrement confiance. Sans doute cela relevait-il de ses propres angoisses à elle, et non de quelque chose qu'il aurait pu faire. Sans doute avait-elle seulement besoin de temps. Pour lui accorder sa pleine confiance. Et pour le croire quand il lui assurait vouloir former une famille avec elle.

Alors qu'elle commençait à laisser de nouveau ses mains s'aventurer sur les parties les plus intimes de son corps, il se dit qu'il aurait tout le loisir de s'inquiéter de toutes ces choses plus tard.

- 12 -

Quand Sierra revint de sa promenade matinale avec les jumelles le lendemain, Joy était levée, ce qui était surprenant dans la mesure où elle n'était rentrée qu'à 4 heures du matin. Plus étonnant encore, elle était en train de faire la poussière dans le séjour, vêtue d'un pantalon et d'un débardeur de yoga. Comment s'y prenait-elle pour paraître aussi glamour, même dans une telle tenue ?

— Tu n'es pas obligée de faire le ménage, déclara Sierra en sortant les filles de la poussette avant de les installer dans leur transat.

— Il faut bien que quelqu'un le fasse, non ?

— Je m'en occuperai.

Sa sœur lui adressa un regard dubitatif.

— Tu as toujours détesté faire le ménage.

Inutile de le nier. Contre toute attente, Joy la fantasque n'était pas, des deux, celle qui avait une aversion pour le ménage. Sierra avait beau être la grande sœur responsable, avec la tête sur les épaules, elle n'avait rien pour autant d'une maniaque de la propreté.

— Si tu veux inviter des gens ici après la cérémonie pour papa, il vaut mieux que l'appartement soit propre et rangé, reprit Joy tout en continuant à s'activer.

— Eh bien, merci. Je suis sûre que Cooper appréciera tes efforts.

— C'est ma façon de le remercier de m'héberger… Et de m'avoir présenté Niko. Cet homme est un amour !

— Comment s'est passée votre soirée ?

— C'était incroyable. Ces hockeyeurs savent faire la fête !

Sierra passa dans la cuisine pour préparer les biberons des filles et manqua de s'étrangler en découvrant le bar et le plan de travail en granit impeccablement lustrés.

— Ma parole ! Quelle propreté !

Joy se contenta de hausser les épaules.

— J'aime faire le ménage. Ça m'aide à combattre le stress.

En cela, Joy ressemblait à leur père. Sierra, quant à elle, avait plutôt hérité de sa mère, qui préférait se plonger dans un bon livre ou marcher longuement dans le parc du quartier, ou encore jardiner avec les voisins. Même après qu'on lui avait diagnostiqué son cancer, cela n'avait entamé en rien sa bonne humeur. C'est seulement quand la chimiothérapie l'avait affaiblie au point qu'elle ne pouvait plus se nourrir que sa mère avait laissé s'exprimer sa souffrance. Jusqu'au bout, elle avait lutté le plus dignement possible contre la maladie.

En septembre, cela ferait déjà douze ans qu'elle s'était éteinte. Même si le chagrin s'était peu à peu estompé au fil des ans, il restait vivace, et sa mère manquait toujours autant à Sierra. Son contact lui manquait, tout comme la douceur de sa voix. Sans oublier son sens de l'humour. A quoi bon rester chez soi pour faire du ménage ou des devoirs, alors que dehors le monde était plein de surprises ?

Depuis toujours, Sierra espérait devenir une aussi bonne mère, une aussi bonne épouse que l'avait été sa mère. Elle versa un peu de jus de fruits dans chaque biberon, puis les apporta dans le séjour.

— Est-ce que maman te manque toujours autant ? demanda-t-elle à sa sœur, d'une voix que l'émotion faisait trembler légèrement. Cela fera douze ans cet automne…

— Oui, je crois.

— Tu *crois* ? répéta Sierra, interloquée.

— Tu as toujours été plus proche d'elle que moi.

— Qu'est-ce que tu racontes ? Ce n'est pas vrai !

Joy cessa d'épousseter la télé et se tourna vers elle.

— Allons, Sierra, elle consacrait la moitié de son temps à ses activités et le reste à te complimenter et à te répéter que toi et elle, vous étiez pareilles.

— C'est vrai que je lui ressemble plus par mon caractère, mais elle ne t'en a pas moins aimée !

— Tu n'as donc jamais remarqué combien maman pouvait être égocentrique ? Papa était contraint de cumuler deux emplois pour joindre les deux bouts et, la plupart du temps, elle n'avait pas pris la peine de préparer le repas quand il rentrait à la maison. On finissait par manger des sandwichs ou des plats commandés au fast-food.

— Tout le monde ne peut pas être un cordon-bleu, déclara Sierra, à court d'arguments.

— Mais maman ne s'est jamais donné la peine d'essayer ! L'appartement n'était jamais rangé. Papa passait son seul jour de repos à faire le ménage et à ranger tout le bazar que maman et toi aviez accumulé tout au long de la semaine.

Estomaquée, Sierra n'arrivait pas à croire que sa sœur ose parler de leur mère en ces termes.

— Maman était une bonne épouse. Et une bonne mère. Papa était fou d'elle.

— C'était une excentrique, et papa était malheureux. Mon lit était juste contre la cloison de leur chambre, et je les entendais se disputer quand ils croyaient qu'on dormait.

— Tous les couples se disputent.

— Sans doute. Mais eux, c'était tous les soirs.

Sierra secoua vigoureusement la tête.

— C'est faux. Papa et maman étaient heureux.

— Ecoute, crois-le ou non, mais cela n'a plus d'importance à mes yeux. Je sais ce que j'ai entendu pendant toutes ces années. Oui, papa était bien amoureux de maman. Mais il n'était pas heureux.

Leur mère avait peut-être été un peu égocentrique, mais elle n'en aimait pas moins profondément ses deux filles et son mari. Quoi qu'en pense Joy. Leur mère avait toujours fait au mieux pour elles. Et, si cela n'avait pas suffi aux yeux de Joy, tant pis pour elle !

Le téléphone de Joy sonna sur la table basse du salon.

— C'est Jerry, mon ami de Malibu ! s'exclama Joy en s'emparant du combiné. Allô, Jerry, tu as eu mon message ? J'ai décroché le rôle !... Je sais, c'est incroyable, hein ?... Non, pas avant le mois d'août... Tu pourras peut-être venir me voir ici !

Joy se laissa tomber sur le canapé puis posa ses pieds sur la table. Soudain, son visage blêmit.

— Non, tu sais bien que... je n'ai personne chez qui loger en attendant le début du tournage..., bredouilla-t-elle d'une voix d'outre-tombe. Comment ça, elle revient habiter avec toi ? Tu m'avais pourtant bien dit que vous étiez en instance de divorce ?

Encore un homme marié ? Joy semblait les collectionner. Pourquoi ne choisissait-elle jamais un homme simple et prévenant ? Un homme qui la respecterait, avec autre chose en tête que son bon plaisir, et qui ne lui briserait pas le cœur...

Se levant d'un bond, Joy se mit à hurler dans le téléphone.

— Espèce de salaud, tu avais tout prévu, hein ? Tu as profité de mon casting à New York pour me faire croire que tu faisais dératiser la maison, de sorte que j'emporte toutes mes affaires ! Et que je cède la place à madame ! Espèce de vaurien ! Quand je pense que j'ai passé la soirée avec un dieu du stade hier, qui a tout fait pour me séduire... Et moi, comme une idiote, je t'ai été fidèle. Avec un physique comme le sien, je suis pourtant sûre que lui, au moins, n'aurait pas eu de ces petites « pannes » qui t'affectent tant !

Sierra se sentit de trop dans la pièce. Mais Joy ne semblait nullement gênée par sa présence.

Le visage cramoisi, sa sœur était défigurée par la fureur.

— Epargne-moi tes pitoyables excuses, espèce d'ordure ! éructa-t-elle avant de couper la communication.

— Joy, est-ce que ça va aller ? dit-elle à voix basse.

Elle se laissa retomber de nouveau sur le canapé en soupirant.

— C'est désormais officiel : je suis à la rue !

— Je parlais de ce Jerry… Vous étiez ensemble ?

— Tout dépend de ce que l'on appelle « être ensemble », grommela Joy en haussant les épaules. Jerry m'hébergeait et, en échange, je lui tenais compagnie… Certes, j'étais attachée à lui mais, vu son âge, j'ai toujours su que nous n'avions pas d'avenir ensemble.

— Quel âge a-t-il ? demanda Sierra, mal à l'aise.

— Cinquante-deux ans.

Elle n'en revenait pas.

— Tu veux dire qu'il avait trente ans de plus que toi ?

— Comme je te l'ai dit, je n'ai jamais envisagé de l'épouser. Jerry était un amant… disons de *commodité*.

De plus en plus dubitative, Sierra fronça les sourcils.

— Tu tenais assez à lui pour lui rester fidèle, déclara-t-elle.

— Ecoute, il était content d'avoir une maîtresse plus jeune que lui, et moi j'étais ravie d'avoir un toit sur la tête. Il a été gentil avec moi. Enfin, jusqu'à aujourd'hui…

— Que comptes-tu faire à présent ?

— Je n'en sais rien. J'ai démissionné de mon poste de serveuse pour venir passer cette audition à New York. Et le tournage ne débutera pas avant début août. Même si je retrouve un emploi illico, il me faudra au moins un mois avant de pouvoir régler des frais de caution et d'agence.

— Tu peux réclamer une avance à la signature du contrat.

Joy secoua tristement la tête.

— C'est assez mal payé. Mes revenus couvriront à peine mes frais de vie quotidienne.

— Que vas-tu faire ? Loger chez d'autres amis ?

— A force d'abuser de la gentillesse de tout le monde, on finit par ne plus avoir d'amis, déclara-t-elle en reprenant le plumeau qu'elle avait posé sur la table. Mais ne t'en fais pas, je finirai bien par retomber sur mes pattes.

Surprise que sa sœur ne lui demande pas de nouveau l'hospitalité, elle en déduisit que Joy avait sans doute compris qu'elle refuserait. Car demander à Cooper de l'héberger était une chose, mais pour un mois entier ? Non, elle ne pouvait lui demander un tel service. Après tout, Joy était une grande fille. Elle allait devoir se débrouiller toute seule.

Assis à la table de réunion du cabinet de son avocat, Cooper s'efforça de garder un visage impassible, les poings serrés sur ses genoux.

— Nous étions pourtant d'accord sur le montant de la transaction, déclara-t-il à Mike Norris, son ancien patron et actuel président du club des New York Scorpions.

Un montant que Mike désirait soudain voir doublé. Flanqué de son assistant et de son avocat, Mike le dévisageait avec arrogance, un demi-sourire aux lèvres.

— C'est à prendre ou à laisser, répondit Mike en portant un cigare à sa bouche.

Son ancien employeur avait compris à quel point ce rachat lui tenait à cœur. Et il tentait d'en tirer parti. Tous les documents relatifs à la transaction avaient été rédigés et, en venant ici, Cooper n'avait pas douté une seconde qu'il ressortirait avec le contrat signé en main. C'était sans compter sur Mike et son légendaire appât du gain. Cooper ne s'était pas montré assez méfiant lors des négociations.

Au prix qu'il avait proposé la semaine dernière, le rachat du club présentait certes un risque financier, mais laissait aussi entrevoir un investissement sain et rentable. Or, le prix que réclamait désormais Mike changeait totalement la donne. D'autant qu'à présent il devait aussi songer à l'avenir des jumelles. Et à celui de Sierra, maintenant qu'il était certain qu'elle n'en voulait pas à sa fortune, ce qui la rendait plus adorable encore à ses yeux.

— Tu hésites, Landon ? reprit Mike avec désinvolture. Nous savons tous que tu rêves de racheter ce club. Et que tu en as largement les moyens... Allons, il te suffit d'être raisonnable, et le marché peut être conclu dans quelques minutes à peine !

Certes, il ne pouvait nier que racheter le club constituait l'un de ses rêves les plus chers. Mais pas à n'importe quel prix. Même si y renoncer serait sans doute l'une des choses les plus difficiles de sa vie. Il jeta un regard vers Ben, qui semblait avoir deviné ce qu'il avait en tête.

Avec un soupir, Cooper se leva lentement.

— Désolé, messieurs, mais je dois décliner votre offre.

Alors qu'il se dirigeait vers la porte, Mike l'interpella d'une voix un peu moins assurée.

— Cette proposition n'était valable qu'aujourd'hui, Landon. Demain, le prix sera de nouveau révisé à la hausse.

Visiblement, Mike pensait qu'il bluffait. Ce qui n'était pas le cas. Mais Cooper se retint de lui dire le fond de sa pensée. Il avait beau mourir d'envie de voir la tête de son ex-patron alors qu'il quittait la pièce, il franchit la porte d'un pas tranquille, sans se retourner. Une fois dans le couloir, il se dirigea vers le bureau de Ben.

Là, il s'assit dans un fauteuil, inspira puis expira longuement, les mains posées à plat sur ses cuisses malgré sa viscérale envie de retourner étrangler ce crétin de Mike.

Quelques minutes plus tard, Ben vint le rejoindre, probablement après avoir raccompagné leurs visiteurs.

— Cooper, je suis navré. Je n'avais absolument pas prévu qu'ils nous feraient un tel coup…

— Tu n'y es pour rien, répondit-il avec fatalisme.

— Je comprends que tu sois furieux. Je sais à quel point ce rachat comptait pour toi.

Aux yeux de Cooper, racheter le club ne se résumait pas à une simple opération commerciale, à un simple investissement. Il était *attaché* à ses anciens coéquipiers. Mike n'était qu'un homme d'affaires, qui, avant d'investir dans le club cinq ans plus tôt, n'avait jamais mis les pieds sur un terrain de hockey. Il ne s'intéressait guère au sport et ne se souciait ni du bien-être ni de la motivation des joueurs. Son seul objectif, c'était de s'en mettre plein les poches. Et les joueurs n'étaient pas dupes. Beaucoup comptaient sur l'arrivée de Cooper à la tête du club pour retrouver une motivation et ramener l'équipe au sommet du championnat national.

Cooper avait l'impression de les abandonner à leur sort.

— Je ne sais pas comment je vais l'annoncer aux gars…

— Tu leur diras simplement ce qui s'est passé. Norris a cherché à t'arnaquer. Mais, à ta place, je ne considérerais pas forcément la partie comme perdue. Tu aurais dû voir sa tête et celle de ses sbires quand tu as quitté la salle de réunion. Il était vraiment convaincu que tu étais prêt à payer n'importe quel prix. Je ne serais pas surpris qu'il me téléphone d'ici à un jour ou deux, pour revenir au prix initialement fixé.

— Je n'en suis pas sûr. Norris est un homme fier.

— Ecoute, il y a autre chose dont nous devons parler,

reprit Ben avec une moue préoccupée qui n'augurait rien de bon. Je ne voulais pas t'en parler avant la signature de la transaction pour le club, et ce n'est peut-être pas le meilleur moment après ce qui vient de se passer, mais…

Il hésita à poursuivre. Cooper ignorait de quoi il pouvait s'agir, mais ce ne serait pas pire que ce qu'il venait de vivre en salle de réunion.

— Je t'écoute, Ben.

— Je connais quelqu'un à l'aviation civile qui m'a informé que le rapport officiel sur le crash de l'avion de ton frère serait rendu public lundi.

Cooper sentit sa gorge se nouer.

— Est-ce que ton informateur sait ce qu'il contient ?

— Les experts concluent à une erreur humaine du pilote.

— C'est impossible ! s'écria Cooper en se levant d'un bond. C'est impossible, ils ne peuvent pas !

— D'après mon informateur, on aurait retrouvé des traces de stupéfiants sur les lieux de l'accident.

— Cela n'a rien d'étonnant : Susan s'était fracturé un disque vertébral une semaine avant l'accident. Elle ne pouvait même plus prendre les filles dans ses bras. Son médecin pourra le confirmer. Et, de toute façon, ce n'était pas elle qui pilotait.

— Cooper, mon informateur m'a déclaré que les experts ont trouvé des traces de marijuana dans les examens sanguins de Susan, comme dans ceux d'Ash…

Impossible. Cooper savait que son frère était un fumeur occasionnel, mais jamais il n'aurait commis l'imprudence de fumer avant de prendre les commandes d'un avion. *Jamais*.

— Nous en saurons plus dès que nous aurons reçu une copie du rapport. Mais, si tout cela est confirmé, les vautours et la presse de caniveau ne manqueront pas de te tomber dessus. Tu ferais peut-être bien de quitter la ville quelques jours, voire quelques semaines. Le temps que les choses s'apaisent.

A présent que son projet de rachat du club était à l'eau, Cooper n'avait en effet plus rien qui le retenait en ville. Et puis prendre quelques vacances lui ferait le plus grand bien.

— Je dois assister aux obsèques du père de Sierra demain, mais après cela plus rien ne me retient. Je sens qu'un petit séjour à Cabo ne me fera pas de mal.

— Comment cela se passe-t-il avec Sierra ?

Cooper se frotta le menton, embarrassé.

— Euh… eh bien… disons *mieux* que je ne le craignais.

— Ah oui ? fit Ben en le fixant d'un œil perspicace. C'est-à-dire ?

Cooper ne put réprimer un petit sourire.

— C'est-à-dire qu'elle partage mon lit depuis deux nuits.

— Je me souviens pourtant très clairement que tu m'avais assuré ne pas avoir de vues sur elle.

— Je n'avais pas prévu que cela arrive. Mais Sierra est une femme tellement… hors du commun.

— J'en déduis que c'est sérieux entre vous ?

— Je le crois. Elle représente tout ce que j'ai toujours attendu d'une femme sans même en avoir eu conscience.

Le sourire aux lèvres, Ben hocha doucement la tête.

— Eh bien, Cooper, j'ignorais que tu étais un romantique.

— Qui l'eût cru, hein ? Mais Sierra est intelligente, drôle et belle. En plus, les jumelles l'adorent. Surtout, elle n'a que faire de mon argent.

— Dois-je comprendre que je peux déjà commencer à plancher sur un contrat de mariage ?

— Ne nous emballons pas, tout de même…

Par ailleurs, il s'imaginait mal proposer à Sierra de signer un tel document, qui sous-entendrait qu'il n'avait pas pleinement confiance en elle. Or, à présent qu'il la connaissait mieux, il la savait totalement désintéressée.

— Tu comptes bien établir un contrat de mariage si tu l'épouses ? reprit Ben en le regardant d'un air perplexe.

— Je songe en effet à la demander en mariage. Pas forcément tout de suite. Mais un jour ou l'autre. En revanche, un tel contrat serait superflu. Sierra ne cherche pas à profiter de mon argent.

— C'est peut-être le cas aujourd'hui, mais…

— J'ai confiance en elle, Ben.

— Il ne s'agit pas de confiance. Mais de vous protéger tous les deux dans l'éventualité d'un divorce.

— Il n'y aura pas de divorce. Sierra est faite pour moi. J'en ai la certitude.

— Un de mes confrères est avocat spécialisé dans le droit familial, et tu n'as pas idée des horreurs qu'il pourrait te raconter en matière de divorces…

— Sierra et moi ne divorcerons pas. Nous venons tous deux de familles stables et aimantes. Si un jour nous rencontrons des difficultés, nous parviendrons à les résoudre.

— Je ne fais que mon devoir, Cooper.

— Et moi, je te dis que je suis réaliste.

— Tout comme moi…

— Le seul fait de lui proposer ce genre de contrat me donnerait l'impression de la trahir. Ce serait comme lui dire que je ne lui fais pas confiance.

— Si vous entretenez vraiment une relation harmonieuse, je suis certain qu'elle comprendrait une telle proposition. Promets-moi au moins d'y réfléchir, avant de te lancer tête baissée dans un projet de mariage.

— Je veux bien y réfléchir. Mais, pour l'heure, nous ne sommes même pas fiancés, objecta Cooper en regrettant soudain de s'être confié de la sorte à Ben.

Entre sa transaction avortée avec Mike Norris, la nouvelle de la publication du rapport officiel sur l'accident d'avion et cette discussion au sujet d'un éventuel contrat concernant un hypothétique mariage, il quitta l'immeuble du cabinet d'avocats passablement énervé.

Les choses n'auraient pu être pires.

- 13 -

Cooper rentra en taxi et se fit déposer à une rue de chez lui afin de pouvoir acheter des fleurs à Sierra. Il prit aussi un bouquet pour Joy, pour la féliciter d'avoir décroché le rôle de ses rêves. Il finit le trajet à pied, laissant le soleil déclinant lui chauffer les épaules, comme pour le décharger du stress de la journée. L'idée de passer une semaine ou deux au soleil lui paraissait de plus en plus judicieuse. En partant dimanche, ils seraient loin de New York le jour où le rapport de l'aviation civile serait rendu public.

Le gardien de l'immeuble le salua chaleureusement alors qu'il se dirigeait vers les ascenseurs. A peine eut-il poussé la porte de l'appartement qu'une délicieuse odeur vint lui titiller les narines. Un parfum trop fin, trop subtil pour provenir d'un simple plat réchauffé au micro-ondes. Après avoir posé ses clés sur la console dans l'entrée, il s'aperçut non seulement que quelqu'un avait préparé le repas, mais qu'en plus le ménage avait été fait.

Sierra apparut dans le couloir et sembla surprise de le voir.

— Cooper ? Je ne t'avais pas entendu entrer.

Dès l'instant où il la vit, son cœur fit un bond, et il oublia tous ses soucis de la journée.

— J'arrive à l'instant, murmura-t-il, un sourire béat aux lèvres.

— Je viens juste de coucher les filles, dit-elle en remarquant les bouquets de fleurs.

— Celui-ci est pour toi, chuchota-t-il en lui offrant le plus gros des deux.

— Elles sont magnifiques ! s'écria-t-elle en se hissant sur la pointe des pieds pour l'embrasser. Cela fait des siècles que l'on ne m'avait pas offert de fleurs !

— Celui-là est pour Joy, expliqua-t-il en lui montrant le second. C'est pour la féliciter. Est-elle rentrée ?

— Elle est descendue faire une course à l'épicerie. En l'attendant, je vais les placer dans un vase.

— Tu as raison, avec cette chaleur, elles risquent de faner.

— Sais-tu où Mlle Densmore rangeait les vases ?

— Je n'en ai pas la moindre idée, avoua-t-il en la suivant jusque dans la cuisine.

Elle se mit à fouiller dans les placards, ce qui le fit sourire.

— Je ne sais pas ce que tu cuisines, mais ça sent divinement bon !

— C'est une sorte de cassolette mexicaine. Joy en avait assez de manger des plats cuisinés. Mais je dois te prévenir : c'est un plat végétarien.

A vrai dire, il s'en moquait. L'odeur était drôlement appétissante. Lui aussi commençait à se lasser des plats tout prêts chez le traiteur depuis le départ de Mlle Densmore. En ouvrant le réfrigérateur pour se servir une bière, il vit que l'appareil ménager aussi avait été minutieusement rangé et nettoyé.

— Au fait, merci d'avoir fait le ménage.

— Tu peux surtout remercier Joy, répliqua-t-elle en ouvrant un placard au-dessus du réfrigérateur. Elle a passé la matinée à nettoyer du sol au plafond comme une maniaque.

Il ouvrit sa canette et but une longue gorgée.

— C'est marrant, je ne l'imaginais pas vraiment en maniaque du ménage !

— En dépit des apparences, Joy est une bien meilleure fée du logis que moi ! expliqua Sierra en ouvrant un énième placard. Elle dit que ça l'aide à chasser son stress. Et il faut dire qu'elle a été particulièrement stressée aujourd'hui.

— Elle a déjà le trac pour le tournage ?

— Non. Apparemment, l'homme avec qui elle vivait à Malibu vient de décider de renouer avec sa femme. Du coup, Joy va se retrouver sans travail et sans toit à son retour à Los Angeles.

— Que compte-t-elle faire ?

Sierra haussa les épaules.

— Joy a vingt-deux ans. Il est temps qu'elle prenne ses responsabilités. Elle va devoir cesser de se comporter comme une enfant gâtée.

Cooper écoutait avec attention. Joy était peut-être de nature trop insouciante, mais elle n'en était pas moins la sœur de Sierra. Il était bien placé pour savoir que certains rêves nécessitaient de lourds sacrifices. En l'occurrence, Joy semblait avoir enfin décroché le rôle dont elle rêvait depuis longtemps. Il savait aussi que Sierra n'était pas en position d'aider sa sœur et qu'elle n'oserait jamais lui demander quoi que ce soit à ce sujet. Pourtant, il avait une idée précise de ce qu'il pouvait faire pour Joy.

Sierra finit par trouver le placard où étaient rangés les vases et en extirpa deux qu'elle posa sur le bar.

— Au fait, comment s'est passée ta réunion ? demanda-t-elle en se retournant vers lui.

— La transaction est annulée.

— Non ? Mais que s'est-il passé ?

Il lui expliqua la volte-face de Norris et son refus de se plier à des exigences hors de proportion.

— Ben semble croire qu'il va faire machine arrière et se montrer plus raisonnable, mais je n'y compte pas trop.

— Oh ! Cooper, je suis navrée. Je sais à quel point le rachat du club te tenait à cœur.

— Je suis surtout triste pour les gars de l'équipe. Depuis que Mike a repris le club, ses résultats n'ont fait que baisser. Les gars comptaient sur moi pour renverser la vapeur et les remettre en lice.

— Ces types te respectent. Ils comprendront ta décision.

— Je l'espère.

Tandis qu'elle remplissait les vases, la porte d'entrée s'ouvrit, et Joy apparut, les bras encombrés de sacs de courses. Posant sa bière, Cooper se précipita pour l'aider.

— J'espère que Sierra vous a donné l'argent que je laisse toujours pour les dépenses courantes pour effectuer toutes ces courses, dit-il en portant les sacs jusque dans la cuisine.

— Puisque je suis fauchée et que j'ai cessé d'être cleptomane, elle n'a pas eu le choix, répondit Joy d'une voix amusée en posant bruyamment un dernier sac sur le bar.

— Regarde ce que Cooper t'a rapporté, intervint Sierra en arrangeant les fleurs du second bouquet dans le vase.

— Vous êtes adorable, Cooper ! s'exclama-t-elle en humant les fleurs. Elles sont superbes. Merci.

— Je tenais à vous féliciter pour votre rôle, mais c'est moi qui vous remercie d'avoir rangé et nettoyé l'appartement.

— C'était la moindre des choses, dit-elle en lançant un regard taquin à Sierra. Et puis vous avez dû constater que ma sœur n'est pas à proprement parler une fée du logis…

En représailles, Sierra lui pinça doucement le bras.

— Peut-être, mais moi, au moins, je paie mes factures et mon loyer à temps ! rétorqua Sierra.

Il profita de l'occasion pour manifester son idée.

— Dites-moi, Joy, Sierra vient de m'expliquer que

votre logement de Los Angeles n'était plus disponible… Cela signifie-t-il que vous vous installez à New York ?

Joy s'assit sur un tabouret du bar, l'air soucieux.

— Honnêtement, je n'en sais rien. J'aimerais retourner vivre en Californie, mais j'ai l'impression que j'aurai plus de chances de trouver un emploi ici.

— Puis-je vous suggérer une troisième option ?

— Allez-y, je suis ouverte à tout, répondit-elle avec une moue désinvolte.

— Que diriez-vous de vous envoler pour le Mexique ?

— J'imagine que tu es fier de toi, Cooper ? murmura Sierra lorsqu'ils se retrouvèrent seuls dans leur chambre.

Leur chambre. Y penser en ces termes lui semblait encore un peu étrange, mais elle s'habituait peu à peu à la pièce. La décoration y était plus chaleureuse que dans la chambre d'amis, avec ses meubles de bois massif et son lit si immense qu'elle aurait pu s'y perdre. Mais avec Cooper, qui passait son temps à la serrer contre lui, elle ne risquait pas grand-chose de ce côté-là. En tout cas, jamais elle n'aurait imaginé éprouver un tel plaisir à se réveiller chaque matin dans les bras d'un homme aussi beau, sexy et nu…

Une brosse à dents dans la bouche, Cooper passa la tête par l'embrasure de la porte de la salle de bains.

— Quelle fierté y aurait-il à se brosser les dents ? demanda-t-il, la bouche pleine de dentifrice.

Sierra leva les yeux au ciel.

— Cooper, je parle là de ces deux semaines de vacances au Mexique.

— Ah, *ça* ! dit-il en riant.

Il disparut de nouveau, et elle entendit l'eau couler

dans le lavabo. Un instant plus tard, il la rejoignit dans la chambre.

— Tu savais que Joy se retrouvait sans hébergement fixe, reprit-elle à voix basse. Alors tu as fait en sorte que…

— Pour ma défense, l'interrompit-il en s'asseyant sur le rebord du lit, j'avais déjà prévu de faire ce voyage et de l'inviter à nous accompagner, avant même que tu ne m'apprennes sa rupture avec ce Jerry. En attendant, oui, je l'admets, je cherche à aider ta sœur. Quel mal y a-t-il à cela ?

— Cela ne l'encourage pas à prendre ses responsabilités. Je m'inquiète pour elle.

— Jusqu'à présent, elle semble s'être plutôt bien débrouillée, non ? Et puis on ne peut atteindre ses rêves sans consentir à quelques sacrifices. Je sais de quoi je parle.

Elle savait bien qu'il avait raison. En outre, elle aurait ainsi l'occasion de passer plus de temps avec sa sœur. Qui sait si celle-ci n'allait pas bientôt repartir de nouveau aussi vite qu'elle était venue ?

Il se releva et se déshabilla lentement sous ses yeux.

Elle le trouvait tellement beau en tenue d'Adam qu'elle se prit à regretter qu'il ne passe pas ses journées ainsi.

Il la rejoignit sous les draps, mais au lieu de l'enlacer et de la couvrir de baisers, comme il le faisait d'habitude, il la dévisagea longuement, d'un air préoccupé. Sierra l'avait trouvé un peu absent, ce soir, et elle imaginait sans peine ce qui le tracassait. Il lui avait brièvement parlé du rapport de l'aviation civile et révélé ce qu'il semblait contenir. Sur le moment, il n'avait pas souhaité s'étendre sur le sujet, peut-être à cause de la présence de Joy, mais il paraissait à présent enclin à en reparler.

La gorge nouée, elle s'approcha de lui.

— Tu penses à Ash et à Susan ?

Il poussa un lourd soupir.

— Je n'arrête pas de me dire qu'il a dû y avoir une erreur.

Elle-même avait peine à croire que les deux personnes à qui elle avait confié ses petites filles avaient pu se conduire de façon aussi irresponsable, mais les faits étaient têtus. Si le rapport mentionnait la présence de drogue dans le sang d'Ash et celui de Susan, cela ne pouvait qu'être vrai.

— Je *connais* mon frère ! lâcha Cooper en grimaçant. Il n'aurait jamais fait une chose aussi stupide.

Pourtant, elle était bien placée pour savoir que Cooper ignorait un certain nombre de choses sur son frère. Existait-il une seule personne sur Terre qui n'ait pas ses secrets ? Tout le monde commet des erreurs.

— Un défaut de carlingue, un trou d'air, pourquoi pas, reprit-il en secouant vigoureusement la tête. Mais une erreur de pilotage ? Comment a-t-il pu être aussi imprudent ? Comment a-t-il pu faire cela à Susan et aux filles ?

— Et à toi aussi ? renchérit-elle d'une voix un peu tremblante.

— Oui, à moi aussi. Après tout ce que nous avons enduré tous les deux, à la mort de nos parents, comment a-t-il osé m'infliger un nouveau deuil ? Bon sang, Sierra, je lui en veux tellement !

— J'ai ressenti la même chose à la mort de ma mère.

— Sauf qu'elle, elle est tombée malade. Ce n'était pas sa faute.

— Les choses sont un peu plus compliquées. Joy ne le sait pas — et je compte bien qu'elle ne l'apprenne jamais — mais j'ai surpris une conversation entre mon père et sa sœur quelques mois après son décès. Deux ans avant son cancer, maman avait eu un kyste au sein qui s'était avéré être bénin. Du coup, lorsqu'elle a de nouveau senti une boule quelques mois plus tard, elle en a déduit que c'était encore un kyste.

— Or, cette fois-là, ce n'était plus bénin ?

Elle opina.

— Lorsqu'elle s'est enfin décidée à voir son médecin, elle avait déjà des métastases dans les poumons et les os. Les médecins n'ont pratiquement rien pu faire pour elle.

— Et si elle avait consulté plus tôt ?

— D'un point de vue statistique, elle aurait eu soixante-treize pour cent de chances de guérir. Je lui en ai tellement voulu quand je l'ai appris. Mais j'ai fini par comprendre que ni mon chagrin ni ma colère ne la ramèneraient, répondit-elle en posant une main sur le bras de Cooper. Je suis sûre qu'en montant dans cet avion Ash n'avait pas la moindre idée qu'il prenait un risque. L'erreur est humaine.

Cooper eut un sourire triste, puis il l'attira contre lui. Peau contre peau. Enivrée par son odeur musquée et virile, elle ferma les yeux et enfouit son visage au creux de son cou.

— J'aimerais tant pouvoir tourner la page, avoua-t-il.

— Il faut du temps, Cooper, tu le sais bien.

— Il me manque tellement…

— Je sais, Cooper. Je sais.

Il la serra si fort contre lui qu'elle en perdit le souffle.

— Ash était ma seule famille…

— Tu as les jumelles maintenant. Elles ont besoin de toi.

— Et moi, j'ai besoin d'elles. Je n'aurais jamais imaginé à quel point devenir parent pouvait métamorphoser quelqu'un. Les filles ont fait de moi un homme meilleur.

Elle s'écarta doucement et le regarda droit dans les yeux.

— De là où ils se trouvent, Ash et Susan sont fiers de toi, Cooper : tu es tout simplement génial avec Fern et Ivy.

Elle comprit alors que, si par la force des choses elle devait de nouveau être séparée de ses filles, Cooper serait le meilleur père possible pour elles.

Raison de plus pour ne pas lui avouer la vérité. Pas

question de risquer de modifier les sentiments de Cooper à l'égard des filles. Ni à son égard.

— Ma question va peut-être te paraître étrange, murmura Cooper, mais que penses-tu des contrats de mariage ?

Sa question la surprit. D'autant que c'était la deuxième fois cette semaine que Cooper faisait allusion au mariage.

— J'avoue n'y avoir jamais vraiment réfléchi, dit-elle. Jusqu'à présent, mes petits amis n'étaient guère fortunés.

— Mais si quelqu'un te proposait d'en signer un ?

Il semblait mal à l'aise, comme s'il abordait le sujet à contrecœur. Comme il avait vu son avocat ce matin, elle comprit qu'ils avaient probablement abordé le sujet. Ce qui signifiait que Cooper évoquait avec d'autres l'éventualité de se marier avec elle… Soit elle n'y comprenait rien, soit elle devait y voir un signe très positif.

— Tout dépendrait de la personne qui me le propose…

— Si c'était moi ?

— Je répondrais oui, sans hésiter, assura-t-elle sans ciller.

— Est-ce que cela te vexerait ou te blesserait ?

— Au vu de ta fortune, je trouverais inconscient de ta part de ne pas te protéger. Et puis je sais que tu proposerais des conditions justes et équitables. De plus, au cas où tu ne l'aurais pas remarqué, je me moque totalement de ton argent.

Un petit sourire éclaira son visage.

— T'ai-je déjà dit à quel point tu es épatante ?

Il ne dirait sûrement pas cela s'il connaissait la vérité. Elle savait que son secret ferait à Cooper l'effet d'une bombe si par malheur il lui était révélé. Tant qu'il ne savait rien, il ne souffrirait pas. Pour une fois que la vie semblait lui sourire, elle ne voyait pas de raison de saboter ce bonheur naissant.

Pourtant, à bien y réfléchir, elle ne pouvait s'empêcher d'éprouver une certaine culpabilité. Arriverait-elle un jour à oublier cet encombrant secret ? Ou bien continuerait-il à la hanter, telle une épée de Damoclès menaçant sa relation, son avenir avec Cooper ?

Mais déjà Cooper couvrait ses lèvres, son cou, ses seins de baisers fiévreux, réveillant cette passion instinctive qu'elle n'avait jamais éprouvée auparavant pour un autre homme. Et, comme il le lui avait déjà fait remarquer, comment une chose aussi douce, aussi exquise, pourrait-elle être « mal » ?

A n'en pas douter, certaines vérités n'étaient pas bonnes à dire.

Le mois qui venait de s'écouler avait été le plus heureux, le plus épanouissant de toute la vie de Sierra. L'appartement de front de mer de Cooper à Cabo San Lucas était une véritable oasis de détente. En outre, se trouver loin des Etats-Unis et des remous du rapport relatif au crash avait été bénéfique. Comme l'avait prédit l'informateur de Ben, celui-ci s'était révélé accablant pour Ash et Susan.

Sierra et Cooper avaient passé leurs journées à marcher sur la plage ou à se prélasser au bord de la piscine, tandis que les jumelles découvraient les joies de la baignade dans leurs adorables petits flotteurs roses. Les petites avaient adoré cette initiation nautique et protestaient vivement chaque fois que Cooper ou Sierra leur enjoignaient de regagner leur serviette de plage. Avec toutes ces activités, elles étaient épuisées en fin de journée et commençaient enfin à faire des nuits complètes.

Pour la plus grande joie des adultes.

Ils passaient l'essentiel de leurs soirées sur le patio, à prendre le frais tout en dégustant des vins et des mets locaux. Quelques jours après leur arrivée, ils avaient fait la connaissance d'un couple d'Amsterdam, Joe et Trina, qui louaient un appartement près du leur et avaient un fils du même âge que les jumelles. Ainsi, parents et enfants étaient devenus inséparables pour le restant du séjour. Cooper et Joe avaient fait de nombreuses parties de golf ensemble, tandis que Sierra et Trina restaient au bord de la piscine avec les enfants, quand elles ne les emmenaient pas en ville faire un peu de shopping. Lorsque le séjour de Joe et Trina s'était achevé, au bout d'une semaine, leur départ laissa comme un grand vide.

Sierra, qui avait espéré passer un peu de temps seule avec sa sœur, en était pour ses frais. Joy avait rencontré un homme qui était devenu son amant et chez qui elle passait le plus clair de son temps.

Au terme de leur deuxième semaine de séjour, personne n'était vraiment d'humeur à rentrer à New York. Et, comme Cooper n'y avait lui-même aucune obligation urgente, il suggéra de prolonger les vacances d'une semaine. Puis d'une autre encore. Ils ne reprirent donc l'avion que fin juillet, laissant Joy au Mexique avec son amant avant qu'elle rejoingne Vancouver pour son tournage.

Le retour à la maison ne fut pas des plus faciles. Les jumelles devenaient si remuantes que Cooper suggéra de déménager dans une jolie banlieue résidentielle, pour une maison avec un vrai jardin où elles pourraient s'ébattre et, bien sûr, une piscine. Au début, Sierra ne l'avait pas pris au sérieux mais, lorsqu'il revint de son bureau une heure plus tard avec une dizaine d'annonces immobilières qu'il venait d'imprimer, elle comprit qu'il ne plaisantait pas.

La vie auprès de Cooper était un bonheur de tous les instants. Jamais elle ne s'était sentie aussi heureuse, aussi comblée. Malheureusement, plus elle se rapprochait de lui, plus son secret se faisait pesant. Elle aimait cet homme. Profondément. Mais son secret l'empêchait de le lui avouer.

Lui-même ne lui avait pas fait de déclaration. Il n'avait plus évoqué le mariage, mais lui montrait son affection par des dizaines de petites attentions quotidiennes. En tout cas, elle ne voulait pas le brusquer. Un homme comme lui, qui ne collectionnait habituellement que les aventures sans lendemain, avait sans doute besoin de temps pour apprendre à exprimer ses sentiments.

— Que penses-tu de cette maison ? avait demandé Cooper une semaine après leur retour de vacances.

Les jumelles faisaient la sieste, et il avait demandé à Sierra de le rejoindre dans son bureau. A peine était-elle entrée qu'il l'avait attirée sur ses genoux de sorte qu'elle soit le plus près possible de son écran d'ordinateur.

— Elle vient d'être mise sur le marché, et l'agent immobilier estime que le prix est très raisonnable vu le quartier. Autrement dit, elle ne restera pas en vente très longtemps.

La bâtisse à proprement parler était magnifique. En plus de sa façade large, élégante, moderne, elle possédait toutes les commodités qu'ils désiraient. En découvrant le prix de vente, elle manqua d'étouffer.

— Mais c'est hors de prix !

Cooper balaya l'objection d'un haussement d'épaules.

— Cela ne représente que la moitié de ce que cet appartement m'a coûté. Une fois que je l'aurai revendu pour nous installer dans cette splendide demeure, j'aurai même de l'argent de reste ! L'agent propose de nous la faire visiter cet après-midi. On pourrait demander à Lita de garder les filles pour nous permettre de faire cette visite rien que tous les deux.

Originaire de Serbie, Lita était la nouvelle gouvernante que Cooper avait engagée juste avant leur départ pour

Cabo. Elle avait gardé l'appartement pendant leur absence et, depuis leur retour, les jumelles s'étaient prises d'affection pour elle. En plus d'être une excellente gouvernante, Lita était toujours d'humeur radieuse et adorait les jeunes enfants — elle en avait élevé pas moins de six.

— Enfin, sauf si la maison ne te plaît pas, reprit Cooper comme elle gardait le silence.

— Je la trouve très belle, mais mon avis importe peu. C'est toi l'acheteur, pas moi.

— Sierra, cette maison sera notre maison à tous les deux.

Son insistance la toucha. Néanmoins, comme ils n'étaient pas mariés, il demeurerait le seul propriétaire de cette demeure.

Il secoua la tête d'un air de dépit.

— Sierra, pourquoi ai-je l'impression que tu ne me crois pas ? Que tu ne me fais pas confiance ?

— Ce n'est pas ça, Cooper, répondit-elle calmement. Certes, nous vivons ensemble, mais techniquement, d'un point de vue administratif, notre couple n'a aucune existence. Si tu achètes une maison, elle t'appartient, voilà tout.

— Parce que nous ne sommes pas mariés.

Elle acquiesça d'un signe de tête.

— Dans ce cas, nous devrions peut-être nous marier.

Il s'écoula plusieurs secondes avant qu'elle mesure la portée des mots qu'il venait de prononcer. Lui proposait-il vraiment de l'épouser ? Ou bien ne s'agissait-il là que d'une simple suggestion ?

Abasourdie, elle demeura bouche bée.

— Dois-je interpréter ce silence comme un non ?

Oh ! seigneur, il s'agissait bien d'une demande officielle ! Et Cooper attendait une réponse !

— Euh, non, ce n'est pas ça… Mais, je…

— Ecoute, dit-il en lui prenant la main, je sais que tu as du mal à faire confiance aux gens et j'ai vraiment fait mon possible pour ne pas te brusquer, ni t'étouffer. Mais je ne peux plus contenir mes sentiments à présent. Je t'aime, Sierra. Je sais bien qu'on ne se connaît que depuis deux mois, mais ce furent justement les deux plus beaux mois de toute ma vie. Je veux t'épouser et passer le reste de mes jours à tes côtés. Je veux que nous adoptions les filles, tous les deux. Ainsi nous formerons tous les quatre une vraie famille. Je ne te demande pas de m'épouser ce soir, nous avons le temps… J'ai juste besoin de savoir si tu ressens la même chose pour moi… Si tu as toi aussi envie de cette vie-là.

Oh ! oui. Plus encore qu'il ne pouvait l'imaginer…

— Oui, Cooper, j'ai envie de cette vie-là. Et je n'imaginais pas que c'était ce que tu désirais aussi. Je suis tombée amoureuse de toi la première fois où tu m'as embrassée. Je n'ai rien voulu te dire parce que, moi non plus, je ne voulais pas te brusquer. J'ai peut-être du mal à accorder ma confiance aux autres mais, avec toi, ça ne s'est jamais produit.

Un large sourire aux lèvres, il l'enlaça.

— On va devoir améliorer notre communication, plaisanta-t-il.

— Sans doute, murmura-t-elle en nouant amoureusement ses bras autour de son cou.

— Promettons-nous désormais de dire à l'autre exactement ce que l'on ressent. On ne se cache plus rien.

— Excellente idée.

Il l'embrassa tendrement.

— Donc, si ta réponse n'est pas non…

— Oui, Cooper ! J'accepte de devenir ta femme !

A ces mots, il la serra un peu plus fort contre lui.

Comme elle aimait cet homme… Comme elle voulait ce mariage… Plus que tout ce qu'elle avait pu désirer auparavant dans sa vie.

Pourtant, les paroles de Joy ne manquèrent pas de lui revenir à l'esprit. On ne pouvait construire une relation sur la base d'un mensonge.

En l'occurrence, la vérité risquait fort de la séparer de Cooper à jamais.

- 14 -

Lorsqu'il se retourna dans le lit pour prendre Sierra dans ses bras, Cooper constata qu'elle n'était plus là. Il ouvrit un œil et regarda le réveil. 9 heures. Il avait dormi tard, et à cette heure-ci Sierra avait déjà dû sortir avec les jumelles pour leur promenade matinale. Il s'étira et s'assit sur le lit. Il devait se préparer en vitesse. Le programme de la journée était pour le moins chargé.

Les choses se précipitaient un peu ces derniers temps, pour son plus grand bonheur. Après une semaine d'âpres négociations, l'agent immobilier devait leur donner ce matin la réponse du vendeur de la maison. Dans quelques heures, ils sauraient si ce dernier acceptait le montant de leur offre d'achat. Après le déjeuner, ils avaient rendez-vous avec un organisateur de mariage et prévoyaient ensuite d'aller choisir leurs alliances chez un grand joaillier. Voilà près d'une semaine qu'ils prospectaient d'innombrables sites internet à la recherche de la perle rare, mais Sierra avait fini par se convaincre qu'ils avaient besoin de voir le bijou en vrai, de le toucher, de l'essayer avant de se décider.

Cooper prit sa douche et s'habilla à la hâte. Mais en se dirigeant vers la cuisine il eut la surprise de trouver Lita, assise dans le séjour, en train de jouer avec les jumelles.

— Bonjour, Lita. Savez-vous où est Mlle Evans ?

— Bonjour, monsieur Landon. Elle avait un rendez-vous. Elle a laissé un message. Sur votre bureau.

— Merci, Lita, dit-il en embrassant les filles sur le front.

Il se servit une tasse de café qu'il emporta dans son bureau. Le mot de Sierra était posé près du téléphone. Elle expliquait que Ben avait tenté de le joindre et qu'il demandait à être rappelé au plus vite. Malgré la réticence de Cooper, Ben avait fini par établir un contrat de mariage. A la demande de Sierra.

Cooper s'assit à son bureau et composa le numéro de son avocat.

— Tu es assis ? demanda Ben d'une voix étrange.

— Euh, oui… Pourquoi ?

— J'ai reçu un appel de l'avocat de Mike Norris tôt ce matin. Il veut parler affaires.

Le cœur de Cooper fit un bond.

— Tu lui as expliqué que je ne bougerais plus sur le prix ?

— Il est au courant. Mais apparemment Norris est pressé de vendre. Il semble que les joueurs commencent à contester ses pratiques de management.

Cooper sourit. Il avait d'abord craint la déception des joueurs, mais ceux-ci s'étaient plutôt montrés révoltés par la façon dont Mike gérait l'avenir de leur club.

— Ils veulent nous revoir ?

— Nous avons rendez-vous demain à 15 heures.

— Déplace-le plutôt à 11 heures. Ainsi, nous pourrons ensuite aller déjeuner tous les deux pour fêter cela.

— Je vais voir ce que je peux faire. Tu pourrais d'ailleurs arriver un peu plus tôt pour prendre connaissance du projet de contrat de mariage. Nous avons intégré tous les changements que tu m'as suggérés, même si je continue de penser que tu te montres un peu trop généreux.

— Je sais ce que je fais, Ben.

— Je l'espère.

Cooper raccrocha, le sourire aux lèvres. D'une certaine façon, il se doutait un peu que Norris finirait par revenir sur la table des négociations. Malgré la prudence qu'induisait le comportement irrationnel de son ancien patron, quelque chose lui disait que Norris était prêt à accepter ses conditions. Finalement, tout finirait par rentrer dans l'ordre. Tant dans sa vie personnelle que dans sa vie professionnelle. C'était presque trop beau pour être vrai.

Il regarda longuement les cartons alignés contre le mur de son bureau. La mère de Susan les lui avait fait parvenir peu après l'accident. Il s'agissait d'affaires qu'elle pensait que Cooper aimerait garder. Pour l'instant, il n'avait pas eu le courage de les ouvrir. Surtout depuis qu'il avait lu le rapport de l'aviation civile. Pourtant, Sierra avait raison : en vouloir à Ash était irrationnel. Cela ne le ramènerait pas à la vie.

Il se leva et alla chercher un de ces cartons qu'il déposa sur son bureau. Puis il inspira profondément, avant de l'ouvrir. Après tout, il faudrait bien un jour solder le passé et aller de l'avant.

A l'intérieur, il tomba tout d'abord sur des photos encadrées. D'une main un peu tremblante, il les sortit une par une. Des portraits d'Ash et Susan avec les jumelles. Des clichés d'Ash et de Cooper avec leurs parents, prises en vacances. Ash et Cooper le jour de la remise des diplômes à l'université. Cooper en tenue de hockey, Ash qui souriait fièrement près de lui.

Ravalant ses larmes, Cooper mit cette dernière de côté, puis l'accrocha sur le mur au-dessus de son bureau. Tout au fond du carton, il trouva le livre de naissance des jumelles. Il en parcourut quelques pages avec un sourire attendri. Les premiers chapitres étaient consacrés à la période prénatale et avaient été, semble-t-il, remplis par leur mère biologique. Puis il reconnut l'écriture de Susan dans les chapitres relatant leurs premiers mois de vie. Il y avait leurs courbes de croissance, leurs différents horaires de repas et de sieste au fil des mois, la date de leur premier sourire, et celle de la première introduction des céréales dans leur alimentation. Quelques mois plus tôt, il aurait considéré cela comme des détails inutiles mais, aujourd'hui, il savait à quel point toutes ces « premières fois » comptaient dans la vie d'un bébé.

Il se rassit à son bureau et, tout en sirotant son café, lut avec attention les notes consignées par Susan. Tout s'était brutalement arrêté peu après le cinquième mois des jumelles. Il ressentit soudain une profonde culpabilité à n'avoir pas perpétué cette tradition. Sans doute les filles auraient-elles plaisir à consulter ce carnet quand elles seraient grandes. Peut-être même le montreraient-elles à leurs enfants.

Le cœur gros, il se promit donc qu'à partir d'aujourd'hui il tâcherait de remplir le vide laissé depuis plusieurs mois. Et de continuer à renseigner chacun de leurs progrès au jour le jour. Sierra l'aiderait sans doute. Elle se rappellerait certainement de petits détails qui lui avaient échappé.

Curieux d'en savoir plus sur la mère biologique des jumelles, il revint aux premiers chapitres. Evidemment, elle n'avait mentionné son nom nulle part. Les photos de son ventre ne permettaient pas de voir son visage. Pourtant, en parcourant ces pages, en lisant les comptes rendus de la grossesse, il fut saisi par une étrange impression de déjà-vu. Comme s'il avait déjà lu tout cela quelque part. Tout cela lui paraissait… familier. Il s'efforça de fouiller dans sa mémoire. Peut-être avait-il déjà feuilleté ce carnet chez Ash et Susan ? Non, il s'en serait souvenu. Mais pourquoi diable cette écriture lui semblait-elle si familière ?

Soudain, l'évidence le frappa comme la foudre. En un éclair, tout l'air contenu dans ses poumons sembla s'évaporer. Non ! Ce n'était pas possible. Non, non, non !

Le souffle court, il ramassa le petit mot que Sierra

lui avait laissé et le compara avec l'écriture du carnet de naissance. Il fut saisi d'un violent haut-le-cœur.

Les deux écritures étaient identiques. Totalement identiques. Il n'y avait pas l'ombre d'un doute.

Sierra, la femme qu'il aimait et qu'il était sur le point d'épouser, était la mère biologique des jumelles.

En poussant la porte de l'appartement, Sierra s'aperçut qu'elle était en sueur. L'air chaud et humide de la matinée laissait présager un après-midi torride. Elle alla directement dans la cuisine, où elle se servit un grand verre d'eau fraîche. Puis elle chercha Lita et les filles, qu'elle trouva dans la nurserie. La gouvernante finissait de changer leur couche.

— Je suis rentrée, Lita. M. Landon est-il là ?

— Il est dans le bureau, dit la gouvernante d'un ton timoré. Je voulais parler à monsieur, mais il semble très fâché.

Sierra en déduisit que leur offre pour la maison avait été déclinée par le vendeur. Dommage. Ils avaient visité une douzaine de demeures depuis une semaine, mais celle-ci était de loin leur préférée. Cooper devait être très déçu.

Depuis qu'elle avait accepté sa demande en mariage, tout s'était enchaîné comme dans un tourbillon. Cooper semblait déterminé à organiser le mariage et à trouver une belle maison familiale au plus vite. Comme s'il cherchait à officialiser leur bonheur avant de lui laisser le temps de changer d'avis. Il avait même évoqué la possibilité de faire un enfant avec elle sans tarder, pour qu'il n'y ait pas un trop grand écart d'âge avec les jumelles. Sierra se sentait déjà pleinement occupée avec les filles, mais il semblait tellement y tenir qu'elle n'avait pas eu le cœur de lui expliquer qu'elle aurait préféré attendre un peu.

En fait, elle avait l'impression d'être montée à bord

d'un train lancé à grande vitesse, dont elle ne pouvait plus descendre.

Elle gagna le bureau de Cooper et frappa à la porte.

— Entrez !

Elle poussa la porte et trouva Cooper, lui tournant le dos, debout devant sa fenêtre, les mains dans les poches.

— Cooper ? Quelque chose ne va pas ? Lita m'a dit que tu étais de mauvaise humeur…

— Ferme la porte, rétorqua-t-il sans se retourner.

Manifestement, cela n'allait pas du tout. Elle obtempéra, puis s'avança vers lui.

— Cooper, que se passe-t-il ? L'agent immobilier a rappelé ? Le vendeur n'accepte pas notre offre ?

— Il n'a pas encore appelé. J'ai commencé à ouvrir les cartons contenant les affaires de mon frère et de Susan.

Pas étonnant qu'il soit bouleversé.

— Oh ! Cooper, ça doit être dur pour toi.

— J'ai retrouvé de vieilles photos. Et le livre de naissance des filles. Tout est sur mon bureau.

Le cœur battant la chamade, elle s'avança lentement. Sur le bureau, elle aperçut les photos encadrées, puis le carnet de naissance qu'elle n'avait pas revu depuis près de sept mois.

— J'ai mis un marque-page sur mon chapitre préféré. Jettes-y un coup d'œil.

D'une main fébrile, elle saisit le cahier. En guise de marque-page, Cooper avait utilisé le petit mot qu'elle avait griffonné le matin même, avant de sortir. Elle ouvrit le carnet et découvrit une page manuscrite, de sa propre main.

Son sang se glaça. Mises côte à côte, les deux écritures étaient identiques, c'était indéniable. Le sol sembla se dérober sous ses pieds, et elle dut s'asseoir dans le fauteuil car ses jambes ne la portaient plus.

Accablée, elle leva timidement les yeux vers Cooper, qui s'était enfin retourné et la fixait d'un regard glacial.

— J'ai reconnu ton écriture. C'est toi la mère biologique des jumelles.

Elle ferma les yeux et s'efforça de reprendre son souffle. Joy avait raison. Elle n'aurait pas dû lui cacher la vérité.

— Tu n'as rien à dire ? demanda-t-il d'une voix déformée par la colère.

— Je peux tout t'expliquer…

— Inutile. Il n'est pas difficile de deviner ce qui s'est passé. Tu voulais récupérer les filles, mais j'ai refusé de renoncer à mes droits et tu savais que tu n'avais aucune chance de convaincre un tribunal de te les rendre. Tu as donc décidé d'infiltrer mon foyer et de réunir toi-même les preuves attestant du fait que j'étais un mauvais tuteur pour elles.

— Cooper, ce n'est pas du tout ce que…

— Et puis, finalement, tu y as réfléchi à deux fois et tu t'es dit que tu pourrais aussi avoir la belle vie en me mettant le grappin dessus. Du coup, tu as tout fait pour me séduire.

— Tu n'y es pas du tout, protesta-t-elle. Je voulais juste m'assurer qu'elles étaient entre de bonnes mains. J'avais entendu parler de ta réputation, c'est vrai… Je ne savais pas quel genre de parent tu pourrais être pour elles. J'avais peur pour leur avenir. J'ai pensé être la personne la mieux à même de veiller sur elles. Je te jure, Cooper, que je n'ai jamais eu d'autre intention que celle de devenir leur nourrice… J'ai fait en sorte de ne jamais abuser de toi, de ta générosité. Tu le sais bien, d'ailleurs.

— Tu prévoyais de me dire la vérité, un jour ?

Elle aurait pu lui répondre que oui, qu'elle n'attendait en fait que le moment opportun. Or, ça n'aurait été qu'un mensonge.

— J'avais trop peur, Cooper…

— Peur de me mettre en colère ? Que je me sente trahi ? Eh bien, tu avais raison, parce que c'est effectivement le cas.

— C'est plus compliqué que tu ne crois… J'avais peur que cela n'affecte tes sentiments envers les filles. Tu t'occupes si bien d'elles, et elles te sont tellement attachées… Et puis, bien sûr, j'avais peur aussi que cela n'affecte tes sentiments pour moi…

— Donc tu avais prévu de me cacher la vérité jusqu'à quand ? Jusqu'à la fin de nos jours ?

— Tu n'imagines même pas combien il m'a été difficile de ne rien te dire. Et, si j'avais pensé une seule seconde que tu puisses comprendre, alors je t'aurais révélé mon secret dès les premiers jours… Essaie juste de te mettre un instant à ma place. Tout ce que je savais de toi, je l'avais lu dans la presse ou entendu dans les médias. Je ne pouvais pas imaginer que tu puisses t'investir dans l'éducation de jumelles avec lesquelles tu croyais n'avoir aucun lien réel de parenté.

Il plissa les yeux, l'air plus méfiant que jamais.

— Comment ça, avec lesquelles je *croyais* n'avoir aucun lien réel de parenté ?

Bon sang… Venait-elle vraiment de faire un lapsus ?

— Sierra ?

Bon sang, bon sang, bon sang ! Les choses pouvaient-elles encore empirer ? Oui, si elle se résignait à ajouter du mensonge au mensonge. Et puis Cooper finirait bien par lui demander qui était le père biologique. Ne pas répondre à cette question aurait été le pire de tous les mensonges.

— Cooper, tu es bien l'oncle des filles.

— Je sais cela.

— Ce que je veux dire… c'est que tu es l'oncle *biologique* des jumelles. Ash n'était pas seulement leur père adoptif. Il était leur père biologique.

A ces mots, Cooper sentit le sol se dérober sous ses pieds. En état de choc, il s'agrippa au rebord de son bureau.

— Tu as *couché* avec mon frère ?…

— Oui, mais ce n'est pas ce que tu penses, Cooper.

— Tu n'as aucune idée de ce à quoi je pense.

— Je t'en prie, implora-t-elle piteusement, laisse-moi au moins m'expliquer.

Rien de ce qu'elle pourrait dire ne lui enlèverait cette horrible nausée, ce sentiment de déchirement. Ash avait trompé Susan. En plus d'être responsable de l'accident d'avion qui avait causé leur mort à tous les deux, Ash, que Cooper avait toujours considéré comme quelqu'un d'irréprochable, s'était rendu coupable d'adultère. En quelques secondes, Cooper venait de découvrir une tout autre facette de la personnalité de son frère. Une facette tellement éloignée de l'image de héros qu'il avait toujours gardée…

— J'ai rencontré Ash dans un bar.

— Ash n'était pas du genre à sortir seul dans les bars.

— Moi non plus. Mais je venais de placer mon père dans cette affreuse maison de retraite et je me sentais vraiment très mal. Je redoutais le moment où, de retour chez moi, j'allais me retrouver seule, alors j'ai décidé de m'arrêter en route, juste pour prendre un verre. Nous étions assis côte à côte au bar et nous buvions tous les deux une vodka tonic. La conversation a débuté très naturellement. Il m'a dit être venu là pour se changer les idées, parce qu'il était en train de se séparer de sa femme. Il m'a expliqué qu'ils essayaient d'avoir un enfant depuis des années, et que leur dernière tentative de FIV venait d'échouer. C'en était trop pour lui.

Cooper était au courant des problèmes d'infertilité d'Ash et de Susan, mais son frère ne lui avait jamais parlé d'éventuelles répercussions négatives sur son couple. S'ils avaient envisagé une séparation, Ash s'en serait forcément ouvert à son frère.

— Je ne te crois pas.

— C'est pourtant la vérité.

— Pourquoi ne m'a-t-il rien dit, alors ?

Sierra haussa doucement les épaules.

— Je n'en sais rien. Peut-être par gêne. Peut-être était-ce plus facile pour lui de se confier à une inconnue… Tout ce que je sais, c'est qu'il revenait de chez son avocat et que Susan et lui devaient signer les papiers du divorce le lendemain. Si tu ne me crois pas, je suis sûre que son avocat pourra te confirmer tout cela. Avec leur décès, il acceptera sans doute de lever une partie du secret professionnel.

Ça, il ne manquerait pas de le vérifier.

— Donc, vous vous êtes rencontrés dans un bar…

— Nous avons beaucoup parlé, nous avons trop bu et nous avons fini par nous retrouver chez moi. C'était une erreur. Nous l'avons compris très vite. Mais trop tard. Il m'a téléphoné le lendemain pour s'excuser, pour m'expliquer que ce qui s'était passé entre nous lui avait ouvert les yeux. Il venait d'avoir une longue discussion avec Susan, et ils avaient décidé de donner une seconde chance à leur mariage. Il m'a supplié de ne rien lui dire, et je lui ai donné ma parole. Je me suis dit que c'était un homme honnête et j'étais heureuse pour lui. Sauf que deux semaines plus tard j'ai découvert que j'étais enceinte. Je l'ai rappelé, et bien évidemment il était sous le choc. Il avait le cœur brisé. Lui qui voulait tellement un enfant… Or, pour occuper sa place dans la vie du bébé, il aurait été obligé de tout avouer à Susan. Ce qui revenait à condamner son mariage.

— Jamais mon frère ne se serait défaussé ! Jamais il n'aurait refusé d'assumer son rôle de père !

— Il était prêt à le faire. Mais comment aurait-il expliqué à sa femme l'argent manquant ? Il a dit que c'était Susan qui gérait leur argent. Ils ne roulaient pas sur l'or et se ruinaient depuis plusieurs années en traitements pour la procréation.

Si les choses allaient si mal, pourquoi Ash n'était-il jamais venu solliciter l'aide de son frère ? Cooper lui *devait* bien ça, non ? Il aurait largement eu les moyens de les aider. Mais Ash avait commis une erreur et avait sans doute pris le parti d'en assumer seul les conséquences.

— Pour moi, c'était une période délicate pour mettre un enfant au monde. J'arrivais à peine à joindre les deux bouts et j'aurais dû en plus mettre cet enfant à la crèche soixante-dix heures par semaine… En dernier recours, j'avais encore la possibilité de l'adoption. Mais, quand j'ai appris que j'attendais des jumelles, j'ai su que je n'aurais pas d'autre issue. Car je n'aurais jamais eu les moyens de leur procurer la vie qu'elles méritaient. En revanche, je savais qui était en mesure de la leur offrir. Je me suis dit que, si mes bébés ne pouvaient grandir auprès de leur mère, elles pourraient peut-être le faire auprès de leur père.

— Mais pourquoi Ash a-t-il dû adopter ses propres filles ?

— C'est lui qui en a eu l'idée. Cela lui permettait de ne pas révéler notre aventure à Susan. Il redoutait tellement qu'elle le quitte…

— Et toi, tu t'es accommodée de la situation. Tu as renoncé à tes filles pour sauver le mariage d'une inconnue.

— Je n'avais pas le choix, Cooper. J'étais dans une impasse. Sans l'aide d'Ash, je ne pouvais garder les bébés. D'un autre côté, il ne pouvait m'aider financièrement à les élever sans condamner son mariage. Abandonner les filles a été la chose la plus douloureuse de toute ma vie. Mais je m'y suis résolue, parce que je savais que c'était pour leur bien.

— Tu as dû être ravie en apprenant le crash de l'avion : cela te donnait l'occasion de les récupérer.

Aussitôt, ses yeux s'emplirent de larmes.

— Comment peux-tu dire une chose pareille ? C'est entièrement faux ! Si je n'avais pas été persuadée que mes filles auraient une vie heureuse avec Ash et Susan, je n'aurais jamais accepté l'adoption.

— Le plus ironique dans tout cela, c'est que pendant tout ce temps je sentais bien que quelque chose ne tournait pas rond. J'ai mis cela sur le compte de tes difficultés à faire confiance aux autres… Alors qu'en réalité c'était toi qui mentais ! C'était toi qui n'étais pas digne de confiance !

— Je sais que je n'aurais pas dû te mentir, mais je n'avais pas le choix, Cooper. Je n'avais pas prévu de tomber amoureuse de toi. Au contraire, j'ai même lutté contre mes sentiments, et tu le sais bien.

— C'est en tout cas l'impression que tu as voulu donner.

— C'est la vérité, Cooper.

— Peu importe à présent. Tout est fini. Je ne pourrai plus jamais t'accorder ma confiance.

Elle baissa les yeux.

— Je sais. Et j'en suis désolée.

— Quand je pense que je voulais t'épouser sans même établir de contrat de mariage ! C'est bien la dernière fois que je remets en question un conseil de mon avocat.

D'ailleurs, il était à présent persuadé que l'insistance de Sierra pour en signer un faisait en fait partie de son plan. Bon sang, que se serait-il passé s'ils étaient allés jusqu'au mariage ? S'ils avaient eu un enfant ? Rien que d'y penser, il en avait la nausée.

— Tu ne méritais pas… que je te fasse souffrir, balbutia-t-elle. Tu ne me croiras sans doute pas, mais sache que je t'aime, Cooper.

— Tu as raison : je ne te crois pas.

Livide, elle se leva tel un automate. Elle semblait sur le point de défaillir.

— Tu ne crois tout de même pas que je vais te laisser t'en sortir aussi facilement ? reprit-il alors avec un rire acerbe. Tu crois que je vais te laisser quitter tes filles comme ça ?

Elle cilla, décontenancée.

— Mais je… je croyais…

— J'ai beau penser que tu es une personne peu recommandable, les filles ont besoin de toi. Tu crois que je les couperais du lien qu'elles ont su tisser avec leur mère biologique ? Cela dit, en ce qui me concerne, tu ne seras rien de plus qu'une employée de maison.

— Tu veux que je reste ici ? Sous ton toit ?

— Evidemment, tu réintègres immédiatement ta chambre.

— Mais… tu ne crois pas que ce sera un peu… bizarre, si je continue à vivre sous ton toit ?

— Oh ! mais j'y compte bien ! Cela va ressembler de très près à ce scénario cauchemardesque que tu m'avais décrit quand tu prétendais ne pas vouloir nouer de relation suivie avec moi. Tu vas vivre ici, jour et nuit, et me regarder reprendre une vie normale. Sortir. Revivre. Et faire de nouvelles rencontres, bien sûr.

— Et si je refuse ? Si je démissionne ?

— Tu ne reverras plus les jumelles. Et tu devras vivre avec l'idée que tu les as abandonnées deux fois.

Elle déglutit péniblement, les yeux emplis de larmes. Il n'éprouvait plus la moindre compassion à son encontre. Elle l'avait fait souffrir, et désormais il comptait bien lui rendre la monnaie de sa pièce.

— Dans ce cas, dit-elle en se redressant pour donner le change, il me semble que je n'ai pas d'autre choix que celui de rester.

- 15 -

A force d'y réfléchir et d'analyser la situation, Cooper en était arrivé à la conclusion qu'il s'était conduit comme un idiot.

Assis à son bureau, les yeux perdus dans le vague, il n'avait plus envie de rien et passait son temps à se lamenter sur son sort. Les deux semaines qui venaient de s'écouler avaient été les plus longues et les plus tristes de toute sa vie. S'il avait pu croire que faire souffrir Sierra finirait par lui apporter une certaine satisfaction, il s'était lourdement trompé. En réalité, il avait seulement voulu qu'elle se sente aussi blessée, malheureuse et trahie qu'il l'avait été lui-même. Or, le fait de la savoir malheureuse ne faisait qu'intensifier son propre sentiment de malaise.

Il n'arrivait plus à se concentrer. Ni à dormir. Quand il sortait avec ses amis, il lui tardait de rentrer chez lui. Mais, lorsqu'il se trouvait chez lui, il était fébrile comme un lion en cage. Il ne voulait surtout pas chambouler la vie des jumelles, mais le fait de vivre sous le même toit que Sierra, de constater jour après jour à quel point elle s'en voulait, à quel point elle était malheureuse, tout cela le tuait à petit feu.

Le pire, c'était qu'il était à présent au moins aussi responsable qu'elle de cette situation. Voire plus.

Depuis le début, il avait eu l'impression diffuse que quelque chose n'allait pas dans sa relation avec Sierra. Or, au lieu de prendre la peine d'identifier la source de ce malaise, il s'était contenté de se persuader qu'une fois que Sierra aurait compris à quel point il était l'homme idéal pour elle elle lui accorderait naturellement sa pleine confiance. En vérité, il n'avait vu que ce qu'il avait envie de voir. Il avait tellement eu envie de la séduire qu'il avait préféré s'aveugler plutôt que d'ouvrir les yeux sur une réalité complexe et dérangeante. Sierra avait d'abord résisté à ses avances. Ce qui avait accru sa détermination à la séduire coûte que coûte. Quitte à ne pas lui laisser la possibilité d'émettre des réserves.

A y repenser, il ne comprenait même pas comment il avait pu se comporter ainsi. L'inviter à s'installer dans sa chambre après seulement deux semaines… Envisager de l'épouser alors qu'ils ne se connaissaient que depuis un mois et demi. Pourquoi s'être précipité ainsi ? Comment avait-il pu ne se douter de rien ? Certes, la première fois où ils avaient fait l'amour, il avait noté que son ventre était un peu plus rond, un peu plus mou que celui des jeunes femmes de son âge. Il en avait simplement déduit que, contrairement à lui, Sierra n'était pas une grande sportive. Comment aurait-il pu deviner que cela découlait en fait d'une grossesse passée ? Même s'il avait eu un doute, il n'aurait décemment pas pu lui poser une telle question. Cela ne se faisait pas…

En tout cas, il ne l'avait jamais questionnée au sujet de son passé. Car, en vérité, cela lui était bien égal de savoir à quoi ressemblait sa vie avant qu'elle ne le rencontre. Il avait été tellement plus facile de se convaincre que Sierra était parfaite, qu'elle était la femme idéale, et que seul le présent comptait.

Il s'était conduit en crétin égoïste et arrogant.

Même s'il lui avait fallu un certain temps pour s'en rendre compte, ce n'était pas Sierra qui le mettait tant en colère. Comment Ash, qui lui avait inculqué des valeurs d'honnêteté et de droiture, avait-il pu se comporter de façon aussi irresponsable et égocentrique ? Il aurait dû permettre à Sierra d'avoir ses bébés, quitte à renoncer à son mariage avec Susan. Comment avait-il pu encore se regarder dans une glace après les avoir séparées de leur mère ? Cela le dépassait. Jamais Cooper ne trouverait la force de pardonner de tels errements à son frère, qui avait pourtant toujours été un modèle de vertu à ses yeux.

Certes, Sierra lui avait menti de façon éhontée. Mais elle n'avait agi ainsi que dans le souci de faire au mieux pour ses filles. Les jumelles n'avaient jamais cessé d'être sa priorité. A ce titre, elle s'était comportée en mère exemplaire. Elle avait consenti pour elles à plus de sacrifices que la plupart des autres femmes ne l'auraient fait.

Ironie du sort, à présent qu'il savait tout de Sierra, y compris ses défauts et ses faiblesses, il l'aimait plus que deux semaines plus tôt, lorsqu'il était encore persuadé qu'elle était la femme idéale pour lui. Malheureusement, vu la façon dont il l'avait traitée depuis, elle n'accepterait probablement jamais de revenir vers lui. Comment revenir vers un homme qui lui avait déclaré son amour, qui voulait passer le reste de ses jours avec elle, mais qui lui avait tourné le dos à la première difficulté venue ? Comment pourrait-elle accorder son amour, sa confiance à un homme qui avait à ce point manqué à ses promesses ?

En vérité, il avait besoin d'elle bien plus qu'elle n'avait besoin de lui. Mais sans doute considérait-elle désormais que leur relation était sans espoir, sans issue. Sans doute ne désirerait-elle pas prendre le risque d'être de nouveau rejetée.

La sonnerie de la porte d'entrée retentit. Il devait s'agir de Vlad et de Niko, qui venaient fêter le rachat du club avec d'autres membres de l'équipe. Cooper avait rencontré Norris, qui avait fini par se plier aux termes initiaux définis pour la vente du club. Ils avaient finalement fait affaire et, dans quelques semaines, Cooper serait enfin le nouveau président officiel du club. Il avait travaillé pendant des mois pour parvenir à cette transaction, pourtant, il n'arrivait pas à se réjouir complètement de cette victoire. C'était comme si le fait d'avoir perdu Sierra lui avait fait perdre le goût de la vie.

Lita passa la tête dans le bureau.

— Vos invités sont arrivés, monsieur Landon.

— Proposez-leur des rafraîchissements, j'arrive.

Elle acquiesça, puis disparut.

Il allait devoir rejoindre ses amis et feindre d'être heureux. Même s'il savait qu'il ne le serait plus tant qu'il n'aurait pas reconquis Sierra.

Car il avait bien l'intention de tout faire pour mériter de nouveau son amour. Mais il n'avait pas la moindre idée de là par où il devait commencer…

Sierra ignora la sonnerie de la porte d'entrée et continua de raconter une histoire aux filles. Elle avait entendu Lita — laquelle semblait d'ailleurs confuse de constater qu'elle avait été rétrogradée de maîtresse de maison à simple employée — annoncer à Cooper qu'il avait des visiteurs. Etait-ce donc cela sa nouvelle vie ? Une vie qui se résumait à quelques soirées entre amis par semaine, desquelles il ne rentrait jamais après 22 heures et jamais accompagné ? En outre, en dehors de quelques rendez-vous d'affaires, il passait ses journées entières enfermé dans son bureau.

Elle qui s'était préparée à une vengeance cinglante ne voyait toujours rien venir.

Ce qui ne signifiait pas pour autant qu'elle n'était pas malheureuse. Cooper lui manquait tellement qu'elle ressentait ce vide jusqu'au plus profond de son corps. Pourtant, elle ne pouvait nier qu'un poids énorme s'était enfin levé de ses épaules. Pour la première fois depuis des mois, elle respirait normalement. Elle avait fini par comprendre qu'en épousant Cooper sans lui révéler son secret elle n'aurait jamais pu vivre sereinement leur relation. Elle aurait vécu avec le sentiment qu'elle ne le méritait pas, que ce mensonge resterait toujours entre eux.

Malheureusement, la seule chose qui aurait pu sauver leur couple, la vérité, avait précisément été celle qui l'avait brisé. Tout comme lors de sa grossesse, elle s'était trouvée face à un choix impossible. Pourtant, elle avait voulu y croire. Croire que Cooper n'apprendrait jamais son secret. Croire qu'il y avait une issue autre que le désastre.

De l'autre côté de la cloison, elle entendit des voix d'hommes. Sans doute allaient-ils monter sur la terrasse, pour boire quelques verres à la santé de Cooper, qui ne manquerait pas de leur dire tout le mal qu'il pensait d'elle. Sans doute se félicitait-il de l'avoir à son tour piégée dans cette nouvelle situation.

Comme elle n'était guère d'humeur à se retrouver nez à nez avec les amis de Cooper, elle lut une deuxième, puis une troisième histoire aux jumelles. Au bout d'un moment, elle s'aperçut qu'elles dormaient à poings fermés. Elle les borda tendrement, puis alla porter leurs biberons vides dans la cuisine. Lita avait terminé son service, et le lave-vaisselle était déjà en route. Elle entreprit de nettoyer les biberons à la main, dans l'évier.

Alors qu'elle les mettait à sécher sur un torchon, elle entendit des pas derrière elle. Elle se tourna et aperçut Niko, qui baignait dans de puissants effluves d'après-rasage.

— Je veux encore bière, déclara-t-il en posant une bouteille vide sur le bar.

Etait-il en train de lui demander de le servir ? Elle était la nourrice, pas la gouvernante de Cooper. Ses amis pouvaient bien se servir dans le réfrigérateur. Ce que fit d'ailleurs Niko.

— Cooper nous a dit, vous n'êtes plus un couple, reprit-il en refermant la porte du frigo.

Son regard appuyé la mit mal à l'aise.

— En effet, répondit-elle simplement.

Niko fit quelques pas vers elle.

— J'ai apprécié sœur, je vais forcément apprécier toi.

Oh, non ! Pas *ça* !

— Je ne suis pas intéressée.

Elle se tourna illico vers l'évier, mais sentit alors une main se poser sur ses fesses. Ecœurée, elle ne put s'empêcher de se demander si Cooper n'était pas à l'origine de ce tête-à-tête ; si cela n'était pas une nouvelle façon pour lui de l'humilier, de lui faire payer le prix fort. Or, avant même qu'elle n'ait le temps de se retourner pour asséner à Niko la gifle qu'il méritait, sa main s'était retirée.

Elle pivota de nouveau sur ses talons et vit Cooper, qui empoignait son ami par le col, avant de lui allonger un coup de poing dans la mâchoire. Un *violent* coup de poing.

Niko perdit l'équilibre et s'étala à terre.

Si Cooper avait délibérément envoyé Niko la courtiser, alors pourquoi le frapper ainsi ?

Tout en se frottant la joue, le jeune homme marmonna quelques paroles en russe, probablement des jurons. Colère et incompréhension se lisaient sur son visage.

— Bon sang, mais qu'est-ce qui t'a pris ? s'écria Cooper.

— Tu as dit qu'elle et toi, fini. Alors je pensais : pourquoi pas moi ?

Cooper fusilla son ami du regard.

— Sierra, est-ce que ça va ? demanda-t-il.

— Ça peut aller.

Elle était juste dégoûtée.

Le visage crispé, Cooper se tourna de nouveau vers Niko.

— Ecoute-moi bien attentivement, car je ne le répéterai pas : le seul homme qui peut toucher cette femme, c'est *moi* !

Niko se releva, perplexe.

— Ça va, ça va. Je regarde, mais je pas toucher.

— Non ! Tu ne la regardes pas non plus. Tu n'y *penses* même pas !

Cette fois, Sierra se planta devant lui, les mains sur les hanches.

— Excusez-moi, mais il me semble que j'ai mon mot à dire, puisque vous parlez de moi, non ?

Cooper pointa un index menaçant vers Niko.

— Toi, tu retournes sur la terrasse, dit-il avant de se tourner vers Sierra. Et toi, dans ma chambre. Tout de suite !

Pour qui se prenait-il soudain, avec ses ordres en veux-tu en voilà ? Surtout, pourquoi obtempérait-elle si docilement ? Peut-être parce qu'elle se sentait flattée du fait qu'il n'ait pas hésité à asséner un coup de poing à l'un de ses amis pour défendre son honneur. En revanche, elle n'appréciait guère sa façon de la considérer comme un simple bien lui revenant de droit.

Il poussa la porte de sa chambre et l'invita à entrer.

Elle s'exécuta.

— Ecoute, Cooper, je ne sais pas pour qui tu te prends, mais…

Elle ne put poursuivre sa phrase. Cooper plaqua ses lèvres sur les siennes et l'embrassa comme si le sort du monde en dépendait. Il la serra fort contre lui mais, au lieu de se débattre, au lieu de le repousser comme elle aurait sans doute dû le faire, elle se laissa happer par cette délicieuse sensation d'être de nouveau avec lui. Pire, il lui avait tellement manqué qu'elle ne put s'empêcher de répondre à son baiser en l'étreignant à son tour.

Dire qu'elle avait prévu de lui rappeler qu'ils n'étaient plus un couple et qu'il devait se comporter en conséquence…

Cooper referma vigoureusement la porte derrière eux.

— Je me suis conduit comme un crétin, déclara-t-il dans un souffle. Je n'ai pas été à la hauteur. Je m'en veux tellement, Sierra… Pardonne-moi.

Le cœur battant la chamade, elle blottit son visage tout contre son torse et inspira longuement son odeur virile et rassurante. En quelques secondes, il avait fait disparaître les quelques doutes qui lui restaient.

— Je l'ai mérité.

— Non, c'est faux. Et, quand je l'ai vu poser la main sur toi, reprit-il en la serrant plus fort encore, j'ai cru devenir fou. Oh ! Sierra, dis-moi que tu n'étais pas d'accord…

— Bien sûr que non ! Il m'a surprise. C'était écœurant.

— Je ne veux plus voir un seul homme s'approcher de toi, Sierra. Seulement moi. Pour le restant de nos jours.

Submergée d'émotion, elle prit le visage de Cooper dans ses mains.

— Tu es le seul que je désire, Cooper. Le seul homme avec qui je veux partager ma vie, c'est toi. Je m'en veux tellement de ce que je t'ai fait subir… Sache que devoir te mentir me tuait à petit feu. J'aurais dû t'avouer la vérité dès le premier jour.

— Sierra, c'est derrière nous à présent.

— Non, Cooper. J'aurais dû être franche. J'aurais dû venir te voir et me présenter comme la mère des jumelles. Et te demander de faire partie intégrante de leur vie.

— Tu n'aurais pas pu accéder jusqu'à moi, le portier de l'immeuble t'en aurait empêchée. Et honnêtement, à cette période-là, je ne t'aurais jamais laissée approcher des filles.

— Tu n'es quand même pas en train de me dire que j'ai eu raison de te mentir ?

— Non, bien sûr. Mais c'était un mal nécessaire. Si j'avais été à ta place, si j'avais craint un danger pour les jumelles, j'aurais fait tout ce qui était en mon pouvoir pour les en préserver. Par contre, ce que mon frère a osé te faire…, ajouta-t-il en secouant la tête d'un air révolté. Ce qu'il t'a fait est proprement honteux, Sierra. Il n'aurait jamais dû t'arracher les filles. Il aurait dû assumer ses responsabilités.

— Mais son mariage était en…

— Au diable son mariage ! Il a commis une erreur, mais il n'a pas eu le courage d'en assumer les conséquences. J'aime profondément mon frère et je suis conscient des sacrifices qu'il a faits pour moi, mais ce qu'il t'a fait est inexcusable. Jamais tu ne me convaincras qu'il a agi comme il le devait. Moi, je prendrai soin de toi et des jumelles, comme lui aurait dû le faire.

Elle sentit son cœur se serrer. Elle ne voulait pas que Cooper la considère comme une dette dont il aurait à s'acquitter.

— Tu ferais cela par culpabilité, murmura-t-elle.

Il prit son visage entre ses mains.

— Non, Sierra. Je le ferai parce que je t'aime. Je t'ai demandé de m'épouser, tu as placé toute ta confiance en moi, mais à la première difficulté je me suis dérobé. Je te promets que cela n'arrivera plus. Je suis bien décidé à ce que cela marche, cette fois. Je n'ai pas le choix. J'ai trop besoin de toi. Je t'aime trop pour te laisser m'échapper, cette fois.

— Je t'aime aussi, Cooper…

— Pour finir, sache que j'appelle mon avocat dès demain matin pour qu'il déchire le contrat de mariage.

Oh ! non ! Il n'allait pas recommencer avec ça.

— Mais Cooper…

— Je n'en ai pas besoin, l'interrompit-il. Et même, je

vais demander à Ben qu'il enclenche une procédure qui te permettra de retrouver tes droits parentaux sur les jumelles.

Prise de court, elle manqua de s'étrangler. Certes, elle avait espéré de tout son cœur, de toutes ses forces, pouvoir devenir leur mère adoptive, mais jamais elle n'avait imaginé pouvoir être un jour reconnue comme leur mère biologique.

— Cooper, tu en es bien certain ?

Il lui caressa la joue.

— Ce sont tes filles, Sierra. Bien sûr que j'en suis certain. Et, une fois que nous serons mariés, je les adopterai. Ce seront bien nos filles.

Seigneur, tout cela semblait presque trop beau pour être vrai ! En tout cas, elle était décidée à tout faire pour que cela reste vrai.

— Tu vas voir, chuchota-t-elle, je ferai de mon mieux pour être une épouse modèle. Je vais même apprendre à cuisiner et à mieux ranger mes affaires.

— Pas question, dit-il en secouant la tête.

Elle cilla.

— Que veux-tu dire ?

— Je ne veux pas d'une épouse modèle.

— Comment ça ?

Il lui sourit d'un air mutin, un sourire auprès duquel elle allait désormais se réveiller tous les matins.

— Je ne veux que toi, Sierra.

RACHEL BAILEY

Le dilemme d'un patron

Traduction française de
AURE BOUCHARD

PASSIONS

HARLEQUIN

Titre original :
BIDDING ON HER BOSS

Ce roman a déjà été publié en 2016.

- 1 -

Dylan Hawke n'était pas du genre à avoir des regrets, mais cette fois, il avait le sentiment d'avoir surestimé sa capacité de résistance au stress. Malgré les projecteurs qui l'aveuglaient, il afficha le sourire que l'on attendait de lui, puis salua le public d'une révérence avant de se diriger vers le podium. Le tout sous une salve d'applaudissements, et quelques cris d'encouragement qui provenaient sans doute de ses frères.

— La mise à prix est de deux cents dollars ! annonça la maîtresse de cérémonie sur le devant de la scène.

Dylan retint son souffle. *Ce n'était qu'un début.* Il ne s'agissait là que de la première étape visant à la réhabilitation de son image : donner de son temps à une œuvre de charité. A présent que son frère s'apprêtait à épouser une princesse, les médias s'intéressaient de très près à Dylan, qui avait rapidement compris que sa réputation de play-boy risquait de nuire à sa future belle-sœur et à l'action qu'elle menait en faveur des enfants des rues de Los Angeles.

— Alors, qui est donc notre nouveau candidat ? reprit l'animatrice, une comédienne de sitcom. Dylan Hawke dirige la chaîne de magasins de fleurs Hawke's Blooms — autant dire que le romantisme, c'est son rayon !

Un murmure parcourut l'auditoire, alors que des panneaux ornés de chiffres noirs se levaient déjà. Face aux projecteurs, il n'arrivait pas à distinguer les montants affichés, mais la salle, dans laquelle officiaient de nombreux serveurs apportant des plateaux de boissons aux convives, lui parut comble.

— Deux cent cinquante… Trois cents ! s'exclama la maîtresse de cérémonie.

Dylan aperçut alors son frère, Liam, assis au côté de sa fiancée, la princesse Jensine du Larsland. Jenna, qui s'était fait engager incognito chez Dylan en tant que domestique avant de rencontrer Liam, lui adressa même un petit signe de la main. Le gala de ce soir était le premier d'une longue série pour le Hawke Brothers Trust, la fondation créée par Jenna pour lever des fonds en faveur des enfants des rues. Maintenant que Jenna et Liam prévoyaient de se marier, ils comptaient partager leur temps entre le pays de Jenna et L.A. Et la fondation bénéficierait de toutes les compétences qu'elle avait pu acquérir en grandissant au sein d'une famille royale. Jenna était enthousiaste à l'idée de ce projet, pour lequel elle se disait prête à « mouiller la chemise. »

Dylan croyait en cette cause, tout comme il croyait en Jenna. Bref, sa mission de ce soir se résumait à aider à récolter le plus d'argent possible. Si seulement il avait pu contribuer à la bonne cause de façon un peu moins humiliante… En se contentant, par exemple, de rédiger un simple chèque.

Cependant, cette méthode ne lui aurait pas permis de redorer le blason de sa respectabilité. Et voilà comment il s'était retrouvé sur cette scène. Devant des centaines de personnes. A se mettre en vente, littéralement.

— Cinq cent cinquante ! poursuivit l'animatrice avant de désigner du doigt une rouquine dans un coin de la salle, qui levait à son tour son panneau.

Dylan lui adressa un clin d'œil, avant d'apercevoir une blonde qui brandissait à son tour sa pancarte.

— Six cents ! s'écria alors l'animatrice avec exaltation.

Ebloui par les projecteurs, Dylan cilla. Cette blonde lui rappelait vaguement quelqu'un… Quand il la reconnut, il sentit sa gorge se nouer. Il s'agissait de Brittany Oliver, présentatrice météo d'une chaîne de télévision locale. Ils étaient vaguement sortis ensemble quelques années plus tôt. Mais, en définitive, cette fille s'était révélée assez insignifiante. Quand il avait compris qu'elle envisageait déjà les prénoms de leurs futurs enfants, il avait mis un terme à leur relation.

Alors, déglutissant avec peine, il pria pour que quelqu'un, n'importe qui, renchérisse. Pourquoi pas la jolie rousse avec son panneau « 63 » ?

Plongeant une main dans son pantalon, il adressa au public son sourire le plus enjôleur, celui dont il usait et abusait depuis l'âge de quatorze ans. Et il en fut récompensé lorsqu'une magnifique jeune femme au teint mat et à la longue crinière brune leva son panneau. Finalement, il commençait à prendre goût à ce petit jeu.

— Six cent cinquante ! s'écria la maîtresse de cérémonie. Sept cents !… Sept cent cinquante !

Dylan savait que Jenna comptait sur cette vente aux enchères pour démarrer son activité caritative en fanfare… Alors, il détacha le bouton de rose accroché à son veston pour le lancer dans le public. Certes, le geste était un peu facile, mais à partir de ce moment-là, les enchères s'emballèrent et, en un rien de temps, atteignirent deux mille dollars.

Crispé, il regarda en direction de Brittany… qui était toujours dans la course. Il n'avait pas la moindre idée de ses intentions : se venger de leur rupture ou le convaincre de se remettre en couple avec elle ? Quoi qu'il en soit, la soirée risquait de devenir encore plus embarrassante. Il aurait dû prévoir un plan B… Etablir une sorte de code secret avec Jenna pour mettre un terme aux enchères si jamais les choses devaient dégénérer. Quitte à la rembourser plus tard.

— Trois mille quatre cents !

Encore la rouquine. Il l'observa attentivement. Sa chevelure cuivrée, soyeuse, était rassemblée en une queue-de-cheval qui retombait sur son pull dos-nu couleur bleu cobalt. De grands yeux sombres qui cherchaient du regard les autres acquéreurs. Elle se mordillait la lèvre inférieure d'un air très concentré. Autrement dit, elle était irrésistible. La main dans la poche de son pantalon, il croisa les doigts, à l'abri des regards, en espérant qu'elle remporterait la mise. Auprès d'une femme comme elle, il passerait une bonne soirée, devant un bon dîner, ou encore au clair de lune, voire devant un bon film.

— Quatre mille six cents !

Un flash crépita devant lui, et il sourit. Mais il devait faire encore monter les enchères. Au bénéfice de la fondation. Il se dirigea alors d'un pas tranquille vers l'animatrice, puis lui indiqua d'un signe de tête qu'il souhaitait s'exprimer. Elle couvrit le micro de sa main.

— Dites que je suis prêt à offrir jusqu'à trois soirées en tête à tête.

Elle arqua les sourcils, puis hocha la tête, avant de reprendre le micro.

— On me précise que l'acquéreur de M. Hawke aura droit à non pas une, mais trois soirées en tête à tête !

Aussitôt, une nuée de panneaux s'élevèrent partout dans la salle. Finalement, l'animatrice déclara :

— Huit mille deux cents une fois, huit mille deux cents deux fois… Qui dit mieux ?… Adjugé !

Il s'aperçut qu'il avait perdu le fil des enchères. Et qu'il n'avait aucune idée de qui avait gagné.

— Mademoiselle ? Oui, vous, là, avec le numéro 63…

Venez donc au pied de la scène où M. Hawke vous attendra pour organiser votre premier rendez-vous. Et à présent, mesdames, messieurs, cher public, nous accueillons une légende du sport qu'il n'est plus besoin de présenter et qui…

La voix de l'animatrice s'évanouit. Dylan comprit que la jolie rousse venait de le remporter aux enchères. Il sourit.

Finalement, ce ne serait peut-être pas si difficile de redorer sa réputation, et de contribuer, à sa façon, à cette œuvre de charité…

Faith Crawford se leva, ajusta son pull dans son pantalon noir et se faufila entre les tables pour rejoindre Dylan Hawke sur le côté de la scène. Elle avait des papillons dans le ventre, mais parvint à se ressaisir et à lui tendre la main pour le saluer.

— Bonsoir, je m'appelle Faith.

Dylan lui prit la main, mais au lieu de la serrer, il la porta à ses lèvres et lui embrassa la paume.

— Moi, c'est Dylan. Et au nom de toute ma famille, je vous remercie pour votre donation au Hawke Brother Trust.

Il ponctua ses paroles d'un sourire suave qui la fit chavirer. Mais elle s'efforça d'ignorer le trouble qui l'envahissait. Car elle ne pouvait ignorer que Dylan Hawke était un tombeur notoire qui avait très probablement usé et abusé de ce sourire sur un nombre incalculable de femmes. Voilà pourquoi elle se devait de garder les idées claires. Ou du moins, pensa-t-elle en se perdant un instant dans son regard vert pétillant, elle se devait *d'essayer.*

Il relâcha sa main et se redressa.

— J'ai déjà quelques idées quant à l'endroit où je pourrais vous emmener pour notre premier rendez-vous, et…

— Je sais où je veux aller, l'interrompit-elle en secouant la tête.

Il haussa un sourcil.

— Bon, comme vous voudrez… J'aime les femmes qui savent ce qu'elles veulent.

Oh ! elle savait exactement ce qu'elle voulait ! Et ce n'était pas Dylan Hawke — aussi beau soit-il dans son smoking. Ce qu'elle voulait, c'était un coup de pouce dans sa carrière. Car elle venait d'effectuer un investissement majeur dans son avenir, en dépensant la quasi-totalité de ses économies. Et elle comptait bien le rentabiliser.

Dylan sortit un stylo de la poche intérieure de son veston, puis s'empara d'une serviette en papier sur une table près d'eux.

— Notez-moi votre adresse, et je viendrai vous chercher. Demain soir, ça vous convient ?

Le plus tôt serait le mieux.

— D'accord pour demain. Mais inutile de venir me chercher. Retrouvons-nous, disons, devant votre boutique de fleurs de Santa Monica à 19 heures ?

Il sourit mais, cette fois, il ne cherchait pas à séduire. Il semblait sincère. Et cela plut à Faith. Car pour une raison qui lui échappait, elle s'imaginait soudain faire toutes sortes de bêtises avec cet homme au sourire envoûtant.

— Vous êtes une femme pleine de mystères, déclara-t-il en se balançant sur ses talons. Comme vous voudrez, Faith « 63 » : rendez-vous à 19 heures devant la boutique de Santa Monica.

— J'y serai, dit-elle avant de tourner les talons et de sentir des regards curieux se poser sur elle alors qu'elle quittait la salle.

Y compris celui de Dylan Hawke.

Mission accomplie : elle avait désormais toute son attention. A présent, il ne lui restait plus qu'à garder bien en tête ses objectifs et ne pas se laisser distraire par cet homme au sourire ravageur.

Dylan gara sa Porsche devant le petit parking de sa boutique de Santa Monica. Il faisait en sorte de rendre régulièrement visite à ses employés des vingt-deux boutiques qu'il possédait, mais vu que celles-ci étaient localisées entre San Francisco et San Diego, ses visites n'étaient pas aussi fréquentes qu'il l'aurait aimé. D'ailleurs, il ne se souvenait pas s'être rendu dans celle-ci récemment. En tout cas, la devanture était avenante, et il savait que son chiffre d'affaires était un des meilleurs de la chaîne Hawke's Blooms.

Une silhouette près de l'entrée attira son attention. C'était Faith. Ses cheveux roux brillaient sous les éclairages de la vitrine et tombaient en cascade sur ses épaules. Elle portait une robe d'été cintrée à la taille, et qui s'évasait ensuite jusqu'aux genoux, mettant en valeur ses jambes galbées par des escarpins à talons hauts stylés. Il sentit son cœur s'accélérer alors qu'il descendait de voiture.

Tout ce qu'il savait de cette femme, c'était qu'elle aimait avoir les épaules découvertes, que sa chevelure aurait pu déclencher un carambolage, et qu'elle était assez riche pour dépenser plusieurs milliers de dollars lors d'un gala de charité… Sans parler de ses lèvres charnues qui faisaient bouillonner son sang dans ses veines.

Autrement dit, il mourait d'envie d'en savoir plus sur elle.

— Bonsoir, Faith, dit-il en lui ouvrant la portière passager.

Elle demeura immobile, puis répondit :

— Ce soir, nous n'aurons pas besoin de votre voiture.

Il regarda autour de lui. Le parking était désert.

— Vous avez un tapis magique garé quelque part ?

— Inutile, répondit-elle d'une voix légère. Car nous sommes déjà à destination.

Elle farfouilla dans son sac dont elle sortit un trousseau de clés. Estomaqué, il la regarda déverrouiller tranquillement la porte d'entrée de la boutique. Sans un mot, elle entra, désactiva l'alarme, puis se tourna vers lui.

— Entrez donc !

Plissant les yeux, il s'attendait presque à voir surgir d'un recoin un de ses frères s'écriant : « On t'a eu ! ». Faith avait posé son sac sur le comptoir et commençait à allumer une à une les lumières de la boutique. Secouant la tête, il la rejoignit à l'intérieur. Il n'avait pas la moindre idée de ce que cette femme lui préparait… Et, pour être honnête, cela lui était égal. Car Faith avait réussi à piquer sa curiosité comme aucune autre femme ne l'avait fait depuis longtemps. Et cela lui plaisait beaucoup.

— Mais qui êtes-vous donc, Faith « 63 » ? demanda-t-il en s'appuyant contre le comptoir tout en observant ses courbes féminines moulées dans sa robe.

Elle leva les yeux vers lui, les joues rosies, et ses grands yeux bruns se mirent à pétiller.

— Je suis fleuriste. Je m'appelle Faith Crawford, et je travaille pour vous, dans cette boutique.

Faith Crawford ? Ce nom lui disait vaguement quelque chose, mais rien de plus.

— Mary O'Donnell est votre responsable de boutique, c'est bien ça ? demanda-t-il.

— En effet, c'est ma responsable, confirma Faith en lui tournant le dos pour allumer dans l'arrière-boutique.

Il se passa une main dans la nuque. A force de mystères, la situation devenait ridicule. Pourquoi une de ses employées dépenserait-elle une telle fortune pour passer une, ou même plusieurs, soirées avec son patron ? Avait-elle une faveur à revendiquer ? Espérait-elle coucher avec lui en vue d'une promotion ?

— Depuis combien de temps travaillez-vous pour moi ? demanda-t-il en soupirant.

Elle se retourna vers lui.

— Six mois, monsieur Hawke.

— Vous savez donc que Hawke's Blooms interdit par son règlement toutes relations entre employés ? Les responsables n'ont pas le droit d'entretenir des relations autres que professionnelles avec leurs employés, déclara-t-il avec fermeté.

Elle ne sembla guère intimidée.

— J'en suis bien consciente, en effet.

— Et pourtant, insista-t-il en s'avançant vers elle suffisamment pour saisir les effluves de son parfum exotique, vous avez déboursé une somme non négligeable pour obtenir non pas un, mais trois rendez-vous en tête à tête avec moi.

Elle fronça légèrement les sourcils.

— Il n'était spécifié nulle part que ces rendez-vous devaient avoir une tournure romantique.

Il s'apprêtait à répliquer, mais il se rendit compte qu'il était en train de perdre le fil de cette conversation.

— Dans ce cas, qu'attendez-vous de moi ? demanda-t-il, une pointe de méfiance dans la voix.

Elle sortit une pince de son sac à main, puis remonta ses cheveux en queue-de-cheval.

— Je vous demande de passer la soirée ici, avec moi.

— Et pour faire quoi, exactement ? s'enquit-il, captivé par ses boucles cuivrées que son accessoire de coiffure peinait à dompter.

— Pour me regarder.

Il haussa un sourcil dubitatif.

— Je me dois de vous prévenir que ce type de proposition reste sous le coup de notre politique antifraternisation.

Elle leva les yeux au ciel, mais esquissa un demi-sourire.

— Je vais composer quelques bouquets.

Soit. Comme s'il ne passait pas déjà ses journées à évaluer les compositions qu'on lui présentait… Pourtant, s'attardant sur les longs doigts fins de Faith, il se dit que la regarder travailler serait loin d'être désagréable. Au contraire, même. Ses mains paraissaient à la fois douces et fermes. Il les imaginait très bien explorer ses joues, ses épaules… A cette idée, il sentit un léger frisson le parcourir. Il divaguait. Pas question pour lui de se laisser troubler par une employée — comme il venait justement de le lui expliquer.

Et puis, cette étrange attirance qu'il éprouvait n'était sans doute due qu'au fait de se trouver seul avec elle de nuit, dans la boutique illuminée… Rien de plus.

Il se passa une main sur le visage.

— Permettez-moi de clarifier les choses. Je connais votre salaire. Alors, à moins que vous ne soyez par ailleurs une riche héritière, vous avez dépensé une fortune lors de la vente aux enchères de célibataires. Et vous avez déboursé tout cet argent afin que je vienne vous regarder faire un travail pour lequel nous vous payons chaque mois ?

— C'est tout à fait cela, répondit-elle avec un grand sourire.

— J'ai dû rater un épisode, lâcha-t-il en inclinant la tête, de plus en plus intrigué.

Elle ouvrit la porte de la chambre froide pour en sortir des pivoines, des lilas et des magnolias.

— Avez-vous déjà eu un rêve, monsieur Hawke ? Quelque chose qui n'appartient qu'à vous et qui vous fait sourire dès que vous y pensez ?

Il fronça les sourcils. Ses rêves de carrière avaient toujours été liés à Hawke's Blooms, mais il les partageait avec sa famille. Avait-il déjà eu un seul rêve rien qu'à lui ?

— Bien sûr, répondit-il avec nonchalance, malgré une désagréable impression de mentir.

Sans le quitter du regard, elle commença à effeuiller les tiges de fleurs.

— Dans ce cas, vous comprenez ce que je veux dire.

Il vit son visage s'illuminer et, sans savoir pourquoi, il sentit son cœur s'accélérer.

— Et vous, Faith, quel est votre rêve ?

Elle lui sourit d'un air mystérieux.

— Oh ! j'en ai un certain nombre ! Mais il y en a un qui me tient particulièrement à cœur en ce moment.

Il croisa son regard et, soudain, tout ce qu'il y avait autour d'eux s'effaça. Il aurait pu passer la nuit entière à la regarder faire. Puis il vit son regard s'assombrir. Elle se mit à respirer de façon irrégulière. Il en éprouva un trouble grandissant. Elle aussi ressentait cette étonnante alchimie entre eux. Malgré lui, il sentit son corps se contracter, s'échauffer… Mais non, il devait résister. Tout cela devenait dangereux. Fronçant les sourcils, il pivota sur ses talons.

— Parlez-moi de votre rêve, reprit-il en se tournant de nouveau vers elle après une grande inspiration.

Après un bref silence, elle hocha doucement la tête.

— Je rêve d'ouvrir le catalogue de Hawke's Blooms et d'y voir figurer une de mes compositions.

Elle s'était donné tout ce mal rien que pour le catalogue ? Il s'adossa au plan de travail face à celui sur lequel Faith travaillait.

— Vous savez que nous avons une procédure pour cela.

— Je la connais par cœur, répliqua-t-elle en attrapant de la mousse et un plateau blanc sur une étagère. « Tout fleuriste employé par Hawke's Blooms est en mesure de soumettre à son responsable des propositions de compositions originales, accompagnées d'un formulaire de candidature dûment complété. Si le responsable de boutique présélectionne la composition, il la soumettra à son tour aux services de la direction, qui décideront alors de la pertinence de l'inclure parmi les nouveautés proposées au catalogue général. »

Il sourit. Elle connaissait en effet la procédure mot pour mot.

— Et cette démarche, nota-t-il, est entièrement gratuite. Alors, pourquoi n'avoir pas suivi la procédure habituelle ?

Elle sourit, et il remarqua les fossettes qui se creusaient autour de ses lèvres.

— Je l'ai fait, dit-elle en accrochant ensemble les tiges des pivoines. Une vingtaine de fois, même. Après le seizième refus de ma responsable, je me suis dit que cette procédure n'était pas faite pour moi.

Il repensa alors à Mary O'Donnell, la supérieure de Faith. Son management était parfois un peu rigide, mais il avait conscience de la difficulté de son poste. Mais serait-elle du genre à bloquer l'avancement de ses employés ?

— Vous dénoncez les méthodes de management de votre responsable ? demanda-t-il très sérieusement.

Elle secoua la tête et s'arrêta un instant pour le regarder dans les yeux.

— Je suis une fleuriste de talent, monsieur Hawke. Je suis fière de mon travail, et je me plie aux exigences de ma hiérarchie. Je m'efforce de satisfaire mes clients, et certains de nos habitués exigent d'être servis par moi, et moi seule. Alors, je ne crois pas en faire trop quand je demande que mon travail soit jugé à sa juste valeur. Juste pour me permettre de progresser dans ma carrière.

Il était conscient de la chance qu'il avait : il avait pu s'épanouir dans l'entreprise familiale, au sein de laquelle ses contributions étaient non seulement entendues, mais encouragées. Mais s'il s'était retrouvé à la place de Faith ? Employé par une grosse entreprise où il fallait faire ses preuves ? Il la regarda planter soigneusement ses fleurs dans la mousse.

— Vous avez donc décidé de faire preuve d'inventivité, déclara-t-il en décelant une pointe d'admiration dans sa propre voix.

— Et quand j'ai appris que vous participiez à la mise aux enchères de célibataires, j'y ai vu un signe du destin, dit-elle en levant les yeux vers lui d'un air sincère. Vous croyez au destin, monsieur Hawke ?

— J'avoue ne jamais m'être vraiment posé la question.

En revanche, il était captivé par la façon gracieuse dont sa nuque s'étirait, ainsi que par les taches de rousseur qui parsemaient son nez.

— Eh bien, moi, j'y crois, figurez-vous. Et juste au moment où je me disais que je rêvais de pouvoir parler aux véritables décisionnaires de Hawke's Blooms, je tombe sur une affiche pour la vente aux enchères, ajouta-t-elle avant de faire une petite pause et de s'humecter les lèvres. Je suis sûre que vous comprenez que j'aie sauté sur l'occasion…

Oh ! comme il avait envie d'embrasser ces lèvres charnues sur lesquelles sa langue venait de passer… Mais il se contenta de murmurer :

— Je suppose, oui.

— Donc, je suis venue au gala de charité, j'y ai laissé une bonne partie de mes économies, et nous voilà ! asséna-t-elle en s'emparant d'un ruban pour se remettre au travail.

Devant une telle assurance, Dylan se sentait de moins en moins à l'aise. Après avoir dépensé tout cet argent — qu'il ne manquerait pas de lui rembourser, à présent qu'il savait qu'elle était une employée cherchant seulement à obtenir un entretien avec lui —, après s'être donné tout ce mal, comment réagirait-elle s'il était du même avis que sa responsable ?

— Dites-moi, Faith, reprit-il prudemment, que se passera-t-il si, malgré tous vos efforts, je ne suis pas convaincu par votre composition, et que je refuse de la placer au catalogue ?

De nouveau, elle le regarda droit dans les yeux. Ses grands yeux bruns étaient francs, elle ne cherchait pas à le piéger.

— Dans ce cas, je me dirais que j'ai fait de mon mieux, et je me remettrai au travail pour progresser encore.

Il hocha la tête. Elle avait confiance en elle, mais pas au point de se montrer arrogante. Elle était prête à se retrousser les manches pour progresser. Ce genre d'attitude lui plaisait beaucoup. A vrai dire, un certain nombre de choses lui plaisaient chez Faith Crawford. Y compris des choses auxquelles il n'aurait même pas dû penser, à présent qu'il savait qu'elle travaillait pour lui. A commencer par cette chevelure indomptable que ses doigts brûlaient d'envie de parcourir, ou encore la façon dont ses lèvres remuaient quand elle parlait.

Il y avait en elle comme une vibration qui l'attirait vers elle chaque fois qu'il s'efforçait de détourner les yeux. Que ressentirait-il s'il la prenait dans ses bras ? Sans doute embrassait-elle avec fougue, il n'en doutait pas un instant. Et au lit… Non, il devait avant tout se concentrer sur les compétences de fleuriste de Faith.

Ses gestes étaient rapides, précis, mais fluides. C'était un peu comme si ses mains dansaient. Lui-même s'était essayé par le passé à la composition florale, mais n'avait jamais été plus loin que quelques rudimentaires bouquets. Il s'était plutôt consacré à la gestion de l'entreprise fondée par ses parents, sans avoir le niveau, le flair et la créativité d'un fleuriste. Cela dit, ayant été entouré toute sa vie de professionnels de la composition florale, il avait l'œil suffisamment exercé pour détecter les fleuristes de talent.

Et déjà, il pouvait constater que Faith n'avait pas seulement toutes les compétences requises pour travailler chez

Hawke's Blooms : elle possédait ce petit plus, ce quelque chose d'indéfinissable qui distinguait les meilleurs employés. Cela dit, il lui restait encore à voir si elle savait mettre à profit ce talent pour créer des compositions susceptibles d'apparaître au catalogue général.

En tout état de cause, Faith Crawford avait déjà atteint son premier objectif : elle avait désormais toute son attention.

En fait, il était même littéralement captivé.

Tout en ajoutant une pivoine à son bouquet, Faith s'efforça d'ignorer les frissons qui lui parcouraient la nuque en sentant sur elle le regard de Dylan. Bien sûr, c'était précisément ce pour quoi elle l'avait fait venir ici, mais il ne suivait que partiellement le travail de ses mains. Car le reste du temps…

Elle sentit une onde de chaleur se diffuser dans son ventre en repensant à la façon dont il avait fixé sa bouche, tout à l'heure. Voilà bien longtemps qu'un homme avait posé sur elle un tel regard. A fortiori, un homme qu'elle mourait d'envie d'embrasser depuis l'instant où il lui avait proposé de monter dans sa voiture, véritable invitation au plaisir sur roues.

Il avait donc fallu que cela tombe sur Dylan Hawke, son PDG ? A croire que le destin lui jouait un sacré tour. Elle s'efforça de se persuader que l'homme en face d'elle ne l'attirait pas follement. Et d'ignorer le trouble qu'elle suscitait manifestement aussi chez lui. Pour cela, elle se concentra sur les fleurs. Mais impossible de réprimer les délicieux frissons qui continuaient de la parcourir.

Allons, pas question de se laisser distraire… Car l'enjeu de cette soirée était énorme : si elle se montrait à la hauteur, sa carrière pourrait enfin décoller. Elle ajusta méticuleusement les fleurs au sein du bouquet, cherchant la symétrie parfaite. Encore quelques feuilles à tailler… Voilà. Elle les mit de côté et admira le résultat : un bouquet élégant, équilibré en couleur et en formes… Mais était-il assez original pour figurer au catalogue ? Car afin de faire bonne impression, elle avait tempéré ses élans artistiques, privilégiant un style plus classique. Pour la première fois, elle s'aperçut que le regard critique de Mary avait abîmé sa confiance en soi, sa créativité.

Elle effleura une des feuilles vertes… Ce bouquet était achevé. Et pourtant, elle hésitait encore.

— Vous avez terminé ?

Elle sursauta, la voix de Dylan lui paraissant très proche. Tout absorbée par son travail, elle n'avait pas remarqué qu'il s'était approché. Voulant s'écarter de lui, elle trébucha. Il la retint par le bras pour l'empêcher de tomber, la fixant sans ciller. Le portrait posté sur le site web de Hawke's Blooms ne rendait pas justice au visage ouvert et franc de l'homme qui se tenait devant elle.

Ils étaient si proches que son parfum, puissant et mystérieux, lui parvint. Plutôt qu'un après-rasage hors de prix et convenu, elle perçut de discrètes notes boisées, qui lui évoquèrent la terre fraîche d'une forêt un soir de clair de lune.

Elle frémit, et il s'immobilisa.

Sentant la chaleur de son corps athlétique l'envelopper tout entière, elle retint son souffle. Saisie d'un étrange vertige, elle ne vit soudain plus rien autour d'elle. Juste lui. Elle aurait dû reculer d'un pas, rompre le charme.

Mais cet homme était la tentation incarnée !

Elle sentit son pouls s'accélérer et battre dans la veine au creux de son cou ; ce que Dylan parut remarquer à son tour.

— Faith, murmura-t-il, le souffle court.

Elle ferma les yeux pour lutter contre l'effet qu'avait

sur elle le fait d'entendre Dylan prononcer ainsi son nom du bout des lèvres. Mais quand elle les rouvrit, il s'était encore rapproché d'elle, et elle sentait à présent son souffle contre son visage.

Elle posa alors ses mains sur son torse, tellement solide et chaud… Et Dylan frémit à son contact.

— S'il vous plaît, je…, dit-elle dans un murmure.

Mais avant qu'elle puisse terminer sa phrase, il s'empara de ses lèvres. Sans doute aurait-elle dû s'écarter de lui… Or, elle s'agrippa à sa chemise, comme si le sort du monde en dépendait.

Il eut un gémissement satisfait quand elle entrouvrit les lèvres, puis l'enlaça avant de la plaquer contre le plan de travail.

Sa langue chercha la sienne avec une telle ferveur qu'elle comprit que ce seul baiser ne suffirait pas. Car le désir qui la submergeait était irrépressible.

Elle avait envie de lui.

- 2 -

Quand Dylan s'écarta doucement, haletant, Faith essaya de reprendre son souffle. Car ce baiser ne ressemblait à rien de ce qu'elle avait pu connaître jusque-là. D'ailleurs, il lui aurait suffi de se pencher de quelques centimètres pour renouveler l'expérience.

C'est alors qu'elle prit conscience de l'énormité de ce qui venait de se produire. Le sol sembla se dérober sous elle.

Elle venait d'embrasser son patron.

Enfin, pas seulement son patron. Le grand patron. Elle venait d'embrasser l'homme qui possédait chacune des boutiques de la chaîne Hawke's Blooms.

A moins que ce ne soit lui qui l'ait embrassée ? Elle ne savait plus très bien. La seule chose dont elle était sûre, c'était que jamais personne ne l'avait embrassée avec une telle fougue. Une telle passion. Il y avait de quoi en perdre la raison. Et le fait que cet homme soit son employeur, un homme dont elle n'avait pas le droit de se rapprocher, constituait une cruelle ironie : si jamais ce baiser avait compromis son plan pourtant savamment orchestré, si à cause de lui Dylan devait ne pas la prendre au sérieux, alors, elle ne se le pardonnerait jamais.

— Faith, dit-il d'une voix rauque, excusez-moi. J'ai complètement perdu les pédales.

Mais elle se devait d'être honnête.

— Nous sommes deux, Dylan…

— Certes, mais le patron, c'est moi, répliqua-t-il. Il est

de ma responsabilité de ne pas franchir la ligne rouge. Vous ne devriez pas vous sentir mal à l'aise, ou sous pression sur votre lieu de travail. Et je vous prie de m'en excuser.

— Je ne me sens pas mal à l'aise, bafouilla-t-elle en baissant les yeux vers ses mains. Du moins, pas au début. En tout cas, sachez que ce baiser, j'en avais envie, moi aussi. *Au début.*

A ces mots, elle chercha son regard. Il semblait méfiant.

— Plus maintenant ? demanda-t-il en inclinant la tête.

— Non, mentit-elle malgré sa brûlante envie de recommencer.

Elle devait penser à sa carrière. Qui devait primer sur son désir d'embrasser Dylan Hawke.

— Me voilà soulagé, soupira-t-il. Mais cela ne suffit pas. Je me comporte de façon égoïste, alors que vous m'avez fait venir ici pour tout autre chose. Je vous donne ma parole que cela ne se reproduira pas.

— Je vous en remercie, murmura-t-elle en s'efforçant de paraître professionnelle.

Il garda le silence un moment, tout en la dévisageant.

— Vous me paraissez bien sûre de vous, alors que vous admettez avoir eu envie que je vous embrasse tout à l'heure.

A quoi jouait-il, au juste ? Peut-être cherchait-il à la tester, pour s'assurer qu'elle n'allait pas changer d'avis et déclencher un scandale dans l'entreprise. Quoi qu'il en soit, elle se devait d'être tout à fait claire avec lui, afin de dissiper toute ambiguïté.

Inspirant profondément, elle releva le menton.

— Je ne cherche ni petit ami ni amant, monsieur Hawke. Ce qu'il me faut, c'est quelqu'un capable d'apprécier mon talent à sa juste valeur. J'espère ne pas vous offenser, mais j'ai besoin de vous professionnellement. Et non personnellement.

Il eut un petit sourire ironique.

— J'ai bien compris. Autrement dit, je ferais bien de jeter un coup d'œil à ce bouquet…

Elle se redressa pour lui permettre d'observer de plus près sa création. Toutes ses actions — sa participation aux enchères, son choix de dilapider ses économies — les avaient menés à cet instant crucial. Le moment de vérité. Elle n'avait plus qu'à faire un pas de côté en croisant les doigts. En espérant que l'opinion de Dylan ne serait pas altérée par ce baiser.

Les mains dans les poches, il étudia sa création, l'observant sous tous les angles, avant de se redresser en grimaçant.

— C'est mauvais à ce point ? articula-t-elle, l'estomac noué. Vous faites la grimace.

— Non, ce n'est pas mal, murmura-t-il en reculant de quelques pas. Si je ne souris pas, c'est parce que j'aurais vraiment aimé placer votre composition au catalogue.

Ses propos lui firent l'effet d'une gifle. Les larmes lui montèrent aux yeux, mais elle s'efforça de les refouler.

— Mais vous n'allez pas l'y faire figurer…

— Je regrette, Faith, dit-il à voix basse. Surtout après…

Il désigna le plan de travail, là où ils avaient échangé ce fameux baiser.

Elle se mordit la lèvre. Elle avait beau se sentir mal, elle ne voulait pas pour autant le mettre dans l'embarras. Il ne faisait que son travail.

— Ne vous excusez pas. Si ce bouquet n'est pas à la hauteur, c'est mon problème, pas le vôtre.

— Le truc, c'est que ce bouquet est réussi. Vraiment. Mais il ne se démarque pas des compositions que nous proposons déjà au catalogue. Si nous devons ajouter une référence, celle-ci doit être originale. Elle doit offrir à nos clients une alternative à nos options existantes. Et votre composition, aussi belle soit-elle…

— … ressemble trop à l'offre déjà disponible, compléta Faith qui comprenait son point de vue, malgré sa déception.

Il posa la main sur son épaule.

— Mais je vais vous rembourser l'argent que vous avez versé à la vente aux enchères. Vous n'auriez jamais dû payer pour obtenir un rendez-vous avec la direction.

Elle se raidit. Il n'allait pas s'en sortir aussi facilement.

— Je ne reprendrai pas cet argent. Il me reste deux rendez-vous en tête à tête, et je compte bien les honorer.

Car elle n'avait aucune intention de se priver de cette « ligne directe » auprès du PDG des magasins Hawke's Blooms. Son plan d'origine était bon… Et elle espérait ne pas avoir tout compromis à cause d'un baiser.

Certes, cette soirée ne s'achevait pas sur le succès qu'elle avait espéré, mais il lui en restait encore deux. Et quand elle avait une idée en tête, elle s'y tenait jusqu'à parvenir à ses fins. Autrement dit, elle finirait par en mettre plein la vue à Dylan, et à voir figurer ses compositions au catalogue.

Il poussa un soupir.

— Ecoutez, Faith, je ne peux pas vous obliger à reprendre cet argent, mais ce serait plus simple pour moi si vous acceptiez.

— Peut-être, répondit-elle avec un franc sourire. Mais ça ne me rendrait pas les choses plus faciles, à moi.

— Faith, je peux vous parler franchement ?

Il se passa les mains dans les cheveux, puis les garda croisées derrière sa nuque. Soudain, elle n'avait plus face à elle l'homme qui lui avait volé un baiser quelques minutes plus tôt. Ni le président d'une grande chaîne de magasins de fleurs. Ni même l'homme qui avait arpenté la scène lors de la vente aux enchères de célibataires. Non, cet homme-là debout devant elle était bien réel, sans faux-semblants.

— Je vous en prie, dit-elle en hochant la tête.

— Je suis en train d'essayer de travailler sur mon image, expliqua-t-il avec un demi-sourire absolument craquant.

— Vous voulez dire que vous cherchez à effacer le play-boy pour devenir le futur beau-frère d'une princesse ?

Il s'assit sur un banc qui se trouvait devant le plan de travail.

— Oui, c'est un peu ça…

— Donc, pour que les gens cessent de vous considérer comme un play-boy, vous vous êtes offert aux enchères ? ajouta-t-elle en venant s'asseoir sur le banc près de lui.

Le voir ainsi embarrassé lui procura une certaine satisfaction. Et elle était sensible au fait qu'il s'ouvre ainsi à elle.

— Oui, c'est vrai que présenté comme ça, ça a l'air assez dingue, admit-il.

Soudain, elle fut plus intriguée encore. Cet homme n'était pas à une contradiction près. Et elle voulait en savoir plus à son sujet. Histoire de mieux le comprendre.

— Dans ce cas, comment présenteriez-vous la situation ?

— Je me suis beaucoup investi dans notre nouvelle œuvre de charité. La vente aux enchères n'était qu'une première étape. Je compte m'y impliquer au quotidien.

— Vous passerez ainsi de play-boy à membre respecté de la communauté.

— Vous comprenez donc que la dernière chose dont j'aie besoin, c'est d'un scandale avec une de mes subordonnées…

Un scandale ? Elle fronça les sourcils. Que s'imaginait-il donc qu'elle attendait de ces deux prochains rendez-vous ?

— Dylan, je n'attends rien de romantique quant aux deux autres soirées qu'il nous reste à passer ensemble. Je n'attendais d'ailleurs rien de particulier pour ce soir.

— Mais je dois surveiller mon image publique, précisa-t-il avec un haussement d'épaules.

Il n'avait pas tort. Elle réfléchit à une solution satisfaisante pour eux deux, sachant qu'elle n'était pas près de renoncer à ces deux soirées auxquelles elle avait droit.

— Rien ne nous oblige à nous voir en public. Nous pouvons nous retrouver en secret.

— Impossible : je vous rappelle que la vente aux enchères a été couverte par la plupart des médias, dit-il en riant. Mais ce n'est pas seulement une question d'image.

Peu à peu, elle comprit où il voulait en venir.

— C'est à cause du baiser, articula-t-elle à voix basse comme pour atténuer leur embarras à tous les deux.

Accrochant son regard au sien, il hocha la tête.

— Et il est très important que je vous considère comme une simple employée, et que vous me considériez comme votre simple patron.

— Ça ne me dérangera pas. Etes-vous en train de me dire que cela vous gêne ? demanda-t-elle en arquant un sourcil.

Car elle sentait bien que Dylan Hawke n'était pas du genre à se défiler.

— Si vous pouvez y arriver, j'y arriverai, affirma-t-il avec un petit sourire en coin.

— Dans ce cas, j'ai l'impression que le problème est réglé, dit-elle en se levant du banc, certaine que Dylan ne pourrait plus faire marche arrière désormais.

Elle sentait son regard dans son dos. Sans doute réfléchissait-il à ses différentes options. Quand elle s'empara de la corbeille pour vider les restes de feuillage, il vint l'aider et finit par prendre la poubelle.

— Et moi j'ai l'impression que vous avez gagné ce premier round, Faith « 63 », murmura-t-il tout près d'elle.

Elle lui adressa un sourire ironique.

— Dylan, si j'avais remporté ce round, ma composition serait sur le point de figurer au catalogue. Tout ce que j'ai réussi, c'est à laisser la porte ouverte pour le prochain round.

— Vous savez quoi ? dit-il d'une voix amusée. Quand bien même je ne devrais pas, je suis impatient d'y assister, à ce deuxième round…

Elle se tourna vers lui et croisa son regard, où elle perçut une pointe d'humour mêlée à une certaine fougue. Très vite, elle pivota sur ses talons. Les choses seraient bien trop compliquées si elle voyait en lui autre chose que le PDG des magasins Hawke's Blooms. Même si elle avait la nette impression qu'il était peut-être déjà trop tard pour cela.

Deux jours plus tard, Dylan revint se garer sur le parking de sa boutique de Santa Monica. Voilà quelque temps qu'il n'y avait pas effectué une inspection d'une journée. A une époque, cela faisait partie de sa marque managériale : débarquer sans prévenir au petit matin, et rester sur place pour offrir son aide si celle-ci était sollicitée. Rien de tel pour se faire une idée de la façon dont une boutique était gérée, et évaluer les éventuelles améliorations à y apporter.

Il espérait arriver à inspecter deux boutiques par mois de cette façon, raison pour laquelle ses assistants ne s'étonnèrent guère quand il leur demanda d'annuler tous ses rendez-vous de la journée. Naturellement, ses collaborateurs ne pouvaient pas deviner ce qu'il s'efforçait d'ignorer : il n'avait pas cessé de penser à une certaine employée de la boutique de Santa Monica depuis leur premier rendez-vous.

En d'autres circonstances, il l'aurait évidemment invitée à dîner. Car ce baiser époustouflant ne cessait de le hanter. Il avait passé un excellent moment en compagnie de Faith. Cette femme était tout à fait imprévisible, et c'était précisément ce qui la rendait attirante.

Il descendit de voiture en soupirant. Inutile de perdre

son temps à désirer ce qu'il ne pouvait pas avoir. Cette femme travaillait pour lui. Rien de plus, rien de moins.

Ce qui ne l'empêchait pas de s'interroger sur la gestion de cette boutique. Car même s'il avait rejeté lui-même la composition florale de Faith, il se demandait à présent si la responsable de magasin faisait bien le nécessaire quant à l'avancement de ses employés. D'autant plus que Faith avait déjà proposé une vingtaine de compositions, et qu'aucune d'elles n'était arrivée jusqu'aux bureaux de la direction.

En tout cas, au vu des compétences et de l'enthousiasme de la jeune femme, tout bon supérieur hiérarchique aurait dû lui offrir le soutien nécessaire pour progresser dans sa carrière. Peut-être Mary aurait-elle même pu soumettre à la direction une ou deux de ses compositions, ne serait-ce qu'à titre d'encouragement ? Oui, il était décidément temps pour lui d'aller voir de plus près ce qui se passait dans cette boutique. Dans toutes les boutiques, d'ailleurs.

A peine eut-il franchi le seuil du magasin et ôté ses lunettes d'aviateur que Mary O'Donnell leva les yeux vers lui et le salua d'un signe enjoué de la main.

— Monsieur Hawke ! s'exclama-t-elle sur un ton obséquieux. Quel plaisir de vous voir ici ! Tenez, Faith, finissez donc ce bouquet pour moi, je dois m'entretenir avec M. Hawke.

Quand elle entendit ce nom, Faith s'immobilisa, avec sur le visage une expression de biche effarée devant les phares d'une voiture. Elle s'humecta les lèvres, et Dylan fut aussitôt assailli par le souvenir de leur baiser. De la douceur incroyable de ses lèvres. De sa langue, fougueuse… Mais il s'efforça de se ressaisir et concentra son regard sur Mary O'Donnell.

— Ce ne sera pas nécessaire, déclara-t-il alors. Je compte passer la journée avec vous. Faites comme si je n'étais pas là. Je suis simplement venu voir comment se passent les choses dans cette boutique.

— Voilà quelque temps que vous ne faisiez plus d'inspections, reprit Mary en balayant la boutique d'un regard nerveux. Y aurait-il un problème ?

— Je continue seulement de mettre en œuvre une procédure qui a fait ses preuves au fil des années.

— Et nous sommes les premières sur votre liste ? demanda Mary avec une lueur fière dans le regard.

— En effet, répondit-il en lui laissant penser qu'il s'agissait d'un compliment.

De toute façon, il n'allait pas lui avouer que la véritable raison de sa présence était qu'il n'arrêtait pas de penser à l'une de ses employées.

— Eh bien, dans ce cas, permettez-moi de vous présenter mon équipe, reprit Mary en allant chercher par le bras une femme blonde d'âge moyen. Voici Courtney, notre fleuriste senior. Si vous désirez rapporter un bouquet chez vous ce soir, alors Courtney saura répondre à vos attentes.

— Enchanté, Courtney, dit-il en lui serrant la main.

— Enchantée, monsieur Hawke, dit Courney avec un large sourire. Mais si vous le permettez, je vais me dépêcher de terminer ce bouquet avant que le coursier passe le prendre.

— Naturellement, fit-il en la regardant rejoindre un des plans de travail.

Elle travaillait de façon efficace, et sa composition lui parut correcte.

— Et voici notre autre fleuriste, Faith Crawford, dit le manager en la désignant.

Dylan guetta du coin de l'œil Mary et Courtney, afin de voir si elles savaient que Faith était la personne qui l'avait remporté aux enchères. Manifestement, elles ignoraient qu'ils se connaissaient. Intéressant. Faith ne leur avait rien dit, et le téléphone arabe au sein de l'entreprise n'avait pas encore fonctionné. La plupart des cadres de l'entreprise étaient présents lors du gala de charité, mais personne ne semblait l'avoir reconnue dans la cohue.

Il posa son regard sur Faith. Elle portait un tablier jaune à l'effigie de Hawke's Blooms par-dessus un débardeur dos-nu. Sa crinière rousse et frisée était rassemblée dans une barrette. Elle leva les yeux vers lui, et il attendit sa réaction. Son regard alla de Mary à lui. La perspective de mentir de façon éhontée à ses employés ne l'enchantait guère, d'autant que, tôt ou tard, les choses finiraient par se savoir. Ce qui ne signifiait pas pour autant qu'il était disposé à partager tous les détails de sa récente histoire avec Faith.

— Mlle Crawford et moi, nous nous sommes déjà rencontrés, se contenta-t-il de dire.

La responsable de boutique écarquilla les yeux, visiblement intriguée, mais il choisit de couper court à toute remarque :

— Avez-vous un apprenti dans cette boutique ?

— Oh ! bien sûr ! Sharon. Mais le lundi, elle n'arrive qu'après le déjeuner.

Hochant la tête, il ôta sa doudoune. Plutôt que son sempiternel costume, il avait opté pour un pantalon et un polo décontractés pour l'inspection d'aujourd'hui. Afin d'être proche de ses employés.

— En attendant qu'elle arrive, je me charge du balayage et de répondre au téléphone. Et de donner des coups de main là où vous en aurez besoin.

Sans réfléchir, il laissa son regard errer du côté du plan de travail de Faith… Leurs yeux se croisèrent, et il ne put s'empêcher de repenser à la façon dont il avait plongé ses mains dans sa chevelure rousse, dont il les avait laissées courir le long de ses joues, sous son menton…

Et quand il vit ses joues s'empourprer, il sut qu'elle pensait à la même chose. S'éclaircissant la voix, il détourna le regard.

S'il voulait arriver au bout de cette journée sans que personne ne devine qu'il avait embrassé son employée, il devrait faire en sorte de se maîtriser.

Deux heures que Dylan était arrivé dans la boutique. Et deux heures que Faith s'efforçait de faire comme s'il n'était pas là, afin de poursuivre normalement son travail.

Sauf qu'à chaque fois qu'il venait balayer les restes de ses compositions ou qu'il lui tendait le carnet de commandes, elle perdait ses moyens et repensait à leur tête à tête, ici même.

De temps à autre, si leurs regards se croisaient, elle voyait bien qu'il y pensait lui aussi.

Or, pas question de se laisser distraire. Elle se devait d'impressionner l'homme d'affaires, M. Hawke, et non l'irrésistible et fougueux Dylan qui l'avait embrassée à en perdre haleine. Si, pour ce qui était des hommes, l'adage « un de perdu, dix de retrouvés » était peut-être valable, pour autant, lui seul était susceptible de faire décoller sa carrière.

Les commandes continuaient d'affluer en provenance de leur site web, par téléphone, ou encore sur place, dans la boutique, ce qui lui donnait une excuse pour ne pas avoir à faire la conversation à Dylan — enfin, à M. Hawke. Plus tôt, il s'était assis pour prendre un café avec Courtney en lui demandant de lui parler de son travail et de ses idées concernant la boutique. Il avait alors annoncé qu'il ferait de même avec chaque membre de l'équipe.

La sonnette tinta, et Faith leva les yeux, apercevant l'un de ses clients préférés.

— Bonjour, Tom, dit-elle. Vous avez passé un bon week-end ?

— Oui, mais trop court, répondit-il. Et vous ?

Son regard glissa du côté de Dylan qui parcourait d'une main hésitante le carnet de commandes. Ses cheveux brun auburn étaient en désordre, son col ouvert… Il donnait l'impression d'être en apnée depuis un certain temps.

— Je dirais qu'il fut *intéressant*, finit-elle par déclarer en se retournant vers son client.

— J'ai l'impression que vous ne me dites pas tout ! s'esclaffa Tom.

— Oh ! vous savez, la vie me réserve de nombreuses surprises ! expliqua-t-elle en sortant du réfrigérateur le bouquet qu'elle avait mis de côté pour lui. Je vous ai trouvé de la menthe fraîche et ces jolies branches de pommier sauvage ce matin au marché. Qu'en dites-vous ?

— C'est superbe ! Emmie a adoré les marguerites et le romarin de la semaine dernière.

Du coin de l'œil, elle vit Dylan qui écoutait la conversation avant de se rapprocher.

— Bonjour, je suis Dylan Hawke, PDG de Hawke's Blooms, déclara-t-il en tendant la main à Tom.

— Ça alors, le grand patron ! fit Tom avec un clin d'œil à Faith.

Dylan se tourna vers elle.

— Vous avez vous-même acheté de la menthe et du pommier sauvage pour agrémenter ce bouquet ? s'enquit-il d'un ton léger qui contrastait avec son regard acéré. Ça m'intéresse. Pouvez-vous m'expliquer votre démarche ?

Elle sentit son estomac se nouer. Elle avait voulu attirer l'attention de l'homme d'affaires… Mais à présent qu'elle l'avait, elle craignait qu'il la trouve trop excentrique. Et elle aurait du mal à se remettre d'une deuxième déconvenue.

Cependant, tout ce qu'elle pouvait faire, c'était afficher un sourire et faire son travail.

— Tom vient nous voir tous les lundis pour offrir un bouquet à sa femme, dit-elle sans quitter du regard la composition qu'elle parachevait. Emmie étant aveugle, je m'efforce de réfléchir à des compositions qu'elle pourra malgré tout apprécier pleinement.

— Vous avez acheté la menthe sur votre trajet ? demanda Dylan d'un ton le plus neutre possible.

— Oui. Tous les lundis, je pars un peu plus tôt pour faire un crochet par le marché aux fleurs, afin d'y glaner un peu d'inspiration. Souvent, je sors des sentiers battus pour satisfaire les besoins d'Emmie. J'accorde une attention toute particulière aux fragrances, expliqua-t-elle en levant un brin de menthe, puis une tige de pommier, ainsi qu'aux textures.

A ces mots, elle jeta un œil du côté des grands seaux… *Et si elle y ajoutait un peu de blanc ?*

Voyant Dylan arquer un sourcil, elle hésita. Peut-être n'appréciait-il pas cette façon un peu originale de travailler… Mary, sa responsable, n'avait jamais fait preuve d'un grand enthousiasme, rechignant systématiquement à lui rembourser ces petits extra qu'elle ramenait chaque semaine. Mais tant pis ! Tout ce que Tom faisait pour sa femme lui allait droit au cœur. Les hommes comme lui, qui se mettaient en quatre pour voir leur compagne sourire, étaient rares. A son humble niveau, elle était fière d'y contribuer.

Mais Dylan Hawke verrait peut-être les choses autrement. Le souffle court, elle lui tendit un brin de menthe.

— Si vous le permettez, monsieur Hawke…

— Plutôt deux fois qu'une, répondit-il en portant la menthe à ses narines. Vous me donnez là un très bel exemple de service personnalisé aux clients.

Il soutint son regard, et elle se détendit, soulagée. Même

si l'approbation de Dylan lui faisait bien plus d'effet qu'elle ne l'aurait dû.

Il s'éloigna tandis qu'elle finissait le bouquet, mais elle continua de sentir son regard sur elle.

Une fois que Tom fut reparti avec son bouquet, satisfait, Dylan l'interpella près de la caisse enregistreuse.

— J'espère que vous vous faites bien rembourser pour vos petits extra du lundi matin, dit-il à voix basse.

Elle s'efforça de masquer son embarras. Si elle désavouait sa responsable, Mary ne manquerait pas de le lui faire payer. Pourtant, elle se voyait mal mentir à Dylan. Car il lui suffirait de consulter les comptes de la boutique pour constater qu'après ses deux ou trois premières tentatives, elle n'avait plus demandé à être défrayée : Mary lui avait clairement ordonné d'utiliser les ressources disponibles à la boutique pour ses bouquets. Et même si Faith n'était guère encline à dénoncer sa responsable de boutique, elle préféra être franche avec le PDG.

— Bien sûr… Mais il m'arrive parfois d'égarer mes factures, répondit-elle d'un ton le plus décontracté possible.

— Je vois, marmonna-t-il, ne semblant pas dupe un seul instant.

— Vous savez, ça m'est égal de ne pas me faire rembourser ces petits extra, reprit-elle un peu hâtivement. Je sais que je ne devrais me servir que du stock dont nous disposons en boutique, mais rien ne vaut pour moi le sourire de Tom quand je le vois repartir avec son bouquet élaboré uniquement pour Emmie. Pour moi, c'est un peu comme un cadeau que je leur fais…

— Nous parlons là de votre travail, Faith. Vous ne devriez pas dépenser de l'argent pour l'exercer, déclara-t-il en croisant les bras. Avez-vous votre reçu de ce matin ?

Elle récupéra son sac à main sous le comptoir, et farfouilla à l'intérieur jusqu'à en extirper un petit papier froissé.

— Tenez, murmura-t-elle en le lui tendant.

Leurs paumes s'effleurèrent, et elle ne put réprimer un petit soupir à son contact. Elle sentit sa peau picoter, et elle ne put soudain réprimer le désir irrépressible de sentir encore sa main contre la sienne, contre son bras... contre son visage qu'elle avait vaguement caressé lorsqu'ils avaient échangé ce baiser...

Elle vit le regard de Dylan s'assombrir.

— Faith, lâcha-t-il d'une voix rauque... On ne peut pas...

— Je sais, murmura-t-elle.

— Dans ce cas, ne me...

— Il vous faudra un coup de main, monsieur Hawke ? demanda soudain Mary dans leur dos.

Instantanément, Dylan se composa un sourire de façade, à des lieues de l'expression emplie de désir que Faith avait vue quelques secondes plus tôt.

— J'étais seulement en train de sermonner votre fleuriste pour ne pas s'être fait rembourser la matière première pour la commande hebdomadaire du client qui vient de repartir, répondit-il en lui tendant la facture. Mlle Crawford m'a promis de toutes vous les transmettre dorénavant. N'est-ce pas, mademoiselle Crawford ?

— Euh, oui, bredouilla Faith en fuyant le regard de sa responsable. Si vous voulez m'excuser... Je dois m'occuper d'une autre commande.

Elle s'éclipsa à l'autre bout de la pièce et ne reprit son souffle qu'au bout d'un moment, quand elle put enfin se concentrer sur un nouveau bouquet. Décidément, cette journée n'en finissait pas ! Cet homme était là, tout près... Envahissant son espace. Attisant son désir.

De toute façon, même s'il n'avait pas été son patron, elle ne pouvait offrir son cœur à un homme ayant une vie sentimentale aussi chaotique. Car les rumeurs sur lui allaient bon train : il changeait régulièrement de petites amies, manifestement peu enclin à s'engager pour de bon. Dès lors, pas question pour elle de craquer pour ce genre d'homme : elle passerait sa vie à essayer de le changer. Non, elle préférait chérir son indépendance, et s'assurer une certaine stabilité en ne comptant que sur elle-même.

Tout en travaillant à sa composition, elle se répéta cela tel un mantra. Même si son corps ne semblait pas l'entendre de cette oreille. Et qu'elle résistait péniblement à l'envie de franchir les quelques pas qui les séparaient pour se jeter à son cou.

- 3 -

De retour à son bureau en fin d'après-midi, Dylan contemplait la ville de Los Angeles à travers la baie vitrée. Il avait désormais une bonne vision d'ensemble de la façon dont sa boutique de Santa Monica fonctionnait. Toute la journée, il avait pris le temps de discuter avec ses quatre employées, d'écouter leurs impressions et suggestions, et avait pu mesurer lui-même la satisfaction des clients.

Par la même occasion, il avait découvert que cette attirance irrationnelle qui le poussait vers Faith Crawford ne semblait pas vouloir disparaître. Dès l'instant où il était entré dans la boutique, il avait dû lutter pour ne pas poser son regard sur elle. Partout dans le magasin, il avait pu sentir sa présence. Et, à plusieurs reprises, il l'avait surprise en train de le regarder. Rien qu'en y repensant, il sentait son cœur s'accélérer.

Pourquoi le destin avait-il mis cette femme sur son chemin ?

Il avait pu constater qu'elle n'avait rien d'une employée lambda. Tout au long de la journée, il avait répondu par téléphone à des clients qui exigeaient que leur commande soit traitée par Faith en personne. Lorsqu'il leur avait suggéré de confier leur demande à un autre fleuriste, ils avaient invariablement répondu qu'ils étaient disposés à attendre. Et il avait compris pourquoi : ses compositions étaient époustouflantes. Pourquoi lui avait-elle montré un bouquet aussi classique, le soir de leur premier tête à tête ?

Car quand elle se trouvait dans son élément, ses créations étaient non seulement belles, mais originales. Certaines méritaient amplement de figurer au catalogue général de la chaîne, et d'inspirer ainsi tous les autres fleuristes.

Quant au bouquet composé de menthe et de branches de pommier destiné à l'épouse aveugle d'un client fidèle, il n'en avait tout simplement pas vu d'aussi beau depuis longtemps. Il appréciait énormément de voir ses employés se mettre en quatre pour leurs clients. De toute façon, tout chez cette femme le fascinait. Que ce soient ses compétences professionnelles, sa personnalité, son physique…

Il sentit son sang s'échauffer dans ses veines.

Secouant la tête, il s'efforça de réfléchir en professionnel. Faith Crawford avait un grand potentiel. Et il se devait de l'aider à l'exprimer, pour le plus grand bénéfice de Hawke's Blooms. Parce qu'elle méritait de voir ses talents reconnus à leur juste valeur. Or, sa responsable de boutique ne semblait guère disposée à ouvrir les yeux, malgré les prodiges que Faith réalisait au quotidien.

Il prit alors le téléphone sur son bureau et composa le numéro de la direction des ressources humaines.

— Anne, auriez-vous une minute ? demanda-t-il en entendant la voix de la directrice du service au bout du fil.

— Bien sûr. De quoi s'agit-il, Dylan ?

— J'ai procédé aujourd'hui à une inspection surprise dans la boutique de Santa Monica.

— Très bien, approuva-t-elle. Vous revenez toujours après avec des remarques pertinentes : qu'avez-vous à me suggérer ?

Sa main libre dans sa poche, il contempla les toits des gratte-ciel qui s'offraient à sa vue.

— Il y a là-bas une fleuriste de très haut niveau, et j'aimerais que vous fassiez quelque chose pour elle.

— Comment s'appelle-t-elle ?

— Faith Crawford, articula-t-il de la façon la plus neutre possible en espérant ne rien laisser paraître de son trouble.

Il y eut un silence au bout de la ligne, et il entendit Anne pianoter sur son ordinateur, sans doute pour chercher le dossier de Faith.

— Qu'avez-vous en tête ?

— Son travail est excellent. Original et créatif. Mais pour être tout à fait franc avec vous, je dois vous avouer que Faith est la jeune femme qui m'a remporté aux enchères lors du gala de charité de l'autre soir.

— Comme je regrette de n'avoir pu y assister… J'en ai eu de très bons échos, commenta Anne avec un petit rire. Bref, comment souhaitez-vous procéder ?

Il se passa une main dans les cheveux.

— Cette jeune femme possède un fort potentiel, et Hawke's Blooms devrait pouvoir en tirer bénéfice. Mais n'allez surtout pas vous imaginer qu'elle a de quelque façon que ce soit acheté sa promotion. Que diriez-vous d'envoyer quelqu'un sur place pour juger son travail en toute impartialité, sans le moindre préjugé ? Sans préciser que l'idée vient de moi, cela va sans dire.

— Je vais tâcher d'organiser ça, et vous tiendrai au courant.

— Merci, Anne.

En raccrochant, il se dit qu'il était satisfait de sa journée de travail. Si seulement il pouvait être celui qui annoncerait à Faith sa promotion… Histoire de voir la tête qu'elle ferait à ce moment-là. Sauf qu'il ne voulait surtout pas qu'elle s'imagine que cela avait quoi que ce soit à voir avec leur baiser… C'est pourquoi il valait mieux pour tout le monde qu'une personne totalement neutre aille évaluer son travail. Car il ne doutait pas que cette personne la recommanderait illico pour de plus grandes responsabilités.

Faith allait sans nul doute être aux anges.

Tandis que Faith prenait une longue tige de rose couleur abricot dans le grand seau à ses pieds, elle vit Mary venir vers elle, brandissant un bout de papier plié en quatre.

— Je viens d'avoir un appel de la direction de Hawke's Blooms à ton sujet, annonça-t-elle d'une voix accusatrice.

Faith posa la fleur et leva les yeux vers sa responsable.

— A mon sujet ?

En dehors des formalités administratives au moment de son embauche, et des bulletins de salaire mensuels, elle n'avait jamais eu affaire à la direction. Elle s'essuya les mains sur son tablier, et elle attendit la suite.

Mary planta ses mains sur ses hanches.

— Tu as contacté la direction dans mon dos ?

— Bien sûr que non ! se défendit Faith.

Puis elle se rappela avoir été en contact avec Dylan ce week-end. Et qu'elle devait le revoir pour deux tête-à-tête supplémentaires. Il avait son numéro de téléphone personnel, et ne chercherait sans doute pas à la contacter *via* sa responsable.

— Je viens d'avoir Anne, des Ressources Humaines, reprit Mary, le menton relevé. Ils t'offrent une promotion.

A ces mots, Faith sentit son souffle se bloquer dans sa poitrine.

— Une promotion ? répéta-t-elle incrédule.

— Ils t'offrent un poste à la direction, lâcha Mary en lui lançant le papier à la figure. Ils t'ont envoyé les détails par courriel.

Faith prit la feuille, mais ne se sentit pas de le lire devant tout le magasin.

— Je reviens dans un instant, bafouilla-t-elle avant d'aller s'isoler dans l'arrière-boutique.

Enfin seule, elle déplia la feuille. Il s'agissait d'une notification officielle de promotion dans les bureaux de la direction de Hawke's Blooms. Un travail de bureau.

Faith parcourut la description de poste, et constata qu'il n'était pas question de clients… Et encore moins de fleurs.

Elle sentit la frustration la gagner. Elle avait passé la majeure partie de sa vie à se faire dicter ses choix. Comme à l'époque où on lui annonçait, du jour au lendemain, qu'elle allait déménager pour vivre chez un autre membre de sa famille. Ou changer d'école. Ou recevoir une visite de son père qui l'emmènerait au parc d'attractions. Ou encore être recueillie par un parent plus ou moins proche… L'avantage, une fois devenu adulte, était de pouvoir décider soi-même de sa vie.

En apprenant ainsi qu'on la transférait vers un emploi de bureau pour lequel elle n'avait pas postulé, et pour lequel elle n'avait probablement pas les compétences requises, elle se sentit extrêmement offensée.

Certes, elle avait de l'ambition, mais ce à quoi elle aspirait, ce n'était pas une simple promotion. Elle avait une vision précise de ce qu'elle attendait de sa carrière, et le poste qu'on lui offrait — enfermée dans un bureau sans âme, loin de ses clients et du bonheur qu'elle éprouvait à travailler les fleurs — en était aux antipodes.

En outre, comment ne pas s'interroger sur le lien entre sa soudaine promotion et Dylan ?

Elle avait embrassé son patron et, en moins d'une semaine, il était venu dans sa boutique pour une inspection en bonne et due forme — ses collègues lui avaient affirmé qu'il le faisait de temps en temps, sans toutefois que cela se soit produit depuis qu'elle avait été embauchée chez Hawke's Blooms. Et maintenant, elle se voyait offrir cette promotion…

Mais que manigançait donc Dylan Hawke ?

De plus en plus mal à l'aise, elle revint dans la boutique et annonça à Mary qu'elle déclinait la proposition.

Pour la troisième fois en une semaine, Dylan se gara sur le parking de la boutique de Santa Monica. Il ne savait toujours que penser de l'appel d'Anne, qui venait de lui annoncer que Faith avait refusé sa promotion. Ambitieuse comme elle l'était, comment avait-elle pu refuser une telle opportunité ? Aussi surpris qu'intrigué, il avait alors sauté dans sa voiture pour aller s'expliquer avec elle en tête à tête.

A peine eut-il franchi la porte que Mary lâcha le bouquet qu'elle était en train de préparer pour se précipiter vers lui, un sourire obséquieux aux lèvres. Faith n'était pas dans la pièce, et il en éprouva une déception qui n'avait pas lieu d'être face à une employée.

Mais soudain elle apparut, sortant de la chambre froide, tenant un seau rempli de fleurs. Elle portait de hautes bottes de motard noires et une robe violette dont les teintes vives ressortaient particulièrement contre le tablier jaune arborant le logo de Hawke's Blooms. Elle avait relevé ses mèches rebelles sur le dessus de sa tête, et il put à peine retenir un sourire : cette femme était une force de la nature.

Elle ralentit le pas en l'apercevant.

— Monsieur Hawke ! s'exclama Mary tout en lançant des regards suspicieux vers Faith. Deux visites en une semaine ! Que nous vaut cet honneur ?

Il ne répondit pas tout de suite. A vrai dire, il n'avait pas vraiment réfléchi à ce qu'il comptait dire… Et décida de ne pas mentionner, pour l'instant, le fait que Faith ait décliné la promotion que la direction du groupe lui avait offerte. Du moins, pas tant qu'il ne se serait pas entretenu avec elle à ce sujet.

— Je souhaitais approfondir certains points suite à ma visite de l'autre jour, dit-il à Mary en souriant.

— Eh bien, je suis à votre service, reprit la responsable

tout en dénouant son tablier. Désirez-vous en discuter ici, ou pourquoi pas devant un café dans le bar d'à côté ?

— En fait, j'aimerais m'entretenir avec Faith, si elle peut m'accorder quelques minutes.

Faith suspendit son geste, et devint livide. Il était partagé entre son désir de la rassurer et celui d'exiger d'elle une explication. Il se tourna vers Mary d'un air impatient.

— Naturellement, monsieur Hawke, si tel est votre souhait, articula la responsable d'une voix pincée.

Manifestement, elle n'appréciait guère de se faire voler la vedette par Faith.

— Parfait ! dit-il avec entrain. Vous parliez d'un café à proximité de la boutique ?

— Euh… Oui, marmonna Mary. Courtney, s'il vous plaît, voulez-vous prendre le relais sur cette commande ? Faith, pouvez-vous venir voir M. Hawke, s'il vous plaît ?

— Tout à fait, répondit Faith en s'essuyant les mains sur son tablier avant de l'enlever.

Elle évita soigneusement de croiser le regard de Dylan.

— Je vous remercie, Mary, reprit-il avant d'ouvrir la porte de la boutique et d'inviter Faith à sortir.

— J'espère que je ne vous place pas dans une position délicate avec Mary ? demanda-t-il.

Elle releva enfin la tête.

— Rien que je ne puisse gérer, assura-t-elle.

Peu à peu, il mesurait la force de caractère de cette femme : Faith Crawford était non seulement capable de dépenser ses économies pour remporter son PDG aux enchères lors d'un gala de charité, afin d'attirer son attention, mais aussi de refuser une promotion à faire pâlir de jalousie la plupart des employés du groupe… Autant dire que contrarier sa responsable de boutique devait être le cadet de ses soucis. Plus il apprenait à la connaître, plus elle lui plaisait.

Ils s'installèrent à une table à l'écart, puis commandèrent leur café.

— J'ai appris que l'on vous avait proposé une promotion, murmura-t-il en se penchant au-dessus de la table. Et que vous l'aviez déclinée.

Elle esquissa un demi-sourire.

— Vous avez *appris* la nouvelle ? Vous ne croyez pas plutôt que vous vous êtes *arrangé* pour qu'on me propose ce poste ?

Il sourit. La voir ainsi passer à l'offensive ne la rendait que plus attirante encore.

— Bon, d'accord, je n'y suis peut-être pas complètement étranger. Après vous avoir observée à l'œuvre toute une journée, j'ai compris que nous n'exploitions pas pleinement toutes vos compétences. Et j'ai voulu rectifier cette erreur.

— C'est tout ? demanda-t-elle en haussant un sourcil.

— Vous pensez qu'il y a autre chose ? demanda-t-il, les yeux fixés sur sa bouche, alors que son cœur battait plus fort. Vous pensez que cette promotion est liée au baiser que nous avons échangé ?

— Disons que la chronologie des événements est troublante : nous nous embrassons et, comme par magie, vous venez inspecter la boutique… A la suite de quoi on me propose cette promotion. Vous maintenez qu'il ne s'agit là que d'un hasard ? demanda-t-elle en soutenant son regard.

— Pas tout à fait… Même si je reconnais un lien entre chaque événement. Quand vous m'avez expliqué que, en dépit de vos nombreuses demandes, aucune de vos compositions n'avait été soumise au groupe par votre responsable, j'ai eu envie d'en savoir plus sur la façon dont votre boutique était gérée. Je suis donc venu m'en rendre compte sur place. Et c'est là que j'ai pu mesurer votre talent.

Elle pianota sur la table, l'expression imperturbable.

— Donc, ce n'était pas une sorte de traitement de

faveur ? Ni une compensation pour soulager votre sentiment de culpabilité après avoir embrassé une employée ?

— Je ne fonctionne pas comme ça, assura-t-il un peu vexé malgré son soulagement d'apprendre enfin ce qu'elle avait en tête. J'ai transmis votre nom aux RH en leur suggérant de mettre à jour vos compétences. La directrice a dépêché deux agents en boutique qui se sont fait passer pour des clients, ce qui leur a permis d'évaluer vos compétences et la façon dont vous receviez les clients. Puis une associée est passée voir Mary et vous a observée en plein travail. Une certaine Alison — apparemment, vous avez bavardé ensemble pendant une de vos pauses. Cette promotion, vous l'avez obtenue par votre seul mérite.

Elle continua de l'observer sans ciller, puis hocha la tête.

— Je vous crois.

On leur apporta leurs cafés, et elle sucra son cappuccino. Ses mains étaient aussi adroites avec un sachet de sucre qu'avec des tiges de fleurs à assembler en bouquet. Que ressentirait-il si elle les promenait le long de sa nuque, de son cou ? Si elle descendait le long de son torse, de son ventre…

Il détourna les yeux, puis versa de la crème dans son café.

— Avez-vous refusé ce poste parce que vous estimiez ne pas le mériter ?

Contre toute attente, elle secoua la tête.

— Je ne veux pas devenir employée de bureau.

— Mais vous voulez voir votre carrière évoluer, nota-t-il.

— Ce que je veux, c'est être entourée de fleurs et de clients.

Il but une gorgée de café et reposa la tasse sur sa soucoupe, en réfléchissant un instant.

— Je croyais sincèrement que vous accepteriez cette offre.

Elle fronça les sourcils, amusée.

— Si vous teniez tant à me faire plaisir, il vous aurait suffi d'accéder à ce que je vous demande depuis le début.

— C'est-à-dire faire figurer une de vos compositions au catalogue général…

Avec le recul, cela lui paraissait évident.

— Bingo ! dit-elle en lui faisant une œillade avant de porter sa tasse de café à ses lèvres.

Il la contempla en train de boire, puis se passer la langue sur les lèvres pour essuyer un peu de mousse. Avec sa robe violette et les taches de rousseur qui parsemaient son visage, elle était rayonnante. Il avait même l'impression qu'on ne voyait qu'elle dans tout le café. Il repensa alors à la première composition, sage et classique, qu'elle lui avait présentée. Celle-ci était si éloignée de ce qu'elle savait faire réellement… Il se devait de comprendre.

Adossé à la banquette, il croisa les mains sur la table.

— Pourquoi m'avoir montré un bouquet aussi convenu, l'autre soir ? Il vous ressemblait si peu…

Elle écarquilla les yeux.

— J'ignorais que mes bouquets devaient me ressembler.

Il repensa à leur première rencontre, devant la scène, lors du gala de charité… A ce baiser qu'il lui avait volé… Et à la journée qu'il avait passée à la regarder travailler, dans sa boutique.

— Les branches de pommier, les œillets, la menthe… Ça, c'est vraiment vous, Faith ! Votre façon d'allier des couleurs vives à des senteurs subtiles, ça, c'est original ! Ça, c'est de l'audace, de la fraîcheur… Pourquoi ne pas m'avoir plutôt montré tout cela ?

Et même plus encore…

Il vit son regard s'éclairer.

— Je n'imaginais pas que cela vous plairait. Je pensais que vous appréciiez des compositions plus classiques, proches de celles qui figurent déjà au catalogue.

— Mais c'est là tout l'intérêt ! insista-t-il en se penchant vers elle pour être sûr qu'elle comprenne. Ces compositions-là, nous les avons déjà ! En revanche, ce que nous n'avons pas, c'est votre créativité. Ce qu'il faut à Hawke's Blooms, c'est votre vision !

Elle se mit à rougir de la plus adorable des façons.

— Alors… Vous ne m'en voulez pas d'avoir décliné la promotion ?

— Vous en vouloir ? Non, assura-t-il en se frottant les tempes. C'était ma faute : j'aurais dû vous consulter en premier lieu. C'est d'ailleurs ce que j'aurais fait avec n'importe quel autre employé.

— Alors, pourquoi avoir agi ainsi ? dit-elle à voix basse.

Bonne question. Lui-même n'avait pas encore la réponse. Or, Faith méritait une explication sérieuse.

— Pour être tout à fait franc avec vous… Vous me déstabilisez depuis le début.

— Je connais ce sentiment, dit-elle avec un sourire triste.

Leurs regards se croisèrent… Une seconde, deux secondes… D'une certaine façon, il était soulagé d'apprendre que ce trouble était partagé. Mais d'un autre côté, il aurait préféré que ce soit à sens unique. Cela aurait simplifié beaucoup de choses.

Ce dont ils avaient besoin tous les deux, c'était d'un nouveau départ. Alors, il inspira profondément et repoussa sa tasse.

— Et si on oubliait cette histoire de promotion ? Continuez à bien faire votre travail à la boutique ; je sais que vos clients seront ravis de vous garder pour eux.

— Ça me va, dit-elle en hochant la tête.

Elle regarda vers la boutique, et il comprit alors quelque chose : pour elle, ce ne serait pas un nouveau départ. Car sa responsable de boutique éprouvait déjà un certain ressentiment envers elle, et le fait qu'elle ait décliné la promotion risquait de lui valoir des représailles. Oh ! et toute cette pagaille, c'était lui et lui seul qui en était responsable...

— Vous savez, dit-il en se levant de table, nous pouvons aussi vous muter dans une autre boutique. Je connais plus d'un responsable de magasin qui serait ravi d'accueillir une fleuriste aussi douée que vous.

— Je vous remercie, mais je suis bien ici, affirma-t-elle avant de consulter sa montre. En parlant de ça, je ferais bien d'aller me remettre au travail.

Il ne put réprimer un petit rire. La plupart des employés à sa place auraient tout fait pour prolonger cette entrevue, mais pas Faith. D'autant qu'à l'origine, elle avait *payé* pour entrer en contact avec lui...

— Vous avez bien conscience de vous trouver là en tête à tête avec le patron qui vous emploie, n'est-ce pas ?

Imperturbable, elle secoua la tête.

— Nous avons beaucoup de commandes à honorer aujourd'hui.

— A quelle heure finissez-vous ? demanda-t-il alors qu'une idée se formait à son esprit.

— 15 heures.

— Soit dans deux heures, environ. Et si je venais vous chercher pour honorer notre deuxième tête à tête ? proposa-t-il, puisqu'il était désormais évident qu'elle refuserait tout remboursement relatif à la vente aux enchères.

— Avec plaisir, dit-elle en se levant. Mais, s'il vous plaît, ne revenez pas au magasin. Cela ne va pas arranger ma popularité...

Elle n'avait pas tort, et faisait preuve d'une grande lucidité. Car elle aurait tout aussi bien pu se servir de cette opportunité pour casser du sucre sur le dos de sa responsable. Or, Faith n'était pas ce genre de femme.

Il sortit un stylo de la poche de son veston.

— Donnez-moi votre adresse personnelle, et je passe vous y chercher à 15 h 30.

Faith la griffonna sur une serviette en papier, qu'elle lui tendit avant de tourner les talons. Juste en dessous de son adresse, elle avait écrit :

« J'adore la plage. »

Il sourit. Il avait déjà hâte d'y être. Bien trop hâte, sans doute.

- 4 -

A 15 h 20 précises, Faith se tenait devant la porte de chez elle. Elle avait décidé d'attendre sur les marches du perron, car il était hors de question pour elle de voir Dylan frapper à sa porte. Car si elle le faisait entrer chez elle, si elle se retrouvait seule à seul avec lui, elle l'aurait sans aucun doute de nouveau embrassé. Et le fait d'être à deux pas de sa chambre n'aurait rien arrangé à l'affaire…

Voilà pourquoi elle avait suggéré une balade au bord de la mer : un lieu public. Et puis, le fait de se trouver dans un lieu décontracté lui permettrait sans doute de l'interroger plus librement pour cerner ses attentes vis-à-vis du catalogue. Et ainsi mettre toutes les chances de son côté en vue du prochain essai. Bref, elle espérait de tout son cœur en savoir plus en s'asseyant sur le sable, et sans avoir à le regarder dans les yeux.

A 15 h 27, sa Porsche décapotable apparut au coin de la rue. Faith verrouilla sa porte d'entrée, passa son sac de plage sur son épaule et descendit précipitamment les marches du perron. Elle se serait bien vue au volant d'un tel bijou, cheveux au vent, mais la voiture hors de prix de Dylan ne faisait qu'illustrer à quel point tous les deux ne vivaient pas dans le même monde.

— Vous avez pris votre maillot de bain ? demanda-t-il alors qu'elle prenait place sur le siège passager.

Il était sérieux ? Se retrouver à demi dénudée en sa compagnie, ce serait courir au désastre. Et puis, elle l'imaginait déjà, en bermuda de bain, l'eau dégoulinant le long de son torse… Catastrophe assurée. Lieu public ou non, elle restait un être de chair et de sang…

Cela dit, pensa-t-elle en observant du coin de l'œil le T-shirt à rayures rouges et blanches qui lui moulait les biceps, ce n'était pas parce que son torse musclé était couvert que la tentation était moindre.

Fixant le pare-brise devant elle, elle répondit :

— Je pensais juste m'asseoir sur une serviette et plonger mes pieds dans le sable.

— Ça me paraît moins dangereux, commenta-t-il en redémarrant.

Ainsi donc, il éprouvait lui aussi un certain trouble… Intéressant. Ils parlèrent de choses et d'autres, échangèrent quelques banalités jusqu'à ce qu'il se gare sur un parking. Le soleil était radieux.

Il jeta un regard sur son sac à motifs hawaïens.

— Vous avez apporté une serviette ? Ou voulez-vous que je sorte ma couverture de pique-nique ?

— Vous gardez une couverture de pique-nique dans votre voiture ? demanda-t-elle avec un sourire amusé.

Cela lui semblait assez éloigné de l'image de play-boy qui lui collait à la peau. A moins qu'il s'en serve pour séduire les femmes au clair de lune ? A cette idée, elle sentit son sourire s'effacer.

— Mon frère Liam et moi avons emmené ses filles, Bonnie et Meg, pique-niquer il y a deux semaines. Et la couverture est restée dans le coffre.

Elle sourit de nouveau. Comme tout le monde, elle avait entendu parler dans la presse des fiançailles de Liam Hawke avec la princesse Jensine du Larsland. Elle avait notamment vu les photos de Bonnie, le bébé de Liam, et Meg, la fille de Jenna qui avait quelques mois de plus que Bonnie. Mais à vrai dire, jusqu'alors, elle n'avait pas imaginé que Dylan puisse s'intéresser à ses nièces. Ce qui était probablement injuste, car tout le monde savait aussi combien les trois frères étaient proches.

— Non, j'ai ma serviette, répondit-elle en passant son sac en bandoulière.

Il hocha la tête, puis verrouilla sa voiture. Ils trouvèrent un endroit sur le sable blanc pour étaler la serviette de Faith. A cette heure, il y avait peu de monde : quelques baigneurs qui nageaient dans les eaux du Pacifique d'un bleu éblouissant, des joueurs de frisbee, quelques couples allongés sur des serviettes, ainsi que quelques joggeurs. En tout cas, ils pouvaient parler sans être entendus.

Il ôta ses chaussures puis remonta son pantalon avant de s'asseoir à l'autre bout de la serviette, laissant beaucoup d'espace entre eux. Elle fuyait son regard, mais ne pouvait s'empêcher de lorgner du coin de l'œil sur ses chevilles dénudées. Comment ne s'était-elle jamais aperçue à quel point une cheville d'homme pouvait être sensuelle ? A moins qu'il s'agisse uniquement *des siennes* ?

Elle déglutit, s'efforçant de se concentrer sur sa carrière.

— Monsieur Hawke, est-ce que vous…

— Dylan, l'interrompit-il. Appelez-moi Dylan quand nous sommes seuls.

— Vous êtes sûr ? demanda-t-elle, alors qu'une légère brise soufflait dans les quelques cheveux qui s'étaient échappés de sa barrette. Vous ne craignez pas que ce genre de familiarité risque de…

En fait, elle ne sut comment terminer sa phrase, qui resta un instant suspendue entre eux.

Il plia les genoux, puis cala son menton entre eux.

— Ce n'est pas parce que vous m'appelez par mon prénom que je vais me jeter sur vous, là, sur votre serviette. Et puis, « monsieur Hawke », c'est vraiment trop formel pour la plage…

Elle sentit sa respiration se bloquer. Pendant de longues secondes, elle ne put chasser cette image de son esprit : Dylan, allongé de tout son poids sur elle, contre le sable chaud… Elle se mordit la lèvre. Fort. Manifestement, il avait raison : l'appeler par son prénom n'était pas le problème, puisqu'elle ne l'avait de toute façon pas même encore prononcé.

— Comme vous voudrez, Dylan, articula-t-elle en agrippant sa serviette. Vous me disiez que le catalogue de la chaîne ne présentait rien de similaire aux compositions que vous m'avez vue réaliser au magasin.

— En effet, dit-il d'une voix profonde et suave. Nous ne proposons rien de tel à notre clientèle pour l'instant.

Retenant son souffle, elle se tourna doucement vers lui et chercha son regard. Il devait comprendre à quel point elle prenait tout cela à cœur.

— M'accorderiez-vous un deuxième essai ? J'aimerais vous soumettre un autre bouquet. Une composition qui… qui me ressemblerait un peu plus…

Le visage de Dylan s'éclaira d'un sourire.

— J'espérais que vous me le proposeriez, répondit-il en hochant la tête. Hawke's Blooms a besoin de voir figurer au moins une des œuvres signées Faith Crawford à son catalogue.

— Merci, dit-elle, un peu excitée à cette perspective.

Elle se doutait bien qu'il accepterait d'évaluer un nouveau bouquet, mais désormais, il n'y avait plus d'ambiguïté. Et, cette fois, elle comptait bien l'éblouir.

— Mais, reprit-il, voulez-vous m'expliquer, car je ne comprends toujours pas. Vous êtes ambitieuse au point de dépenser vos économies pour vous entretenir avec moi, mais vous refusez la promotion que je vous offre, dit-il d'un air curieux.

Son ton était sincère, quasi amical.

Elle contempla les flots azurés de l'océan Pacifique, écoutant les vagues s'écraser sur le rivage, qui lui procuraient une sensation d'apaisement.

— J'aime manipuler les fleurs. Les fleurs rendent les gens heureux. Elles me rendent heureuse, moi.

— Dans ce cas, comment voyez-vous évoluer votre carrière, Faith ? demanda-t-il à voix basse.

Elle garda les yeux rivés sur l'écume des vagues, bercée par leur rythme lancinant.

— Je souhaite continuer à progresser en tant que fleuriste, connaître de nouvelles expériences, renouveler constamment mes compétences pour offrir des bouquets toujours plus beaux à mes clients, expliqua-t-elle en risquant un regard de son côté, hésitant à lui révéler l'étendue de son rêve.

Jamais elle n'avait osé se confier à quelqu'un à ce sujet, de peur d'être moquée.

— Il y a autre chose, n'est-ce pas ? demanda-t-il avec un regard encourageant.

Avec un tel regard, il aurait pu obtenir d'elle n'importe quoi… Elle hocha doucement la tête.

— Un jour, mes compositions orneront des lieux importants et agrémenteront des soirées mondaines : mes fleurs toucheront des centaines, peut-être des milliers de personnes, et leur apporteront un peu de bonheur.

Il esquissa un demi-sourire. De nouveau, elle se tourna vers les vagues, observant les enfants qui bâtissaient des châteaux de sable.

— Vous devez trouver ça idiot.

Du coin de l'œil, elle le vit bouger un bras comme pour le poser sur le sien, mais il se ravisa au dernier moment. Pourtant, elle sentit son regard s'attarder sur elle.

— Je trouve cette idée magnifique.

— Vous vous moquez de moi, n'est-ce pas ? demanda-t-elle, le souffle court, avant de se tourner de nouveau vers lui.

Oh ! comme elle espérait qu'il lui dise la vérité...

— J'ai déjà entendu de très bonnes raisons pour lesquelles certaines personnes se tournent vers l'art floral. Mais je crois que la vôtre est de loin ma préférée, reprit-il sur le ton de la confidence.

En dépit des quelques promeneurs sur la plage, c'était comme s'il n'y avait qu'eux deux. De loin, ils devaient même ressembler à un couple banal... Une idée tout à fait grisante.

— Merci, chuchota-t-elle.

Il y eut un long silence. Puis il se redressa un peu.

— Vous avez un objectif précis ? Vous vous voyez quelque part en particulier ?

Elle laissa filer une poignée de sable entre ses doigts.

— Pas vraiment... Je crois que je préfère aller là où le vent me mènera.

A vrai dire, l'idée même d'arriver à destination la mettait quelque peu mal à l'aise.

— Hmm... J'ai l'impression que vous ne me dites pas tout. Je me trompe ?

Elle leva les yeux, troublée par le fait qu'il semblait avoir lu dans ses pensées. Une fois encore.

— J'ai tellement été amenée à bouger au cours de ma vie, à devoir tout reprendre de zéro, que j'en ai gardé un tempérament résolument nomade.

— Vous m'intriguez, Faith 63, dit-il en haussant un sourcil. Vous bougez tout le temps par instinct, ou plutôt parce que vous redoutez qu'en vous arrêtant un jour, vous finiriez par sombrer ?

Elle eut un petit rire.

— C'est ridicule. Si je bouge, c'est par envie. Ma vie me plaît telle qu'elle est.

Mais disait-elle vraiment la vérité ? Une partie d'elle se tendit à cette idée. Peut-être préférait-elle *choisir* de bouger, avant d'être éconduite. Car cette petite fille qui attendait toujours le moment où le couperet allait tomber était toujours en elle. Un frisson la parcourut. Honnêtement, elle préférait prendre les devants. Garder le contrôle de sa vie. Voilà pourquoi, depuis qu'elle était adulte, elle continuait à déménager régulièrement.

Bien sûr, elle n'allait pas l'admettre devant Dylan Hawke. Pourtant, jamais encore elle ne s'était confiée à quelqu'un comme elle venait de le faire avec lui. Et, curieusement, elle n'en éprouvait aucune angoisse particulière. Comment était-ce possible ?

Elle observa le profil affirmé de Dylan. Ses mèches brunes qui volaient au vent. La barbe naissante qui ombrait ses joues. Auprès de lui, elle se sentait en confiance.

— Vous savez, reprit-elle en toute franchise, je n'avais encore jamais raconté tout cela à personne.

— Merci de me l'avoir confié, dit-il en plissant le front. Et je me sens à présent obligé de répondre à votre honnêteté.

— Comment ça ? demanda-t-elle en retenant sa respiration.

— Le premier soir où nous nous sommes rencontrés, vous m'avez demandé si j'avais un rêve, expliqua-t-il d'une voix saccadée, presque hésitante. Je ne vous avais pas répondu, mais la réponse est non. Les seuls rêves qui me viennent à l'esprit sont ceux que j'ai toujours partagés avec ma famille, au sujet de notre entreprise… Est-ce que cela vous choque ?

Son regard se fit pénétrant.

Elle s'éclaircit la voix.

— Je suis flattée que vous me confiiez une chose pareille.

— Et quitte à être tout à fait honnête, dit-il en respirant soudain plus vite et plus fort, je dois avouer que je n'ai jamais désiré embrasser une femme plus que je ne le désire à cet instant même… C'est plus fort que moi, Faith.

Elle ferma les yeux. Pourtant, il méritait de savoir qu'elle ressentait la même chose… Alors elle rouvrit les paupières et chercha son regard.

— Et moi, je n'ai jamais eu autant envie d'embrasser un homme… Depuis l'instant où nos lèvres se sont effleurées pour la première fois, je ne pense qu'à une chose : recommencer.

Il soupira et se prit la tête entre les mains.

— Je ne suis pas sûr d'être heureux de l'apprendre… Il était plus facile pour moi de me dire que ce n'était pas réciproque.

Oh ! comme elle connaissait ce sentiment…

— Moi aussi, je la ressens, cette espèce d'alchimie, soupira-t-elle à son tour. Mais je ne compte pas y céder.

Sans lever les yeux, il lui tendit la main et mêla ses doigts aux siens au-dessus de la serviette. Au seul contact de sa peau, elle sentit son souffle se bloquer. Elle désirait tellement plus que simplement lui tenir la main… Pourtant, elle allait devoir se contenter de cela.

Dylan refusait de baisser les yeux vers leurs mains enlacées. Car s'il les regardait, il allait devoir retirer la sienne.

D'ailleurs, que faisaient-ils sur cette plage ? Faith avait été claire dès le départ : elle avait acheté le droit de passer du temps avec lui, afin de relancer sa carrière. Et comme ils en étaient à leur deuxième tête-à-tête, il était temps pour lui de lui offrir ce à quoi elle aspirait.

— Suis-moi, dit-il en lui lâchant la main pour se lever. Il y a un endroit où j'aimerais t'emmener.

Circonspecte, elle leva les yeux vers lui.

— Où est-ce ?

Difficile de lui reprocher sa méfiance : il venait de lui avouer qu'il avait envie de l'embrasser, puis lui avait pris la main et s'était mis à la tutoyer. Il était naturel qu'elle le soupçonne de vouloir aller plus loin.

— C'est à propos du travail, je te promets.

De nouveau, il lui tendit la main, mais seulement pour l'aider à se lever. Quand elle se retrouva debout face à lui, ils étaient si proches qu'il pouvait percevoir la chaleur de son corps. Faith sentait un parfum fleuri — rien d'étonnant, vu qu'elle avait passé la journée à confectionner des bouquets. Mais il décela aussi une pointe de fraise. Alors, son regard tomba sur ses lèvres, rehaussées d'un gloss couleur rouge fraise. Aussitôt, il sentit son cœur s'accélérer à l'idée d'y goûter.

Soudain, elle lâcha sa main et recula d'un pas.

— Tu disais que cet endroit est en rapport avec le travail ?

Il ramassa sa serviette, puis la secoua avec plus de force que nécessaire avant de répondre :

— Je vais te faire visiter la pépinière de Hawke's Blooms.

A ces mots, le regard de Faith s'illumina, comme au moment où elle avait évoqué son avenir.

— Ce serait super !

Ils retournèrent à la voiture, puis quittèrent L.A. pour San Juan Capistrano. Tout au long du trajet, Faith l'assomma de questions relatives à l'implantation et la capacité de stockage de la pépinière.

— La pépinière est installée là depuis les débuts de Hawke's Blooms ?

— Nous sommes arrivés ici quand j'étais petit, expliqua-t-il. Mes parents étaient agriculteurs, et en déménageant pour la Californie, ils ont voulu s'essayer à la culture de fleurs fraîches. Ils tenaient à monter une affaire que leurs fils pourraient un jour reprendre.

— Au vu de votre succès, je dirais qu'ils ont eu du flair, déclara-t-elle.

Sa sincérité le toucha.

— On peut dire ça, en effet, confirma-t-il en s'autorisant à ressentir la fierté d'avoir su faire fructifier le travail de ses parents.

D'ailleurs, il comptait bien, un jour ou l'autre, trouver un moyen de les remercier pour tout ce qu'ils avaient fait pour lui. Même s'ils n'attendaient rien de tel, il leur devait bien cela.

— Alors, qui a eu l'idée de commercialiser les fleurs, plutôt que seulement les cultiver ? demanda Faith.

— Quand nous avons commencé, nous n'avions qu'un petit stand de marchand ambulant, précisa-t-il en souriant à ce souvenir. Mon père se chargeait de la vente sur les marchés aux fleurs, mais tous les week-ends, Adam et moi partions avec notre mère pour écouler nos derniers stocks.

— Et ton autre frère ?

Il eut un petit rire.

— Liam a toujours préféré les plantes aux humains, alors il restait à la maison avec notre père. Et il a bien fait : ce sont ses innovations florales qui nous ont fait connaître.

— J'ai vraiment été impressionnée par sa « Belle-de-nuit ». Les clients se l'arrachent.

— C'est une très belle fleur, approuva Dylan avec fierté. Son nouveau lys bleu, lancé il y a deux mois, se vend aussi très bien.

Elle s'installa en tailleur sur le siège de la voiture.

— Alors, avec ton frère, vous vous êtes retrouvés à faire les marchands ambulants ?

— Disons que les ventes, c'était surtout ma mère et moi… Adam, lui, a toujours préféré cultiver sa fibre managériale.

A l'époque, Adam se plaçait toujours en retrait derrière le stand, dans ce que Dylan et sa mère avaient fini par appeler « le bureau ».

Du coin de l'œil, il vit Faith pencher la tête, l'air perplexe.

— Un stand de vente ambulante a donc besoin d'un bureau et d'un manager ?

— J'avais beau le taquiner en lui reprochant de chercher à se soustraire à son travail, il trimait aussi dur que nous. Il fabriquait des affiches qu'il mettait en vente avec les fleurs, expérimentait sans cesse de nouvelles gammes de prix, et tenait rigoureusement un cahier des ventes qui nous permettait ensuite d'optimiser la gestion de nos stocks. En semaine, il s'occupait de repeindre le stand, par exemple, ou de peaufiner les devantures de présentation de nos seaux de fleurs en vrac avec des planches de bois qu'il travaillait de ses mains.

— Un entrepreneur-né ! nota Faith d'une voix amusée.

— En effet ! confirma-t-il, non sans affection. C'est pourquoi Liam et moi laissons Adam gérer l'entreprise. Liam est de toute façon plus heureux auprès de ses plantes.

— Et toi ? demanda-t-elle à voix basse. Quel est ton domaine de prédilection ?

Il haussa les épaules.

— J'aime bien être en contact avec les gens. Je suis un commercial dans l'âme. J'aime bavarder avec nos responsables de secteur, de boutiques, nos clients… Je suis à l'écoute de toute nouvelle suggestion.

— Ça, j'ai pu le constater, dit-elle, pensive.

— Quand nous avons ouvert notre première boutique, il n'y avait que ma mère et moi, reprit-il en repensant à cette merveilleuse époque pleine de défis. Liam et mon père étaient à la maison, s'occupant de faire pousser les fleurs, s'aidant de toutes sortes de tableaux scientifiques relatifs à leur culture, et Adam restait dans sa chambre, à élaborer des business plans. Mon travail à moi était moins austère.

— A tes yeux. Mais je suis sûre qu'aux yeux de tes frères, tu avais le job le plus ennuyeux !

— A vrai dire, tu as raison, confirma-t-il en souriant. Le contact avec la clientèle leur donnait toujours envie de retourner illico dans les champs ou derrière un bureau.

Il engagea la voiture dans l'allée qui menait chez Liam, puis passa la sécurité — laquelle avait été renforcée depuis que son frère était fiancé à une princesse.

— On se croirait plutôt chez quelqu'un, remarqua Faith intriguée.

— Liam continue d'habiter ici. C'est la maison où nous avons grandi, même s'il l'a en grande partie rénovée. Bref, de toute façon, s'il apprenait que je suis venu jusqu'ici sans prendre la peine de le saluer, il me tuerait… Tout comme sa fiancée, d'ailleurs.

— Attends, fit Faith en posant les mains sur le tableau de bord comme si cela pouvait ralentir la voiture. Tu veux dire que tu vas me présenter sa fiancée ?

— Si tu es d'accord, répondit Dylan en l'interrogeant du regard.

Il n'avait pas imaginé que cela puisse la mettre mal à l'aise. Après tout, Faith semblait toujours prête à faire des choses nouvelles.

Elle demeura bouche bée un instant, puis articula :

— Mais… c'est une princesse !

— En effet, dit-il en retenant un sourire devant la panique qu'il décelait dans sa voix.

Comme il avait connu Jenna avant de découvrir qu'elle était princesse, il n'avait donc jamais vraiment été impressionné par son statut royal. Cela dit, il comprenait que Faith puisse être intimidée à l'idée de ces présentations impromptues. Mais il avait toute confiance en elle : elle allait assurer, même si son visage trahissait encore une certaine anxiété quand il se gara devant la maison.

Comment imaginer ne pas saluer ses petites Bonnie et Meg adorées ?

Il sortit de voiture pour lui ouvrir sa portière.

— Eh bien, tu descends ?

— Y a-t-il un protocole particulier, des formules que je dois utiliser ou non ? demanda-t-elle en descendant enfin.

Il haussa une épaule d'un air désinvolte.

— Je te conseille juste de la complimenter au sujet des filles, et d'être particulièrement gentille avec moi.

— Avec toi ?

— Qu'est-ce que j'y peux ? Cette princesse m'adore !

Elle plissa les yeux et comprit qu'il la taquinait. Au moins, elle semblait plus décontractée à présent.

Jenna vint les accueillir à la porte, la petite Meg, qui venait d'avoir un an, calée sur sa hanche.

— Dylan ! Quelle bonne surprise ! s'exclama-t-elle avec son accent scandinave.

Il déposa un baiser sur sa joue, lui prit Meg des bras et la fit virevolter en l'air. Le bébé se mit à rire aux éclats, et il l'embrassa à son tour sur la joue.

— Je ne reste pas longtemps, nous sommes juste passés voir Liam. Mais je tenais à vous faire un petit coucou avant !

— Liam est dans son bureau, il travaille sur son dernier projet, expliqua Jenna avant de reprendre sa fille. Tu ne me présentes pas à ton amie ?

— Jenna, voici Faith. Faith est fleuriste dans notre boutique de Santa Monica, déclara-t-il comme pour se dédouaner — « politique antirelations au travail » oblige. Faith, je te présente ma future belle-sœur, Jenna.

Jenna sourit, et il comprit tout de suite qu'elle était déjà en train de se demander s'il y avait quelque chose entre eux. Cette femme était décidément trop perspicace.

— Je vous offre quelque chose à boire, en vitesse ?

Faith secoua la tête, et Dylan eut soudain très envie d'insister sur le caractère professionnel de leur visite, avant que Jenna le piège avec des questions délicates.

— Non, merci.

— Ça vous ennuie si on vient avec vous ? Bonnie fait la sieste, et notre gouvernante peut la surveiller. Je ne suis pas sortie de la maison de la journée, et j'aimerais que Meg prenne l'air. Et voie autre chose que mon visage !

— Très bonne idée ! s'exclama-t-il.

Surtout, cela l'empêcherait de commettre une bêtise, comme il avait failli le faire tout à l'heure, sur la plage.

Quelques minutes plus tard, ils arrivaient au jardin.

— Mais c'est immense ! lança Faith d'une voix émerveillée en découvrant les champs de fleurs à perte de vue. Vous arrivez à les utiliser toutes ?

— L'objectif, c'est de fournir nous-mêmes nos propres boutiques, expliqua Dylan en poussant le petit portail qui délimitait le jardin expérimental de Liam. Mais nous vendons nos surplus à d'autres chaînes ou aux marchés aux fleurs.

Ils suivirent un sentier pavé menant à un bâtiment à l'écart : l'antre de Liam. Le centre de recherches de Hawke's Blooms.

Quand ils arrivèrent devant les portes coulissantes, Jenna souleva Meg de la poussette et la prit dans ses bras. Dylan s'avança vers une femme dans le hall d'accueil.

— Pouvez-vous annoncer à Liam que je suis venu le voir, s'il vous plaît ?

La réceptionniste parla dans l'Interphone, puis lui adressa un signe de tête :

— Il arrive.

Les mains dans les poches, Dylan regarda Faith qui s'amusait à babiller avec Meg. Désormais, il savait comment il allait l'aider à prendre son envol professionnel. Mais cette fois, pas question de brûler les étapes, il s'assurerait d'abord que c'était bien ce qu'elle voulait.

Oui, cette fois, il était persuadé d'avoir vu juste. Et cela le remplissait d'un enthousiasme qui aurait peut-être dû l'alerter.

- 5 -

Faith se rendait bien compte que la princesse Jensine du Larsland était en train de la dévisager, et elle ne savait plus où se mettre. Car, pour elle, tout ceci était surréaliste : elle, la petite fille originaire d'un trou paumé, ballottée de parent en parent pendant toute son enfance, se retrouvait soudain face à face avec une héritière royale !

— Votre visage ne m'est pas inconnu, finit par déclarer Jenna. Ne nous sommes-nous pas déjà rencontrées ?

Dylan s'éclaircit la voix.

— Tu as dû apercevoir Faith au gala de charité, avoua-t-il. C'est elle qui m'a remporté aux enchères !

Jenna écarquilla les yeux.

— Oh ! il s'agit d'un de vos rendez-vous ? Tu l'emmènes visiter un labo de recherche en guise de rencard ?

— Ce n'est pas ce que vous croyez, se hâta de préciser Faith. De toute façon, même si nous le souhaitions, nous ne pourrions pas nous voir de cette façon, car l'entreprise interdit toute relation extraprofessionnelle.

A peine eut-elle prononcé ces paroles qu'elle s'en mordit les doigts. Ne venait-elle pas d'admettre qu'elle aurait aimé sortir avec Dylan, si la situation le lui avait permis ? Personne ne semblait avoir relevé la chose… mais elle devait rester sur ses gardes, car elle n'était pas dupe : elle mourait d'envie d'embrasser à nouveau Dylan. Et de cela, personne ne devait se douter.

— Ah, c'est vrai ! fit Jenna avec un sourire en coin. Cette fameuse politique. J'en sais quelque chose !

Liam poussa la porte de la salle d'attente, et son visage s'éclaira dès qu'il aperçut sa fiancée. Il prit Meg dans ses bras, la fit voleter en l'air, puis embrassa Jenna tendrement.

— Salut, toi, murmura-t-il.

— Salut, toi, répondit-elle avant de l'embrasser à son tour.

Dylan se mit à toussoter ostensiblement.

— Bonjour à toi, cher frère. Tu as de la visite.

Liam leva les yeux vers lui, tout en passant un bras autour de Jenna. A cet instant seulement, il sembla remarquer la présence d'une inconnue dans la pièce. Il s'écarta alors doucement de Jenna pour tendre la main à Faith.

— Je me présente : Liam Hawke, vu que mon frère ne semble pas avoir l'intention de faire les présentations.

— Je suis Faith Crawford, répondit-elle en se redressant avant de lui serrer la main. Je suis une de vos employées.

— Vraiment ? fit Liam d'un air étonné.

Dylan s'approcha d'elle, et elle sentit la chaleur de son corps.

— Faith est fleuriste à la boutique de Santa Monica.

— Ravi de vous rencontrer, déclara Liam.

— Faith a remporté Dylan aux enchères, expliqua Jenna.

Dylan leva la main.

— Elle ne m'a pas remporté, précisa-t-il en regardant tour à tour Faith et son frère. Elle a remporté le droit de *passer du temps* avec moi.

— Trois rendez-vous en tête à tête, précisa Jenna.

— Ce ne sont pas des rendez-vous, mais disons plutôt du temps que je lui accorde, insista Dylan. D'ailleurs, c'est ce à quoi je m'emploie en ce moment même. Faith fait preuve d'une grande créativité dans ses compositions, et nous avons repéré chez elle un grand potentiel. Je tenais donc à lui faire découvrir la face cachée de Hawke's Blooms.

— Je comprends, dit Liam d'un air détaché tout en soutenant le regard de Dylan. Tu veux parler des jardins ouverts au public ?

— C'est à toi de voir, répliqua Dylan sur un ton tout aussi détaché.

Faith les dévisagea tour à tour, en essayant de déchiffrer les évidents sous-entendus entre les deux frères.

— Tu t'engages sur sa discrétion ? demanda Liam.

Dylan hocha la tête.

— Sans la moindre réserve.

— Dans ce cas, Faith, bienvenue dans mon monde ! lança Liam avec un sourire. Laissez-moi vous faire visiter tout ça !

Elle avait l'impression d'avoir passé une sorte de test, sans toutefois pouvoir déterminer de quoi il s'agissait. Durant les vingt minutes qui suivirent, ils visitèrent toutes les salles de recherche, et Faith ne put que s'émerveiller devant les nombreuses expérimentations en cours : croisements génétiques en vue d'obtenir des fragrances plus fortes, ou des fleurs plus vigoureuses… Tout s'étalait à perte de vue le long de vastes plans de travail sur lesquels s'alignaient d'innombrables plantes en pots. Au fur et à mesure, elle sentit l'excitation la gagner : quel privilège que de découvrir ainsi les coulisses à l'origine du succès de la grande chaîne pour laquelle elle travaillait !

Ils arrivèrent devant une porte verrouillée, et Liam la regarda droit dans les yeux avant de déclarer :

— Derrière cette porte se trouve mon projet personnel. Très peu de gens sont au courant de ce qui se passe à l'intérieur. Ils sont encore moins nombreux à avoir pu voir ce qui s'y passe. Si je vous emmène, je dois avoir votre parole que vous ne révélerez aucune information à ce sujet.

— Vous avez ma parole, affirma-t-elle sans hésiter.

Liam se tourna vers Dylan, qui confirma d'un signe de tête.

La pièce ressemblait à celles qu'ils venaient de traverser : des plans de travail sur lesquels étaient disposées des rangées entières de pots de fleurs, à divers stades de maturation. En revanche, dans certains pots, les variétés de fleurs ne ressemblaient à rien de ce qu'elle avait jamais vu. Pourtant, elle s'y connaissait en fleurs. Elle connaissait leurs besoins et leur durée de conservation. Elle connaissait les saisons propices à leur épanouissement, de même que les régions dans lesquelles elles se développaient le mieux. Ou encore les différents tons qu'une même variété pouvait offrir. Pourtant, elle n'avait encore jamais vu de fleur comme celle qui s'épanouissait dans ces pots.

Elle s'approcha. Il s'agissait d'un iris. Mais d'un rouge écarlate. Elle mourait d'envie de toucher la fleur, mais se tourna d'abord vers Liam.

— Je peux ?

Il lui donna son approbation d'un hochement de tête. Du bout des doigts, elle effleura alors le pétale d'une des fleurs les plus épanouies.

— Ils sont magnifiques, dit-elle dans un souffle.

— Merci, murmura Liam.

Dylan s'approcha d'elle.

— Penses-tu que cette fleur plaira à tes clients ?

— Je pense qu'ils vont se ruer dessus, répondit-elle, sincère.

Jamais fleur aussi extraordinaire n'avait été mise sur le marché. Elle l'imaginait déjà au centre d'un bouquet de mariée, ou d'une composition de table. Cette couleur rouge vif attirait l'œil comme rien d'autre. On ne pouvait qu'être captivé.

— Dis-moi, Faith, reprit Dylan en croisant les bras. Avec quelles variétés de fleurs la travaillerais-tu ?

— Une composition très épurée. Cette fleur est si belle qu'elle ne nécessitera que très peu d'apprêt. J'opterais peut-être pour des fleurs aux pétales blancs, comme des variétés anciennes de roses, par exemple. Avec peut-être une touche de feuillage argenté.

Dylan sourit.

— Tu aurais envie d'essayer ?

— Essayer de composer un bouquet avec l'une de ces merveilles ? demanda-t-elle, le cœur battant soudain la chamade. Là, tout de suite ?

Dylan haussa un sourcil tout en dévisageant Liam, qui hocha la tête.

— Tout de suite ! Nous t'attendrons ici le temps que tu ailles au jardin choisir ce qui te plaît.

En croyant à peine ses oreilles, elle acquiesça d'un signe de tête, puis sortit.

A peine Faith se fut-elle éclipsée que Dylan chercha le regard de son frère.

— Je te remercie.

— Si tu crois en cette femme, alors je te fais confiance. Mais, ajouta-t-il d'une voix soudain grave, est-ce que tu es bien sûr de ce que tu fais ? Il s'agit d'une employée…

Dylan haussa un sourcil.

— Ça ne vous a pas empêchés, Jenna et toi…

— Si, un peu, au début, précisa Jenna en adressant un sourire à Dylan.

— C'était différent, nuança Liam en souriant à son tour. Jenna travaillait pour moi à titre personnel, pas pour l'entreprise.

Dylan s'appuya contre le plan de travail. Cette conversation commençait à l'agacer. Surtout, son frère et Jenna n'avaient nul besoin de découvrir qu'il avait déjà franchi la ligne rouge, en embrassant Faith dès leur premier rendez-vous.

— Rassurez-vous, déclara-t-il en secouant la tête. J'essaie juste, en tant que patron attentif, d'offrir une opportunité à une employée extrêmement talentueuse.

— Naturellement, fit Jenna avec un clin d'œil.

— Comment vont Bonnie et Meg ? demanda-t-il pour changer de sujet.

— Oh ! elles sont tout simplement merveilleuses ! affirma Jenna d'une voix rêveuse.

Dylan s'intéressa longuement aux progrès des deux jeunes enfants, puis suggéra à Liam de mettre à disposition de Faith les outils dont elle aurait besoin pour sa composition. Au bout d'un moment, la réceptionniste les prévint que Faith était de retour.

Elle arriva les bras chargés de fleurs fraîches. Quelques-unes de ses mèches rousses s'étaient échappées de sa barrette. Dylan se précipita pour l'aider et étala une partie des fleurs sur un plan de travail libre.

— Tiens, voici quelques outils, dit-il en sentant une véritable décharge électrique parcourir ses doigts qui effleurèrent la main de Faith.

Mais il fit de son mieux pour l'ignorer. Il se devait de rester le plus professionnel possible. Car, comme Liam venait très justement de le lui faire remarquer, Faith demeurait son employée.

Après avoir rattaché ses cheveux, elle se mit à travailler les fleurs devant elle : elle ôta les épines et les feuilles des roses blanches, noua les gerberas avec du fil transparent et commença à assembler son bouquet. Liam coupa trois de ses iris rouges pour les lui confier.

Les yeux de Faith brillaient, et Dylan sentit l'émotion le gagner. La passion qui animait Faith devenait contagieuse :

plus que jamais, il se sentait vivant, et il avait l'impression que chaque cellule de son corps se réveillait.

— Je vous remercie, dit-elle avec émotion en acceptant les prototypes de Liam.

En quelques gestes aussi experts que maîtrisés, elle composa un bouquet aussi sobre et élégant qu'éblouissant. Dès qu'elle eut terminé, elle le tendit à Dylan.

Il sourit, puis le fit passer à Jenna et Liam.

— Qu'en dites-vous ? demanda-t-il à son frère et à sa future belle-sœur.

Ensemble, ils avaient déjà évoqué la possibilité de créer un véritable événement lors du lancement de cet iris unique au monde, sur le modèle de ce qu'ils avaient déjà organisé pour le « Lys de minuit » quelques mois plus tôt. Le tout sur une brillante idée de Jenna. Concernant ce deuxième grand lancement, Jenna avait suggéré à Dylan d'y affecter un fleuriste expérimenté, à mi-temps.

Jenna se tourna vers Liam et haussa un sourcil. Sans un mot, il hocha la tête, puis Jenna s'adressa à Faith.

— Dites-moi, Faith, commença-t-elle d'une voix mélodieuse, que diriez-vous de travailler à mes côtés, et à temps partiel, au lancement de ce nouvel iris ? J'ai besoin d'un fleuriste capable d'innover et de me seconder dans la mise en valeur de notre nouveauté. Et nous estimons que vous nous seriez d'une aide précieuse !

Ecarquillant les yeux, Faith dévisagea Jenna, puis Dylan. Soucieux de ne pas la pousser de nouveau vers un travail qui ne lui conviendrait pas, il précisa :

— Si cela t'intéresse, nous aménagerons tes horaires de travail en boutique pour te permettre de mener à bien la mission. Tu pourrais te partager entre la boutique et le labo jusqu'au lancement, puis reprendre tes horaires normaux à la boutique quand tout sera fini.

— Dans ce cas, ce sera avec plaisir, affirma-t-elle, les yeux étincelant de joie.

Lui se réjouissait à l'avance.

— Parfait ! dit Jenna en souriant. Je dois ramener Meg à la maison, mais nous nous recontacterons pour organiser tout cela.

Un peu plus tard, sur le trajet du retour, Dylan se tourna vers Faith. Il voulait s'assurer qu'elle était sûre de vouloir tenter l'expérience avec Jenna et Liam.

— Faith, je veux que tu saches que tu es entièrement libre d'accepter ou de refuser. Si tu penses que ces nouvelles fonctions te plairont, alors nous serons heureux de tenter l'aventure avec toi. Mais si tu changes d'avis, cela n'affectera pas ton travail à la boutique de Santa Monica.

Elle lui répondit avec un sourire radieux.

— En toute honnêteté, je ne sais comment te remercier. Confectionner de grandes compositions qui seront vues par des centaines de personnes, c'est pour moi un rêve devenu réalité. En plus, Jenna semble très sympathique, je crois que je vais adorer travailler avec elle.

Arrêté à un feu rouge, il la dévisagea plus longuement. Elle le regardait comme s'il venait de lui décrocher la lune. De nouveau, son cœur chavira. Car il avait la nette impression qu'il serait désormais prêt à soulever des montagnes rien que pour qu'elle conserve ce sourire. Quand le feu passa au vert, il se concentra sur la route devant lui, en espérant de tout son cœur, de toute son âme, qu'il trouverait en lui la force de faire les choses comme il se devait.

Une semaine après avoir embrassé ses nouvelles fonctions, Faith leva les yeux du bouquet sur lequel elle travaillait et aperçut Dylan qui passait la porte du laboratoire sécurisé où la nouvelle fleur était développée dans le plus grand secret.

Il s'avança vers elle, et elle réprima un sourire. Dylan arrivait en avance, et elle en éprouvait, bien malgré elle, une certaine joie. En réalité, le voir — ou ne serait-ce que penser à lui — la plongeait dans une sorte de béatitude. Pourtant, s'il y avait un homme, un seul, qu'elle aurait dû rayer de ses pensées, de ses rêveries, c'était bien lui. Mais il lui faisait trop d'effet, et ce même si elle se rappelait constamment qu'il était avant tout son patron. D'une façon ou d'une autre, elle devrait maîtriser son attirance pour lui.

Pendant toute la semaine, elle avait conçu des compositions intégrant le nouvel iris, afin de fournir à l'équipe marketing de Hawke's Blooms les premières affiches qui seraient distribuées aux médias dès le lancement officiel. Afin de leur laisser le temps de réfléchir à l'élaboration de leur campagne, elle s'était engagée à faire ce travail en priorité. Elle n'avait eu aucun mal à travailler dans l'urgence : son esprit fourmillait d'idées. Elle avait même suggéré un nom pour la nouvelle fleur : l'Iris Ruby. Tout le monde avait accueilli l'idée avec enthousiasme. Elle éprouvait une grande fierté à s'investir autant dans un si beau projet.

Dans l'après-midi, un panel composé des trois frères Hawke et de Jenna devait sélectionner les deux compositions qui seraient adressées à l'équipe de publicitaires. En tout, elle avait élaboré six bouquets. Rongée par le trac, elle avait eu l'estomac noué toute la journée.

— Bonjour, Dylan, dit-elle quand il arriva à son niveau. Je ne t'attendais pas avant une heure : c'est-à-dire à l'heure que l'on avait fixée avec Jenna et tes frères.

— J'avais un peu de temps libre, et je me suis dit que je passerais voir si tu avais besoin d'un coup de main de dernière minute.

— Mais tu m'as déjà beaucoup aidée…

Il était venu la voir à deux reprises cette semaine. Elle en avait profité pour lui poser des questions sur le lancement du Lys de Minuit, afin d'en savoir plus sur ce qu'ils recherchaient cette fois. Dylan avait répondu en détail à ses interrogations. Cependant, elle s'était demandé s'il ne cherchait pas à la surveiller : c'était lui qui l'avait proposée pour ce travail ; si jamais elle échouait, il paierait les pots cassés.

Il commença à nettoyer le plan de travail qu'elle avait utilisé.

— Ce n'est pas nécessaire, dit-elle en serrant l'iris blanc qu'elle tenait entre ses mains. Je m'étais gardé un peu de temps pour faire le ménage avant l'arrivée de tout le monde.

— Puisque je suis là, répondit-il en souriant, autant me rendre utile…

Elle l'observa longuement en train de ranger les outils, puis de passer l'éponge avec des mouvements appliqués. Dylan Hawke demeurait pour elle un mystère. Depuis le début de sa carrière de fleuriste, elle avait travaillé pour plusieurs patrons, mais jamais elle n'avait vu l'un d'eux se retrousser ainsi les manches et mettre la main à la pâte, pour soulager ses employés. Généralement, ils préféraient laisser les tâches ingrates à leurs subalternes.

Elle reposa la fleur dans son seau d'eau, puis se retourna vers Dylan.

— Comment se fait-il que je n'avais jamais vu auparavant un patron s'impliquer autant ?

Il haussa ses larges épaules.

— Il faut bien que quelqu'un le fasse. Pourquoi pas moi ?

— Parce que tu as mieux à faire de ton temps ?

Il voulut protester, mais elle ne lui en laissa pas le temps.

— Soyons sérieux, Dylan, ton taux horaire doit exploser le mien !

— Je suis sans doute mieux payé, mais je suis incapable de créer comme tu le fais, affirma-t-il en désignant le bouquet qu'elle avait presque terminé.

Pourtant, elle décela au fond de ses yeux une lueur qui trahissait quelque chose d'autre.

— Et si tu me disais tout ? suggéra-t-elle.

— Tu n'as pas du travail à terminer ? murmura-t-il en plissant le front tout en esquissant un faible sourire.

— Vu qu'une bonne âme vient de se dévouer pour faire le ménage à ma place, j'ai moi aussi un peu de temps libre. Et j'aimerais en profiter pour écouter la suite de ce que tu sembles me cacher.

— Moi ? Te cacher quelque chose ? s'indigna-t-il en portant une main à son cœur.

— Je vois, dit-elle en s'adossant au plan de travail, tu n'as aucune envie d'en parler, c'est ça ?

Il haussa un sourcil, puis se pencha au-dessus de la table jusqu'à se retrouver à quelques centimètres d'elle.

— Tu veux vraiment connaître la vérité ?

— Oui, vraiment.

A cet instant, son expression changea. Et elle sut alors qu'il s'apprêtait à s'ouvrir à elle. Qu'il lui faisait confiance. Elle sentit alors son cœur chavirer.

— La vérité, déclara-t-il d'une voix profonde, c'est que j'ai repensé ces derniers temps à ce que j'avais ressenti à l'ouverture de mes premières boutiques. Ce qui me donnait envie de me lever chaque matin, c'était de servir mes clients et de relever de nouveaux défis pour eux.

— En tant que PDG, tu dois aussi relever des défis tous les jours, remarqua-t-elle alors.

— C'est vrai. Mais, à l'époque, j'éprouvais une excitation que je n'éprouve plus nécessairement maintenant, précisa-t-il en passant une main dans ses cheveux en désordre. C'est difficile à expliquer, mais à nos débuts, nous ne savions pas ce que nous réservait l'avenir. Aujourd'hui, je vois cette lueur d'excitation dans tes yeux, quand je te regarde travailler.

Dylan se perdit un instant dans le regard brun et confiant de Faith. Il y avait encore une chose qu'il n'osait pas lui révéler : cette excitation qu'il ressentait n'était pas seulement due au talent dont elle faisait preuve. Mais au simple fait de la savoir près de lui. Avec elle, il ne savait jamais comment les choses pouvaient tourner, et cela faisait longtemps qu'il n'avait pas vécu quelque chose d'aussi rafraîchissant.

Il fut tiré de ses pensées par quelques coups frappés à la porte. Il vit Adam, son frère aîné, qui passait une tête dans l'embrasure. A cet instant, il s'aperçut qu'il se tenait très, très près de Faith. Il fit un pas de côté.

Adam s'avança vers eux sans un mot.

— Liam et Jenna ne sont pas encore arrivés, expliqua Dylan sans prendre la peine de le saluer, car ils s'étaient déjà parlé deux fois aujourd'hui.

— Pas de souci, répondit Adam. Cela me donne l'occasion de faire connaissance avec notre fleuriste vedette.

Mais derrière la politesse de son frère, Dylan comprit qu'Adam pressentait qu'il y avait plus qu'une simple relation de travail entre Faith et lui. Et qu'il avait l'intention d'en avoir le cœur net. Dylan se redressa.

— Adam, je te présente Faith Crawford. Faith, voici Adam, PDG de Hawke's Blooms Enterprises, l'entreprise qui englobe les magasins, la ferme horticole et les marchés.

Intimidée, Faith lui serra la main, mais le frère de Dylan ne parut pas remarquer sa nervosité.

— Ravie de vous rencontrer, monsieur Hawke.

— Appelez-moi donc Adam : si vous nous appelez tous les trois « monsieur Hawke » lors de notre réunion, il va y avoir confusion.

— Oh ! bien sûr, bredouilla-t-elle en cherchant Dylan du regard. Merci, Adam.

Dylan regarda de nouveau le plan de travail et s'aperçut que Faith n'avait pas tout à fait terminé son dernier bouquet. Il lui avait fait perdre un temps précieux. Il ravala alors un juron, puis se tourna vers son frère.

— Et si nous laissions à Faith quelques minutes pour apporter la touche finale à ses bouquets avant que notre réunion débute ?

— Bien sûr. Je voulais d'ailleurs m'entretenir avec toi.

Tous deux se dirigèrent vers la porte, et Dylan adressa à Faith un sourire par-dessus son épaule. Elle articula un « merci » silencieux. La connaissant, même une fois qu'elle aurait fignolé ses bouquets, il savait qu'elle aurait besoin de rester seule quelques minutes.

— Café ? suggéra Adam en fermant la porte derrière eux.

— Excellente idée.

La salle de repos était déserte, et Dylan se dirigea vers la machine à café, où il prépara deux expressos.

— Alors, qu'est ce qui se passe exactement entre toi et Faith ? demanda Adam sans détour en s'emparant du sucre.

Dylan tendit une tasse de café à son frère.

— Je ne fais que donner un coup de pouce à une employée talentueuse qui mérite d'être reconnue à sa juste valeur.

Adam soupira, sans cesser de regarder son frère, une lueur espiègle dans les yeux.

— Dylan, je te connais depuis toujours. Je t'ai vu quand tu as eu ton premier coup de cœur, et c'est moi qui t'ai emmené au cinéma pour ton premier rencard. Ne me raconte pas d'histoires. Cette femme ne t'intéresse pas seulement en tant qu'employeur.

Dylan s'adossa au comptoir.

— Ça se voit à ce point ?

— Je ne sais pas si tout le monde le voit, mais moi, oui ! répondit Adam en se rapprochant pour lui tapoter l'épaule. Qu'est-ce que tu comptes faire ?

— Garder la situation sous contrôle.

— Tu appelles ça contrôler la situation ? s'esclaffa Adam en levant les yeux au ciel. Comment c'était, quand tu l'as embrassée ?

Pris de court, Dylan se sentit soudain tout penaud.

— Comment sais-tu que je l'ai embrassée ?

Adam arqua un sourcil amusé.

— Je ne le savais pas… Jusqu'à ce que tu me le confirmes !

Dylan s'en voulut de s'être laissé aussi facilement berner.

— Ce que tu dois comprendre, c'est que…

— Oh ! génial ! Les histoires qui commencent comme ça sont les plus croustillantes…

Dylan ignora la remarque de son frère.

— Ce que tu dois comprendre, reprit-il, c'est que nous ne nous sommes pas rencontrés au travail. Enfin, pas tout à fait.

Adam sirotait son café.

— Vous vous êtes croisés en dehors ?

— Tu te souviens de cette vente aux enchères de célibataires que Jenna a organisée pour le gala de charité ? Celui auquel tu as réussi à échapper ?

Chose inhabituelle, Adam baissa les yeux.

— J'étais, euh… occupé ce soir-là.

— Bien sûr, fit Dylan qui n'en croyait pas un mot. Bref, en ce qui me concerne, c'est Faith qui m'a remporté aux enchères.

— Tu as été acheté aux enchères par une de nos fleuristes ? répéta Adam, mécontent.

— Elle a acheté le droit de passer du temps avec moi, précisa Dylan.

— Tu as eu un rencard avec une employée ? reprit Adam, toujours estomaqué.

— Non, ce n'était pas un rendez-vous.

— Alors, qu'est-ce que c'était ? demanda Adam intrigué.

— Elle m'a demandé de la rejoindre à la boutique de Santa Monica pour me montrer une de ses compositions qu'elle souhaitait voir figurer au catalogue général de Hawke's Blooms.

— Tu as accepté ?

— Non.

— Donc, sa composition n'était pas au niveau pour figurer au catalogue, mais tu la fais venir ici pour travailler en secret au lancement le plus important de notre histoire ?

— Elle est au niveau, cela ne fait pas l'ombre d'un doute. La composition qu'elle m'a présentée ce soir-là correspondait à ce qu'elle croyait que j'attendais. Mais quand elle laisse s'exprimer sa créativité, elle est époustouflante.

— Toi qui disais vouloir redorer ton image… Cela ne va pas t'aider.

— Je ne risque rien, puisqu'il ne se passera rien…

— Naturellement. Mais reparlons plutôt de ce baiser que tu as échangé avec une employée…

— Je ne préfère pas. J'essaie de ne plus y penser.

— Et… tu y parviens ?

— Pas aussi bien que je le voudrais.

— Dylan, reprit Adam en secouant la tête, tu te trouves là sur une pente très glissante.

— Je sais.

— Tu es sûr ? Cette fille semble très chouette, mais si les choses tournent mal, elle pourrait te traîner en justice.

Et nous tous avec, puisque nous menons une politique très claire au sujet des relations entre employés : tu as violé ces clauses. Cela te rend très vulnérable.

— Faith n'est pas comme ça. Elle ne ferait pas ça.

— Tu ne la connais pas depuis assez longtemps pour en être certain. Tu es le patron de la chaîne de magasins qui l'emploie, donc elle se montre sous son meilleur jour.

— On voit bien que tu ne la connais pas.

— Tout ce que tu me dis m'inquiète. Cette femme mérite-t-elle vraiment que tu risques ta carrière pour elle ? Et que tu exposes notre entreprise à un scandale potentiel ?

A cet instant, Liam passa une tête dans l'embrasure.

— Je me doutais bien que je vous trouverais ici, en train de voler mon café.

Dylan leva sa tasse.

— Tu ferais bien de stocker aussi des cookies.

Liam pouffa.

— Faith est prête. Si tu l'es aussi, Jenna est déjà sur place.

Adam ne broncha pas.

— Entre une minute, et ferme la porte.

Liam obtempéra.

— Que se passe-t-il ?

Adam fit un geste en direction de Dylan.

— Tu étais au courant ? Il a embrassé sa fleuriste !

— Oui. Enfin, non ! se reprit-il en se tournant vers Dylan. Tu as embrassé cette jeune femme ?

— Il l'a embrassée, confirma Adam. Je vais en parler à nos avocats dès cet après-midi, au cas où nous aurions besoin de prendre les devants.

— Je vous remercie de réagir avec autant de sang-froid, maugréa Dylan.

Liam soupira.

— Ecoute, je sais que les choses étaient différentes entre Jenna et moi, mais je l'ai embrassée — et même, je suis devenu son amant — alors qu'elle travaillait pour moi. Et la Terre ne s'est pas arrêtée de tourner.

— Tu as pourtant mis ta vie entre parenthèses quelque temps, remarqua Dylan en riant. Tu te souviens du jour où on était venu te rendre visite, alors que…

Liam le fit taire d'une petite tape sur la tête.

— J'essaie de t'aider, là, imbécile !

— Ah bon ? Je dois te dire merci ? fit Dylan en se frottant la tête.

Adam les dévisagea tous les deux en plissant les yeux.

— Tu as eu de la chance avec Jenna. Dans ce genre de situation, la plupart des femmes n'auraient pas réagi comme elle. Elles auraient tenté de tirer profit de la situation.

Regardant Liam, Dylan fronça les sourcils.

— Depuis quand notre frère est-il devenu aussi blasé vis-à-vis des femmes ?

Liam haussa une épaule.

— Trop longtemps. Je me suis toujours dit que quelqu'un avait dû lui briser le cœur.

Adam leva les mains.

— Je vous rappelle que je suis, là, devant vous !

— C'est vrai, concéda Liam. Mais dis-nous, qui t'a donc brisé le cœur ? Est-ce que c'était Liz, à la fac ?

— Non, répondit Dylan, c'est lui qui l'a quittée. Je me souviens avoir parlé avec elle un jour où elle avait téléphoné à la maison, le cœur brisé. Peut-être était-ce plutôt…

— Tais-toi ! ordonna Adam d'une voix autoritaire. Je refuse de discuter de ma vie sentimentale avec vous. Aujourd'hui, le sujet, c'est Dylan.

— En fait, reprit Liam, le sujet du jour, ce sont les décisions de communication et de marketing que nous devons prendre. Et nous avons deux personnes qui nous attendent, si vous le voulez bien.

Il rouvrit la porte et leur fit signe de sortir.

Adam rajusta sa cravate, adressa un dernier regard insistant à Dylan, puis sortit dans le couloir.

— Merci, dit Dylan à Liam.

Celui-ci hocha la tête.

— Fais en sorte de ne pas faire de bêtises. Inutile de nous attirer des problèmes avec la justice.

— Je serai prudent, promit Dylan en emboîtant le pas à ses frères.

Pourtant, s'agissant de Faith Crawford, il savait bien qu'il ne pouvait qu'*espérer* être prudent.

- 6 -

Retirée dans un coin du laboratoire de recherche de Liam, Faith regardait les trois frères Hawke et Jenna examiner sous tous les angles les bouquets sur lesquels elle avait travaillé pendant toute la semaine. Si elle avait eu le trac, le soir où elle avait présenté à Dylan sa première composition, ce n'était rien à côté de l'appréhension qu'elle éprouvait aujourd'hui. Car leur verdict aurait une tout autre importance.

Adam finit par relever la tête.

— Est-ce que tout le monde est prêt à donner son avis ?

Chacun acquiesça, et il reprit :

— J'aime beaucoup le numéro 3. Il est suffisamment sobre pour être assez percutant en termes de communication, tout en mettant bien en valeur l'iris. En plus, il est élégant, ce qui plaira aussi à un public large.

— Entièrement d'accord, approuva Liam. C'est aussi un de mes préférés.

Rapidement, cette composition recueillit l'unanimité. Puis un débat animé eut lieu à propos du second choix. Ils avaient en effet décidé de sélectionner deux compositions.

En écoutant leurs arguments, Faith sentit une certaine excitation monter en elle : tous les quatre exprimaient un tel enthousiasme à propos de son travail… Le bouquet qu'elle pensait avoir le mieux réussi ne fut pas mentionné une seule fois dans la discussion. Mais à écouter leurs arguments, elle comprit que celui-ci était trop chargé pour les affiches du lancement. Comme il était fascinant d'entendre les avis de gens plus expérimentés qu'elle dans la commercialisation de fleurs d'exception… En très peu de temps, elle avait déjà appris énormément.

Une fois les décisions arrêtées, tous la félicitèrent pour son travail. Mais ce furent les compliments de Dylan qui la touchèrent le plus. Elle essayait bien de ne pas croiser son regard en se concentrant sur les commentaires des autres ; elle s'efforçait de dissimuler l'effet qu'il avait sur elle, mais cet homme avait quelque chose de magnétique qui attirait littéralement son regard vers lui. Bien malgré elle.

Assez vite, Adam s'excusa, car il était attendu ailleurs pour une autre réunion, et Liam se tourna vers Dylan.

— Tu es toujours d'accord pour emporter les bouquets au studio de la photographe ?

— Bien sûr, confirma Dylan. Je suis venu ici avec un de nos fourgons réfrigérés. Faith, tu comptais assister aux séances photo ?

Elle sursauta. Elle avait été tellement absorbée par la confection de ses bouquets pour la séance qu'à aucun moment, elle ne s'était posé la question de la suite des événements. A présent, pourtant, elle peinait à contenir son enthousiasme à l'idée de voir ses deux magnifiques bouquets immortalisés.

— Avec plaisir, répondit-elle en réprimant son envie de sauter de joie. Si ça ne dérange personne.

Jenna sourit.

— C'est la moindre des choses : vous avez créé ces magnifiques compositions, il est normal que vous suiviez le processus jusqu'à son terme.

— Dans ce cas, je viens. Je récupère juste mon sac.

Pendant qu'elle rassemblait ses affaires, Liam et Dylan empaquetèrent délicatement les deux bouquets avec quelques fleurs de rechange, et les chargèrent dans le fourgon.

— Qu'est-ce que je fais de ma voiture ? demanda alors Faith.

— Puisque tu habites près du studio, répondit Dylan, je pourrais te déposer chez toi après la séance, puis te ramener ici demain matin à l'heure où tu prends ton service.

Jenna approuva d'un signe de tête.

— Le parking ici est sécurisé, vingt-quatre heures sur vingt-quatre.

— Bon, eh bien, d'accord. Merci.

— Je t'en prie, répondit Dylan en lui ouvrant la portière.

Quand elle effleura le bras de Dylan en montant dans le fourgon, elle sentit une onde de chaleur lui traverser le corps. Dylan soutint son regard un instant, comme pour lui signifier que, lui aussi, il avait ressenti cette décharge électrique. Mais elle préféra feindre l'indifférence en bouclant sa ceinture.

Une fois en route, il se tourna vers elle en souriant.

— Alors, tu n'es pas trop à cran ? Ça n'a pas dû être facile pour toi…

Elle replia ses genoux contre sa poitrine.

— J'avoue avoir eu le trac au moment où vous avez jugé mon travail, mais j'en ai aussi éprouvé une forme d'excitation. Encore merci de m'avoir offert une telle opportunité.

— C'est moi qui te remercie, dit-il en dépassant un break familial. Même Adam a su apprécier ton travail, et pourtant, il est très exigeant.

Elle pensa alors à ces trois frères, qui se ressemblaient tant. Tous étaient grands, aux épaules larges et aux cheveux d'un noir d'ébène. Et pourtant, chacun avait son caractère. Quant à Dylan, il se dégageait de lui… quelque chose en plus. Il avait cette sorte d'énergie, une soif de vivre qui s'exprimait dans chacune de ses paroles, dans chacun de ses gestes.

— J'ai trouvé Adam difficile à cerner.

— C'est tout lui, ça : notre mère appelle cela de la « retenue ». Il n'est pas du genre extraverti…

La curiosité piquée, elle se tourna vers Dylan.

— Même auprès de toi et Liam ?

— Au fil du temps, Liam et moi avons fini par apprendre à lui tirer les vers du nez, expliqua Dylan avec un sourire de conspirateur. Avec des moyens pas forcément orthodoxes…

— Comme quoi ? insista-t-elle, intriguée.

— Oh ! disons que nous savons appuyer sur les boutons sensibles ! dit-il en souriant. Mais nous n'utilisons nos pouvoirs que pour la bonne cause. Et, la plupart du temps, nous arrivons à nos fins !

Elle eut un petit rire.

— Tu vas finir par me faire peur ! Je devrais me méfier quand je suis avec toi…

Il y eut un long silence et l'atmosphère dans l'habitacle se fit plus chargée.

— Ce n'est pas parce que je sais appuyer sur les bons boutons que tu devrais avoir peur de moi, Faith, dit-il enfin.

Elle sentit sa peau s'embraser. Malgré elle, elle s'entendit demander :

— Pourquoi ?

— Parce que quand je suis avec toi, je ne sais plus ce que je fais, répondit-il sans la regarder.

Il fixait la route devant lui, mais elle eut l'impression qu'il lui murmurait ces mots à l'oreille.

— Parfois, j'ai l'impression qu'il te suffirait de claquer des doigts pour que j'enfreigne les règles de mon entreprise…

Elle sentit sa gorge se nouer. Elle était au bord du précipice, mourant d'envie de franchir le pas, de lâcher prise ; mais non, ce n'était que pure folie. Elle déglutit péniblement et s'efforça de prendre ce dernier commentaire à la légère.

— Ne t'en fais pas, je suis nulle en percussions…

Il rit, mais sa voix paraissait tendue, peu naturelle.

— Dans ce cas, je ne risque rien.

Le trajet vers L.A. se poursuivit, et la conversation se fit plus légère. Une fois que Dylan fut garé devant le studio, ils déchargèrent les bouquets empaquetés, puis les quelques fleurs de rechange. La photographe les attendait.

— Entrez, dit-elle en les accueillant. Tout le monde est là.

Dylan se pencha pour chuchoter à l'oreille de Faith :

— Deux collaboratrices du bureau d'Adam, chargées de la communication, doivent nous rejoindre ici.

Une fois à l'intérieur, la séance photo put démarrer. Tout était parfaitement organisé. Dylan présenta Faith aux communicantes de Hawke's Blooms. Puis elle s'installa sur une chaise derrière l'objectif, en s'efforçant de rester discrète.

Contrairement à Dylan, dont les qualités de meneur d'hommes étaient à l'œuvre : de façon à la fois séduisante et décontractée, il maîtrisa parfaitement toute la prise de vue. Faith était captivée. Cet homme avait une telle confiance en lui, un tel charisme… Un tel pouvoir. Il agitait un bras, et tout le monde se suspendait à son regard. Il demandait un coup de main, et plusieurs assistants se précipitaient pour l'aider. Et quand il lui adressa un regard brûlant, elle sentit tout son corps s'embraser.

Une des communicantes, Amanda, vint s'asseoir près d'elle.

— J'ai hâte de voir les photos ! Vous avez fait de l'excellent travail avec vos bouquets.

Faith se sentit rougir, mais Amanda, qui observait le plateau de prise de vue, ne s'en aperçut pas.

— Merci. Moi aussi, j'ai hâte de voir le résultat.

— Vous avez beaucoup de chance de travailler avec Dylan. Toutes les filles du bureau en pincent pour lui…

Faith se crispa.

Amanda savait-elle quelque chose ? Ou prêchait-elle le faux pour savoir le vrai ? La jeune femme ne se montrait pourtant guère pressante. Si elle avait vraiment été à la pêche aux informations, elle aurait sans doute scruté sa réaction.

— Votre service travaille pour Adam, c'est bien cela ? demanda-t-elle d'une voix hésitante.

— Oui, mais ne vous y trompez pas : nous adorons travailler avec Adam. C'est un chouette patron. Mais Dylan... Ce type n'a qu'à lever le petit doigt pour mettre toutes les femmes qu'il veut dans son lit !

De nouveau, Faith sentit ses joues s'empourprer. Oh ! elle n'avait aucun doute quant aux capacités de séduction de Dylan ! Heureusement, Amanda ne semblait pas attendre d'elle une quelconque réponse.

— Je ne sais pas, ça doit être dans sa façon de bouger, reprit la nouvelle amie de Faith. On devine tout de suite que ce doit être un amant hors pair.

Cette fois, Faith crut que son cœur s'arrêtait. Au même instant, Dylan regarda dans leur direction. Il dut percevoir le trouble qui l'envahissait, car il demanda :

— Est-ce que ça va, les filles ?

Les paroles d'Amanda ne quittaient plus son esprit, et elle s'imagina allongée, nue, tout contre Dylan Hawke. Sa gorge s'assécha. Fronçant les sourcils, il s'avança vers elle, et elle comprit alors qu'elle ne lui avait toujours pas répondu.

Prenant sur elle, elle afficha un sourire, puis hocha la tête, avant de se tourner de nouveau vers le plateau de prise de vue. Amanda rejoignit alors sa collègue, et Faith fit de son mieux pour penser à tout, à n'importe quoi, sauf à Dylan. Par chance, plusieurs personnes vinrent la complimenter sur ses bouquets, ce qui l'aida à se changer les idées.

Quand la photographe déclara qu'elle disposait de suffisamment de clichés, ils s'arrêtèrent. Faith avait réussi à ne pas regarder Dylan. Et quand il fut de nouveau devant elle, si grand, si brun, si souriant, elle retint son souffle.

— Tu es prête ? On rentre ?

— Oui, bredouilla-t-elle. Tu es sûr que ça ne te dérange pas de me déposer chez moi ? Je peux appeler un taxi.

— A vrai dire, je me disais que l'on pourrait d'abord fêter le succès de tes compositions.

— C'est-à-dire ? demanda-t-elle d'une voix de plus en plus hésitante.

Car le verbe « fêter » associé à « Dylan » dans une même phrase ne pouvait présager qu'un danger imminent.

— Une bonne bouteille de champagne devrait faire l'affaire.

Elle jeta un regard autour d'eux.

— Ici ?

Après tout, s'ils trinquaient avec toute l'équipe, elle ne risquerait rien.

— Je dois aller déposer les bouquets chez moi, avant qu'un chauffeur vienne récupérer le fourgon : le lancement est encore secret, et je ne peux pas laisser les fleurs n'importe où. Mais il y a un bar en bas de chez moi. On pourrait y commander une bouteille de leur meilleur champagne avant que je te ramène chez toi ?

La proposition semblait tout à fait innocente — il ne lui suggérait pas de monter chez lui, et ils resteraient dans un lieu public. Aucun risque, donc, de se laisser emporter comme ils l'avaient fait lors de leur première soirée à la boutique. Quelle meilleure façon que de terminer cette journée en célébrant l'événement ? Dylan était la personne qui savait le mieux au monde combien le fait d'avoir pu composer ces bouquets et de les avoir vus immortalisés pour une vaste campagne de pub comptait pour elle.

— Avec plaisir, s'entendit-elle répondre.

Ils replacèrent les fleurs dans les cartons, qu'ils rapportèrent dans le fourgon, après avoir salué toute l'équipe. Dylan conduisit jusqu'à chez lui. A peine garé devant l'immeuble, il descendit pour ouvrir le coffre.

— Et si tu allais nous réserver une table pendant que je monte les cartons chez moi ? suggéra-t-il tout en déchargeant. Je n'en ai que pour quelques minutes.

— Bien sûr…

En réalité, elle aurait aimé le suivre pour découvrir à quoi ressemblait son appartement, mais elle savait à quel point ce serait se mettre en danger. Mieux valait se cantonner aux lieux publics.

Il était encore assez tôt, et le bar accueillait principalement des gens qui sortaient du bureau. Les noctambules n'étaient pas encore arrivés. Elle n'eut donc aucune peine à trouver une table. Elle était en train d'étudier la carte des cocktails quand Dylan vint s'asseoir sur la banquette face à elle. Ses pommettes sculpturales et son regard vert pétillant le rendaient plus beau que jamais.

— Tu préférerais un cocktail ? demanda-t-il.

Opter pour un alcool fort alors qu'elle se trouvait seule en tête à tête avec cet homme n'était guère prudent.

— Non, notre succès mérite bien du champagne…

— Tant mieux, parce que je viens d'en commander une bouteille, annonça-t-il avec un sourire radieux.

Et bien entendu, après deux flûtes de champagne, l'effet qu'avait Dylan sur elle ne fit que s'amplifier.

Son téléphone se mit à bipper, et il le sortit de sa poche.

— Eh bien, ça a été rapide ! dit-il en pianotant sur son écran. La photographe vient de m'envoyer les premiers clichés non retouchés.

Faith sentit son cœur s'emballer.

— Je peux voir ?

Il tourna son téléphone vers elle, mais les images étaient

de petite taille, et elle n'arrivait pas à discerner l'iris au milieu des autres fleurs.

— Difficile de se faire une idée, reprit-elle.

Il retourna le combiné et tenta de zoomer sur les images, sans grand résultat.

— On pourrait monter chez moi pour les regarder sur mon ordinateur.

Il avait émis cette suggestion d'un ton léger, sans même lever les yeux de son écran. Et Faith se demanda s'il mesurait les conséquences de son invitation.

— Est-ce bien raisonnable ? demanda-t-elle en croisant les mains sur ses genoux. On s'était mis d'accord sur le fait de rester dans des lieux publics…

Il se raidit, puis leva lentement les yeux vers elle. Elle avait raison. Il n'avait pas réfléchi. Il soupira en haussant les épaules.

— Ne t'en fais pas. Ce n'est que pour quelques minutes. Et puis, nous ne parlerons que de fleurs. Dès qu'on aura terminé, on redescend, et je te raccompagnerai chez toi.

Elle se mordit la lèvre. Elle avait très envie de voir ces photos, et comme le lancement de cette nouvelle fleur se faisait dans le plus grand secret, Dylan ne pourrait les lui transmettre par mail. Autrement dit, elle n'aurait pas d'autre occasion de voir ses bouquets avant la parution des affiches. Après tout, elle arriverait bien à contrôler son attirance pour cet homme quelques minutes. Evidemment qu'elle saurait se tenir !

— Ce serait gentil, merci, finit-elle par répondre.

Elle le suivit à l'extérieur du bar, puis dans son immeuble, jusqu'à une série d'ascenseurs. Ils s'engouffrèrent dans la cabine, et Dylan appuya sur le bouton du dernier étage.

Confinés dans cet espace clos, ils restèrent côte à côte,

en silence, regardant droit devant eux. Elle se demanda si elle n'avait pas commis une erreur. La tension entre eux était palpable.

Elle s'apprêtait à expliquer à Dylan qu'elle avait changé d'avis et qu'elle voulait rentrer chez elle quand les portes se rouvrirent. Il lui fit signe de s'avancer dans le couloir, mais elle hésita.

— Quelque chose ne va pas ? demanda-t-il.

La bouche sèche, elle déglutit.

— Je crois que je ne suis plus si sûre.

— Tu sais, dit-il en empêchant les portes automatiques de se refermer, on a assez souvent été seuls, si on y réfléchit bien. Dans la voiture, dans le fourgon, dans ta salle de travail chez Liam. Et je ne t'ai pas sauté dessus une seule fois…

Sauf qu'à chaque fois, ils se trouvaient en des lieux où quelqu'un pouvait surgir à tout moment. Ils pouvaient être vus de n'importe qui dans les véhicules. Or, là, ils allaient vraiment se retrouver seuls. Le cœur battant la chamade, elle s'humecta les lèvres.

— Si ça peut t'aider, dit-il avec un demi-sourire, je peux te promettre de ne pas te toucher…

Elle lui faisait confiance. Depuis qu'elle l'avait rencontré, il avait toujours tenu parole. Elle finit par hocher la tête. Même si, alors qu'il déverrouillait la porte de son appartement, elle comprit que ce n'était pas de lui qu'elle avait peur… Mais bien d'elle-même.

En poussant la porte de son appartement, Dylan espéra de tout son cœur qu'il réussirait à tenir sa promesse.

— Tu veux quelque chose ? Une boisson ? De l'eau ?

Elle secoua la tête, et il referma la porte derrière elle, avant de traverser le salon jusqu'au bureau. Il alluma l'ordinateur, puis tira une deuxième chaise devant le bureau. Mais elle resta dans l'entrée, immobile, à observer le salon devant elle. Il suivit son regard et tomba sur les compositions florales.

— Tu as vraiment fait du beau travail, déclara-t-il à voix basse en revenant vers elle. Ces bouquets sont magnifiques.

Elle ne broncha pas.

— C'est principalement grâce au travail de Liam, c'est lui qui a créé l'Iris Ruby.

— Non, c'est surtout grâce à toi. Tu oublies quel est mon métier, murmura-t-il en prenant son menton entre ses doigts pour tourner son visage vers lui. J'ai vu des fleurs magnifiques perdre de leur superbe à cause de compositions mal réalisées. Toi, au contraire, tu as su mettre en valeur la beauté incomparable de l'Iris Ruby.

Le regard de Faith s'assombrit, et il s'aperçut qu'il était assez proche d'elle pour pouvoir l'embrasser. De nouveau. Comme il en avait envie… Mais il lui avait fait une promesse. Alors, il serra les poings et recula d'un pas. Avant de s'éclaircir la voix.

— Puisqu'on parle de ton talent, regardons donc ces photos !

Il lui tendit une des deux chaises, puis s'assit à côté d'elle en ouvrant ses mails.

Aussitôt, elle poussa un soupir d'admiration.

— Qu'est-ce que tu en penses ? demanda-t-il.

— J'ai déjà pris mes bouquets en photo, mais là, c'est du vrai travail de pro, répondit-elle d'une voix rêveuse.

— La photographe a bien travaillé aussi, en effet, dit-il en lui passant la souris pour qu'elle puisse faire défiler les clichés à son rythme.

— La lumière est incroyable, dit-elle en parcourant la série. Quant aux angles de vue…

Mais Dylan était bien incapable de se concentrer sur les images. Il était subjugué par Faith. Ses yeux brillaient de larmes qu'elle semblait retenir — de fierté ? de joie ? Quand l'une d'elles roula enfin sur sa joue, il l'essuya doucement d'un revers de main.

Elle chercha son regard, les lèvres entrouvertes.

— Dylan…

Il s'empressa de retirer sa main.

— Désolé. J'avais promis de ne pas te toucher. Et je tiendrai parole.

Elle se mit à respirer plus fort.

— Promis ?

— Oui, promis…

Elle se mordit la lèvre, et sembla réfléchir. Avant de croiser de nouveau son regard.

— Dans ce cas, tu me permets de faire une chose ?

— Tout ce que tu voudras, souffla-t-il.

Elle prit son visage entre ses mains et effleura ses joues rugueuses.

— Je rêve de faire ça depuis le début, mais je savais que si je le faisais, cela provoquerait quelque chose que ni toi ni moi ne voudrions. Mais comme tu as promis… Je voulais juste essayer.

A son contact, il sentit son cœur s'accélérer.

— Faith, articula-t-il à l'agonie. S'il te plaît…

— Juste un petit moment…

Il s'efforça de rester immobile et de se maîtriser. Puis, du bout de son index, elle effleura ses lèvres, et il ne put s'empêcher d'aller à sa rencontre avec sa langue… Elle pressa doucement sa lèvre inférieure, et il referma ses dents sur son doigt. Sans un mot, elle s'humecta la bouche, regardant la sienne, comme pour l'implorer de l'embrasser. Comme il en avait envie, lui aussi…

— Faith, bredouilla-t-il, alors qu'elle descendait ses mains le long de sa gorge. On joue à un jeu dangereux.

— Encore un instant, dit-elle alors que ses mains remontaient maintenant vers sa nuque, pour plonger dans ses cheveux. Depuis le temps que j'en rêve…

Il ne put réprimer un petit gémissement. Elle rêvait de lui ? De le caresser ainsi ?

Le sang bouillonnait au creux de ses veines alors qu'il était gagné par un désir puissant.

— J'ai l'impression qu'il s'est écoulé une éternité depuis notre baiser, poursuivit Faith en ramenant ses paumes le long de son cou, avant de descendre le long de son torse. Et même si je sais que cela ne mènera à rien, je me dis que je mourrais si je ne pouvais pas poser mes mains sur toi… Je veux juste emporter ce souvenir avec moi.

— Faith, tu vas me tuer, articula-t-il péniblement en rejetant la tête en arrière pour ne pas céder à son regard. Mais… raconte-moi plutôt à quoi tu as encore rêvé.

Elle hésita un instant, puis répondit à voix basse :

— J'ai rêvé aussi que tu me touchais.

— J'y ai pensé…

Beaucoup pensé, même. D'ailleurs, il y pensait en cet instant précis. Il y avait quelque chose chez cette femme qui le faisait se sentir plus vivant que jamais.

— Dylan ? chuchota-t-elle.

Sentant son souffle chaud contre son oreille, il crut perdre la tête.

— Oui ? fit-il.

— Comment pourrais-je te faire revenir sur ta promesse ?

Il sentit un frisson le traverser.

— Faith…

— Est-ce que tu poserais tes mains sur moi, si je t'en implorais ? demanda-t-elle en effleurant ses bras.

Il tremblait, mais ne put ni bouger ni répondre. Puis

elle prit son visage entre ses mains et chercha son regard. Il sentit de nouveau son souffle chaud contre ses joues.

— S'il te plaît, susurra-t-elle contre ses lèvres, avant de l'embrasser.

Alors, il perdit tout contrôle.

- 7 -

Faith avait beau se dire qu'elle commettait une imprudence, dès l'instant où les lèvres de Dylan trouvèrent les siennes, elle se laissa aller. Elle avait attendu ce moment depuis la première fois où ils s'étaient embrassés. Elle l'avait attendu, *lui*.

Dylan la prit sur ses genoux, et il glissa sa langue entre ses lèvres. Impossible de retenir le soupir que ce nouveau baiser lui arrachait. Il aurait été illusoire d'essayer… Oh ! elle aurait pu passer une heure entière à énumérer les raisons pour lesquelles ils n'auraient pas dû franchir de nouveau la ligne rouge, mais comme il était bon de se laisser aller…

Elle enfouit ses mains dans les cheveux de Dylan et s'émerveilla de leur douceur. Il l'enlaça, mais cela ne lui suffisait pas… Elle glissa une main fébrile sous sa chemise, puis caressa la fine toison de son torse. Elle le sentit frissonner sous ses doigts.

— Faith, lâcha-t-il en rejetant la tête en arrière.

Elle sentit son excitation monter, et se serra plus étroitement contre lui. Il poussa un râle guttural, puis se redressa un peu pour chercher son regard.

— Je savais que tu causerais ma perte…

Elle sourit et l'embrassa. Ses lèvres brûlantes avaient un goût de champagne. Jamais elle n'avait goûté quoi que ce soit d'aussi délicieux. Au bout d'un moment, elle manqua d'air et s'écarta doucement. Il lui mordilla le lobe de l'oreille. Elle fut parcourue d'une exquise onde de désir. Jamais son corps n'avait désiré un homme aussi fort. Il y avait quelque chose chez Dylan Hawke qui lui faisait pratiquement perdre la tête.

— Si jamais on recommence… ! articula-t-il d'une voix saccadée.

— Oh ! mais on recommence, l'interrompit-elle.

Il sourit contre ses lèvres.

— Dans ce cas, allons nous installer plus confortablement.

Il se leva et l'attira avec lui dans le salon. Puis, sans lâcher ses lèvres, il la guida dans la chambre jusqu'à son lit. Il alluma une petite lampe dont la lueur tamisée se mêla aux derniers rayons du soleil qui filtraient à travers de vastes fenêtres qui surplombaient L.A. Le coucher de soleil était époustouflant, mais l'homme près d'elle l'était plus encore. Impatiente, elle glissa de nouveau ses mains sous sa chemise en coton, se délectant de la douceur ferme de sa peau. Gênée par le vêtement, elle déboutonna sa chemise.

Etouffant un gémissement, il l'étreignit de nouveau, lui empoignant les fesses. Elle sentit son excitation à travers son pantalon, tandis qu'il se pressait contre elle.

Elle s'écarta pour lui retirer sa ceinture, qu'elle laissa tomber sur le parquet.

— On dirait que tu sais te servir de tes mains, et pas seulement pour fabriquer des bouquets, « Faith 63 »…

— Et toi, on dirait que tu es un beau parleur, murmura-t-elle en s'attaquant à sa braguette.

L'instant d'après, le pantalon et le boxer de Dylan étaient à terre. Il continua à la pousser vers le lit, mais elle l'arrêta.

— Laisse-moi te regarder une seconde.

Il hocha doucement la tête, mais ne tarda pas à prendre son visage entre ses mains pour l'embrasser de nouveau à pleine bouche. Elle se pressa contre lui, savourant la chaleur de son corps à travers ses vêtements.

Puis il l'entraîna sur le lit. A califourchon sur lui, elle continua de l'embrasser avec ferveur. Elle sentait son cœur battre si fort qu'elle en avait le vertige.

— Dylan, murmura-t-elle entre deux baisers.

Jamais auparavant elle n'avait désiré un homme à ce point. Jamais elle n'aurait imaginé pouvoir ressentir un désir aussi puissant.

Un par un, il défit les boutons de sa tunique, qu'il fit glisser le long de ses bras, révélant son soutien-gorge rose vif. Du bout des doigts, il suivit le contour des bretelles en dentelle, puis de l'arrondi de ses seins jusqu'à l'endroit où ils disparaissaient sous le tissu.

— Tu es si belle, dit-il dans un souffle. Chaque parcelle de ton corps, Faith, est une œuvre d'art.

Il glissa les doigts sous le fin tissu, les refermant autour de son téton. Elle frémit. Puis il écarta le tissu, tandis qu'elle se cambrait sous cette caresse exquise.

Quand il referma sa bouche autour de son téton, elle frissonna. Ivre de désir, elle remarqua à peine qu'il venait de dégrafer son soutien-gorge.

Cette fois, ils ne s'arrêteraient pas. Ils iraient jusqu'au bout. Après tout ce temps passé à se désirer, à lutter contre la tentation, le fait de se découvrir enfin, peau contre peau, était exaltant.

Ecartant la chemise de Dylan, elle posa sa bouche sur sa peau dénudée. Elle sentit ses muscles se contracter au contact de ses lèvres et de sa langue. L'odeur de sa peau était enivrante.

Il s'allongea, l'entraînant avec lui. Toujours à califourchon, elle s'appuya contre son torse, savourant les caresses de Dylan sur tout son corps.

Partout où il la touchait, sa peau s'embrasait. Et tant pis si elle se brûlait les ailes.

Puis il la fit rouler sur le côté et la plaqua de tout son poids contre le matelas. Il fit alors courir ses lèvres sur ses hanches, retroussant sa jupe pour descendre le long de ses cuisses.

Il glissa les doigts sous sa culotte rose qu'il fit descendre le long de ses jambes, avant de poser doucement une main sur son sexe.

Maintenant cette exquise pression, il chercha son regard, et déposa un délicat baiser sur ses lèvres.

— J'ai l'impression de t'avoir attendue depuis toujours. Je n'arrive pas à croire que tu es enfin là…

— Moi non plus, je n'arrive pas à y croire, murmura-t-elle alors que les battements de son cœur s'accéléraient encore. J'ai l'impression de rêver.

— Tu ne rêves pas, affirma-t-il avec un sourire espiègle. Laisse-moi te montrer combien tout cela est bien réel.

Il disparut brièvement avant de revenir avec un préservatif dont il s'empressa de déchirer l'étui. Retenant son souffle, elle le lui prit des mains et le déroula le long de son sexe dur. Puis elle referma sa main autour de lui, prenant le temps de le découvrir.

Il étouffa un soupir et, bloquant les poignets de Faith, se libéra de son emprise, avant de s'agenouiller entre ses cuisses. Le souffle court, elle l'invita en elle. Doucement. Délicatement. Jusqu'à ce qu'il la comble entièrement.

— Ça va ? demanda-t-il dans un murmure.

Elle sourit.

— Ça va plus que bien.

Il sourit à son tour, avant de commencer un va-et-vient. Elle accompagna chaque coup de reins, sentant le plaisir monter en elle. Il n'y avait plus que Dylan. Qui l'emportait dans un rythme qui lui faisait perdre la raison. Agrippée à lui, elle laissa le monde s'effacer autour d'eux, pour ne plus voir que lui, Dylan, sur elle. En elle.

L'entendre haleter contre son oreille la conduisit au bord de la jouissance. Et quand il lui murmura qu'elle était la plus belle, elle crut défaillir.

Il glissa une main entre ses cuisses, caressant du bout des doigts son clitoris, et elle cria son nom en s'abandonnant à la jouissance. Elle ferma les yeux, éblouie par la puissance du plaisir qui la submergeait. Il poussa un râle et, l'instant d'après, il la rejoignait dans l'extase, avant de se laisser retomber sur elle. Son corps lourd et athlétique la plaquait sur le matelas, comme pour lui rappeler qu'elle était bien sur Terre, malgré son impression d'avoir été transportée sur une autre planète.

Il roula sur le côté et, chuchotant son nom, la prit dans ses bras et la serra tout contre lui. Elle se lova contre lui, en éprouvant un sentiment de douceur et de sécurité inédit.

Faith s'éveilla petit à petit et, en s'étirant, elle ressentit le contentement qui irradiait encore chaque cellule de son corps. Très vite, les images de la nuit lui revinrent à l'esprit. La sensation de la main de Dylan qui lui caressait le visage. Son goût dans sa bouche. Son rugissement quand il avait joui à son tour.

Elle avait fait l'amour avec Dylan.

Et cela avait été magnifique. Et dangereux.

Car avec l'expérience, elle avait appris qu'à chaque moment de bonheur succédait généralement une désillusion. Or, ce qui s'était passé la nuit précédente frôlait le sublime. Et elle redoutait de revenir sur Terre.

Elle ouvrit les yeux, éblouie par la lumière du matin, et aperçut Dylan, allongé tout près d'elle entre les draps blancs. Il était en train de la regarder. Pas moyen de lui échapper. Ni de réfléchir seule à ce qu'ils avaient fait cette nuit.

— Bonjour, dit-il d'une voix encore endormie.

Ses cheveux étaient en désordre, mais son expression paraissait tout à fait lucide. Indéchiffrable, même ?

— Bonjour, répondit-elle en remontant le drap, saisie d'un soudain élan de pudeur.

Cette fois, ils avaient franchi la ligne rouge. Elle avait couché avec son patron.

Haussant un sourcil, il désigna d'un air étonné le drap auquel elle s'agrippait.

— Tu n'as pas oublié que j'ai déjà vu tout ce qu'il y a en dessous ?

Elle fut alors assaillie de souvenirs : elle l'avait séduit, imploré de poser ses mains sur elle. De nouveau, elle sentit sa peau s'embraser : tout ce qui était arrivé était sa faute, et elle devait trouver un moyen de sauver la face.

— Dylan, commença-t-elle en s'agrippant un peu plus à son drap.

Mais il ne la laissa pas continuer.

— Je vais préparer du café, dit-il avec un sourire forcé.

Il se leva. Elle en eut le souffle coupé. Dans la lumière du matin, il se révélait tout aussi impressionnant que dans les lueurs tamisées de la nuit. De nouveau, elle eut une envie irrépressible de poser les mains sur lui. Mais c'était exactement ce qui l'avait plongée dans cette situation. Alors elle prit sur elle et résista.

Il trouva un jean dans son placard, puis l'enfila avec un T-shirt couleur charbon, avant de revenir vers elle.

— La salle de bains est là, si tu veux, ajouta-t-il en lui indiquant une porte à gauche.

— Merci, fit-elle sans desserrer ses doigts crispés sur le drap.

Une douche lui ferait le plus grand bien. Mais, plus que

tout, elle avait besoin de rentrer chez elle. De se retrouver en sécurité. Loin de la tentation. Loin de ces sentiments troublants que Dylan déclenchait en elle.

A peine eut-il quitté la chambre qu'elle se leva d'un bond, ramassa ses vêtements qui jonchaient le sol. Peut-être retrouverait-elle la maîtrise d'elle-même une fois rhabillée ? Elle en doutait…

Car plus le temps passait, plus elle se sentait liée à Dylan. Pourtant, d'expérience, elle savait que ce genre d'attachement ne pouvait durer. Dans sa famille, elle avait appris que peu importait si les gens paraissaient sincères ou non, ils vous laissaient de toute façon tomber dès qu'ils rencontraient quelqu'un d'autre. D'ailleurs, la réputation de séducteur de Dylan n'était plus à faire.

Sa tante lui avait promis de l'aimer et de s'occuper d'elle, mais dès qu'elle s'était retrouvée enceinte, elle l'avait renvoyée, alors âgée de onze ans, chez ses grands-parents, prétendant qu'elle ne se sentait pas capable de s'occuper d'un bébé en même temps que d'une adolescente. Faith ne lui en avait pas voulu. D'ailleurs, elle s'en était même plutôt voulu d'avoir cru que, cette fois, les choses seraient différentes. Elle s'en était voulu d'avoir eu un peu d'espoir.

Or, il n'y avait rien de plus dangereux que l'espoir.

Après ce qu'elle avait ressenti la nuit précédente dans les bras de Dylan, il était clair que si elle se laissait aller à espérer quoi que ce soit avec cet homme, elle s'exposerait à un chagrin d'amour. Car elle s'était autorisée à ressentir trop de choses auprès de lui.

Avec sa réputation, Dylan Hawke était le dernier homme à qui elle pouvait accorder sa confiance. Aussi adorable soit-il avec elle en ce moment, jamais elle se saurait retenir durablement son attention. Alors, mieux valait s'éloigner de lui dès à présent, avant d'avoir à souffrir de son désintérêt. Car, tôt ou tard, il finirait par se lasser.

Elle gagna la cuisine, d'où émanait une délicieuse odeur de café. Une fois qu'elle aurait sa dose de caféine, elle saurait quoi faire.

Dylan était accoudé au comptoir, et pianotait sur le plan de travail. Il semblait au moins aussi confus qu'elle, et c'est ce qui lui donna le courage dont elle avait besoin.

— Je crois qu'il faut que l'on parle, déclara-t-elle d'une voix qu'elle espérait ferme.

Dylan hocha la tête et lui tendit un mug de café.

— Je suis désolé pour cette nuit.

— Si quelqu'un doit s'excuser, c'est plutôt moi, répondit-elle en égarant son regard au fond de sa tasse fumante. Tu as tenu parole plus longtemps que moi.

— Mais j'ai quand même cédé, dit-il en se passant une main sur le visage, très ennuyé.

— Dylan, je n'ai pas envie de distribuer des bons points et des punitions. Allons plutôt de l'avant, dit-elle en venant s'accouder au comptoir face à lui. Pour commencer, je crois que nous avons franchi la ligne rouge.

Il manqua s'étrangler avec son café.

— C'est peu dire…

Au moins, sur ce point, ils étaient d'accord. Mais hormis cela, quelle attitude adopter ? Pourvu qu'ils trouvent une solution… Car déjà, elle avait de nouveau envie de se retrouver entre les draps avec lui.

Nouant les mains autour de son mug, elle fixa le placard au-dessus des épaules de Dylan, puis reprit la parole :

— Transgresser les règles, pour nous, ça devient une habitude.

— Une habitude ? répéta-t-il en toussotant. Tu veux dire une addiction.

— Et comme toute addiction, ce n'est pas sain, nota-t-elle malgré elle. Mais clairement, je ne sais pas quoi faire.

Il lui décocha un sourire espiègle.

— Je crois que c'est le principe même des addictions. Il est difficile de s'en sortir.

Inspirant profondément, elle soutint son regard sans ciller.

— Alors, qu'est-ce que tu penses que l'on devrait faire ?

— Il n'y a qu'une solution : sevrage brutal.

— Ça semble radical.

Et sévère. Rien qu'à y penser, elle sentait son ventre se nouer. Elle imaginait déjà sa réaction la prochaine fois qu'ils se verraient et qu'elle devrait faire abstraction de tout ce qui venait de se passer entre eux.

— Concrètement, ça va se passer comment ?

Il posa son mug vide dans l'évier et garda le silence un long moment. Tourné vers la fenêtre, il regarda dehors. Quand il reprit la parole, il ne se retourna pas.

— Tu travailles encore sur le projet de lancement, donc nous serons amenés à nous croiser lors des réunions de travail ou au labo de Liam. Mais le reste du temps, évitons de nous retrouver seuls tous les deux.

— On a pourtant essayé, jusqu'à présent… Et puis, c'est arrivé quand même.

De toute façon, depuis le premier soir, elle avait compris qu'ils avaient un souci. Et chacun avait tenté de faire attention. Ce qui n'avait pas empêché qu'ils se retrouvent dans le même lit.

Il lui fit face, bras croisés.

— Nouvelles règles du jeu, nouvelles mesures de précaution. Je ne viendrai plus à la boutique de Santa Monica. Si jamais une opportunité se présente, par exemple d'assister ensemble à une séance photo, l'un de nous deux refusera.

— On devient super vigilants, approuva-t-elle d'un hochement de tête.

— Exactement, dit-il en fuyant son regard.

Cette conversation devenait surréaliste. Jamais elle

n'avait éprouvé une telle attirance pour un homme, et pourtant, ils réfléchissaient ensemble à une façon de lutter contre. Car le cœur du problème était bien la tentation.

Et l'espoir était dangereux.

— Donc, reprit-elle dans une tentative désespérée de détendre l'atmosphère, je suppose que discuter en tête à tête dans ta cuisine au petit jour fait partie des situations à éviter ?

— Tu as raison, admit-il avec un petit sourire crispé. Surtout vu la tournure que prennent mes pensées, en te voyant appuyée comme tu l'es à mon comptoir.

Elle s'éloigna aussitôt du comptoir... Ce qui ne fit que la rapprocher de lui. Encore deux petits pas, et elle pourrait à nouveau se retrouver dans ses bras.

Elle se mordit la lèvre. Il avait raison : il n'y avait aucun moyen de rester en tête à tête avec lui sans prendre de risque.

— D'accord, fit-elle en ayant l'impression de signer son arrêt de mort.

Car il était hors de question pour elle de renoncer à son travail chez Hawke's Blooms, ni aux portes qu'il était susceptible de lui ouvrir. Elle ne devrait plus coucher avec son patron.

— Je suis d'accord avec toi.

Elle lui rendit son mug, mais il referma sa main sur la sienne durant un moment qui lui parut une éternité.

— Même si on essaie tous les deux de ne pas recommencer, je tiens à te dire que j'ai apprécié chaque seconde que j'ai pu passer avec toi, « Faith 63 ».

La gorge nouée, elle déglutit péniblement et chercha ses mots.

— Moi aussi, j'ai apprécié tous ces moments...

— Allez, reprit-il d'une voix rauque, je vais te reconduire jusqu'à ta voiture.

Il prit ses clés au bout du comptoir, et elle lui emboîta le pas. En prenant son sac à main, elle se retourna pour jeter un dernier regard sur l'appartement où elle avait entrevu le paradis.

- 8 -

Dylan frappa à la porte de l'appartement de Faith, situé au rez-de-chaussée. Près d'un mois s'était écoulé depuis la nuit qu'elle avait passée chez lui. La nuit où sa vie avait basculé. Depuis, ils s'étaient bien croisés au labo de Liam, ou lors de réunions de préparation du lancement, mais comme ils en étaient convenus, ils n'avaient plus passé une seule seconde en tête à tête. Pourtant, il avait de plus en plus de mal à tenir son engagement.

Car il n'avait pas oublié qu'il lui devait encore un troisième rendez-vous. En tout cas, il était temps pour eux de mettre les choses au clair, et c'est ce qu'il avait décidé de faire aujourd'hui. Car il avait besoin d'aller de l'avant. Or, jusqu'à présent, rien n'avait pu l'aider à oublier Faith et à reprendre le cours normal de sa vie.

La porte de l'appartement s'ouvrit, et il découvrit Faith, vêtue d'un short et d'un T-shirt, sans maquillage, ses boucles folles tombant librement sur ses épaules. Elle était belle à couper le souffle.

— Dylan ? dit-elle d'une voix trahissant sa surprise.

— Désolé de passer à l'improviste. Ça te dérange si j'entre deux minutes ?

Elle hésita, puis ouvrit la porte en grand.

— Pas de souci.

Il entra, découvrant les lieux. La décoration était minimaliste : il n'y avait quasiment pas de meubles. Juste un vieux canapé, une table basse et une télévision. Une pile de magazines professionnels sur les fleurs et un mug vide. Pas de coussins aux couleurs vives pour égayer le canapé, encore moins de tableaux aux murs. Ni bibelots ni collection d'aucune sorte… Bref, cet appartement lui apparut comme l'antithèse même de son occupante.

La cuisine était attenante au séjour, séparée par un simple comptoir. Hormis un grille-pain chromé et un support à couteaux de cuisine, le plan de travail était à l'image du reste du logement : vide, alors qu'il s'était attendu à trouver dans la décoration des traces de la personnalité de Faith.

— Tu veux boire quelque chose ? proposa-t-elle, impassible.

Il secoua la tête en se rappelant la raison de sa visite.

— Non, je ne reste pas longtemps.

— D'ailleurs, on ferait peut-être mieux d'avoir cette conversation dehors, dit-elle en revenant vers la porte d'entrée pour l'attendre devant le petit immeuble.

Les quelques arbustes censés égayer les lieux semblaient aussi dénudés que l'appartement de Faith.

— Il y a un souci avec le lancement ? demanda-t-elle en croisant les bras.

A une semaine du grand jour, les choses s'accéléraient mais, jusque-là, tout se déroulait comme prévu. Cependant, la raison pour laquelle Dylan s'était déplacé ce matin n'était pas tout à fait étrangère au lancement.

Il s'éclaircit la voix.

— Il faut que l'on parle de la vente aux enchères. Et de notre dernier rendez-vous.

Voilà quelque temps que cela lui trottait à l'esprit, mais comme ils ne se voyaient plus qu'au travail, le moment était toujours mal choisi, puisqu'ils n'étaient plus désormais que simples patron et employée.

Faith arracha une feuille d'un buisson et la froissa entre ses mains.

— Je t'ai dit que l'on pouvait oublier ce troisième rendez-vous. J'ai déjà obtenu de cette vente aux enchères plus que je n'espérais, puisque j'ai pu travailler sur le lancement de l'Iris Ruby.

Cela faisait sens, mais lui avait besoin de marquer leur histoire d'un véritable point final.

— Et moi, je t'ai dit que j'honorerai mon engagement. Tu as dépensé une fortune pour que j'examine ton travail, ce que j'ai fait. Mais je veux m'assurer que tu aies l'opportunité d'exprimer la façon dont tu souhaites évoluer au sein de l'entreprise, ajouta-t-il avec un sourire. Et comme nous devons tous les deux assister à la journée de lancement, je me suis dit que nous pourrions y aller ensemble, et que cela serait notre dernier rendez-vous.

Elle prit quelques instants pour répondre.

— Je crois me souvenir que nous devions garder nos distances. D'ailleurs, d'après les règles que nous avons établies tous les deux, tu ne devrais même pas être ici.

— Cela fait presque un mois que nous fonctionnons ainsi, sans incident. Je trouve que l'on s'en sort bien.

Enfin, *elle* s'en sortait bien. Car lui enchaînait les nuits blanches, à rejouer le film de la nuit qu'ils avaient passée ensemble. A se souvenir de la douceur de sa peau, de ses baisers enfiévrés…

Elle, en revanche, paraissait peu affectée. Ce qui l'agaçait au plus haut point.

— Comment imagines-tu les choses, au juste ? demanda-t-elle, perplexe.

— Je viendrai te chercher, comme pour un rendez-vous. Jusqu'à présent, toi et moi avons su partager une même voiture sans souci. Puis nous assisterons au lancement ensemble. On pourra peut-être même danser, mais vu que nous serons entourés d'une multitude de cadres et de collaborateurs de Hawke's Blooms, on ne pourra pas faire de bêtises. Ensuite, je te raccompagnerai chez toi.

— Sur le dernier point, c'est risqué, dit-elle en faisant courir sa main sur une branche près d'elle.

— Bonne remarque, répondit-il en se disant que pour la soirée de lancement, en plus de s'être faits beaux et d'être grisés par l'ambiance, ils allaient probablement boire quelques verres d'alcool. Je réserverai une limousine qui te ramènera chez toi. Ainsi, tu pourras rentrer à l'heure qui te plaira. Seule.

Elle fronça le nez en réfléchissant.

— Bon. Cela me paraît relativement raisonnable. Et après cela, nous serons quittes ?

— On sera quittes, confirma-t-il.

Même si, bien entendu, il allait lui rembourser la somme qu'elle avait dépensée pour les enchères dès la fin de leur troisième soirée. Qu'elle soit ou non d'accord. Car huit mille deux cents dollars, cela représentait une fortune pour une employée avec son salaire.

D'ailleurs, il se devait d'apporter une précision à son invitation pour le lancement :

— J'aimerais aussi que tu me laisses t'offrir une robe pour la soirée de lancement.

— Tu n'as pas à m'acheter mes tenues, Dylan, dit-elle en secouant vigoureusement la tête.

Il s'était attendu à cette réponse ; il se redressa, prêt à lui exposer ses arguments.

— Tu m'as avoué avoir dépensé toutes tes économies pour les enchères, alors si, j'y tiens. Est-ce que cela peut te convaincre, si je promets de ne pas t'acheter un corsage ?

— Dylan, je…

Il l'interrompit.

— Fais-moi plaisir, laisse-moi t'offrir cette robe, honorer

mon troisième rendez-vous, et ensuite, nous redeviendrons simples patron et employée. Pour de bon.

— Tu veux m'emmener faire du shopping ? reprit-elle en haussant un sourcil. Tous les deux, en tête à tête ?

Ce serait une folie. Mais il avait déjà trouvé la parade.

— J'ai réservé une assistante de shopping, qui nous emmènera dans un grand magasin après les horaires d'ouverture. Non seulement, celui-ci sera privatisé rien que pour nous, mais cela nous permettra aussi d'avoir un chaperon.

Elle ne répondit rien, mais il ne comptait pas lâcher prise.

— Allez, Faith, dis oui, s'il te plaît.

— Bon. C'est d'accord, soupira-t-elle.

Tant mieux. D'une certaine façon, il était soulagé d'avoir pu la convaincre. Après cela, il pourrait enfin tourner la page. Pourtant, il se demandait s'il ne se donnait pas simplement l'illusion de reculer… pour mieux sauter.

En se garant sur le parking du grand magasin très chic, Faith poussa un soupir. Elle avait hâte de retrouver Dylan. Plus que de raison. Et cela l'inquiétait.

Elle avait eu tellement de mal à dissimuler son trouble lorsqu'il était venu lui rendre visite chez elle ! S'il ne lui avait pas promis une assistante de shopping pour ce soir, elle n'aurait jamais donné son accord. Cela dit, il lui avait fait cette proposition d'un air relativement détaché… Ce qui ne faisait qu'accroître son trouble.

Peut-être avait-il déjà tourné la page, de son côté ? A cette seule idée, elle sentit son estomac se nouer. Mais les choses seraient sans doute mieux ainsi. Pour lui comme pour elle. Et pourtant… Cela lui donnait une impression de fin du monde.

Soudain, la Porsche de Dylan vint se garer à côté de

sa voiture. Il descendit. Il portait un jean et une chemise blanche — c'était seulement la deuxième fois qu'elle le voyait en jean, la première remontant au lendemain de leur nuit d'amour. Elle s'agrippa à son volant. S'efforça de chasser ce souvenir troublant et de se concentrer sur l'instant présent.

Sauf que l'instant présent se résumait à une vue imprenable sur les fesses de Dylan, moulées dans le denim... Autant dire qu'il y avait mieux pour retrouver la maîtrise de soi.

— Bonsoir, Faith, dit-il en lui ouvrant la portière.

Au son de sa voix, un délicieux frisson la parcourut. Elle descendit du véhicule, et il referma la portière après elle.

— Bonsoir, Dylan, répondit-elle en verrouillant sa voiture. L'assistante est-elle déjà là, ou faut-il l'attendre ?

— Elle doit déjà être à l'intérieur.

— Dans ce cas, ne la laissons pas attendre, reprit Faith en se hâtant vers l'entrée.

Il lui emboîta le pas.

— Tu sais, je te trouve bien plus enthousiaste que je l'avais imaginé.

A vrai dire, elle avait surtout hâte de ne plus être seule avec lui, a fortiori sur un parking mal éclairé. Et puis, s'il avait décidé d'aller de l'avant, inutile de lui laisser entrevoir qu'elle, elle n'arrivait pas à oublier la nuit d'amour qu'ils avaient partagée.

— Plus vite on commencera, plus vite on aura terminé, assura-t-elle en se redressant.

Une femme d'âge moyen, portant un pantalon griffé et affichant un carré droit poivre et sel, leur ouvrit la porte.

— Dylan et Faith ?

— C'est nous, annonça Dylan en lui serrant la main.

— Je suis Julie, reprit-elle en tendant sa main à Faith. Si j'ai bien compris, nous allons nous mettre en quête d'une robe de soirée pour vous, Faith ?

— C'est cela, confirma-t-elle. Il me faut quelque chose d'élégant.

— Parfait, le rayon se trouve par ici ! répondit l'assistante en pivotant sur ses talons.

Faith se tourna alors vers Dylan.

— Tu n'es pas obligé de nous suivre, déclara-t-elle d'un ton léger. Tu vas t'ennuyer à regarder des vêtements féminins.

En fait, la dernière chose dont elle avait envie, c'était d'avoir à essayer des vêtements devant lui.

Il sourit.

— Pas question : je reste pour m'assurer que tu ne t'échappes pas.

— Mais si je te promets de…

— Je reste, Faith… Et tu ferais bien de rattraper Julie.

— Bien sûr, soupira-t-elle.

Elle commençait à le connaître. Et elle savait qu'elle ne gagnerait pas cette bataille. Elle suivit donc Julie jusqu'au rayon robes de soirée, sentant le regard de Dylan posé sur elle.

Quand elle rejoignit Julie, celle-ci agita les bras en direction du rayon.

— Vous aviez déjà quelque chose en tête ? Une idée, une envie, qui pourrait m'aider pour commencer ?

Faith se mordit la lèvre et réfléchit. A vrai dire, elle avait tellement stressé à l'idée de venir ici avec Dylan qu'elle n'avait guère eu le temps de songer à sa tenue.

— Il lui faut quelque chose de lumineux.

— Bien, approuva Julie. Mais encore ?

Dylan se balança sur ses talons.

— Peut-être quelque chose d'un peu original ? Faith est très à son avantage avec des dos nus, mais de toute façon, tout lui va à merveille : vous ne devriez avoir aucun mal à lui trouver la perle rare.

Abasourdie, Faith assista à cet échange sans rien dire. Dylan croisa alors son regard.

— Quoi ? Je t'ai bien observée, moi !

C'était le moins que l'on puisse dire… Soudain, la situation lui parut bien moins innocente qu'il y paraissait.

— Et toi, que prévois-tu de porter pour la soirée de lancement ? demanda-elle en relevant le menton.

— Un costume, sans doute, dit-il en haussant les épaules.

— Avec une chemise blanche et une cravate choisie au hasard dans ton dressing ?

— Probablement.

Elle secoua la tête d'un air faussement déçu.

— C'est un choix convenu.

Il esquissa un demi-sourire.

— Tu trouves ?

— J'ai une idée, lança-t-elle en plantant ses mains sur ses hanches. Tu peux rester et avoir ton mot à dire sur ma tenue, à condition que moi, je puisse aussi choisir tes vêtements pour la soirée.

— Tu changes les règles du jeu ? dit-il en plissant les paupières.

— Exact, fit-elle en se redressant encore. Ça te pose un problème ?

— Pas du tout. Ton avis compte à mes yeux. Marché conclu, répliqua-t-il en se tournant vers Julie. Nous allons aussi prendre le temps de passer au rayon hommes.

Ils passèrent alors une vingtaine de minutes à arpenter les allées du magasin, chacun tendant des tenues à Julie pour les essayer par la suite en cabine. Quand ils eurent terminé, ils avaient dévalisé tous les rayons.

— Voilà, fit Dylan.

Julie hocha la tête.

— Suivez-moi ! dit-elle en les entraînant vers une salle grande comme une petite boutique.

La pièce était circulaire, avec de nombreux miroirs et, au centre, un canapé arrondi. Sur un côté se trouvait un long stand chromé sur lequel étaient posées les robes que Faith avait accepté d'essayer. En face, un stand identique avec les tenues de Dylan. Sur une autre table, un seau à champagne.

Julie alla prendre la bouteille :

— Et si vous commenciez par quelques bulles ?

Faith chercha Dylan du regard. Il haussa un sourcil pour lui laisser le choix. La nuit où ils avaient perdu tout contrôle avait, elle aussi, débuté par un verre de champagne. Or, ce soir, ils avaient un chaperon. Et Faith passait un agréable moment. Elle ne risquait rien à accepter un peu de champagne.

— Avec plaisir, répondit Faith en souriant à Julie.

Julie remplit deux coupes, qu'elle leur tendit.

Dylan s'empressa de trinquer avec elle.

— A cette soirée !

— Santé ! dit-elle avant de tremper ses lèvres dans le vin délicat.

Puis elle tendit son verre à Julie avant de s'engouffrer dans une cabine d'essayage. Il y avait tellement de robes qu'elle ne savait par où commencer.

Elle prit la première sur la pile, en velours bleu électrique et qui descendait jusqu'aux chevilles. Tandis qu'elle remontait la fermeture Eclair, Julie lui demanda :

— Alors ? Comment ça se passe ? Besoin d'un coup de main ?

— Ça ira, merci. La fermeture est sur le côté.

Elle ajusta la robe, puis se regarda dans le miroir. La couleur lui allait à merveille, et la robe en soie la rendait plus élégante qu'elle l'avait imaginé. Quand elle ouvrit la porte, Dylan se figea, sa main suspendue sur son bouton de chemise.

— Splendide ! dit-il au bout d'un instant. Mais ce ne sera pas celle-là…

Faith baissa les yeux sur sa robe.

— Moi, elle me plaît.

— Elle me plaît aussi. Mais ce ne sera pas celle-là…

Elle s'apprêtait à protester quand elle aperçut la pile de robes qui attendaient encore pour essayage. Inutile de se focaliser ainsi sur la première d'une longue série.

— Tourne sur toi-même, et montre-moi ce que tu portes.

Il obtempéra pour qu'elle puisse le regarder. Il avait choisi l'option la plus convenue : une chemise couleur crème, avec un costume noir sur une cravate charbon. Les couleurs lui allaient au teint, mais Faith sourit et déclara :

— Il me plaît, mais ce ne sera pas le bon costume.

Julie se leva d'un bond du canapé.

— Bien, vos choix se précisent ! Tenue suivante… Je replacerai au fur et à mesure en rayon celles que vous éliminez.

Faith prit une autre robe, puis retourna en cabine. Pour les cinq robes suivantes, Dylan la contempla les yeux brillants mais, chaque fois, il déclara qu'il n'était pas convaincu. Si bien qu'à force, Faith se demanda ce qu'il attendait vraiment.

Du coup, elle rejeta à son tour chacun des cinq costumes qu'il essaya. Même si elle le trouvait très beau dans une chemise blanche qui moulait la courbe de ses épaules, elle s'attendait à quelque chose de plus original.

Elle passa la sixième robe, légère comme l'air, d'un vert tendre et nacré qui semblait étinceler à chacun de ses mouvements.

Dylan la contempla, admiratif.

— Voilà qui devient intéressant, murmura-t-il en posant une main sur la manche de la robe. Cette robe te ressemble mieux.

Aussitôt, la chaleur de sa paume à travers le tissu se répandit dans tout son corps.

— Que veux-tu dire ? demanda-t-elle en baissant les yeux sur la robe.

— Laisse-moi plutôt te poser une question qui n'a rien à voir, chuchota-t-il en lui relevant le menton du bout des doigts. Quand tu travailles tes bouquets de fleurs, tu ouvres ton cœur, Faith. Tu associes des branches de pommier à la menthe, et l'Iris Ruby à de jeunes boutons rose pâle… Tu es unique, créative, effervescente… Mais comment se fait-il que ton appartement soit aussi dépouillé, et qu'il ressemble presque à une caserne militaire ?

Elle s'écarta de lui, et réfléchit un instant. Ils s'étaient mis d'accord pour ne pas passer de temps seul à seule… Mais qu'avaient-ils décidé pour ce genre de conversation ? Il serait sans doute plus sage de ne pas trop en dire, pour les mêmes raisons.

— Je n'ai pas vraiment eu le temps de décorer, se contenta-t-elle de répondre avec un haussement d'épaules. Je pense que je n'habite pas là depuis assez longtemps…

— Il y a autre chose, affirma-t-il. Ce ne serait pas plutôt lié à une réticence à prendre racine ? A vouloir demeurer un électron libre ?

Cet homme lisait en elle bien trop facilement. Elle poussa un lourd soupir, et se confia alors à lui comme jamais elle ne s'était confiée à personne.

— Je me souviens d'une chose, quand j'avais neuf ans. Je vivais chez mes grands-parents, et je me sentais enfin chez moi. J'imaginais que je finirais de grandir chez eux, expliqua-t-elle en se remémorant ce sentiment d'espoir qui l'habitait alors. Je découpais dans les magazines des posters de groupes et d'acteurs, comme toutes les gamines de mon âge. C'était une façon de m'approprier les lieux. C'était ma chambre, quoi.

— Je vois, dit-il à voix basse, sans la lâcher de son regard vert profond.

— Je passais un temps dingue à organiser qui serait à côté de qui. J'étais très fière de mon mur, et je pouvais rester des heures allongée sur mon lit, rien qu'à le contempler.

Il laissa courir sa main le long de son dos. Elle était comme hypnotisée.

— Et qu'est devenu ce mur, Faith ?

— Oh ! le mur, il ne lui est rien arrivé, expliqua-t-elle la gorge nouée. Mais mon père a téléphoné un soir, nous annonçant qu'il viendrait me chercher le lendemain matin pour m'emmener au parc d'attractions. Quand on s'est retrouvés dans la voiture, il m'a annoncé qu'il allait ensuite me déposer chez ma mère. Qu'elle voulait avoir une deuxième chance.

Elle sentit Dylan se crisper, mais sa voix demeura calme.

— Et tes affaires ?

— Mes grands-parents avaient rassemblé mes vêtements dans une valise — je n'avais pas grand-chose — pendant mon petit déjeuner, précisa-t-elle en se remémorant la sensation de trahison qu'elle avait éprouvée. D'un côté, j'étais heureuse de savoir que ma mère me voulait auprès d'elle... Mais je pensais aussi à mon mur, et à ce « chez moi » que j'avais réussi à me construire.

— Oh ! ma chérie ! soupira-t-il. Et on t'a arrachée à cela...

— Après cela, je n'ai plus jamais décoré un seul mur. Et quand je suis retournée vivre chez mes grands-parents — quand ma tante m'a laissée tomber à l'époque où j'avais onze ans —, j'ai arraché tous les anciens posters de ma chambre et je les ai mis à la poubelle.

Même après toutes ces années, le souvenir était encore douloureux.

— Viens là, murmura Dylan en la prenant dans ses bras.

Elle se laissa enlacer, immobile.

— Ne t'en fais pas, je vais bien.

— Je sais, dit-il à voix basse. Mais tu mérites quand même un câlin.

Ses mots la réconfortèrent malgré tout, et elle s'appuya un instant contre son torse large et puissant. Puis elle eut un petit rire : évidemment qu'il la réconfortait, puisqu'il était un séducteur patenté.

— Qu'est-ce qui te fait rire ? demanda-t-il en inclinant son visage vers le sien.

— On m'avait bien prévenue de la facilité avec laquelle tu savais dire aux gens ce qu'ils avaient envie d'entendre, dit-elle en ravalant son sourire pour faire un pas en arrière.

— Qui t'a raconté une chose pareille ? demanda-t-il en haussant un sourcil.

Ravie d'avoir su le surprendre, elle haussa une épaule d'un air innocent.

— Une employée d'Adam, pendant la séance photo. Elle m'a aussi expliqué que toutes les femmes du bureau d'Adam en pinçaient pour toi.

— C'est vrai ? s'étonna-t-il avec un sourire.

Elle lui donna une petite tape sur l'épaule.

— C'est vrai. Elle m'a aussi dit que tu n'avais qu'à claquer des doigts pour mettre une femme dans ton lit !

Il la déshabilla du regard.

— Tu as de la chance, je n'ai jamais été un grand percussionniste.

— Je ne pense pas que cela soit un frein à tes capacités de séduction, rétorqua-t-elle un peu vite.

Son regard vert s'assombrit, et une lueur prometteuse se mit à briller au fond de ses yeux.

— Il n'y a qu'une chose qui m'empêche d'essayer, là, maintenant.

Elle déglutit.

— Notre assistante shopping ?

— Oh ! non, rien de plus facile que de s'en accommoder ! dit-il en jouant du bout des doigts avec l'encolure de sa robe.

Aussitôt, elle sentit son sang s'échauffer.

Et dire qu'elle s'était crue protégée par ce chaperon…

— Alors, de quoi s'agit-il ?

Il se rapprocha, et elle sentit sa chaleur l'envahir.

— Nous avions pris une décision. Dans ma cuisine.

— Oui, balbutia-t-elle en s'humectant les lèvres.

— Et rien n'a changé dans ce qui nous a obligés à prendre cette décision, poursuivit-il sans la quitter du regard.

Il l'embrassa alors juste en dessous de son lobe d'oreille.

Il fallut à Faith plusieurs battements de cœur pour se souvenir du sujet de leur conversation, car les lèvres expertes de Dylan s'appliquaient à irradier sa peau de leur magie.

— En effet, murmura-t-elle en nouant ses mains autour de son cou.

Il déposa un baiser sur le coin de sa bouche, effleurant ensuite délicatement ses lèvres avec les siennes.

— Donc, je ne vais pas essayer de claquer des doigts pour toi… Je ne vais rien essayer du tout.

Ivre de désir, elle entrouvrit les lèvres pour capturer les siennes. Et il ne se fit pas prier pour l'embrasser. Une fois. Deux fois…

— Dans ce cas, pourquoi ce nouveau baiser ? bredouilla-t-elle, s'accrochant au peu de lucidité qu'il lui restait.

Il s'écarta doucement d'elle, pour la dévisager, le regard embué de désir. Déjà, le contact de sa peau brûlante lui manquait, alors qu'il n'était qu'à quelques centimètres d'elle.

— Tu as une réponse illogique à cela ?

— Plusieurs, affirma-t-il avec un sourire radieux. A commencer par cette robe que tu portes.

— Tu n'es pas mal, toi non plus, dit-elle en désignant

sa chemise couleur lavande et la cravate argentée que Julie avait trouvées. En parlant de vêtements, où est passée Julie ?

— Elle s'est éclipsée de la pièce dès l'instant où j'ai commencé à frôler les manches de ta robe.

Faith cilla.

— Elle est partie depuis tout ce temps ? Elle a dû s'ennuyer.

— Je lui offrirai une prime en remerciement de sa discrétion. Elle la mérite, dit-il avant de déposer un nouveau baiser sur sa joue. Ce dernier mois a été long et difficile, ajouta-t-il.

Ah, pour lui aussi ?

— Je croyais être la seule à l'avoir trouvé si long…

— Et pourquoi ? demanda-t-il à voix basse.

Jusqu'à quel point était-elle prête à lui ouvrir son cœur ? Elle se mordit la lèvre. De toute façon, à quoi bon continuer à jouer la comédie ?

— Tu avais l'air tellement distant quand tu es passé me voir chez moi, alors que moi, j'étais au bord de la crise de nerfs, tellement j'avais envie de toi.

Il haussa un sourcil.

— Je me suis dit exactement la même chose. Tu semblais impassible, alors que j'avais du mal à ne pas me jeter sur toi. En fait, ça m'a agacé de te voir aussi calme.

— Tu n'as rien compris, murmura-t-elle en promenant ses mains sur le revers de son veston. En fait, je me suis même dit que tu avais tourné la page.

Il éclata de rire.

— Je n'ai même pas été capable de poser les yeux sur une autre femme depuis notre première soirée à la boutique de Santa Monica.

L'espace d'un long moment, elle se dit qu'avec Dylan, les choses étaient vraiment agréables. Or, comme chaque fois au cours de sa vie, cela ne pouvait pas durer. Car la vie finissait toujours par lui arracher les quelques espoirs de bonheur qu'elle pouvait avoir. Et si jamais elle s'habituait à la présence de Dylan, elle allait souffrir d'autant plus une fois que tout serait fini.

— Pareil pour moi, admit-elle, mais nous en avons déjà parlé. Et le fait de se retrouver en tête à tête comme maintenant ne nous aide pas.

Il soupira, puis recula d'un pas.

— Tu as raison, lâcha-t-il en baissant les yeux avant de se passer une main dans les cheveux. Je vais chercher Julie.

- 9 -

Le soir du lancement, en proie à une impatience mêlée d'appréhension, Faith prit place dans la limousine au côté de Dylan. Le seul fait de sortir au bras de cet homme lui donnait l'impression d'être au bord d'un précipice… luttant à chaque instant pour ne pas basculer dans le vide.

Dylan se tourna vers elle et serra sa main dans la sienne.

— Je t'ai dit que tu étais magnifique ?

— Deux fois, répondit-elle en souriant. Mais tu peux le répéter.

Le chauffeur se gara à quelques mètres de l'hôtel.

— Apparemment, je dois vous déposer ici pour vous permettre de remonter le tapis rouge, expliqua l'homme.

— Le tapis rouge ? répéta Faith en cherchant le regard de Dylan.

— Après le succès du lancement du Lys de Minuit, et depuis que Jenna a révélé qu'elle était la princesse du Larsland, de nombreuses célébrités ont tenu à assister à cette nouvelle soirée.

Soudain, une question traversa l'esprit de Faith.

— N'est-il pas gênant pour toi d'être vu au bras d'une employée sur le tapis rouge ?

— Pas du tout, assura-t-il en lui caressant le poignet. Il est tout à fait naturel que j'accompagne la fleuriste qui a créé les compositions florales présentées ce soir.

Vues ainsi, les choses paraissaient crédibles. Soulagée, elle sourit.

Le chauffeur ouvrit la portière, et elle descendit du véhicule, balayant les lieux du regard. Des paparazzi étaient postés dans les rues, aux côtés de nombreux badauds espérant sans doute apercevoir des visages célèbres. Jamais elle n'avait connu une telle ambiance. Tout cela était intimidant.

Dylan passa alors un bras sous le sien, et lui tapota gentiment la main. Son vertige disparut, et elle se ressaisit.

— Je ne sais pas comment Jenna a pu s'habituer à cette vie, lui chuchota-t-elle à l'oreille.

— Oh ! on ne s'habitue pas ! expliqua-t-il. Jenna passe le plus clair de son temps auprès de Meg, Bonnie et Liam.

Faith imagina la petite famille au complet : cette stabilité, cet amour… Sauf que, soudain, il ne s'agissait plus de la famille de Jenna… Mais de Dylan, entouré d'enfants qui avaient les mêmes cheveux roux qu'elle, les mêmes yeux bleus. L'image était si parfaite, si inaccessible, qu'elle sentit son cœur se serrer.

— Dylan, une déclaration ? demanda une voix quand ils atteignirent le tapis rouge.

Avec un sourire radieux, Dylan salua d'un signe de main, puis se pencha vers l'oreille dc Faith.

— Ebony travaille pour une émission matinale sur une chaîne locale. Ils ont parfois une rubrique jardinage, et j'avais évoqué avec eux la possibilité d'une collaboration. Je dois aller lui parler. Est-ce que tu… Ah ! Adam, te voilà ! Je dois faire un peu de relations publiques, tu veux bien accompagner Faith à l'intérieur ? Tu n'as pas de cavalière, je crois ?

Adam adressa un sourire à Faith avant de hocher la tête en direction de son frère.

— Bien sûr.

Adam glissa alors son bras sous le sien et la conduisit

à l'intérieur de l'hôtel. Ils échangèrent quelques banalités, mais une fois entrés, il lui lâcha le bras, lui demandant :

— Je peux vous parler d'une chose, en privé ?

Elle faillit prendre ses jambes à son cou en découvrant son visage soudain très solennel. Manifestement, il avait quelque chose en tête. Or, Adam était le PDG de la firme Hawke's Blooms Enterprises, qui englobait la ferme horticole, les boutiques, les marchés aux fleurs et la section recherche et développement. Hiérarchiquement, il se situait au-dessus de Dylan.

— Bien entendu, répondit-elle en acquiesçant poliment.

Il regarda autour d'eux, puis l'entraîna vers une porte sur laquelle il était affiché « Réservé au personnel », et qui semblait être celle d'un bureau.

Quand il se retourna vers elle, son regard était glacial.

— Je me dois de vous poser cette question : qu'attendez-vous de votre relation avec mon frère ?

Elle sentit son sang se figer à l'idée de voir sa morale ainsi mise en question. Mais, croisant les bras, elle soutint son regard.

— Généralement, qu'attend une femme quand elle se lance dans une histoire avec un homme ? répliqua-t-elle d'un ton sarcastique.

Nullement déstabilisé, il répondit :

— De l'argent, une promotion, le prestige, l'accès à des opportunités, ou un prétexte pour faire un procès… Ou encore toutes sortes de chantages… Que sais-je, la liste est infinie.

Elle toussota en riant, plus abasourdie qu'insultée par le cynisme dont il faisait preuve.

— Inutile de poursuivre…

— Si vous espérez vous servir de cette relation entre vous et mon frère pour votre avancement personnel, les choses vont mal se terminer pour vous.

Longuement, elle dévisagea Adam. Physiquement, il ressemblait énormément à Dylan. Et pourtant, tous deux étaient très différents. Jamais elle n'avait vu Dylan avec une expression aussi froide, aussi dure. Le vert des yeux d'Adam était aussi glacial que l'Arctique, alors que celui des yeux de Dylan pétillait de vie, d'énergie. A n'en pas douter, Dylan était un chic type, et elle ne comptait pas se laisser intimider par son frère.

Plissant les yeux, elle pointa l'index vers son torse.

— Vous êtes toujours aussi méfiant à l'égard des gens ?

Soudain, il parut moins sûr de lui.

— J'ai pu constater que cela était parfois nécessaire.

— Dans ce cas, laissez-moi vous rassurer, dit-elle en reculant d'un pas avant de croiser les bras de nouveau. Hawke's Blooms a fait preuve d'une grande bienveillance à mon égard. Je ne ferai jamais rien susceptible de nuire à l'entreprise. Quant à Dylan ? C'est un homme bien. Je ne ferais jamais rien qui puisse le blesser, et si quelqu'un lui voulait du mal, il aurait d'abord affaire à moi.

Pris de court, Adam fronça les sourcils.

— Vous envisagez donc un avenir avec lui ?

— A vrai dire, non. Mais j'ai une question pour vous… Est-ce que vous vous inquiétez vraiment pour votre société ? Ne cherchez-vous pas plutôt à protéger votre petit frère ?

Adam s'apprêtait à répondre, mais il hésita, se rembrunit, et garda le silence. Avant qu'il ait trouvé un argument, Dylan entra en trombe dans la pièce.

— Mais qu'est-ce qui se passe ici ? demanda-t-il d'une voix maîtrisée, malgré le regard assassin qu'il lança à son frère.

— J'essayais juste de…

Mais Faith s'interposa entre les deux frères.

— Ton frère tenait seulement à connaître mes intentions. Il se trouve qu'il s'inquiète de me voir traîner votre entreprise en justice. A moins que vous ne craigniez surtout un chantage ? demanda-t-elle en allant rejoindre Dylan avant d'offrir son sourire le plus radieux à Adam.

Le visage de Dylan vira au rouge.

— Qu'est-ce que tu es allé lui raconter ?

Adam leva les mains en signe de reddition.

— J'étais inquiet.

— Adam, sors de cette pièce ! ordonna Dylan. Tout de suite !

— D'accord, si tu y tiens, dit Adam le regard sombre, avant de se diriger vers la porte. Ecoute, je suis désolé si…

— Ce n'est pas le moment, le coupa Dylan d'une voix tendue en serrant les poings.

— Comme tu voudras, maugréa Adam avant de disparaître pour de bon.

Dylan claqua la porte derrière lui, puis se tourna vers Faith en soupirant.

— Je n'arrive pas à croire qu'il t'ait fait ça ! Je m'excuse pour lui, même si cela ne suffit pas.

Il paraissait si tendu qu'elle posa la main sur son bras pour le réconforter.

— Il n'y a pas de mal. Je sais me défendre.

Il esquissa un demi-sourire.

— A vrai dire, quand j'ai ouvert la porte, il avait l'air un peu décontenancé.

— Tant mieux, dit-elle, satisfaite d'avoir pu se défendre seule. Tu sais, je crois qu'il s'inquiète au sujet de nous en tant que grand frère, et non en tant que PDG.

Dylan plissa le front.

— Comment ça ?

— Il veut te protéger, expliqua-t-elle en sentant la chaleur du bras de Dylan à travers la manche de son costume.

Et comme chaque fois qu'elle se trouvait auprès de lui, elle sentit un désir puissant la gagner.

Il soupira, exaspéré.

— Il ferait mieux de s'inquiéter de lui-même.

— Pourquoi ? demanda-t-elle, intéressée par les relations complexes entre les trois frères.

— Je ne me souviens plus de la dernière fois où je l'ai vu au bras d'une femme. Ou avec une femme qui le faisait sourire. Je ne sais pas pourquoi il se croit en position de régenter la vie amoureuse de tout le monde.

Elle sentit sa gorge s'assécher, et déglutit péniblement, avant de retrouver sa voix.

— Toi et moi n'avons pas de vie amoureuse. Nous avons même déployé de nombreux efforts pour l'éviter.

— C'est vrai, dit-il d'un air chagriné. Ce qui ne m'empêche pas de continuer à trouver que cette robe te va à ravir.

Elle baissa les yeux sur sa robe d'un vert chatoyant.

— Encore merci. C'est un très beau cadeau… Et moi, je trouve que ce costume te va à merveille, ajouta-t-elle bien malgré elle.

Une lueur passa dans le regard de Dylan.

— Quelqu'un qui a beaucoup de goût l'a choisi pour moi.

Elle promena une main sur le devant de sa chemise en se rappelant la toison sur son torse, juste en dessous.

— Si on doit quitter cette pièce, reprit-il d'une voix saccadée, autant le faire tout de suite.

Elle laissa retomber sa main et recula.

— Je crois que tu as raison.

Il ouvrit la porte et lui fit signe de passer devant lui, puis ils gagnèrent la salle de réception.

Dylan balaya du regard la foule des invités qui s'étaient pressés à la soirée de lancement organisée par Hawke's Blooms. Il était toujours en colère contre Adam, mais s'efforçait de ne pas trop se laisser affecter. Ce qu'il voulait, c'était que Faith passe une soirée mémorable. Pas question de laisser son frère lui gâcher ce plaisir.

Faith avait acheté trois rendez-vous avec lui lors de la vente aux enchères. Elle avait passé leur première soirée à confectionner un bouquet à la boutique de Santa Monica, et leur deuxième rendez-vous à travailler à des compositions florales dans le laboratoire de recherche de Liam. Etait-ce trop demander que de lui offrir un troisième rendez-vous où elle passerait un peu de bon temps, sans que son idiot de frère s'en mêle ?

Il se tourna vers Faith et l'attira un peu plus contre lui alors qu'ils se faufilaient parmi les convives. Ils furent arrêtés par plusieurs collaborateurs de Dylan, et ce dernier ne manquait pas chaque fois de la présenter comme la fleuriste qui avait composé tous les bouquets ornant la salle de réception pour la soirée. Les invités ne tarissaient alors pas d'éloges sur son travail, et même si elle ne répondait rien, il éprouvait une certaine fierté à présenter son travail. En son for intérieur, il souriait. Il savait qu'en cet instant, ils ressentaient la même chose.

— Merci, murmura-t-elle à son oreille alors qu'ils s'éloignaient d'une énième personne la complimentant sur son travail.

Il se délecta un instant de la chaleur de son souffle contre sa nuque, avant de lui demander :

— Merci ? Mais de quoi ?

— Je t'avais expliqué que mon rêve, c'était de créer des compositions qui pourraient être appréciées du plus grand nombre. Pour donner de la joie à une grande échelle, ajouta-t-elle en s'humectant les lèvres. Et tu m'as permis de réaliser ce rêve.

Il sentit son cœur s'emballer en découvrant la lueur

qui pétillait au fond de ses yeux. Mais il devait mettre les choses au clair.

— Non. C'est toi qui as tout fait. Moi, je me suis contenté de te permettre de présenter tes idées pour l'Iris Ruby à Jenna et à mes frères, mais c'est toi, et toi seule qui les a impressionnés.

— Comme tu viens de le dire, c'est toi qui as fait en sorte que je puisse leur présenter mon travail, insista-t-elle.

— Ah ! mais tu as été suffisamment inventive dans ton approche pour participer à la vente aux enchères et attirer mon attention ! dit-il en lui souriant. Tu es vraiment unique en ton genre, Faith.

La mère de Dylan s'avança vers lui, un verre de vin à la main.

— Dylan, te voilà ! Je te cherchais partout…

Il se pencha vers elle pour lui embrasser la joue.

— Tu avais besoin de quelque chose ?

— Juste te faire un petit coucou. Adam m'a suggéré d'un air mystérieux de m'assurer que tu allais bien. Que s'est-il passé ?

Dylan eut un sourire forcé. Il n'avait pas envie d'en discuter avec sa mère.

— C'est juste mon grand frère qui fait le malin.

— Ne sois pas dur avec lui, reprit sa mère avec indulgence. Il n'a jamais agi autrement qu'avec bon cœur.

Dylan ne dit rien, laissant son silence parler pour lui.

— Bon d'accord, reprit sa mère en riant. Parfois, il peut aller un peu trop loin. Et maintenant, présente-moi donc à Faith. Jenna m'a déjà dit tellement du bien de votre travail !

Il se tourna vers sa cavalière d'un soir.

— Faith, je te présente ma mère. Maman, voici Faith Crawford.

En souriant, Faith lui tendit la main.

— Ravie de vous rencontrer, madame Hawke.

— Tout le plaisir est pour moi. Mais appelez-moi donc Andrea, insista-t-elle en lui serrant la main. Vos bouquets sont splendides. Vous avez fait de vrais petits miracles.

Les deux femmes se tournèrent vers une composition toute proche, et Faith sourit.

— Je vous remercie. J'ai terminé ces versions définitives ce matin, au labo de Liam : c'est la première fois que je peux les contempler sous les lumières de la salle de réception.

Les petits cristaux qu'elle avait insérés entre les fleurs réfléchissaient la lumière de la salle, créant une multitude de rayons lumineux au plafond. Tous les convives commentaient, admiratifs, cet effet d'optique.

— Oh ! j'allais oublier ! reprit la mère de Dylan en se retournant vers lui. Jenna te cherche. Elle voudrait te présenter un journaliste avant que tu montes sur scène. Va la retrouver ; pendant ce temps, je tiendrai compagnie à Faith.

Sans vraiment savoir pourquoi, Dylan n'était pas à l'aise à l'idée de laisser les deux femmes en tête à tête. Il chercha le regard de Faith, qui lui tapota le bras.

— Vas-y. Ne t'en fais pas pour moi.

Alors, il lui lâcha le bras et se fraya un chemin à travers la foule d'invités. Et ne s'autorisa à regarder qu'une seule fois derrière lui.

Avec un pincement au cœur, Faith regarda Dylan s'éloigner. Le même qu'elle éprouvait chaque fois qu'il partait.

Il se faisait régulièrement interpeller par des femmes : certaines le prenaient par le bras, d'autres se plaçaient sur son chemin. Même de loin, elle voyait comment il usait de son charme pour se débarrasser des importunes et continuer d'avancer.

— Dylan a toujours été très sociable, déclara Andrea à côté d'elle. Les gens l'aiment beaucoup.

— En effet, admit Faith en se tournant vers elle avec un sourire poli. Il est très apprécié.

— Ce qui est intéressant, c'est que ses frères sont plus faciles à cerner. Dylan a beau se montrer plus ouvert qu'eux, il ne se livre pas facilement. Car derrière cette façade avenante, il cache beaucoup de choses.

Faith repensa aux conversations qu'elle avait pu avoir avec lui, et à la part d'ombre qu'il lui avait révélée.

— Vous avez raison.

— Pourtant, avec vous, je le trouve différent, ajouta Andrea d'un ton nonchalant entre deux gorgées de vin.

A cet instant, Faith eut des papillons dans le ventre. Cela avait commencé par Adam… Et voilà que sa mère s'y mettait aussi : la famille de Dylan avait donc le chic pour venir à la pêche aux informations ?

— Vous ne l'avez vu à mes côtés qu'une dizaine de secondes, nota Faith d'une voix aussi détachée que celle de son interlocutrice.

Andrea balaya son objection d'un revers de la main.

— Une mère sait lire entre les lignes. Et puis, je connais mon fils : il n'a pas le même visage quand il parle de vous.

— Il vous a parlé de moi ? lança Faith, étonnée, sans réfléchir.

Andrea sourit.

— Il a mentionné votre nom à plusieurs reprises quand il m'a parlé du lancement, et de votre travail sur l'Iris Ruby.

Dans le regard d'Andrea, Faith percevait clairement une forme d'impatience, d'excitation à l'idée que son fils avait peut-être trouvé la bonne personne. Mais Faith n'était pas cette bonne personne. Et cela lui faisait du mal de l'admettre.

Inspirant profondément, elle pesa ses mots avec soin afin d'éviter tout malentendu.

— Je me sens obligée de vous préciser qu'il ne se passera rien entre Dylan et moi…

— Hum… C'est amusant, je me souviens clairement avoir entendu la même chose au sujet de Liam et Jenna il y a quelque temps, remarqua Andrea d'un air peu convaincu. Est-ce parce que vous travaillez pour lui ?

— Oui, en partie. Mais pas seulement.

Une femme ayant fondé une famille unie et aimante pourrait-elle seulement comprendre ses réserves concernant sa vie sentimentale ? De toute façon, il s'agissait là de la mère de Dylan, et c'était plutôt à lui de partager avec elle s'il le souhaitait les développements de sa vie amoureuse.

— Bon, je n'insisterai pas, reprit Andrea en regardant la scène sur laquelle les techniciens opéraient les derniers réglages de micros. Je crois que les discours vont commencer.

Faith se tourna vers la scène, et trouva facilement Dylan parmi les intervenants. Il croisa son regard et esquissa un sourire. Mais il se retourna vers Jenna qui lui tapotait l'épaule.

— Evidemment, il n'y a rien entre vous, lui murmura alors Andrea à l'oreille.

Faith se mordit la lèvre pour effacer son sourire et regarda droit devant elle. Jenna commença par souhaiter la bienvenue à tous les convives, puis retraça les différentes étapes ayant mené à la création de la nouvelle fleur. Puis Liam prit le micro, pour expliquer le processus d'innovation ayant permis la création de l'Iris Ruby. Il tendit ensuite le micro à Dylan.

Il se tenait bien droit, sûr de lui, au centre de la scène.

Faith était subjuguée. Très naturel, il souriait au public avec un air de conspirateur, comme s'il s'apprêtait à livrer un important secret.

— Bonsoir à tous, commença-t-il en souriant plus largement encore. Je suis Dylan Hawke, et j'aimerais vous dire quelques mots au nom des magasins Hawke's Blooms. Nous sommes impatients de pouvoir travailler avec cette nouvelle fleur, et nous pensons que nos clients seront ravis de la découvrir dans leurs bouquets. Je sais que nos fleuristes sauront créer des compositions florales à votre goût !

Il fit quelques pas sur la scène, comme pour s'assurer que le regard de chaque convive était rivé sur lui.

— Je tiens à remercier tous ceux qui ont joué un rôle, de près ou de loin, dans le lancement de l'Iris Ruby, et plus particulièrement une de nos fleuristes, Faith Crawford, pour tout le travail qu'elle a accompli, dans l'ombre. C'est elle qui a élaboré ces magnifiques bouquets qui ornent notre salle de réception ce soir. Faith, veux-tu nous rejoindre ici un instant ?

Il lui fit signe d'approcher sous une salve d'applaudissements.

Le cœur de Faith se mit à tambouriner dans sa poitrine. Elle ne s'attendait pas à cela, même si le fait qu'il ait pensé à la mentionner la touchait beaucoup. Andrea lui donna un petit coup de coude, et elle se fraya alors un passage à travers la foule jusqu'aux marches qui menaient à la petite scène. Dylan lui tendit la main pour l'aider à monter, avant de l'applaudir à son tour devant tous.

Faith balaya la foule du regard. La majorité des visages lui étaient inconnus, mais tous ces gens lui souriaient avec bienveillance. Ils appréciaient son travail. Elle avait franchi une nouvelle étape dans sa carrière : elle avait réussi à toucher un vaste public avec ses créations. Elle avait fait naître des sourires sur des visages…

Croisant le regard de Dylan, elle murmura du bout des lèvres un « merci », auquel il répondit par un sourire espiègle. Au même moment, Jenna reprit le micro pour remercier à nouveau tous les convives de leur présence, et clore le discours. Au passage, elle tapota le bras de Faith alors que la musique retentissait de nouveau. Tout le monde quitta la scène pour rejoindre la salle de réception. Faith avait l'impression d'être dans un rêve, et quand Dylan lui chuchota à l'oreille : « On danse ? », elle n'hésita pas.

Il lui prit la main, et l'entraîna vers la petite piste de danse, où quelques couples se déhanchaient déjà. Puis Dylan la prit dans ses bras. Son parfum frais l'enveloppa tout entière : elle n'aspirait à rien d'autre qu'à se lover contre lui, se perdre dans sa chaleur. Arriverait-elle à le considérer un jour comme un homme comme les autres ? Ou bien lui ferait-il toujours cet effet ?

Elle devait se ressaisir. Trouver un sujet de conversation.

— Ça s'est bien passé avec le journaliste ?

— Il travaille pour la même émission que sa collègue que nous avons vue dehors. J'ai rendez-vous avec eux demain, alors tu n'auras qu'à croiser les doigts pour moi !

— Je le ferai, assura-t-elle, persuadée qu'il n'avait pas besoin qu'on lui souhaite bonne chance.

Cet homme transformait en or tout ce qu'il touchait… Sauf elle, qui se sentait toujours fondre à son contact.

Il laissa courir sa main dans son dos.

— Est-ce qu'on a vraiment le droit de faire ça ?

— Il s'agit de notre rendez-vous, Faith. Du dernier. On a bien le droit de danser, non ? demanda-t-il en la serrant un peu plus contre lui. Et puis, il y a des centaines de gens ici, ce soir. On ne risque rien.

— Moi, je me sens en danger…

Et c'était peu dire.

— J'avoue que tu as de la chance d'avoir une limousine qui attend dehors pour te ramener chez toi, dit-il d'une voix suave. Car je ne pense pas être capable de te raccompagner devant ta porte en te souhaitant sagement bonne nuit.

Elle-même s'imaginait mal le laisser sur son perron. D'ailleurs, elle voyait mal comment elle arriverait à le laisser ici pour rejoindre, seule, la limousine.

— En parlant de limousine, reprit-elle en s'humectant les lèvres. Je pense qu'il est temps pour moi de rentrer.

— Tout de suite ? demanda-t-il en s'immobilisant au milieu de la piste de danse. Mais la soirée ne fait que commencer !

A présent qu'ils étaient l'un contre l'autre, le temps pressait. Elle inspira profondément.

— J'ai assisté aux discours de présentation ; j'ai vu mes bouquets exposés devant des centaines de personnes, et j'ai dansé avec le célibataire le plus convoité de la soirée. Que pourrais-je espérer de plus ?

Il afficha un sourire plein de promesses.

— Danser un peu plus avec ce célibataire très en vue.

— C'est précisément ce qui m'inquiète.

— J'apprécie ton honnêteté, reprit-il en riant.

La musique s'interrompit, et elle en profita pour reculer d'un pas et se dégager de son étreinte.

— Merci pour cette soirée, Dylan. Tu as su la rendre magique.

— C'est toi qui l'as rendue magique, dit-il à voix basse.

C'en était trop… Rester tout contre lui alors qu'elle savait qu'elle ne posséderait jamais cet homme… C'en était vraiment trop. Le souffle court, elle tourna les talons et se faufila parmi la foule. Ce n'est qu'en arrivant à la porte qu'elle put respirer de nouveau. Mais Dylan lui emboîta le pas et échangea quelques mots avec le portier. L'instant d'après, la limousine vint se garer devant l'entrée.

Faith déposa un chaste baiser sur la joue de Dylan, puis s'engouffra sur la banquette arrière. Adieu, soirée mondaine… adieu, Dylan.

- 10 -

Assise sur le canapé du studio d'enregistrement, Faith attendait la reprise de l'émission du Morning Show après la pause publicitaire. Elle avait les mains moites — à cause, en partie, des éclairages, mais surtout du trac. D'un geste discret, elle tenta de s'essuyer les mains sur sa jupe.

— Alors, tout va bien ? lança Dylan en prenant place à côté d'elle.

— Eh bien, je ne sais plus trop comment je m'appelle. Est-ce que ça pose un problème ?

Il pouffa et lui caressa le dos.

— Aucun problème : ton nom défilera sur le prompteur de la présentatrice. Mais rassure-moi : tu sais toujours aussi bien composer des bouquets ?

— Ça, je peux le faire même en dormant, répondit-elle. Enfin, à condition que je ne lâche pas les fleurs à cause de mes mains moites…

Un assistant de plateau agita un bras et parla dans son casque.

— Reprise d'antenne dans trois secondes… deux… une…

La présentatrice, Lee Cassidy, la trentaine, cheveux noirs attachés en arrière, vint se rasseoir à la dernière seconde, puis sourit à la caméra.

— Et maintenant, chers téléspectateurs, le moment que vous attendez tous… Ou toutes. Nous accueillons Dylan Hawke, un des frères à la tête de la chaîne de magasins de fleurs du même nom, et dont le succès ne se dément pas. Il est venu nous parler d'une nouvelle variété de fleur lancée il y a deux jours, l'Iris Ruby. Pour cela, il est accompagné d'une de ses fleuristes, Faith Crawford, expliqua l'animatrice en se tournant vers eux avec son sourire radieux. Bienvenue à vous deux. Comment allez-vous ce matin ?

Dylan interrogea Faith du regard, lui donnant l'occasion de prendre la parole en premier. Mais les mots ne franchissaient pas ses lèvres. Elle déglutit péniblement. Toujours rien. Si ce n'est un frisson qui lui parcourut le dos.

— Nous allons très bien, merci, Lee, répondit habilement Dylan. En fait, nous sommes encore sous le coup de l'excitation du lancement de notre Iris Ruby, qui a eu lieu ce week-end. Ce fut une soirée mémorable.

— A vous entendre, cette soirée fera date, reprit la présentatrice en se tournant de nouveau vers la caméra pour adresser son sourire lumineux aux téléspectateurs. A vrai dire, nous nous en sommes procuré quelques photos.

Le grand écran derrière elle diffusa alors des images de la soirée, y compris un cliché montrant Faith et Dylan main dans la main, alors que celui-ci l'aidait à descendre de la scène. Faith le couvait alors du regard. Mais est-ce que tout cela se voyait ? Dylan s'en était-il rendu compte ?

— Dites-moi, Faith, ce qui vous plaît le plus dans l'Iris Ruby ? poursuivit Lee. Qu'y a-t-il de particulier dans cette fleur ?

Cette fois, Faith devait répondre. Elle se redressa. Mais les mots se bousculaient dans son esprit.

— Eh bien, Lee, pour commencer, cet iris est rouge.

Lee haussa un sourcil dubitatif. Elle ne semblait guère convaincue.

A cet instant, Dylan se pencha vers Faith.

— Il existe bien sûr de nombreuses variétés de fleurs rouges, mais pour un iris c'est une première, précisa-t-il en hochant la tête en direction de Faith, comme pour l'encourager à saisir la balle au bond.

— C'est vrai, articula-t-elle un peu vite, trop heureuse d'avoir retrouvé sa voix. La couleur la plus courante pour les iris est le violet, même si beaucoup de clients plébiscitent les variétés blanches ou roses, qui…

— Je vois, l'interrompit Lee. Mais si vous nous présentiez un peu plus en détail cette fameuse fleur ? Nous vous avons installé un petit atelier, là-bas…

— Avec plaisir, répondit Faith, soulagée de pouvoir enfin faire quelque chose de ses mains, au lieu d'égrener maladroitement des listes de couleurs.

L'assistant de plateau lui fit signe de se lever, puis lui désigna le plan de travail qu'il lui avait montré un peu plus tôt. Suivie des caméras, Faith se retrouva bientôt devant un comptoir blanc immaculé sur lequel s'alignaient les fleurs et les outils que Dylan et elle avaient apportés. A présent, elle n'avait plus droit à l'erreur. Hawke's Blooms comptait sur elle. *Dylan* comptait sur elle.

Lee vint se poster près d'elle.

— Alors, qu'allez-vous donc nous proposer aujourd'hui ?

Faith sentit le trac la gagner — elle allait perdre ses moyens —, et s'efforça de respirer. En vain. Puis Dylan apparut à côté d'elle, et lui fit passer un œillet blanc. Dès qu'elle sentit la tige entre ses mains, elle se détendit. Oui, elle allait y arriver.

Tout en taillant la tige, elle adressa un sourire à Lee.

— Je vais confectionner un bouquet simple, que tout le monde peut reproduire chez soi. Pour cela, je vais me servir de l'Iris Ruby, mais vous pouvez le remplacer par votre variété de fleurs préférées — jonquilles ou tulipes par exemple.

Pendant plusieurs minutes, elle s'attela à sa tâche, donnant corps à la vision qu'elle avait décrite à l'antenne, et mettant parfois Lee à contribution. Quand elle eut terminé, Lee rappela Dylan devant la caméra, puis les remercia d'être venus sur le plateau.

L'assistant de plateau annonça alors une nouvelle pause publicitaire. Lee retourna au pas de course sur le canapé pour se tenir prête pour la prochaine séquence. Pendant ce temps, une jeune femme coiffée d'une queue-de-cheval raccompagna Dylan et Faith vers les loges. Quelques minutes plus tard, ils se retrouvèrent dans la voiture de Dylan.

Faith se remettait peu à peu de ses émotions. Voilà, c'était terminé. Elle venait de faire sa première apparition télévisée, et elle s'était ridiculisée. Elle en avait encore le tournis.

— Je suis désolée, Dylan, dit-elle en bouclant sa ceinture.

Il démarra la voiture, puis se tourna vers elle.

— Pourquoi donc ?

— Tu as travaillé dur pour obtenir ce passage à l'antenne… Et j'ai tout gâché.

— Tu as été super ! assura-t-il avec enthousiasme en posant une main sur son genou.

Jamais elle n'avait rencontré un homme capable de s'accommoder à ce point avec la vérité. S'il n'avait pas été présent sur le plateau de Lee, elle l'aurait sans doute cru.

Elle haussa un sourcil et il sourit.

— Bon, certes, tu as peut-être bafouillé une fois ou deux, mais ta démonstration était géniale. Tu as été très pro, tout en expliquant ce que tu faisais de façon pédagogique. Tu as su transmettre ton amour pour ton travail au plus grand nombre.

— Je n'ai pas été à la hauteur de Hawke's Blooms, répliqua-t-elle d'un ton dépité. Je n'ai pas été à ta hauteur, Dylan.

Elle tenait simplement à s'excuser.

— Mais non, nous sommes fiers de toi ! affirma-t-il juste avant que son téléphone se mette à sonner.

En voyant l'identité de son interlocuteur, il décrocha et brancha le haut-parleur.

— Dylan, ici Ben Matthews, du Morning Show. Encore merci pour votre participation à l'émission d'aujourd'hui.

— Merci à vous de nous avoir invités, répondit Dylan en doublant une voiture. Ce fut un plaisir !

— Justement, je viens de parler à un producteur de notre chaîne, à San Diego. Je leur avais suggéré de visionner votre prestation d'aujourd'hui, et ils ont été impressionnés.

— Nous en sommes ravis, fit Dylan en souriant à Faith.

— Ils réfléchissent à une émission de jardinage hebdomadaire, mais à présent, ils envisagent une séquence exclusivement dédiée aux fleurs : à la façon de les assembler en bouquets, aux astuces pour les faire tenir plus longtemps, ce genre de choses… Est-ce que Hawke's Blooms serait intéressé pour animer cette rubrique ? Si cela se passe bien, on pourrait envisager le même genre de collaboration pour notre antenne de L.A.

Dylan resserra ses doigts autour du volant, mais sa voix demeura très calme :

— Nous en serions flattés, Ben.

— Ils ne demandent qu'une condition : que la fleuriste qui vous accompagnait aujourd'hui soit présente : elle a fait un carton sur les réseaux sociaux !

Faith manqua de s'étouffer et porta une main à sa bouche. Elle avait séduit les producteurs au point qu'ils exigent sa présence dans une émission hebdomadaire ? Cela était surréaliste. Et les téléspectateurs avaient apprécié sa prestation au point de la commenter sur les réseaux sociaux ?

— Je lui en parle et vous tiens au courant, conclut Dylan.

— Bien. Mais ne traînez pas. Nous aimerions vous

avoir pour l'émission de demain. Il faudrait arriver au studio pour 5 heures du matin.

— Je vous rappelle dans l'heure, promit Dylan avant de raccrocher, tout sourire. On dirait que tu n'as rien gâché…

— Ils ont aimé ma prestation, articula-t-elle dans un état second.

Il éclata de rire.

— Evidemment ! Alors, tu serais intéressée ?

— Bien sûr !

C'était la meilleure chose qui lui était arrivée de sa carrière — de sa vie —, et pour rien au monde elle ne refuserait une telle opportunité.

— Alors, on va devoir s'organiser, reprit Dylan en tournant à l'angle de la rue de Faith. Je vais rappeler Ben Matthews et m'organiser avec lui. Je vais aussi demander à mon assistant personnel de nous réserver des vols et des chambres pour San Diego ce soir. Nous prendrons le dernier vol, et reviendrons juste après l'émission demain.

Il parlait d'une voix si calme qu'elle mit du temps à mesurer pleinement ce qui les attendait.

— Des chambres d'hôtel ? Nous deux ? balbutia-t-elle en croisant les bras.

Le regard rivé à la route, il hocha la tête.

— On doit être sur le plateau à 5 heures du matin, et je ne prendrai pas le risque d'arriver en retard. Le mieux pour nous, c'est d'être déjà sur place, en ville.

— Mais on s'était mis d'accord…

Elle se tut. A quoi bon en faire toute une histoire, alors que Dylan, lui, semblait très détendu ?

— Ne t'en fais pas, poursuivit-il à voix basse. Je réserverai deux chambres à des étages différents. On ne risque rien.

Cela lui parut raisonnable. Il ne leur resterait qu'à bien se tenir, l'un comme l'autre.

Il la déposa devant chez elle.

— Prépare tes valises, et je te rappelle pour te donner l'heure de notre vol.

— Ça marche, dit-elle en descendant de voiture.

Alors qu'il s'éloignait dans la rue, elle soupira : était-elle vraiment capable de garder son sang-froid en sachant Dylan dans une chambre d'hôtel, même séparée de la sienne de plusieurs étages ?

Le vol vers San Diego se déroula sans encombre, et dès qu'ils arrivèrent à l'hôtel, Faith se retira dans sa chambre, prétextant avoir besoin de calme pour être en forme le lendemain dès l'aube pour l'émission. Elle comptait se faire livrer un repas dans sa chambre et lire un peu.

La vérité, c'était qu'elle n'en pouvait plus de cette tension entre Dylan et elle. Plus précisément, le fait de se trouver auprès de lui sans pouvoir le toucher la rendait folle.

Or, perdre la tête juste avant d'animer une émission en direct pour le compte de Hawke's Blooms ne serait bénéfique à personne. Elle s'efforça d'inspirer profondément, mais non, rien à faire. Demain, elle ne pourrait se permettre les mêmes errements que sur le plateau de Lee. Demain, l'émission pourrait devenir régulière. L'équipe, les téléspectateurs attendaient d'elle un grand professionnalisme. Mais en serait-elle capable ?

Son téléphone se mit à sonner, et elle sursauta. Le nom de Dylan s'afficha, et elle prit l'appel.

— Salut, quoi de neuf ?

— Je voulais juste m'assurer que tu allais bien.

Même au téléphone, sa voix avait le don de la faire frissonner.

— Ça va. J'ai déjà séjourné dans un hôtel avant.

— Je parlais de demain, reprit-il d'une voix joviale. Tu avais un trac fou la dernière fois.

Elle s'assit sur le bord de son lit.

— Je suis plus vieille, maintenant j'ai de l'expérience.

Il reprit une voix sérieuse.

— Je ne plaisante pas, Faith.

— D'accord, dit-elle en soupirant. Je n'ai qu'une expérience du direct à mon actif, mais ça va, je ne flippe pas.

— Promis ?

Elle s'allongea sur son lit et mit son bras devant ses yeux.

— Bon, j'ai peut-être un peu le trac. Mais rien de méchant. Ça va vite passer.

— Il suffit de ne pas dramatiser, assura-t-il d'une voix suave. Ce n'est pas grave.

— Ce n'est sans doute pas grave pour toi, souffla-t-elle, tu es habitué à prendre la parole en public. Mais pour moi, c'est encore nouveau. Et intimidant.

— Si tu passes la nuit à t'en inquiéter, tu vas te retrouver dans tous tes états demain matin.

— Est-ce trop tard pour annuler ? demanda-t-elle en plaisantant à moitié. Ou pour me faire remplacer par un autre fleuriste ?

— C'est toi qu'ils veulent…

La façon dont il prononça ces mots lui donna l'impression qu'il ne parlait pas seulement de l'émission de télé, ni de Hawke's Blooms. Sa voix était sensuelle, lui rappelant les mots que l'on se murmure sur l'oreiller… Aussitôt, elle sentit son cœur s'accélérer. Oh ! comme elle avait envie de lui répondre en murmurant, elle aussi… De sortir dans le couloir pour rejoindre la chambre de Dylan et lui chuchoter sa réponse en personne. Sauf qu'ils avaient pris une décision. Elle se devait de rester forte.

Elle s'adossa contre la tête de lit, au milieu des coussins, et s'efforça de se souvenir de la raison première de cette conversation. Mais garder les yeux fermés en ayant Dylan

Hawke au bout du fil n'était pas forcément la meilleure façon de rester concentrée sur son travail.

— Mais si je me plante en direct, c'est l'image de Hawke's Blooms qui en pâtira, dit-elle en cherchant une position confortable sur son lit.

— Tu ne te planteras pas. Tu as toute ma confiance.

Il était sincère, elle le sentait bien. Et elle aurait été prête à tout pour l'avoir là, à ses côtés, à lui communiquer sa force, sa confiance. Elle se sentait toujours plus sûre d'elle quand il se trouvait auprès d'elle. Mais le désir qui la submergeait alors la troublait toujours considérablement.

— Tu as dit toi-même que j'allais être dans tous mes états demain matin. Peut-être ne suis-je pas faite pour ça. Je serai sans doute mieux à mon avantage derrière le comptoir de la boutique de Santa Monica.

— Pense à autre chose, dit-il d'une voix suggestive. Pense à ton jardin secret.

— Mon jardin secret ? répéta-t-elle, méfiante.

— Un souvenir, une idée, quelque chose qui te donne le sourire… Tu as bien quelque chose qui te rend heureuse ?

Soudain, elle sentit sa gorge se nouer.

Lui.

— Oui, il y a quelque chose.

— Et qu'est-ce donc ?

— Peu importe, répondit-elle d'une voix faussement désinvolte. L'essentiel, c'est que j'aie bien quelque chose.

— Si tu me dis ce que c'est, je pourrai en parler avec toi… Allez, Faith, j'essaie juste de t'aider…

— Bon d'accord. Il s'agit de… J'adore les marchés aux fleurs.

— Les marchés aux fleurs ? répéta-t-il d'un ton sceptique.

Soit, elle n'était sans doute pas aussi bonne menteuse que lui. Sans doute devait-elle étoffer sa version de quelques détails.

— Très tôt le matin, entre 2 et 3 heures, au moment où les stands ouvrent.

— Faith, je ne doute pas de ta passion pour les marchés aux fleurs. Mais ce n'est pas cela, ton jardin secret.

— Bien sûr que si !

— Faith, insista-t-il d'une voix grave. Dis-moi, quel est vraiment ton jardin secret ?

— Je ne peux pas te répondre, lâcha-t-elle en espérant qu'il finirait par se décourager.

En vain.

— Pourquoi ?

Sa voix était douce, compréhensive. Comment résister ?

— Parce que ce qui me rend heureuse en ce moment, c'est toi, avoua-t-elle en soupirant.

A l'autre bout du fil, il lâcha un juron.

On frappa à la porte de la chambre. Impossible pour elle de décider si cette interruption était bienvenue ou non.

— Ne quitte pas, on frappe.

— Je sais, dit-il alors qu'elle ouvrait.

Elle le découvrit dans l'embrasure, son portable toujours collé à l'oreille, le regard brillant de désir.

— C'est toi, balbutia-t-elle.

Jamais elle ne l'avait désiré plus qu'en cet instant précis. Elle coupa la communication, puis jeta son téléphone vers une table, mais le combiné tomba par terre. Tant pis.

Pour toute réponse, Dylan l'attira contre lui et captura ses lèvres. Elle crut entendre le bruit de son téléphone à lui, qui tombait à son tour à terre. Avec une fougue inouïe, il la repoussa à l'intérieur de la chambre, prenant soin de refermer la porte derrière eux d'un coup de pied.

Le souffle court, elle enfouit une main sous le pull de Dylan, tout en l'attirant vers le lit, sur lequel elle l'allongea, entre les coussins. Elle avait tellement besoin de le toucher, de se blottir contre lui ! Tant pis pour les convenances.

Leurs jambes se mêlèrent. Elle se sentit fondre contre lui, ce qui ne l'empêcha pas de continuer à explorer son corps de ses mains brûlantes. Le désir embrasait tout son être, incendie que seul Dylan pouvait éteindre. Du bout des doigts, elle caressa son visage, son cou, ses joues, se délectant du contact rugueux de sa barbe naissante.

Il commença à déboutonner son chemisier et le lui retira. Puis il prit ses seins dans ses mains, et elle retint son souffle. Cette sensation, cette chaleur… Tout était sublime.

— Dylan, s'entendit-elle souffler.

Il lui retira son soutien-gorge, puis vint poser ses lèvres sur la pointe de son sein… Avant de se servir de sa langue, de ses dents, pour la faire se tortiller de plaisir.

Et quand il défit la braguette du pantalon de Faith, elle ondula des hanches pour accompagner son geste. Une fois en sous-vêtements, elle se plaqua tout contre lui.

— J'ai tellement rêvé de te sentir à nouveau contre moi, murmura-t-il d'une voix pressante.

Du bout des doigts, il se faufila sous l'élastique de sa culotte. Elle sentit sa paume brûlante contre sa peau, et une violente décharge parcourut tout son corps.

— Moi aussi, j'en ai rêvé.

Fantasmé, même, pour être tout à fait honnête.

Il l'aida à se débarrasser pour de bon de son sous-vêtement, puis il posa sa tête sur sa hanche, tout en continuant inlassablement de se jouer d'elle du bout des doigts. Son souffle chaud traçait des lignes de feu sur sa peau, et ce fut comme si la Terre s'arrêtait de tourner. Alors, quand il posa sa bouche sur son clitoris, elle cria son nom, haletante.

Elle n'offrit aucune résistance — elle en aurait été bien incapable, même si elle l'avait voulu. C'était comme si chaque cellule de son corps se dissolvait entre les lèvres de Dylan. Sa langue experte la transportait sur les cimes du plaisir. Et quand elle se laissa submerger par la jouissance, il la serra fort contre lui, le visage contre son ventre.

Puis il disparut, et elle entendit des vêtements et une boucle de ceinture tomber sur la moquette. Bientôt, il réapparut sur le lit, après avoir enfilé un préservatif, le corps tendu comme un arc. Elle noua ses bras autour de son cou pour l'attirer à elle, s'émerveillant de sentir son corps puissant et athlétique contre elle, jambes contre jambes, hanches contre hanches, poitrine contre poitrine.

Elle planta ses ongles dans son dos et il frissonna, avant de se redresser un peu pour la regarder.

— Je crois que je ne pourrai jamais me lasser de toi...

Elle sentit son cœur se serrer : elle aussi avait l'impression que jamais elle ne pourrait se rassasier d'un homme aussi viril, aussi désirable. Mais inutile de tirer des plans sur la comète. Elle prendrait simplement ce que Dylan serait en mesure de lui offrir.

Il se glissa entre ses cuisses, et elle se cambra pour mieux l'accueillir en elle. Sans la quitter une seconde du regard, il la pénétra avec vigueur. Ses yeux étaient si sombres que le vert en avait presque disparu. Hypnotisée, elle se mit au diapason de son voluptueux va-et-vient. Laissant peu à peu monter en elle une nouvelle onde de plaisir.

Il bougea un peu, puis se mit à aller et venir plus vite. Il était là, sur elle, autour d'elle, en elle... Il n'y avait plus que lui. Et quand la fièvre atteignit son paroxysme, Faith s'abandonna à un puissant orgasme, qui se répercuta dans tout son corps. Dylan cria son nom, saisi à son tour des soubresauts de l'orgasme, la serrant plus fort.

De longues minutes s'écoulèrent. Elle resta dans ses bras, s'efforçant de retrouver son souffle. Décidément, comme lors de leurs premiers ébats, il se révélait un amant hors pair.

— On a encore craqué, dit-elle en ouvrant un œil.

Il lui prit la main et mêla ses doigts aux siens.

— Peut-être était-ce irréaliste de loger dans le même hôtel en espérant qu'on ne se jetterait pas l'un sur l'autre.

Elle repensa au déroulé de la soirée, à toute l'énergie qu'elle avait déployée pour lui résister.

— On y était presque arrivés…

Il rit.

— Presque… Mais l'essentiel, c'est que tu sois détendue, à présent.

— Tu as raison, dit-elle en s'étirant. Et si jamais j'ai peur sur le plateau, demain, mon jardin secret sera un refuge plus que jamais.

— Tu penses que tu auras peur ? C'est que tu n'es pas encore assez détendue. Et si j'essayais plutôt quelque chose comme ça…

Il l'attira contre lui et, en souriant, elle se laissa faire.

- 11 -

Dylan s'était endormi, mais Faith avait les yeux grands ouverts. Pas question de s'endormir à côté de lui. Ce soir, elle avait entrevu le paradis dans ses bras, et elle avait compris quelque chose.

Cet homme n'était pas seulement son jardin secret. Il était bien plus que cela.

Elle était amoureuse de lui.

Or, s'endormir dans ses bras, ce serait commettre une grossière erreur. Comment arriverait-elle à se protéger d'un chagrin d'amour assuré si elle se laissait aller à dormir contre le corps de Dylan ? Pas question de baisser sa garde, et de risquer son indépendance à cause de ce qui se passait entre eux.

Car vu les expériences qu'elle avait eues enfant, elle savait qu'elle avait tendance à s'attacher trop facilement aux gens… Ce qu'elle venait de faire en tombant amoureuse de Dylan. Sauf qu'il finirait par tourner la page à un moment ou à un autre — les gens finissaient toujours par tourner la page —, et elle n'avait aucune envie de s'habituer à sa présence, et surtout pas dans son lit. Dans son passé, chaque fois qu'elle avait cru se sentir enfin chez elle quelque part, la vie s'était chargée de la détromper. Inutile de se bercer d'illusions : elle courait droit vers une déception amoureuse.

Elle se dégagea doucement des bras de Dylan et ramassa ses vêtements. Une fois rhabillée, elle prit son sac à main et, jetant un dernier regard sur sa silhouette endormie entre les draps, elle s'éclipsa en silence de la chambre d'hôtel.

Elle consulta sa montre. 2 h 10 du matin. Le marché aux fleurs ne devrait pas tarder à ouvrir. Elle descendit à l'accueil, puis trouva un taxi. De toute façon, elle avait prévu de faire un tour au grand marché aux fleurs de San Diego pendant son séjour — pas forcément aussi tôt, mais au moins, cela lui donnerait l'occasion de penser à autre chose qu'à l'homme qui dormait dans sa chambre d'hôtel. L'homme qu'elle aimait.

Une heure plus tard, son téléphone sonna… Dylan.

— Où es-tu ? demanda-t-il d'une voix endormie mais inquiète.

Elle mit la main sur son autre oreille pour couvrir le brouhaha ambiant.

— Je suis passée au marché aux fleurs.

— Toute seule ? s'alarma-t-il d'un ton soudain tout à fait réveillé.

— Je tenais à y jeter un coup d'œil.

A l'autre bout de la ligne, des bruits de frottements laissaient deviner qu'il était en train de s'habiller.

— Pourquoi ne m'as-tu pas réveillé ? Je serais venu avec toi.

Parce que ça m'aurait empêchée de reprendre mes esprits !

— Tu avais besoin de dormir.

— Je te rejoins, annonça-t-il d'une voix autoritaire.

— Inutile, dit-elle à la hâte. J'allais justement rentrer.

Ce qui était vrai, puisqu'elle espérait se reposer un peu à l'hôtel avant de se rendre au studio.

— Ne bouge pas, je te fais envoyer un taxi.

— Je suis capable de m'en trouver un !

— Le chauffeur sera là dans quelques minutes : je te

rappelle dès que j'ai commandé la course, et nous resterons en ligne jusqu'à ton retour.

— Tu sais, reprit-elle malicieusement, ce n'est pas ma première visite en pleine nuit à un marché aux fleurs.

— S'il te plaît, laisse-moi faire…

Elle soupira. Il n'avait pas l'intention de lâcher. Et en toute honnêteté, elle était touchée de le voir s'inquiéter ainsi pour elle.

— Bon, d'accord.

Quand elle arriva à l'hôtel, Dylan l'attendait dans le hall d'accueil. Il la prit dans ses bras et la serra si fort qu'elle arrivait à peine à respirer.

— Hé là, protesta-t-elle, laisse-moi un peu d'air !

Il desserra son étreinte, puis l'entraîna vers les ascenseurs.

— Désolé. Mais quand je me suis réveillé et que tu avais disparu… et que j'ai compris que tu étais en ville, seule, en plein milieu de la nuit…

Il appuya sur un bouton, et la porte d'un ascenseur s'ouvrit. Une fois dans la cabine, il sélectionna le bon étage, puis la prit de nouveau dans ses bras.

— Je ne me souviens pas avoir déjà eu aussi peur.

Elle n'avait pas imaginé qu'il puisse s'inquiéter. Qu'il puisse tenir à elle. Alors, elle se blottit contre son épaule, et le laissa l'enlacer.

— Excuse-moi. Je ne voulais pas te faire peur.

— Dis-moi, honnêtement, murmura-t-il en lui levant le menton pour chercher son regard, pourquoi être allée si tôt sur le marché ?

C'était comme si l'univers tout entier se reflétait dans les grands yeux verts de Dylan et, à cet instant, elle était incapable de mentir. Pas même pour se protéger.

— J'avais besoin d'un peu d'espace.

La sonnerie retentit, et la porte de la cabine s'ouvrit. En silence, ils regagnèrent la chambre de Faith. Dylan se précipita vers le minibar et en sortit deux jus d'orange. Il lui en tendit un, avant de boire une longue gorgée de sa bouteille.

— De l'espace, loin de moi ? demanda-t-il alors.

— De nous, répondit-elle après avoir bien pesé ses mots. Parfois, quand je suis avec toi, c'est tellement… intense.

Il réfléchit un instant, posa sa boisson, puis lui prit sa bouteille pour pouvoir de nouveau lui prendre la main.

— Et si on décidait de se laisser une chance ? Qu'en penses-tu ?

Son cœur se mit à battre la chamade. Il tenait assez à elle pour avoir envie de tenter l'aventure ? Même si leur histoire était impossible, cela lui faisait du bien de savoir qu'il en avait envie.

— On ne peut pas, affirma-t-elle en haussant une épaule, à cause de la clause qui interdit les relations entre employés.

— On s'en fiche ! lança-t-il sans hésitation.

— Il s'agit de ton entreprise, répliqua-t-elle. Tu ne peux pas renier son règlement de façon aussi cavalière.

— A quoi ça servirait d'être le patron, si je ne le pouvais pas ?

— Tu comptes remettre en cause une règle qui a contribué à créer une bonne ambiance de travail et à protéger tes employés de harcèlement sexuel, juste parce que toi, tu as envie de fréquenter une employée ?

— Soit, présenté sous cet angle, ça n'a pas l'air très sérieux. Mais j'ai envie de passer du temps avec toi. J'ai envie que l'on soit ensemble, déclara-t-il d'un air solennel tout en prenant son visage entre ses mains. Et toi, en as-tu envie aussi ?

Pensait-elle que ce serait raisonnable ? Non. Que cela pourrait mener à une relation durable ? Non. Mais il lui demandait là ce dont elle avait envie. Et elle ne voulait rien plus qu'être auprès de l'homme qu'elle aimait. Alors, avant de trop réfléchir, elle souffla un faible « oui » du bout des lèvres.

Il fit un pas vers elle, puis déposa un baiser sur son front.

— Dans ce cas, nous trouverons une solution.

Elle sentit son cœur se serrer. Il semblait si déterminé qu'elle n'eut pas le courage de lui révéler le fond de sa pensée. Car, tôt ou tard, l'un ou l'autre passerait à autre chose. Parce que c'était toujours ainsi que les choses se terminaient.

Mais au moins, elle profiterait de cette parenthèse que la vie lui offrait auprès de lui. Ce n'était pas parce qu'elle ne pourrait jamais obtenir son amour éternel qu'elle ne pouvait pas profiter de son amour, là, maintenant.

Alors, choisissant d'ignorer les conséquences, elle hocha la tête en souriant.

— D'accord, trouvons une solution.

Cinq semaines plus tard, la vie de Faith s'écoulait paisiblement. Presque trop paisiblement. Car quand tout allait bien, cela préfigurait généralement une catastrophe. Ainsi, dans un certain sens, restait-elle sur ses gardes. Son nouveau travail à San Diego était fascinant — elle avait appris à se détendre devant la caméra, et recevait des réactions très positives du public suite aux séquences qu'elle animait. Surtout, elle passait chaque jour plus de temps auprès de Dylan.

Elle venait juste de mettre un plat de lasagnes végétariennes au four quand son téléphone sonna. Dylan devait rentrer dîner dans une demi-heure, et il l'appelait sûrement pour lui annoncer qu'il quittait le bureau. Depuis leur premier séjour à San Diego, ils avaient pris l'habitude de se retrouver chaque soir, généralement chez lui. Ils se faisaient livrer le repas par un traiteur, regardaient un film, faisaient l'amour… Après quoi, elle s'éclipsait pour rentrer chez elle, bien décidée à ne pas prendre l'habitude de s'endormir à côté de son corps d'Apollon.

Ce soir, pour la première fois, elle avait accepté de lui ouvrir son appartement. Mais elle appréhendait la fin de soirée, au moment où elle aurait envie de fuir… Ce qui était sans doute la raison même pour laquelle Dylan avait suggéré de passer chez elle. Dans un moment d'égarement, elle avait accepté.

Elle posa les maniques et prit le téléphone. Mais le numéro qui s'affichait lui était inconnu.

— Allô ?

— Bonsoir, vous êtes Faith Crawford ?

Sept minutes plus tard, Faith coupa la communication et se laissa tomber sur son canapé.

On venait de lui proposer un travail. Un poste de rêve. Une émission de jardinage diffusée sur une chaîne nationale et basée à New York recherchait un fleuriste pour renforcer son équipe de jardiniers et paysagistes. Son rôle consisterait à initier les téléspectateurs à la composition florale au cours d'une rubrique régulière, mais aussi de voyager avec un producteur pour élaborer des reportages sur les fleuristes des grands de ce monde — Maison Blanche, palaces et organisateurs de grands événements. Bref, elle serait payée pour examiner de près des compositions telles qu'elle rêvait d'en créer un jour, rencontrer des gens partageant sa passion, et communiquer son amour des fleurs à un large public…

Et pourtant, elle hésitait. Le producteur lui avait accordé vingt-quatre heures de réflexion : si elle déclinait l'offre, ils devaient le savoir vite pour trouver un autre candidat.

Il s'agissait d'un poste à temps plein, et à New York. Elle allait devoir s'installer à l'autre bout du pays. Quitter

Dylan. La perspective la rendait malade. Etait-elle capable de franchir le pas ? Cela lui semblait impensable. Mais que se passerait-il si elle refusait ce travail et qu'elle restait là ? Une fois que son idylle avec Dylan aurait pris fin, elle se retrouverait sans lui. Et sans ce travail de rêve. Entre-temps, elle continuerait de travailler pour lui, ce qui les obligerait à continuer de se cacher pour éviter que les gens découvrent qu'ils enfreignaient les règles édictées par Hawke's Blooms.

A l'extérieur, elle entendit la voiture de Dylan. Elle se leva, ramena ses cheveux derrière ses oreilles, et s'efforça de reprendre ses esprits. Qu'allait-elle lui dire ? Jamais elle ne s'était sentie à ce point tiraillée. Elle avait beau être amoureuse de lui, sa carrière avait toujours été une constante pour elle, un véritable appui. Elle se devait d'accepter cette incroyable proposition de travail à New York. Le contraire reviendrait à se renier. Pour un rêve qui de toute façon était destiné à ne jamais se réaliser.

Elle ouvrit la porte d'entrée au seul homme qui ait jamais su trouver les clés de son cœur. Il se pencha vers elle pour l'embrasser, et elle se laissa aller contre lui, s'efforçant d'imprimer cette sensation dans sa mémoire. Car elle n'avait pas la moindre idée de la façon dont il allait réagir une fois qu'elle lui aurait annoncé la nouvelle.

Dès la fin du dîner, elle débarrassa et retourna à la cuisine, comme pour s'échapper. Dylan lui emboîta le pas, bien décidé à savoir ce qu'elle avait en tête.

— Je t'ai trouvée bien distraite, pendant tout le repas, déclara-t-il en se plantant derrière elle pour lui masser les épaules. Ce qui est dommage, vu que je n'avais jamais mangé d'aussi bonnes lasagnes. Je ne suis même pas sûr que tu aies vraiment pu apprécier leur goût.

Elle se retourna vers lui et chercha son regard.

— Je dois te parler de quelque chose.

— Je t'écoute, dit-il avec un sourire encourageant tout en replaçant une de ses mèches rousses derrière son oreille.

— J'ai reçu une proposition d'embauche aujourd'hui, lâcha-t-elle sans le quitter des yeux.

Il lui caressa les bras pour la rassurer. Elle ne lui appartenait pas. Son côté hommes d'affaires espérait qu'elle resterait chez Hawke's Blooms, mais en tant qu'amant, il ne souhaitait que son bonheur.

— Ça ne m'étonne pas. Tu fais un travail remarquable. Il fallait bien que la concurrence cherche à te débaucher à un moment ou à un autre.

— Il ne s'agit pas d'un concurrent, dit-elle en se mordillant la lèvre inférieure.

Elle avait éveillé sa curiosité. Il haussa un sourcil.

— De qui s'agit-il alors ?

Elle lui expliqua tout le projet, et il eut un sifflement admiratif.

— Cette émission n'est-elle pas enregistrée à New York ?

— En effet. Il faudrait que je déménage.

Il sentit sa gorge se nouer.

— Et que leur as-tu dit ?

— Que j'allais y réfléchir, dit-elle en gardant les yeux rivés sur le comptoir.

Agacé par la tournure que prenaient les choses, il mit les mains dans ses poches pour se donner une contenance.

— Et… Tu as pris une décision ?

Elle hésita avant de répondre :

— Il y a tant de facteurs à prendre en compte. Je ne sais pas quoi faire.

Il poussa un soupir soulagé, avant de l'enlacer.

— Si tu hésites, alors décline l'offre.

— Pourquoi ? demanda-t-elle en enfouissant son visage contre sa chemise.

— Je crois qu'il se passe quelque chose de précieux entre nous. Si tu restes, on pourra voir où cela nous mène…

A vrai dire, cette conversation le forçait à affronter la réalité. Car si jusqu'à présent il s'était contenté d'apprécier de passer du temps auprès d'elle, de lui faire l'amour chaque fois qu'il le pouvait, à présent que l'éventualité de leur séparation prenait forme, il se rendait compte à quel point il tenait à elle. Il n'avait aucune envie de la laisser partir.

— Dylan…

Mais il ne lui laissa pas le temps de poursuivre.

— Ne décide rien pour l'instant, murmura-t-il avant de déposer une pluie de baisers sur son visage. Laisse-nous une chance.

Il lui mordilla doucement le lobe d'oreille, lui arrachant un voluptueux soupir. Il sourit tout contre sa peau. Ce qu'ils partageaient était trop fort ; elle ne pouvait pas le quitter ainsi. Tout comme lui ne la quitterait jamais.

Glissant ses doigts dans ses boucles folles, il prit ses lèvres. Il avait l'impression de l'embrasser pour la première fois. Il avait beau la retrouver chaque soir dans son lit, son désir pour elle était intact, comme au premier jour. Et même plus vif encore. Chaque fois que son esprit s'égarait, durant sa journée de travail, c'était pour penser à elle. A son rire, ses petites fossettes, la chaleur de sa bouche sur la sienne, son déhanché…

Elle noua ses bras autour de lui, tirant sur sa chemise… Il adorait sentir son désir répondre au sien.

Il l'éloigna de l'évier pour la plaquer contre le mur, la couvrir de baisers, et se délecter de ses courbes féminines tout contre lui. Ivre de désir, il lui remonta une jambe qu'il enroula autour de sa taille, pour mieux plaquer son sexe contre le sien. Jamais une femme ne l'avait à ce point troublé. Jamais il n'avait éprouvé de désir aussi intense.

Et quand elle s'attaqua aux boutons de sa chemise d'une main fébrile, son cœur se mit à tambouriner si fort qu'elle pouvait sans doute le sentir. Elle lui ôta sa chemise et posa les mains sur son torse. Son contact avait quelque chose de magique : partout où elle le touchait, sa peau le brûlait, renforçant son impression d'être envoûté.

Quand elle dénoua son dos-nu, il découvrit qu'elle ne portait pas de soutien-gorge. Il prit ses seins dans ses mains avec une profonde révérence, avant de les porter à sa bouche. Elle se tortilla de plaisir contre lui en murmurant son nom. Son sang bouillonnait dans ses veines, son cœur battait à tout rompre…

Elle défit sa braguette, plongea la main dans son pantalon avant de refermer ses doigts autour de son sexe. Il étouffa un cri, alors qu'elle commençait à le caresser. Il cala son visage contre son épaule. Il était à sa merci. Cette femme faisait de lui ce qu'elle voulait. Et après cette soirée, il ferait en sorte qu'ils ne se quittent plus.

Soudain incapable d'attendre une seconde de plus, il prit le préservatif dans sa poche, et baissa son pantalon et son boxer, avant de débarrasser Faith de sa culotte, sans même prendre la peine de lui ôter sa jupe. Elle déroula elle-même le préservatif, avant de repasser une jambe autour de sa taille. Ils haletaient tous les deux, et il s'arrêta quelques instants pour savourer la beauté du moment, et les sensations que cette femme faisait naître dans son cœur, dans son corps.

Il la pénétra lentement, murmurant, haletant :

— Je… t'aime…

Pour toute réponse, elle accentua son va-et-vient. Alors, il accéléra ses coups de reins, se fondant un peu plus en elle. Pour qu'elle comprenne comme elle était belle.

Peu à peu, il sentit monter en lui les prémices du plaisir ultime.

Il aurait pu sombrer, là, tout de suite, mais il tint bon, car il ne voulait pas jouir sans elle. En transe, il glissa une main entre eux et trouva sans difficulté son point sensible, et elle se laissa aller au plaisir entre ses bras, criant son nom. Elle se contracta si fort autour de lui qu'il ne put se retenir un instant de plus. Submergé par le plus beau des orgasmes, il cria à son tour le nom de la femme qu'il aimait.

Quand Faith se réveilla le lendemain matin, elle était seule. Elle tendit le bras de l'autre côté du lit, mais le drap, froissé, était froid. Elle se leva d'un bond, enfila une robe de chambre, et arpenta l'appartement à pas feutrés… Mais Dylan n'était nulle part.

D'un certain côté, elle en éprouva du soulagement. Car au cours de la nuit, elle avait pris la décision d'accepter l'offre d'emploi. Et elle ne se sentait pas capable de le lui dire pour le moment. Certes, cela s'apparentait à de la lâcheté, mais comment annonçait-on à l'homme que l'on aime que l'on s'en va ? Au lieu de cela, ils avaient fait l'amour. Un peu comme un adieu. De la façon la plus douce possible.

Demain peut-être, une fois qu'elle aurait bouclé ses valises et réservé son vol, elle passerait le voir, pour essayer de lui expliquer. D'ici là, elle finirait peut-être par trouver les mots.

Elle s'habilla à la hâte, puis sortit les cartons qu'elle avait stockés dans le placard de l'entrée. Cela ne lui prendrait guère de temps : n'ayant jamais eu de véritables racines, elle avait si souvent fait ses valises en catastrophe…

Elle était au beau milieu du salon, entourée de cartons déjà scellés et d'autres à moitié remplis quand Dylan réapparut. D'une main, il tenait un plateau avec deux cafés à emporter et un sac de pâtisseries et, de l'autre, un bouquet de fleurs. Quant à son visage… Ce visage-là allait sans doute hanter les rêves de Faith pendant longtemps.

Sur le seuil de l'appartement, Dylan se figea. Il eut soudain l'impression d'être sur un ring, KO debout.

En s'éveillant ce matin, il s'était senti rempli d'amour et d'optimisme… Et avait espéré pouvoir se réveiller de la sorte tous les matins qui lui restaient à vivre. Il s'était éclipsé de la chambre sans réveiller Faith pour aller acheter la plus belle bague de fiançailles. Car il ne pouvait se contenter d'offrir à Faith un diamant banal… Aussi, quand il avait aperçu en vitrine le diamant violet serti de platine, il avait convaincu le propriétaire de la boutique d'ouvrir son magasin plus tôt, rien que pour lui.

Il avait eu l'impression d'être sur un nuage, à rêver à l'avenir radieux qui s'annonçait pour Faith et lui. Car cette femme représentait tout ce à quoi il avait toujours rêvé. Et quand il lui avait avoué son amour, la nuit précédente, il avait parlé avec son cœur, avec ses tripes. Elle ne lui avait peut-être pas répondu, mais il savait qu'elle l'aimait aussi. Après la façon dont elle lui avait fait l'amour, il n'avait plus l'ombre d'un doute.

Il avait espéré qu'elle serait encore au lit à son retour, mais l'achat de la bague et du petit déjeuner avait pris plus de temps que prévu. En tout cas, il ne s'était pas attendu un seul instant à la retrouver au milieu de cartons, prête à prendre la fuite.

Encore une fois.

Et, qui plus est, après une nuit époustouflante. A cet instant, il se sentit comme poignardé en plein cœur.

— Tu vas quelque part ? dit-il d'une voix maîtrisée.

— Euh… Oui.

Il fit un pas en avant, mais fut incapable de s'asseoir, ou même de traverser la pièce encombrée de cartons.

— Tu as accepté ce travail, n'est-ce pas ?

— C'est une opportunité unique, répondit-elle d'une voix coupable, tout en fuyant son regard.

Manifestement, ils n'étaient pas du tout sur la même longueur d'onde en ce qui concernait leur idylle.

— Quand as-tu pris ta décision ? demanda-t-il sans être certain de vouloir connaître la réponse. Ce matin ? Ou déjà hier soir ?

Elle garda le silence. Ce qui, en soi, *était* une réponse.

Il en était malade.

— Alors, comme ça, tu avais déjà tout décidé, et tu espérais disparaître ce matin, ni vu ni connu ? Tu comptais sans doute m'annoncer la nouvelle en me téléphonant depuis New York, à la descente de l'avion ?

— Je comptais te le dire, lâcha-t-elle en levant enfin les yeux vers lui.

Elle semblait sincère.

— Donc, reprit-il en inspirant profondément, ma déclaration d'amour cette nuit n'y a rien changé ?

— Bien sûr que ça me fait quelque chose, mais l'amour ne suffit pas, Dylan. L'amour n'est pas concret, répondit-elle, alors qu'une lueur triste traversait ses beaux yeux marron. Tu dois comprendre que mon métier, c'est la seule chose stable que j'aie jamais eue dans ma vie.

Soudain, il éprouva une profonde colère. Renonçait-elle à leur histoire parce qu'elle considérait que ni leur relation ni lui, ne pouvaient lui apporter la moindre stabilité ? Il jeta le bouquet sur la table basse, puis posa le plateau à côté. Puis, sans perdre une seconde, il chercha le petit écrin en velours au fond de sa poche, le brandit devant elle, et l'ouvrit.

— Et ça, est-ce un gage de stabilité suffisant ? articula-t-il en desserrant à peine les dents. J'étais prêt à m'engager toute ma vie à tes côtés…

Elle recula d'un pas.

— Je suis navrée, Dylan. Mais tu ne me le dis que maintenant que…

— Je te l'ai dit hier soir aussi, la coupa-t-il.

Elle essuya une larme sur sa joue.

— Je te crois, Dylan. Je te promets que je te crois. Mais une fois que l'attrait de la nouveauté se dissipera, tu te détourneras de moi. Toi et moi, ce n'est pas fait pour durer.

— Comment ça ? insista-t-il d'un ton qui trahissait désormais son exaspération. Comment peux-tu prédire ce que je vais faire ?

Elle tripota nerveusement ses cheveux.

— S'il y a bien une chose que j'ai apprise au cours de ma vie, c'est que l'amour n'est qu'un feu de paille. Toute ma vie, j'ai vu les gens changer l'objet de leur désir à la moindre occasion. Tout le monde se détourne de moi, tôt au tard. Ma tante qui m'a choyée pendant un an, avant de m'abandonner parce qu'elle était enceinte. Ma mère qui m'aimait, mais préférait partir à l'aventure à la moindre occasion. Mes grands-parents, qui m'adoraient, mais éprouvaient du soulagement chaque fois que quelqu'un venait me récupérer. Mon père, qui m'aimait, mais pas suffisamment pour trouver un boulot stable qui m'aurait permis de vivre avec lui. Peut-être bien que tu m'aimes, Dylan, conclut-elle d'une voix brisée, mais un jour tu finiras par t'intéresser à autre chose, par t'éloigner de moi. Et je refuse de me retrouver une fois encore en position de me dire que je n'étais pas assez bien pour quelqu'un.

Il savait qu'elle avait eu une enfance difficile, qui l'empêchait encore d'accorder sa confiance aux autres, mais il n'arrivait pas à croire qu'elle n'essayait même pas de se battre pour lui, pour *eux*... Elle ne leur donnait pas la moindre chance ! Aux yeux de Faith, *il* ne méritait pas qu'elle prenne le risque.

Peu à peu, il se laissa envahir par une profonde lassitude.

— Tu sais, tu dis que les gens finissent toujours par partir... mais là, c'est toi qui pars. C'est toujours toi, d'ailleurs : tu t'éclipses de chez moi après avoir fait l'amour, tu pars avant la fin de la soirée de lancement, tu t'enfuis au marché aux fleurs à 2 heures du matin...

Il posa la bague sur la console de l'entrée et jeta un dernier regard par-dessus son épaule.

— Tu connais l'expression : « Il ne faut jamais dire « fontaine » » ? Tu étais persuadée depuis le premier jour que je partirai le premier. Eh bien, voilà, je pars.

Et il passa la porte, traversant la petite cour pour rejoindre sa voiture sans même se retourner.

- 12 -

Assise sur une chaise en plastique à la fenêtre de son minuscule appartement new-yorkais, Faith contemplait la rue en contrebas. Voilà seulement deux semaines qu'elle était arrivée, et pourtant, elle ne se sentait toujours pas chez elle… Mais s'était-elle déjà sentie chez elle quelque part ?

Elle adorait son nouveau travail, mais en son for intérieur, elle se sentait comme anesthésiée. Elle avait toujours vécu seule mais, cette fois, la solitude lui pesait. Cette fois, quelqu'un lui manquait. Un grand brun ténébreux, enjôleur, au regard vert incroyable.

Depuis qu'elle avait, enfant, appris à son détriment les dures leçons de la vie, elle avait toujours su se débrouiller seule. Et pourtant, rien n'était comme avant. Car jamais elle n'avait laissé quiconque lire en elle comme elle avait laissé Dylan le faire. Jamais elle n'avait à ce point baissé sa garde. Et puis, elle s'était aussi liée d'amitié avec Jenna.

Cette dernière lui avait téléphoné pour la féliciter pour son nouvel emploi, et elles étaient restées en contact depuis son déménagement. Toutes deux avaient passé beaucoup de temps ensemble lors des préparatifs de la soirée de lancement de l'Iris Ruby — même si à l'époque, aux yeux de Faith, Jenna n'était qu'une simple relation de travail. Or, aujourd'hui, elle s'apercevait que Jenna la considérait comme une véritable amie.

D'une certaine façon, cela obligeait Faith à faire de nouveau confiance aux autres.

Poussée par son besoin d'entendre une voix amie, elle prit son téléphone et composa le numéro de Jenna. Celle-ci décrocha très vite, et sa voix mélodieuse semblait un peu essoufflée.

— Allô, Faith ?

— Je te dérange ? demanda-t-elle, consciente qu'avec deux bébés à charge, Jenna était souvent débordée.

— Pas du tout ! Nous nous promenons avec la double poussette au milieu des massifs. Je pousse le carrosse des filles d'une main, et je peux parler avec toi de l'autre main, jusqu'à l'heure de leur repas !

Faith repensa alors à la période où elle avait travaillé à la ferme horticole, lorsqu'elle déambulait parmi ces mêmes massifs à l'heure du déjeuner. Parfois, elle y retrouvait Jenna pour bavarder ou faire quelques câlins à ses filles.

— Tu leur feras un bisou à chacune de ma part, quand tu pourras.

— Compte sur moi. Comment vas-tu ?

— Tout va bien ici, répondit-elle avec un sourire en espérant paraître crédible. Je rentre du travail, et j'avais envie de bavarder un peu.

Il y eut un silence au bout de la ligne.

— Tu as parlé avec Dylan, récemment ?

Par une sorte d'accord tacite, elles n'évoquaient jamais Dylan… Faith ne savait pas exactement ce qu'il avait pu raconter de leur histoire à sa belle-sœur.

— Euh, non. On n'a pas pris le temps de se rappeler depuis mon arrivée ici.

— Tu n'as pas pris le temps ? On dirait que tu parles là d'une vieille connaissance…

— Dylan et moi avons travaillé ensemble, commença-t-elle avec prudence.

Mais Jenna éclata de rire.

— Tu n'essaies quand même pas de me faire croire

qu'il ne s'est rien passé entre vous ? Je n'ai pas voulu te harceler avec ça, car je me rendais compte que c'était peut-être compliqué, mais je n'ai jamais vu deux personnes se couver du regard comme vous deux… C'était quand même intense !

Les yeux de Faith s'emplirent de larmes, mais pas question de pleurer. Elle déglutit avant de répondre :

— Alors, Dylan ne t'a rien dit ?

— Non, et ça ne lui ressemble pas. D'habitude, je sais lui tirer les vers du nez, mais dès qu'il s'agit de toi, il se referme comme une huître, expliqua-t-elle d'une voix douce. Allez, raconte à tante Jenna ce qui se passe. Tu sais que ça ira mieux après.

Jenna avait raison. Le fait de garder toute cette histoire pour elle ne faisait que lui alourdir le cœur.

— Mais Dylan fait partie de ta famille…

— Ne t'en fais pas. S'il n'a pas été correct avec toi, il aura affaire à moi. Quoi qu'il en soit, il restera toujours l'oncle de Bonnie, et bientôt celui de Meg… Il n'y a rien que tu puisses dire à son sujet qui pourrait entacher ma relation avec lui. Raconte-moi ce qu'il t'a fait.

— Il ne m'a rien fait, admit Faith. Tout est ma faute.

Croisant les jambes, elle raconta toute l'histoire à Jenna.

— Donc, reprit Jenna à la toute fin, Dylan te dit qu'il t'aime, mais tu penses qu'il finira par se lasser de toi.

Le fait d'entendre ces paroles lui fit plus mal encore.

— Ce n'est pas que je ne lui fasse pas confiance… Mais c'est plutôt ma façon d'être en général. J'ai du mal à accorder ma confiance.

— Faith, Dylan est l'homme le plus sérieux que tu puisses rêver de rencontrer. Il s'est dévoué à la réussite de l'entreprise familiale depuis le plus jeune âge. Il a toujours été là pour ses parents, pour ses frères… Pour moi. Tu as peut-être du mal à croire au prince charmant, mais si Dylan propose de s'engager avec toi, ce n'est pas à la légère.

Faith crut que le sol se dérobait sous elle. Elle ferma les yeux. Dylan était prêt à s'engager avec elle, mais elle avait tout gâché… N'aurait-elle pas commis là la plus grosse erreur de toute sa vie ?

Un homme qui se dévouait corps et âme à son entourage, n'était-ce pas précisément le contraire même de tous les gens qui avaient composé sa famille ? Pourquoi s'était-elle convaincue qu'il ne pouvait que se comporter comme eux ? N'avait-elle pas tout simplement projeté sur lui tous les manquements des membres de sa propre famille ?

Elle avait été injuste avec Dylan. Et envers elle-même.

Elle sentit son estomac se nouer.

De toute façon, même si elle comprenait à présent avoir commis une erreur, il était trop tard pour faire marche arrière. Après ce qu'ils s'étaient dit lors de leur dernière matinée ensemble, il ne voudrait sans doute plus la revoir. Car la lueur blessée qu'elle avait vue au fond de ses yeux alors qu'elle faisait ses cartons lui avait fait l'effet d'une grande gifle.

Dylan ne lui ferait plus jamais confiance. Et elle ne pouvait que le comprendre.

Installé dans le rocking-chair de son séjour aux murs d'un blanc immaculé, Dylan lâcha un juron. Puis il avala une autre gorgée de bière. Cette pièce lui paraissait d'un vide sidéral. Comment ne s'en était-il jamais aperçu jusque-là ? La décoratrice d'intérieur qui s'était occupée de l'aménager lui avait promis une ambiance moderne, fraîche et épurée. Mais à ses yeux, il n'y avait que du vide.

A l'image de sa propre vie.

Quand Faith était partie, elle avait emporté avec elle toute la lumière. Et il n'avait pas trouvé l'énergie de s'intéresser à quoi que ce soit, d'éprouver la moindre joie depuis des semaines. Peut-être même n'y arriverait-il plus jamais.

De nouveau, il avala un peu de bière.

De toute façon, il ferait mieux d'oublier cette femme. Elle l'avait rayé de sa vie, de son avenir. Elle était partie à l'autre bout du pays sans l'ombre d'un regret... La meilleure chose à faire était de la rayer de sa vie à son tour. Ce qui, bien sûr, était plus facile à dire qu'à faire.

Il entendit alors des voix devant sa porte. Seuls ses parents, ses frères et sa femme de ménage avaient les clés de son appartement. Ses parents avaient assez de savoir-vivre pour ne jamais avoir à s'en servir, et sa femme de ménage était en congés. Ce qui laissait ses frères... Il soupira. Il n'avait aucune envie de recevoir quiconque aujourd'hui.

— Je ne suis pas là ! cria-t-il.

Ne prêtant aucune attention à ses paroles, Adam et Liam apparurent dans le hall d'entrée, et se dirigèrent droit sur lui.

— C'est donc comme ça que tu réagis ! lança Adam en secouant la tête. Tu te noies dans la bière dès le samedi matin.

— Je ne me *noie* pas dans la bière ! J'en bois une en regardant un match de football.

Liam balaya ostensiblement la pièce du regard.

— Tu regardes le match par télépathie ? As-tu seulement remarqué que ta télé est éteinte ?

— Je ne l'ai pas encore allumée, gros malin. Je m'apprêtais à le faire au moment où vous avez débarqué sans crier gare. D'ailleurs, vous allez me rendre mes clés.

Adam croisa les bras.

— On est inquiets. Tu ne te ressembles plus. Dis-nous ce que tu comptes faire à propos de cette fille.

— Il n'y a aucune fille, assura Dylan en détournant les yeux.

— Je parlais de Faith, précisa Adam dont la patience semblait atteindre sa limite.

Dylan pointa son frère du doigt.

— Je crois me souvenir que c'est toi qui passais ton temps à me déconseiller de me lancer dans une aventure avec elle.

— C'est vrai, admit Adam. Et mon avis d'aîné devrait faire office de parole d'évangile. Pourtant, tu n'en as fait qu'à ta tête. Quelles conclusions peux-tu en tirer ?

— Que tu te fais des illusions quant à ton influence sur tes deux frères ? rétorqua Dylan en baissant les yeux sur sa bière à demi vide.

Sans doute aurait-il besoin de bien plus d'alcool pour supporter cette conversation jusqu'au bout.

Liam se laissa tomber sur le canapé face à lui.

— Bonne remarque, mais nous y reviendrons plus tard. En tout cas, Adam a raison. Tu as enfreint les règles de l'entreprise pour cette femme. Je ne l'aurais jamais cru si je n'avais pas vu les événements se dérouler sous mes propres yeux.

— J'ai commis une erreur, admit Dylan entre deux nouvelles gorgées de bière.

Mais si c'était à refaire, il ne changerait rien.

Adam soupira.

— J'ai vu la façon dont Faith et toi, vous vous souteniez lors de la soirée de lancement. Vous êtes amoureux l'un de l'autre. Alors comment se fait-il que tu sois là, tout seul, à engloutir des bières ?

Dylan tressaillit. La question était pertinente. Mais il n'avait aucune envie d'en discuter avec ses frères.

— Elle est partie. Vous pouvez essayer de la retrouver

si vous voulez, mais n'oubliez pas de refermer la porte en sortant.

Adam s'assit à son tailleur sur le canapé.

— Tu lui as demandé de rester ?

Est-ce qu'il lui avait demandé de rester ? Mais pour quel genre d'idiot le prenaient-ils ? Il inspira profondément avant de répondre.

— Evidemment ! Je lui ai même acheté une bague !

Liam se frotta la joue.

— J'ai peu à peu appris à connaître Faith. Et je crois que je la comprends.

Adam et Dylan le dévisagèrent avec incrédulité.

— Bon, disons plutôt que Jenna la comprend, précisa Liam. Elle m'a raconté une ou deux choses.

— Si Jenna a des idées, dis-les-nous une fois pour toutes ! soupira Adam.

— Faith n'avait pas besoin d'une bague, expliqua Liam en se penchant vers l'avant. Elle avait besoin de toi, imbécile ! Tu as toujours été un beau parleur, et elle le sait bien : comment pouvait-elle te croire sur parole ?

— Jenna m'a traité d'imbécile ? reprit Dylan vexé.

— Non, ça, ça vient de moi ! Mais écoute bien. Ce que tu dois faire, c'est *prouver* à Faith que tu comptes t'engager pour de bon avec elle. Et rester à ses côtés coûte que coûte, insista Dylan en plissant les yeux. Car c'est bien ce que tu veux, n'est-ce pas ?

— Est-ce que je lui aurais offert une bague, si ça n'avait pas été le cas ?

Adam approuva d'un signe de tête.

— Donc, si tu veux la récupérer, tu ne pourras pas te contenter de lui offrir un bijou… Ni de simples promesses. Tu devras lui montrer concrètement ce que tu comptes faire.

Cette fois, Dylan demeura bouche bée. Ils avaient raison. Il savait que l'enfance de Faith avait été émaillée de promesses non tenues : comment diable n'avait-il pas compris plus tôt qu'il devait la rassurer pour de bon ?

Par le passé, les gens ne l'avaient aimée qu'à condition qu'elle ne prenne pas trop de place dans leur vie. Et il n'avait rien trouvé de mieux que lui demander de renoncer à un emploi pour lui. Il se frotta le visage. Dire qu'il lui avait demandé de renoncer à une excellente opportunité juste parce que lui vivait à L.A. ! Et qu'il n'envisageait pas sa vie ailleurs.

— Dernière question, dit Adam, ensuite nous te laissons : est-ce que ce que tu as partagé avec Faith mérite que tu te battes pour elle ?

Dylan retint son souffle. Etait-il trop tard pour lui montrer que son amour pour elle était inconditionnel ? Qu'il l'acceptait telle qu'elle était ? Surtout, comment le lui faire comprendre ? Il allait devoir procéder à certains changements dans sa vie pour elle. S'adapter à elle, et non l'inverse.

Il prit son téléphone.

— Je ne vous raccompagne pas, dit-il sans même regarder ses frères. Et laissez vos clés ici. Je ne plaisantais pas.

Pas besoin de lever les yeux : il savait que ses frères souriaient. Mais il les ignora pour se concentrer sur son appel. Il était impatient. Plus vite il mettrait à exécution le plan qui se formait dans son esprit, plus vite il reverrait Faith.

Faith vérifia de nouveau l'adresse, et leva les yeux vers le bâtiment, avec des papillons dans le ventre. Oui, elle était bien au bon endroit devant ce magnifique immeuble d'habitation en lisière de Central Park.

Jenna l'avait appelée deux jours plus tôt, lui expliquant qu'elle venait passer quelques jours à New York pour rendre visite à une amie, et qu'elle souhaitait en profiter pour la voir. Faith avait sauté sur l'occasion.

Un portier lui demanda si elle avait besoin d'aide, et Faith répondit qu'elle avait rendez-vous avec une amie dans l'appartement 813. Le portier sourit, dit qu'il était au courant, puis l'accompagna jusqu'à l'ascenseur.

Arrivée au bon étage, elle pressa la sonnette au numéro 813 et attendit. Quand la porte s'ouvrit, Dylan apparut sur le seuil. Il était si grand, si massif, si beau… Tellement Dylan qu'elle sentit sa gorge se nouer. Incapable de prononcer le moindre mot, elle resta plantée là, à le regarder.

Après ce qui lui parut comme une éternité, il s'éclaircit la voix.

— Entre donc…

Abasourdie, elle entra dans l'appartement, et Dylan referma la porte derrière elle. Un geste anodin, mais chargé de sens. Et d'espoir.

Le logement n'était pas meublé, mais avait beaucoup de cachet : les pièces étaient spacieuses, baignées de lumière grâce à la baie vitrée qui offrait une vue plongeante sur le parc. Mais dès que Dylan vint se planter devant elle, elle ne vit de nouveau que lui.

— Bonjour, dit-il enfin d'une voix rauque.

— Bonjour, articula-t-elle en un souffle.

Se retrouver si près de lui lui parut si naturel… Nécessaire même. Elle mourait d'envie de lui tendre la main, de le prendre dans ses bras, mais elle n'avait plus ce privilège. Il le lui avait offert, mais elle avait décliné. Elle lui avait tourné le dos ; elle était partie.

— Je… J'étais venue voir Jenna, bredouilla-t-elle en regardant ses pieds.

— Je sais.

Pourtant, son amie ne semblait pas être là. La tension dans la pièce était palpable, et elle eut soudain envie de prendre ses jambes à son cou. Pourtant, cette fois, elle ne se défilerait pas. Elle ne gâcherait pas cette occasion d'être près de Dylan, ne serait-ce que quelques minutes.

Inspirant profondément, elle se redressa et soutint son regard.

— Comment vas-tu ?

— Aussi bien que possible, répondit-il avec un haussement d'épaules. Et toi ?

— Bien, dit-elle d'une voix chevrotante. Je vais bien.

Ses mains tremblaient de se trouver si près de lui sans pouvoir le toucher, sans pouvoir lui parler librement.

— Est-ce que Jenna est là ?

— Non, répondit-il simplement.

Ce n'est qu'à cet instant qu'elle comprit que quelque chose lui échappait. Mais elle était trop troublée pour comprendre quoi que ce soit.

— Mais… A qui est cet appartement ?

— A toi, dit-il en gardant un visage impassible.

Elle recula d'un pas.

— Comment ça ?

— J'ai fait établir l'acte d'achat à ton nom, précisa-t-il en désignant une petite pile papiers posés sur le comptoir de la cuisine. Mais si tu préfères un autre endroit, nous n'avons qu'à déchirer ce contrat et reprendre les recherches.

— Mais j'ai déjà un logement, reprit-elle avec circonspection.

— Il s'agit d'un cadeau, expliqua-t-il en balayant l'appartement du regard. Mais si tu le souhaites, il y a assez de place ici pour nous deux.

— Nous deux ? répéta-t-elle sans trop y croire.

Il hocha la tête, mais son regard vert demeurait sombre.

— Si tu veux de moi. Sinon, si tu décides de ne pas m'inviter de nouveau dans ta vie, tu pourras vivre ici seule. Ce sera alors mon cadeau de rupture. C'est à toi de voir. Rien qu'à toi.

— A moi de voir ? balbutia-t-elle en portant une main à sa gorge.

— Si tu n'aimes pas la ville, reprit-il d'un ton désinvolte qui contrastait avec sa posture contractée, on pourrait déménager dans un endroit plus verdoyant, en banlieue. Tout ce que tu voudras, Faith. Et je m'adapterai.

Peu à peu, elle comprit qu'elle ne rêvait pas.

— Attends… Tu comptes venir t'installer à New York ?

— Dès maintenant, si c'est ce qu'il faut pour te récupérer, dit-il sans hésiter.

Elle s'y attendait si peu, qu'elle ne sut que penser.

— Mais que ferais-tu ici ? Ton entreprise, ton travail sont sur la côte Ouest.

Il se passa la main dans les cheveux.

— Je me dis que je pourrais ouvrir des boutiques Hawke's Blooms sur la côte Est. Economiquement parlant, c'est pertinent.

Elle le dévisagea attentivement et comprit qu'il était sincère.

— C'est un sacré changement… Tu abandonnerais la supervision des boutiques existantes pour repartir de zéro ici ?

— Nous engagerons quelqu'un pour me remplacer et me libérer de mes obligations pour me permettre de lancer de nouvelles boutiques. Je me suis rendu compte que c'est ce que je préfère dans mon travail : l'excitation, l'effervescence de la nouveauté. Et c'est grâce à toi : tu m'as poussé à réfléchir à mes propres rêves, murmura-t-il avant de poser une main sur sa joue. T'ai-je au moins remerciée pour cela ?

Elle se laissa aller à sa douce caresse.

— Tu viens de m'offrir un appartement, Dylan. Je ne pense pas que tu puisses faire plus…

Il fit un pas de plus vers elle. A présent, il était tellement proche qu'elle pouvait sentir la chaleur de son corps. Soudain, elle manqua d'air. Alors, elle prit la main de Dylan et l'éloigna doucement de sa joue.

— Je t'aime. Et ça veut dire que j'ai envie de faire des choses pour toi.

— Tu sais, dit-elle en le couvant du regard, tout ça est très risqué pour toi. Sachant que tu ne sais même pas si tes sentiments sont réciproques.

Il esquissa un demi-sourire.

— Parce que tu comptes le nier ?

Elle regretta aussitôt de l'avoir nargué ainsi. Elle se mordit la lèvre, ne sachant trop quoi répondre. Impossible de mentir. Et pourtant, elle avait l'impression que le lieu était mal choisi pour lui avouer son amour. Elle aurait préféré une ambiance plus adaptée…

Le sourire de Dylan s'élargit.

— Tu n'as pas besoin de le dire. Je sais que tu m'aimes, même si tu rechignes à l'admettre.

— Tu as toujours fait preuve d'une grande confiance, dit-elle en réprimant un rire.

Mais une boule s'était formée au creux de sa gorge, et elle avait l'impression que si elle riait, son rire se transformerait aussitôt en pleurs.

Il lui prit les mains et l'attira contre lui.

— Tu peux toujours te défiler, Faith, mais tant que tu m'aimeras, je te suivrai. Même si je dois ouvrir des boutiques aux quatre coins du monde.

Alors, elle éclata en sanglots, et Dylan l'enlaça pour de bon. Jusqu'à présent, tous les gens qu'elle avait aimés avaient trouvé une bonne raison pour se débarrasser d'elle. En partant pour New York, elle avait pourtant offert à

Dylan l'excuse idéale pour rompre définitivement… Malgré tout, il l'avait suivie. Jenna avait raison : cet homme était le plus loyal qu'elle pouvait espérer rencontrer. Dylan était un homme de parole.

Elle s'écarta doucement pour chercher son regard entre deux hoquets. Les larmes roulaient sur ses joues. Dans les yeux de Dylan, elle lisait tout son amour, tout son engagement, et elle savait qu'il voulait sincèrement être avec elle… Et construire quelque chose de durable, tous les deux.

— Je t'aime, Dylan Hawke, finit-elle par avouer, le cœur plein d'amour.

Il la souleva et la fit virevolter.

— Tu n'imagines pas le bien que ça me fait de l'entendre de tes lèvres !

— Hé là ! dit-elle en riant. Je croyais que tu le savais déjà !

La reposant doucement à terre, il replaça quelques mèches rebelles derrière son oreille.

— C'est le cas. Mais ça fait quand même plaisir de l'entendre !

— Je tâcherai de te le dire plus souvent, alors, affirma-t-elle d'une voix à peine audible.

Il l'embrassa, et elle noua les bras autour de son cou. Après toutes ces semaines loin de lui, de son corps vibrant, de ses baisers brûlants, elle sentait monter le désir en elle… Et cette fois, plus question de lutter !

Haletant, Dylan chercha son regard en souriant.

— Tu as toujours la bague que j'avais laissée dans ton couloir d'entrée à L.A ?

Elle prit son sac à main où elle avait laissé le petit écrin en velours précieux.

— Je l'ai gardée près de moi tous les jours, dit-elle en le lui donnant d'une main tremblante.

Elle n'avait pas rouvert l'écrin depuis que Dylan avait quitté son appartement, et n'avait donc entraperçu le bijou que très brièvement, quand il le lui avait brandi sous le coup de la colère. Techniquement, la bague appartenait toujours à Dylan. Mais elle n'avait jusqu'alors pas trouvé la force de la lui renvoyer.

Il lui prit l'écrin des mains, l'ouvrit, puis en sortit le solitaire au diamant violet.

— Plus que tout au monde, déclara-t-il à voix basse, je veux devenir ton mari, et que tu sois ma femme, Faith Crawford. Acceptes-tu de m'épouser ?

— Je n'y croyais plus, chuchota-t-elle en essuyant les larmes qui roulaient encore sur ses joues. Oui, je veux t'épouser, Dylan !

Il lui glissa la bague au doigt, puis l'embrassa longuement, langoureusement.

Reprenant son souffle, il murmura contre ses lèvres :

— Je crois que la grande aventure ne fait que commencer !

Ne manquez pas dès le mois prochain

dans votre collection

PASSIONS

le premier tome de la nouvelle série

Trois femmes pour un empire

Entre loyauté et désir, Tara, Astrid et Miranda ont hérité de bien plus que d'un empire immobilier…

Un roman inédit chaque mois d'août à octobre 2021

Retrouvez prochainement,
dans votre collection

PASSIONS

Un si délicieux mensonge, de Cat Schield - N°935

Qui est donc cette Lia Marsh et que fait-elle au chevet de son grand-père malade ? Si Paul voit bien que la présence de la jeune femme réconforte le vieil homme, il ne peut s'empêcher d'être méfiant. Persuadé que la belle et ses mensonges représentent une menace pour son illustre famille, il décide de la confondre... en faisant sa conquête.

La mésalliance inattendue, de Niobia Bryant

Jamais Monica n'aurait dû céder à la tentation entre les bras de Gabriel Cress, dont elle est la gouvernante. Hélas, cet homme a le pouvoir de lui faire perdre la raison d'un seul regard. Chaque fois qu'il s'approche d'elle, son cœur s'emballe, son corps s'embrase. Or, malgré le bonheur insensé qu'elle éprouve auprès de lui, Monica doit oublier ce moment d'égarement. Car, dans le monde de Gabriel, toute mésalliance est interdite...

Le chantage d'un mari, de Jules Bennett - N°936

Paisley n'a pas le choix : pour retrouver son père biologique, elle doit faire appel à un détective privé. Or le meilleur de Houston n'est autre que Lucas Ford, l'homme qu'elle a dû quitter douze ans plus tôt. Le revoir lui cause un choc d'autant plus grand que, si elle éprouve encore pour lui des sentiments vifs, Lucas la couve d'un regard chargé de haine. Pire, il la place devant un terrible chantage : il l'aidera à la seule condition qu'elle l'épouse...

Intimes négociations, de Nicki Night

Alors qu'elle pénètre dans les luxueux bureaux de Blackwell Wealth Management, Zoe a du mal à contenir sa joie. Ce nouveau poste est l'occasion rêvée de donner un élan à sa carrière ! Seule ombre au tableau : son patron, Ethan Blackwell, la trouble au plus haut point. Or pas question pour Zoe de trahir l'émotion qu'Ethan suscite en elle car, à vouloir mélanger sentiments et travail, elle pourrait bien perdre son emploi...

Passion au Texas, de Sara Orwig - N°937

Depuis la mort de son époux au combat, Vivian vit en recluse dans son ranch. Jusqu'au jour où Mike, le meilleur ami de son mari, se présente chez elle pour lui offrir son soutien. Peu à peu, cet irrésistible cow-boy lui redonne goût à la vie, et Vivian sent naître pour lui de tendres sentiments. Des sentiments contre lesquels elle lutte, toutefois. En effet, a-t-elle seulement le droit d'aimer à nouveau ?

Alliée à son ennemi, de Reese Ryan

Quinn a un problème de taille : pour sauver son entreprise, elle doit conclure un accord avec ses rivaux… et travailler avec son ex, Max Abbott ! Treize ans plus tôt, tous deux ont passé ensemble un été délicieux, avant que son amant lui brise le cœur. Alors aujourd'hui, malgré le désir brûlant qui les lie encore, Quinn est résolue à garder ses distances avec Max…

Le défi de Tara, de Karen Booth - N°938

SÉRIE : TROIS FEMMES POUR UN EMPIRE TOME 1

Tara n'en revient pas : son ex-mari lui a légué des parts de son empire immobilier ! Si elle voit dans cet héritage inattendu l'occasion de propulser sa carrière, elle redoute de collaborer avec Grant Singleton. En effet, le nouveau P-DG de Sterling Enterprises se montre particulièrement hostile à son égard. À croire que l'animosité entre eux est aussi forte que le désir…

L'héritière en détresse, de Brenda Jackson

Fuir le mariage arrangé par ses parents. C'est l'unique pensée de Sloan quand elle monte à bord d'une voiture de collection. Seulement voilà, à peine est-elle arrivée à Phoenix que Sloan est rattrapée par le propriétaire de l'auto, un play-boy notoire. D'abord furieux contre elle, Mercure Steele, touché par sa détresse, lui propose son aide pour lui permettre d'échapper à son destin d'héritière… Mais peut-elle se fier à lui alors qu'il accumule les conquêtes ?

Un mariage, un secret, de Maxine Sullivan- N°939

Épouser Tate Chandler ? À cette idée, Gemma sent sa poitrine se serrer, car il ne s'agit pas là d'un mariage d'amour. Après avoir découvert qu'elle a eu un bébé de lui, Tate est résolu à assumer ses responsabilités de père, voilà tout ! Hélas, Gemma n'a d'autre choix que d'accepter ses conditions. En effet, l'homme qui fait encore battre son cœur ne reculera devant rien pour obtenir ce qu'il désire – pas même à lui enlever son bien le plus précieux : leur enfant...

L'amant du Colorado, de Barbara Dunlop

Alors qu'elle croyait avoir trouvé la paix dans les montagnes du Colorado, Niki déchante. La distance n'a pas suffi à décourager les ennemis de sa mère, plus que jamais décidés à récupérer le document compromettant en sa possession. Quant à l'attirance qu'elle ressent pour Sawyer, son voisin, elle lui est interdite. Jamais elle ne devra céder à la tentation d'une aventure entre ses bras car, s'il découvrait sa véritable identité, Niki serait en danger...

Vengeance interdite, de Tracy Wolff - N°940

Nic est fou de rage. La belle inconnue avec qui il a passé une nuit de passion quelques mois plus tôt s'est jouée de lui. Desi se trouve être une journaliste et l'accuse aujourd'hui de vendre des diamants de sang ! Mais, au cours de leur confrontation, le ventre rond de la jeune femme lui apprend qu'elle est enceinte de lui. Dès lors, Nic n'a plus le choix : au lieu d'assouvir sa vengeance, il lui faut protéger Desi envers et contre tout...

Fiancée à son patron, de Joss Wood

Mais qu'est-ce qui lui a pris ? Sous le coup de la panique, Jaci s'est jetée dans les bras de son patron et l'a fougueusement embrassé. Tout ça pour se débarrasser d'un homme qui lui faisait des avances un peu trop poussées. Provoquer un scandale était bien la dernière chose dont elle avait besoin... Mais il est trop tard. Désormais, elle n'a qu'une seule solution pour réparer son erreur : se faire passer pour la fiancée de son patron, afin de lui permettre de sortir de l'embarras...